꿀과 바닐라

꿀과 바닐라

초판 1쇄 찍은 날 │ 2016년 6월 20일
초판 1쇄 펴낸 날 │ 2016년 6월 28일

지은이 │ 원성혜
펴낸이 │ 서경석

편 집 책 임 │ 조윤희
편   집 │ 이은주
             주은영
디 자 인 │ 박보라

펴 낸 곳 │ 도서출판 청어람
등록번호 │ 제387-1999-000006호
등록일자 │ 1999. 5. 31
어람번호 │ 제5-445호

주소 │ 경기도 부천시 원미구 부일로 483번길 40 서경B/D 3F
         (우) 14640
전화 │ 032-656-4452 팩스 │ 032-656-4453
http://www.chungeoram.com
E—mail │ chungeorambook@daum.net

ⓒ 원성혜, 2016

ISBN 979-11-04-90841-5   03810

꿀과
바닐
라

원성혜 장편소설

Chungeoram
romance
novel

도서출판

청어람

목차

0. 들어가는 글

흔해빠진 스토리가 있다.

재벌집 아들이 잡초처럼 씩씩한 여자애와 사랑에 빠져 현실 속 난관을 헤쳐 가는 이야기.

또 다른 흔해빠진 스토리가 있다.

너무 잘나서 매사에 시큰둥한 남자가 '나를 이렇게 무시한 건 네가 처음이야' 운운하며 평범한 여자한테 목을 매는 이야기.

결국 같은 얘기 아니냐고?

글쎄.

지금부터 펼쳐질 스토리는 잘난 놈이 망가지는 전개이긴 할 테 지만 왕자님과 들장미 소녀가 등장하는 설정은 아니다. 왜냐하 면, 재벌을 아버지로 둔 게 여자 쪽이기 때문에.

그러므로 우리는 이 이야기를 한없이 왕자에 가까운 공주와 콧대 높은 기사 사이의 힘겨루기라 부를 수 있을 것이다.

또는 아옹다옹 달크무레한 사랑 이야기라고 할 수도 있겠다.

어쩌면 조금씩 비어 있는 사람들이 서로에게 따스한 숨을 호호 불어주는 이야기일지도 모른다.

어쨌든 해피엔딩이었으면 좋겠다.

그렇지 않은가?

꿀과 바닐라

1. 칠리와 겨자, 초콜릿

"뭐라고요?"

영진은 미간을 찌푸렸다. 여간해선 감정을 드러내지 않는 그녀였지만 이번엔 그러지 못했다. 평소답지 않게 어이없음과 황당함이 뚝뚝 묻어나는 반문에 부모는 약간 놀란 눈치였다.

"윤제와 함께 사는 조건이라고 했다."

그리고 아버지가 쐐기를 박았다.

제대로 못 들어서 되물은 건 아니었다, 물론. 그걸 모를 리 없는 아버지의 대답은 그러므로 최종선고였다. 절충안을 받아들이거나 아예 포기하거나 하라는, 더 이상의 딜은 없다는.

"아버지는 네가 세상 물정을 너무 모른다고 생각하신단다. 내가 보기에도 그렇고. 요새 혼자 사는 여자들이 많다고는 하지만, 너는 딴 사람들하고 사정이 많이 다르잖니?"

어머니가 우아하게 거들고 나섰다.

"윤제는 우리한테도 아들 같은 아이니까 곁에 두면 마음이 놓일 거 같구나. 남녀가 한집에 살면 불편은 하겠다만 위험한 것보다는 낫지 않겠니. 그 정도로 합의 보자꾸나."

이미 말을 맞춘 부모의 부드러운 강요에 영진은 입을 다물고 말았다.

'김윤제하고 같이 살라고.'

머릿속에 순식간에 그림이 그려졌다.

아버지는 지금 그녀더러 뎣으로 걸어 들어가라 하는 거다. 싫다 하면 바로 발목 잡혀 주저앉혀질 터, 그녀로서는 뻔히 알면서도 들어가 누울 수밖에 없는 형편이었다. 꿀 바른 미끼가 되어 얌전히, 털퍼덕.

"윤제 쪽에도 다 얘기됐으니까 네가 이사할 때 바로 합칠 거다. 귀국하면 여러 가지로 바쁠 텐데 아이가 참 배려심이 깊지 뭐니."

그녀의 침묵을 동의로 해석한 어머니가 안심한 듯 웃음을 지었다. 아버지는 이야기를 짧게 끝내는 게 낫겠다 싶었는지 그녀에게 나가라 했다. 어차피 선택지가 없다고 판단한 영진은 이삿날만 통보하고 자기 방으로 돌아왔다.

한숨이 나왔다.

상당한 갈등을 각오하고 꺼낸 독립 선언이었다. 쉽사리 승낙이 떨어진 게 의외다 싶더니만, 며칠 생각해 보자 해놓고 아버지는 그동안 올무를 준비했던 것이다. 호기를 흘려보내지 않고 이참에 사냥을 해볼 요량인 거다.

"윤제, 김윤제라······."

꿀과 바닐라

부모의 속내는 읽을 수 있었다. 그러나 김윤제가 오케이를 했다는 건 아무래도 놀라운 일이었다. 그녀는 찌푸린 이마를 펴지 않은 채 책장을 뒤졌다.

묵은 앨범 속에서 김윤제의 사진을 찾기는 쉽지 않았다. '아들 같은 아이'라는 어머니의 표현은 차마 듣기 민망한 과장으로, 아주 어렸을 적 이따금 어울려 놀았을 뿐 윤제와 영진은 성장기를 함께 보낸 사람들이 전혀 아니었다.

"여깄다. 그래, 이렇게 생겼었지."

초등학교 다닐 무렵에 찍은 사진 한 장이 앨범 구석에 꽂혀 있었다. 어렸을 적부터 키가 훌쩍 컸던 김윤제 소년은 웃는 모습이 아주 예뻤다. 뚱한 표정으로 옆에 서 있는 영진 그녀가 오히려 남자애로 보일 만큼 윤제는 사랑스러운 아이였다.

"와튼(Wharton)을 나왔다더니, 야심이 있는 건가."

그녀는 곰곰 그를 기억해 내려 애썼다.

고등학생 때도 한두 번 본 일은 있었다. 볼 때마다 키가 자라서 나중엔 올려다보기 불편할 정도였던 생각이 난다. 어딜 가든 사람들을 휘몰고 다녔고 눈에 확 띄었고 공부 잘한다는 평을 꼬리에 달고 있었지만 악착같은 모습을 보인 일은 없었는데, 의외로 야망을 품은 타입이었던가, 영진은 석연찮은 기분으로 앨범을 덮었다.

"곤란한데."

그녀는 머리를 흔들었다.

아버지에게는 세상을 보고 오겠다는 어설픈 이유를 댔지만, 영진의 분가는 그 정도의 의미를 갖고 있는 게 아니었다. 나름 인생을 건 모험이고 여정이며 도전인 것이다. 결코 실패할 수 없는, 실패해서는 안 되는.

어떻게 준비한 프로젝트였던가. 계산에 들어 있지 않은 변수가 끼어들어 잡쳐 놓으면 절대 안 되는 중대사가 아닌가.

컴퓨터를 부팅하고 폴더를 연 그녀는 화면에 올라온 몇 장의 사진과 덧붙어 있는 이력을 눈도 깜빡이지 않고 응시했다. 스냅으로 찍은 사진 속 남자들은 영진이 아닌 곳을 바라보며 웃거나 말하거나 무언가에 몰두하고 있었다. 그들은, 이 세상에 김영진이라는 여자가 있다는 것도 모르는 상태였으므로.

"김윤제를 리스트에 추가해야 하나?"

영진은 사고를 유연하게 해보려고 노력했다.

한 번도 물망에 올려놓아 보지 않은 사람, 뜻밖에 괜찮은 대안일지도?

화려한 사교생활로 보건대 가능성은 높지 않겠지만…….

문서를 인쇄 걸어놓은 채 그녀는 머리를 굴렸다.

"아니지, 그보다는 협조를 구하는 쪽이 차라리 승산이 있을지도 몰라."

그녀가 아버지로부터 얻어낸 시간은 고작 6개월, 화면 속의 사람들을 다 만나보고 일정 수준의 관계를 형성하기엔 상당히 빠듯한 시간이다. 맨몸으로 타인에게 부딪치는 게 쉬운 일이 아니라는 건 그녀도 알고 있었다. 예기치 못하게 동거인이 된 남자가 어깃장을 놓을까 염려부터 했지만, 만에 하나 그의 지지를 얻을 수 있다면 한결 수월하고 빠른 진행을 기대해도 되지 않을까. 김윤제라고 꼭 김영진이 마뜩하리란 보장은 없는 거니까. 그쪽도 부모에 등 떠밀려 그녀와 함께 살게 된 걸지도, 사실 모르는 일이 니까.

컴퓨터를 끄고 인쇄물을 파일에 끼워 넣으며 그녀는 광택지에 프린트돼 나온 남자들의 얼굴을 다시 한 번 들여다보았다. 이제 는 친근하다 못해 잘 아는 사이처럼 느껴지는 사람들, 반듯하고 아름다운 남자들의 모습을. 그녀가 지난 반년 바쁜 와중에 짬짬 이 수집한 소중하고 비밀스런 정보들을.

부모도 친구도 쉬이 볼 수 없는 흐뭇한 미소가 그녀의 **뺨**에 떠올랐다.

"내가 공항까지 너를 마중 나가마, 윤제. 우리 한번 이해득실 을 맞춰보자. 협력해 주면 사례는 섭섭잖게 하지."

마피아 두목 같은 말투로 그녀는 혼자만의 대화를 마감했다. 그리고 잃어버린 성궤를 찾아 떠나는 인디아나 존스처럼 분연히 자리에서 일어났다. D-day가 코앞이었다. 일단은 긍정적인 쪽 으로 생각할 수밖에 없는 것 아니겠는가.

"야, 정말 하나도 안 컸네?"

김윤제는 영진을 바로 알아보았다. 그리고 그녀가 가장 싫어하 는 '키에 대한 언급'으로 재회를 열었다. 천진난만한 표정으로 투 척한 무례한 직격탄에 김영진은 눈을 치켜떴다.

"어쩌면 아직도 이렇게 유아체형일 수가 있지? 얼굴도 완전 애 기잖아!"

조금의 악의도 엿보이지 않는 순수한 감탄, 반가움이 꿀처럼 흘러내리는 미소, 머리를 쓰다듬는 것으로도 모자라 **뺨**을 주욱

잡아 늘이기까지 스스럼이라곤 전혀 없는 스킨십. 폭죽처럼 파박 파박 정신없이 반짝거리며 윤제는 그렇게 영진의 앞에 나타났다.

"영화 같은 데서 남자 아역으로 섭외 안 와? 진짜 귀여운데. 주머니에 넣고 다녀도 되겠다."

화사하기 그지없는 웃음으로 그녀를 껴안는 김윤제는 기억 속에 남아 있던 것보다 훨씬 미남이었다. 그리고 영진의 입장에선 끔찍하게 느껴질 만큼 키가 컸다. 연하인 그를 아이 취급하겠노라 굳게 결심하고 나왔던 그녀는 부닥친 돌발 상황에 그저 뻣뻣이 굳어 있을 뿐이었다.

"우리가…… 원래 친했나?"

그녀가 겨우 내뱉은 말은 '반갑다'도 '저리 가라'도 아니라 어색하기 짝이 없는 질문이었다. 우리가 사이좋았던가? 나만 기억을 못 하는 건가? 아님 얘가 날 갖고 노는 건가? 영진은 자신의 기억력에 새삼스런 의문을 품으며 낯설기만 한 남자를 올려다보았다.

그는 한쪽 뺨에 보조개를 깊게 파면서 다정하게 웃었다.

"초등학교 동창들은 옛날에 다 친했나, 뭐? 어른 돼서 만나면 더 반갑고 좋은 거지. 그래도 누나하고 나 정도면 싸운 일도 없고 괜찮은 사이였잖아."

무슨 말인지 알 것도 같고 모를 것도 같아 영진은 대꾸하지 않았다. 그녀의 초등 동창 모임은 다분히 정략적이고 계산적인 목적 아래 꾸준히 이어져 오고 있었기에, 어른이 된 후에 문득 만나 서로에게 용 됐다며 감탄하는 일반적인 모임을 영진은 상상하기 어려웠다.

"짐은 이게 다야. 책이랑 이삿짐이 좀 있긴 한데 한 달쯤 후에

꿀_과바닐라

나 올 거니깐. 어차피 침구류는 어머님이 다 준비해 주셨지?"

슈트케이스를 끌며 그는 한 손으로 그녀의 어깨를 감싸 안았다. 옷은 누나가 같이 사러 다녀줄 거지, 살갑게 물어보면서.

영진은 표정 하나 흐트러뜨리지 않고 공항청사를 나섰으나 진심은 혼란으로 가득했다.

동거도 합숙도 아닌 '생활'을 말하는 그에게서 영진은 기대했던 어색함이나 불편함, 위화감 같은 걸 조금도 느낄 수 없었다. 마치 긴 출장에서 돌아와 아내 손을 잡고 귀가하는 것처럼 윤제는 편안하고 자연스러워 보였다. 첫날이니까 기념으로 맛있는 거 먹으러 갈까? 사근사근 묻는 품이 신혼여행에서 갓 돌아온 새신랑 같기도 했다.

예상했던 장면이 전혀 아니었다, 이건.

'물밑에서 얘기 다 끝났던 건가, 사냥이 아니라 조리과정만 남은 건가……. 전도유망해 보이는 이 미남 자식은 결국 후계자를 탐내는 꽃뱀이었단 말인가.'

경계심으로 소름이 돋은 팔을 그녀는 길게 문질렀다.

아버지 김 회장은 언제나 그녀의 계산을 앞서는 노회한 전략가였다. 어쩌면 그는 딸을 미끼로 남자를 사냥하려던 게 아니었는지도 모른다. 도리어 점찍은 사냥꾼의 손에 딸의 목덜미를 쥐어준 것인지도 모른다.

자칫 방심할 뻔했구나. 그녀는 반성했다. 프로젝트에 윤제의 협조를 구해야겠다는 생각부터 일단 접기로 했다. 그녀야말로 생애 첫 사냥을 나선 차, 먹느냐 먹히느냐의 전쟁터에서 누구를 신뢰한다는 건 있을 수 없는 일인데 자칫 잊을 뻔했던 거다.

"이제 누나 보디가드 없이 다녀서 참 좋다."

눈부시게 웃는 남자의 얼굴에 현혹되지 않기 위해 영진은 발걸음을 종종 재촉했다.

그녀에게 정말로 더 이상 보디가드가 붙지 않는 건 아니었다. 보이지 않는 곳에서 티내지 않고 어슬렁거리는 걸뿐. 영진은 불평하지 않았다. 그들이 아버지에게 자신의 사생활을 미주알고주알 보고할 것도 알고 있었지만 어차피 감수할 수밖에 없는 부분이었다. 주변 사람들만 눈치채지 못한다면 그럭저럭 자유를 누릴 만할 것이다.

"이렇게 제대로 된 한식 먹어본 거 오랜만이야. 와튼 근처에도 불고기집이 있긴 한데 미국 사람들 입맛에 맞춰 나와서 좀 그렇거든."

밑반찬까지 싹싹 맛나게 먹은 윤제가 만족스런 표정으로 숭늉을 들이켰다. 독립 새내기인 영진은 아직 일반음식점에 익숙하지 않아서, 두 사람은 막 고급 한정식집에서 식사를 끝낸 참이었다.

"본가에 들렀다가 와야 하는 거 아니었나?"

영진이 물었다. 공항에서 여자네 집으로 직행이라니, 어떤 부모가 좋아할까.

"집에 아무도 없어. 부모님 아예 한국에 안 계신데, 뭐. 워낙 공사다망들 하잖아."

아무렇지도 않게 대답하는 윤제를 그녀는 물끄러미 쳐다보았다.

아버지가 눈독들일 만한 남자인 건 분명했다, 김윤제가.

꿀과바닐라

언젠가 그녀의 학교 친구가 호기심 가득한 얼굴로 너도 결국 정략결혼하게 되는 거냐 물어본 일이 있었다. 재벌과 정치가와 유력인사 자녀들로만 첩첩이 둘러싸였던 그녀의 학창시절에 어쩌다가 유일하게 끼어든 '민간인' 친구였다.

"그렇겠지. 도움이 될 만한 집안과 사돈을 맺고 싶은 건 기업인의 본능 같은 거니까."

그때만 해도 영진의 머릿속에 부모의 가치관과 다른 무엇은 들어와 있지 않았다.

"하지만 우리 집은 케이스가 좀 독특하니까, 내가 경쟁 가문에 시집가거나 하진 않을 거야. 똑똑하고 집안도 좋지만 데릴사위 비슷하게 올 수 있는 남자를 찾으시겠지."

그녀의 덤덤한 대답에 친구는 감탄인지 탄식인지 알 수 없는 한숨 소리를 내었었다.

대한민국을 쥐락펴락하는 세한그룹의 김용식 회장에게 단 하나 아쉬운 게 있다면 그건 아들이 없다는 사실이었다. 다행히 딸이 총명하고 경영에도 재능을 보였지만, 혼사는 능력과 궤를 또 달리하는 까다로운 문제기 때문이었다. 정치가에서 며느리를 맞거나 본인의 딸을 라이벌에게 시집보내 세력을 확장할 수 없음은 물론이거니와, 반듯한 가문 출신이면서도 기꺼이 본가를 떠나 세한그룹에 헌신해 줄 사윗감을 찾아야만 하였다.

아버지가 윤제와의 동거를 강요하다시피 한 건 그런 배경에서 비롯되었다고 그녀는 믿었다.

'아주 적합하지, 내 눈앞에 이 김윤제가.'

그는 아들만 셋인 집안의 차남이었다. 바람직하게도 경영학을 전공했다. 아버지는 외교관에 형은 검사, 형수는 아나운서, 일찌감치 결혼한 동생 부부는 재미 사업가, 그야말로 김 회장이 꿈꾸는 맞춤형 사윗감이라 할 만했다.

게다가 아버지들끼리 대학 동창이고 양쪽 어머니도 같은 배우 출신이라 친분이 있었다. 어렸을 적부터 교류가 있었던 건 그런 이유였다.

다만.

"누나, 시차 때문에 잠 안 오면 밤에 깨워도 돼?"

객관적인 결점으로는 남자가 영진보다 네 살이나 아래라는 걸 들 수 있겠고.

"내가 기내에서 좋은 술 사왔으니까 우리의 새로운 시작을 자축해 보자구."

영진의 관점에서 보자면 남자가 너무 잘생기고 화려한 데다 무엇보다도 지나치게 붙임성 있다는 게 치명적인 단점이었다.

집에 돌아와 그녀 자신의 공간에 갖다놓았어도 남자는 조금도 겉돌지 않았다. 둘이 살긴 너무 넓지 않나? 인테리어가 좀 드라이하네. 창문이 크니까 채광은 좋구나. 신도시라 확실히 전망이 다른걸…… 이것저것 관심을 보이더니 어느 순간 시차를 이기지 못하고 소파에서 잠들어 버린 윤제는, 영진 자신보다 도리어 더 집주인다워 보였다.

"미안하지만 난 니가 바람둥이가 아닐 거라고 생각하기 어렵다, 김윤제."

편안하게 몸을 늘어뜨린 채 잠든 그를 내려다보며 영진은 중얼거렸다.

저녁 햇빛 아래 흐트러진 곱슬머리가 병아리 솜털처럼 부드러워 보였다. 가무잡잡한 피부에 그림자를 드리운 속눈썹은 끝이 살짝 말려 올라가 아이처럼 무구한 느낌이었다.

하지만 그의 귀에는 피어싱이 세 개나 달려 있고 타이트하게 몸을 감싼 옷은 브랜드를 알 수 없으나 그에게 너무도 잘 어울렸다. 무척이나 세련된 남자였다. 어머니를 닮아 우아한 행동거지는 말할 것도 없었다. 자기 매력을 잘 알고 제대로 발산할 줄 아는 사람, 김윤제는 여자들이 마땅히 경계해야 할 위험한 유형의 남자였다.

그녀는 소파 옆 러브시트에 주저앉아 고개를 등받이에 기댔다.

"바람둥이가 문제가 아니고…… 생각보다 더 골치 아프게 생겼다. 어쩔 거냐, 김영진."

윤제가 어디까지 듣고 왔는지 무엇이 목적인지 알 수 없지만, 그녀의 운신 폭이 확 좁아졌다는 건 확실했다. 그는 밤에만 들어오는 형식적인 동거인이 되어주지 않을 것 같으니.

집안에서 정해주는 억지 결혼을 할 만큼 그녀는 나약하지 않았다. 설령 남자가 야욕을 숨기고 접근한다 해도 잘라낼 자신 역시 있었다. 그런 게 문제가 아닌 거다. 적인지 아군인지 불분명한 사람이 달라붙어 있는 채로 프로젝트를 진행할 일이 난감한 것이었다.

"널 리스트에 올릴 수는 없고."

그건 확실하지 싶었다.

호감 가지 않는 사람은 아니었다. 누구라도 그러기 어려울 것이다. 하지만 그녀 자신의 반려자로는 곤란했다. 확실히, 절대로. 무슨 일이 있어도.

영진은 답답한 기분을 털어버리려 방으로 들어가 컴퓨터를 켰다.

김윤제가 잠에서 깬 것은 캄캄한 밤중이었다. 익숙지 않은 천장을 멍하니 바라보다가 벌떡 일어난 그는, 방을 빙 둘러보고는 바로 거실로 나왔다.

아무도 없었다.

"날 어떻게 침대까지 옮겨놨지?"

그는 헛웃음을 지으며 뻗친 뒷머리를 손으로 쓸었다.

커튼이나 블라인드로 가려지지 않은 창밖은 아직 검은색에 가까운 회색이었고 벽시계가 가리키고 있는 시각은 이제 다섯 시였다. 그래도 잘 잔 편이구나, 하품하며 냉장고를 열어 물병을 꺼내던 윤제는 문에 붙어 있는 포스트잇을 발견하고는 불빛 아래로 들이밀었다.

- 운동하러 간다.

밤낮이 바뀐 자신을 위한 집주인의 사려 깊은 메모였다.

"역시 여왕님다워. 가출해 나와서까지 자기관리에 철저하네."

한쪽 뺨에 보조개를 그리며 그는 창가로 다가가 아래를 내려다보았다. 거무죽죽한 나무만 무성할 뿐 길에는 사람도 자동차도 눈에 띄지 않았다.

"헬스클럽에 가기엔 너무 일찍이니 조깅이라도 하는 거겠지? 보디가드하고 같이 뛰나……. 재벌 후계자도 참 피곤한 일이겠어."

어젠 짐짓 모르는 척했지만 그가 파악한 보디가드만도 두 명이었다. 독립해 나왔다는 말이 무색할 정도의 보호 또는 감시. 입장을 생각하면 이해할 수 없는 바 아니었으나 결코 부러울 수도 달가울 수도 없는 배려였다.

"보여드리느라 일부러 더 다정하게 굴었는데, 보고가 가려나 몰라."

물을 홀짝이면서 그는 거실 반대쪽 영진의 방으로 향했다. 문은 단정하게 닫혀 있었지만 잠겨 있지는 않았다. 댁도 내 방에 들어왔었으니까 비긴 거야, 난 프라이버시 같은 거 몰라……. 묻지 않은 말을 중얼거리며 윤제는 망설임 없이 불을 켰다.

방 안을 한 바퀴 돌아보자 눈살이 절로 찌푸려졌다.

"김영진 씨, 방이 어쩜 이렇게 삭막하냐. 여성으로서의 감수성 같은 건 제왕교육 커리큘럼에 들어 있지 않았어?"

여배우 출신의 어머니가 이런 취향일 리는 만무하니 실내는 어디까지나 주인의 선택으로만 꾸며져 있는 게 분명했다. 도대체 어떻게 생겨먹은 여자인가, 그는 혀를 찼다. 사무실을 연상케 하는 간결한 선과 색조, 군더더기는커녕 장식 하나 없는 구성. 실용성 이외에는 고려조차 해본 일 없는 깔끔하기 그지없는 공간이었다. 흡사 기숙사의 빈방 같은 느낌이었다.

"이런 식으로 살 거면 대체 가출은 왜 한 건데……."

시큰둥한 표정으로 그는 별것 없는 책상이며 선반을 손으로 쓸었다. 이렇게 시시해서야 몰래 들어온 보람이 없잖아, 반역의 연판장이라든가 뭐 그런 거 있어야 하지 않아? 중얼거리며 아무 생각 없이 컴퓨터 옆에 놓인 문서를 흩뜨려 놓던 윤제는, 순간 멈칫했다. 그리고 펄럭이던 종잇장을 낚아챘다. 폴더 사이에서 비어져 나온 A4용지에 조그맣게 쓰인 제목이 시선을 붙잡은 것이었다.

"이게 뭐야……."

물병을 탁자 구석에 올려놓고 두 손으로 폴더를 넘기며 그는 눈을 크게 떴다.

거기엔 멀끔하게 생긴 남자들의 사진과 부연설명, 그리고 영진이 썼을 거라고 생각할 수밖에 없지만 그 덤덤하고 건조한 김영진이 썼다고 차마 믿기 어려운 기묘한 선언문 같은 것이 꽂혀 있었다.

"김영진, 무뚝뚝한 얼굴을 하고는 이렇게 깜찍발랄한 계획을 가지고 있었어? 그래서 집을 나온 거야?"

윤제의 눈가에 서렸던 놀라움이 차차 즐거움과 장난기로 바뀌며 해사하게 온 얼굴에 번져 나갔다.

"대박인데, 무단 침입한 보람이 있어. 이런 게 얻어걸릴 줄이야……."

그는 눈을 빛내고 재빨리 스마트폰을 가져다 찰칵찰칵 사진을 찍었다. 혹시라도 영진이 들이닥치는 건 아닌가 현관에 귀를 기울여가며. 쿡쿡거리는 웃음소리가 너무 커질까 신경 쓰면서.

그의 손바닥 위 화면 속에는 아무도 모르는, 아니 이제 김윤제만이 알게 된 영진의 기밀 프로젝트 제목이 선명하게 박혀 있었다. 누가 볼까 무서워 조심한 것처럼 볼펜체 폰트 9로 앙증맞게, 그러나 자못 씩씩하고 패기 있는 외침으로.

어떤 의미에선 참으로 김영진답게.

— 가자, 순결한 남자를 찾아서

윤제는 웃음을 멈출 수가 없었다.

"이거도 한번 입어보지? 귀여울 거 같은데."

상냥한 얼굴로 옷을 권하는 윤제에게 영진은 차가운 시선을 던졌다. 별반 소용 있진 않았다. 그녀의 불만 따위 모르는 척 그는 다시 다른 옷을 집어 들고 있었다.

"너 옷 산다고 같이 와 달라며. 근데 왜 내 옷인데."

결국 매장을 박차고 나온 영진은 에스컬레이터에 올라타 버렸다.

당장 입을 옷이 없다며 꼬드겼을 때 알아챘어야 했다. 안목 높은 김윤제가 옷 사는 데 도움이 필요할 리 없을 것을, 생각 없이 따라나선 게 문제였다.

평소 오기 힘든 백화점에 가벼운 차림으로 온 것까진 좋았다. VVIP로 눈길 끌지 않고 대중에 묻혀 돌아다니는 것도 즐거웠다. 스타일리스트가 골라주는 정장 대신 산뜻한 옷을 입어보고 싶은 기분도 조금은 있었다.

그런데 김윤제는 참으로 지독한 남자였다. 작은 키 커버한답시고 킬 힐(kill hill)을 신으면 열등감 있어 보인다는 둥, 의외로 히키코모리(引きこもり)풍도 조그만 여자한테 어울린다는 둥, 더 나이들기 전에 키치(kitch)한 액세서리 주렁주렁 달아보는 것도 좋다는 둥, 좋은 말인 듯 묘하게 신경을 긁으며 그녀를 정신없이 휘몰아쳐댄 것이다.

"넌 남자가 그 나이에 인형놀이하고 싶은 거냐."

그녀가 쏴붙였지만 윤제는 개의치 않는 듯 화사하게 웃었다.

"이쁜 인형이 안 예쁜 옷을 입고 있음 안 되니깐."

그의 대답에 영진은 입을 다물었다.

윤제의 패션 센스가 남다른 건 알고 있었다. 그게 자신에게 결여된 부분이라는 것도 자각하고 있었다. 하지만 도움을 받는다기보다 놀림당하는 것 같은 기분이 드는 건 왜일까.

'그거야 내가 당신을 갖고 놀고 있기 때문이지.'

그녀의 생각을 쉽사리 읽어낸 윤제가 아름다운 눈을 장난기로 반짝였다.

윤제보다 두 계단쯤 아래에 서 있는 영진은 과장 좀 보태서 키가 그의 반을 넘을까 말까 했다. 작은 고추가 맵다고, 꼿꼿하게편 허리와 반듯한 목에 촘촘한 가마까지 그녀의 배경을 모르는 사람도 만만하게 볼 수 없게 야무져 보였다. 그러나 윤제에겐 그 모든 게 어린애가 어깨에 힘준 양 가소로울 뿐이었다. 그녀의 개인 프로젝트를 훔쳐본 이후, 그는 김영진이 세상도 남자도 모르는 겉똑똑이라는 사실을 알아버린 것이다.

"발상이 귀엽기도 하지."

저도 모르게 툭 튀어나온 말에 영진이 고개를 반쯤 돌렸다. 윤제는 속눈썹을 파라락 흔들며 아무것도 아니라는 듯 웃어 보이다가 그녀가 시선을 거둔 후에도 멈추지 못하고 계속 키득거렸다.

'프로젝트라.'

영진의 순진한 궁리를 생각하면 자꾸만 웃음이 비어져 나왔기에.

그날 밤 그가 발견한 비밀문서에는 그녀가 뽑은 남자들의 목록이 있었다. 어떤 경로로 찾아낸 사람들인지는 모르겠지만 그들은 모두 '순결한' 사람인 모양이었다. 영진이 솔직하게 써놓은 고백문으로 파악하건대 그랬다.

나는 아름다운 남자를 좋아한다.

거기까지는 별 문제가 없다. 그런데 문제 문란한 남자는 질색이라는 사실이다. 잘생겼으면서 순결한 남자, 내가 꿈꾸는 건 그런 배우자다.

흔치 않다는 건 물론 알고 있다. 아니, 정확히 말하자면 거의 없지 않나 생각한다. 하지만 나는 타협이 되지 않으니 어쩌겠는가.

나로 말하자면 재벌 2세다. 이상하게도 다들 남자만 그렇게 부르던데, 아버지가 재벌이면 여자도 재벌 2세 아닌가? 더구나 난 무남독녀 외딸이니 유일한 상속녀, 명실상부한 후계자인 것이다.

따라서 내 주변엔 남자 재벌 2세들이 득시글거린다. 여자들이 꿈꾸는 이상향이 바로 내가 속한 사회다. 부유하고 앞길 창창한 남자들. 인정한다, 돈과 고급 교육으로 그놈들은 잘난 게 사실이다. 그들 중에 골라잡을 수 있다면 고민할 필요가 없을 거다.

그러나.

순결한 놈은 눈을 씻고 찾아도 없다는.

아아. TV에서 심어준 그릇된 환상에 빠진 여인들을 나는 동정한다. 드라마 속 남자 주인공들은 재벌이면서도 친절하고 정직하며 여자를 아끼고 몸가짐마저 바르던데, 실상은 전혀 그렇지 않다. 대개가 성질 더럽거나 안하무인이거나 저 잘난 맛에 사는 개망나니 바람둥이들일 뿐.

예를 들어 A. 순한 양 같은 외모를 하고 있지만 실은 호박씨로 정평 난 인물이다. 능력도 뭐 고만고만해서, 아버지가 타계하면 기업의 운명이 의심스럽다고 나는 본다.

또 B. 이자는 아주 망종이다. 아랫사람들을 밟고 차고 몽둥이로 때리고 조폭 연루설도 있고. 지하세계에 한 발 들이민 놈이랄까.

그럼 C? 미끈한 외모에 차도남의 표본 같은 남자지만 지금까지 갈아치운 여자들을 한 줄로 세우면 지구를 일곱 바퀴 반 돈다는 놈 아닌가. 별명이 슈퍼맨이던가.

게다가 더 가관인 건, 지들은 신나게 놀아난 주제에 뻔뻔하게도 와이프로는 얌전하고 정숙한 여자를 원하더라는 사실이다.

드라마와 달리 로맨스 소설에 나오는 재벌들은 까칠하고 난잡하다고 들었다. 하지만 이런 남자들이 사랑에 빠지면 개과천선해서 갑자기 지고지순하게 변한다던데. 게다가 풍부한 경험으로 테크닉까지 죽여서 여자주인공을 무척이나 만족시킨다고 하던데.

하하하.

그런 걸 믿는 여자가 정말 있단 말일까.

제 버릇 개 못 준다는 말은 만고불변의 진리 아닌가.

나는 결혼을 해야 한다. 아들 없는 우리 집안은 내가 이어야 한다. 그렇다면 겉과 속이 다른 파렴치한 놈이랑 정략결혼해서 남남처럼 살면서 애 낳으려고 억지로 몸 섞고 그래야 하는가? 그게 재벌 2세인 나한테 주어진 운명인가?

그럴 수는 없지 않은가. 인생은 누구에게나 한 번인데.

그리하여 결혼적령기에 다다른 나는 고민 끝에 순결한 남자를 찾아 나서기로 결심했다.

제왕 수업도 중단하고, 이상적인 배우자를 찾는 절대 과업에 매진하기로 하였다.

그런데.

대체 어디로?

누굴 목표로?

길 가는 남자마다 붙잡고 '저기요, 혹시 순결하세요?' 이렇게 물어볼 수는 없는 일 아닌가? 도를 아십니까도 아니고…….

판을 바꿔보고도 싶지만, 동창들도 사업상 만나는 사람들도 다 그 나물에 그 밥이니 어쩌면 좋을까. 돈맛을 보지 않은 건전한 직원들은 내가 부담스러워 피할 수밖에 없을 테고. 아니, 애초에 누가 사심 없이 나한테 접근할 수 있단 말인가?

다시 원점으로 돌아가 짚고 넘어가자면 나는 아름다운 남자를 좋아한다.

순결해도 못생기면 안 된다.

그러니 더욱 답이 안 나오는 거다.

예쁜 어린애를 데려다 가둬놓고 키워야 할까?

안 돼, 범죄는 곤란하다.

성직자를 꼬드겨서 파계라도 시키면?

생각이 극단으로 치닫는구나.

하여튼 나는 집을 나왔다.

남자를 찾아 길을 떠났다.

천신만고 끝에 입수한 '순결한 남자들의 명단'을 손에 쥐고, 세한그룹 후계자가 아닌 자연인 김영진의 모습으로 그들을 만나기 위해 6개월간 집을 나와 살기로 한 것이다. 그들 중에 내가 꿈꾸어온 나의 짝이 있기를 간절히 바라면서, 신분을 감추고 세상 속으로 뛰어들어서.

나에게도 내 인생은 소중하다.

그리고 이건 일생을 건 프로젝트다.

나 김영진은 돌아갈 것이다, 나만이 독점할 수 있는 아름답고 순결한 남자를 찾아서.

반드시.

여기서 실패한다면, 내가 어떻게 세한그룹을 짊어지고 나갈 재목이라 할 수 있겠는가.

윤제는 다시 키득키득 웃었다.

생각할수록 엉뚱하고 유쾌한 구상 아닌가. 차마 아는 척을 할 수 없는 게 유감일 따름이었다. 실컷 놀려먹고 나선 조금 훼방

놓고 은근히 도와줄 수도 있었는데, 그러면 그 딱딱한 얼굴이 빨갛게 물드는 걸 볼 수도 있었을 텐데.

'아니지, 모르는 척하는 편이 훼방 놓긴 더 좋을지도 모르지.'

간신히 웃음기를 문질러내던 윤제는 주머니 속에서 진동을 느끼고 전화기를 꺼냈다.

〈나 너 보인다〉

에스컬레이터에서 내리며 주변을 돌아보자 위층 난간 너머로 아는 얼굴이 보였다. 평범한 이목구비에 수수한 복장, 무던한 인상으로 어디 갖다 놔도 눈에 띄지 않을 '청년 A' 같은 친구였다. 윤제는 답문을 보내는 대신 손을 들어보였다.

그러나 친구는 인사로 만족하지 않고 다시 문자를 보냈다.

〈너 여자한테 그렇게 친절한 거 백만 년 만에 보는 거 같은데 누구?〉

윤제는 잠시 망설였다.

〈세한그룹의 예정된 후계자 김영진〉

답을 찍어 보내고 올려다보니 경악으로 굳어 있는 청년 A가 눈에 들어왔다. 그리고 잠시간의 공백 후 도착한 답문에 윤제는 웃음을 터뜨리고 말았다.

〈김윤제 너도 결국 속물이었구나!〉

친구는 과장되게 엄지를 치켜 올리더니 다시 열심히 자판을 두들겼다.

〈세한그룹! 그래, 그 정도면 얼음왕자가 녹을 만하다〉
〈나중에 소개시켜 줄 거지?〉
〈생각보다 예쁘다, 너 완전 봉 잡았네〉

윤제는 대꾸 없이 웃음 섞인 손사래를 남기고 돌아섰다.

잠깐 사이 김영진이 저만치 멀어진 게 보였다. 성큼성큼 거리를 좁혀 그녀를 따라잡으며 그는 친구의 말에도 맞는 부분이 있긴 하다고 생각했다, 비록 과장과 오해가 섞였을망정. 김윤제가 이렇게 여자를 따라다니는 건 하여튼 매우 드문 일이었으므로.

'속물이라 그런 게 아니지. 신기하고 재미나 그러는 거지.'

메르헨을 꿈꾸는 서른한 살 재벌후계자라니 누군들 흥미롭지 않을까. 겉으론 구체관절인형처럼 냉랭한 얼굴을 하고는. 그러면서 눈앞의 꽃미남에겐 눈곱만큼의 관심도 없고.

'그러고 보니…… 아주 어렸을 적에도 다른 여자애들이랑 많이 달랐던 거 같긴 해.'

또랑또랑한 눈을 하고 말수가 적었던 김영진 어린이는 떼를 쓰는 법도 꼼수를 부리는 일도 없었고 여자애다운 어리광을 피울 줄도 몰랐다. 그렇다고 누나연(然)한 것도 아니었다. 자신만의 울타리를 쳐 놓고 늘 진지하게 바깥을 바라보고 있었던 것 같다고,

지금 돌이켜보면 그런 느낌이었다고, 이제 성인이 된 윤제는 기억했다. 주변에 화려하거나 세련되었거나 재기 넘치거나 한 수많은 여자들과 타고난 것부터가 다른 느낌이었다.

'그래도 생각보다 이쁘게 자랐어. 쪼꼬만 게 귀엽기도 하고 말이지……'

비죽비죽 웃는 그를 어느덧 지하철역 입구에 도착한 영진이 돌아보았다.

"난 따로 갈 데가 있어."

밀어내는 기색이 역력했다.

"어디? 나도 같이 가."

물론 윤제는 여기서 헤어질 생각 따위 없었다.

"너랑은 상관없는 데야."

"그럼 같이 가도 괜찮은 거 아냐. 나 심심한데. 갈 데도 없고 만날 사람도 없고."

"니가 심심한 게 나하고 무슨 상관이야?"

"에이, 너무한다. 난 누나하고 같이 있는 게 좋은데."

어깨를 축 늘어뜨리고 불쌍한 표정을 지어보였지만 물론 김영진은 믿어주지 않았다. 그래도 딱 잘라 내치지 못하는 것이, 어느 정도는 윤제에게 져줄 수밖에 없다고 각오하고 있는 모양이었다.

'이게 연상녀의 맹점이지. 너그러워야 한다는 강박관념 같은 게 있거든.'

윤제는 한쪽 뺨에 깊게 보조개를 파며 영진의 손을 잡아끌었다. 유들유들 들러붙는 그에게 영진은 노골적으로 싫은 표정을 지었으나 거기까지였다. 그녀는 맹탕이고 그는 고수이니 게임은 처음부터 일방적일 수밖에 없는 것이었다.

게다가 그는 영진이 어디로 갈지도 대충 알고 있었다.

두 사람이 도착한 곳은 윤제의 예상대로 제과점이었다. 아니, 그냥 빵집이라고 부르는 편이 더 적합할 것 같았다. 프랜차이즈도 대형 제과점도 아닌 조그마한 개인 숍이었으므로.

그리고 '꿀과 바닐라를 탄 핫 초콜릿' 이라는 간판을 본 윤제는 그녀가 리스트 제일 위의 남자를 찾아왔다는 걸 확신했다.

"베이킹 클래스 신청하러 왔습니다."

카운터에는 머리를 하나로 질끈 묶은 젊은 여자가 과자를 포장하고 있었다. 영진이 그녀에게 말을 걸었다. 여자는 방긋 웃더니 종이 한 장을 내밀었다.

"여기 신청서 작성해 주세요. 수강료는 카드로 결제하셔도 됩니다."

윤제가 영진의 어깨에 턱을 올리곤 재빨리 '나도' 하고 주문했다.

"나도 같이 들을 건데요, 형제 할인 안 되나요?"

뜬금없는 소리에 영진이 미간을 좁혔지만 카운터의 여자는 기쁜 표정으로 웃어 보였다.

"남자분은 드문데 반갑네요. 수강생들이 굉장히 좋아하겠어요."

"저야말로 이렇게 미인이 계신 곳에서 수업 듣게 돼서 좋은걸요."

실패하는 법 없는 상냥한 칭찬으로 대화를 시작한 그는 이어

궁금한 것들을 자연스레 묻기 시작했다. 당신이 주인이냐, 베이킹 클래스는 왜 여는 거냐, 주인장은 어떤 분이냐, 빵집 이름은 왜 이리 이상하냐, 등.

"전 알바구요, 우리 사장님이 바쁜데도 베이킹 클래스를 여시는 건 그분 꿈이 사람들한테 달콤한 행복감을 선사하는 거라 그래요. 사실 제과점 입장에선 동네 사람들이 홈베이킹을 하면 손핸데 말이에요. 것두 딱 재료비만 받고, 정말 욕심도 없으신 분이죠."

얼굴에 광채를 띠며 사장에 대해 말하는 여자는 그 자신 달콤하고 행복해 보였다. 음, 사장을 좋아하는구나. 단숨에 간파한 윤제는 일단 라이벌이 있어 녹록치 않을 영진의 행보에 동정을 품었다. 그 사장이란 자가 바로 김영진의 리스트 맨 위에 있는 남자였으므로.

"그리고 빵집 이름은요, 완성을 의미하는 거예요. 옛날 아스텍 사람들은 쓴 초콜릿 원액에다 칠리나 겨자 같은 걸 넣어서 마셨대요. 생각해 보세요, 얼마나 별로였겠어요? 나중에 유럽 사람들이 바닐라랑 꿀을 넣어서 비로소 초콜릿의 깊은 맛이 완성된 거라네요. 말하자면 신의 한 수인 거죠, '꿀과 바닐라'라는 건. 인생이라는, 혹은 사랑이라는 초콜릿을 완성시켜 준."

사랑에 빠진 여자는 남자의 가치관에 자기를 맞춘다. 그녀의 모습이 딱 그랬다. 그러나 윤제가 평가하기에 사장이란 작자는 상당히 잘난 척하는 남자였다. 코딱지만 한 빵집에 완성 운운이라니. 그나마 카페에나 어울릴 만한 이름을 갖다 붙여놓고는.

문제는 영진이 그렇게 받아들이지 않는다는 사실이었다.

"그렇군요. 인상적인데요."

무표정하게 고개를 끄덕일 뿐이었지만 자신의 기준과 부합하는 남자의 모습에 그녀는 적이 감동한 눈치였다.

윤제는 속으로 코웃음을 치며 빵집을 둘러보았다. 요즘 보기 드물게 프랑스나 일본이 아닌 미국식 베이커리인 듯 매장에 진열된 과자들이 대체로 투박하고 헤비한 종류였다. 손재주 대신 맛으로 승부하는 사람인가 잠깐 생각했으나, 천편일률적이지 않은 데커레이션을 보면 미적 감각도 남다른 것 같았다. 규모는 작을망정 흔해빠진 B급 제과점이 아닌 건 최소한 확실해 보였다.

'꿀과 바닐라라.'

취향을 떠나 예사롭지 않은 네이밍이긴 했다. 나름 추구하는 무엇이 분명한 사람인 모양이었다. 그러니 김영진이 후보 1순위로 고려하고 있는 걸 테고.

그가 기억하는 바 그녀의 리스트에는 다섯 명 정도의 남자가 올라 있었다. 정면 사진은 아니었지만 다들 괜찮은 외모라는 걸 알 정도는 되었다. 빵집 주인 이한성이 어떻게 생긴 남자인지도 대충은 파악할 수 있었다. 선이 굵었지만 모가 나지 않아 유한 인상이었다. 다른 사람들보다 좀 더 잘생겼던 것 같기도 했다.

'1주일에 3번 베이킹 클래스, 김영진이 과연 그 호기를 살려낼 수 있을까?'

어설픈 연애질의 관객이 되는 즐거움을 고대하며 윤제는 벌꿀보다 진한 웃음을 흘렸다.

그리고 호기롭게 생각했다.

'꿀과 바닐라가 인생을 완성한다고? 김영진아, 당신이 평생 가야 나보다 더 단 꿀을 만날 수 있을 거 같아? 옆에다 날 두고 딴 남자가 눈에 들어온다면 내가 손에 장을 지진다.'

등록은 오래 걸리지 않았다. 윤제는 결국 10% 형제 디스카운 트를 받았고, 전혀 닮지 않은 두 사람이었음에도 여자는 별 의심 없이 사이좋은 남매가 부럽다며 그들을 환영했다. 영진은 기가 막힌 얼굴을 했지만 남매인 척하는 편이 본인에게도 낫다는 결론 에 도달한 듯 별말 하지 않았다.

그리하여 본격적인 대면이 다가오고 있었다.

남자 1번 이한성, Y대 사회학과 졸업 후 제과제빵전문 과정으 로 유학, 30세, 무난한 가정의 외아들. 제과점 '꿀과 바닐라를 탄 핫 초콜릿' 경영.

거기까지가 김윤제가 훔쳐 읽은 프로필의 내용이었다. 일반적 으로 보자면 흠잡을 데 없고 세한그룹 김영진에게는 한참 모자 라는 배경이었지만 사실 그런 건 별로 중요하지 않았다. 어차피 숙맥 김영진이 생면부지의 남자를 공략해 낼 가능성은 거의 없을 것이므로.

그런데 바로 그날 저녁, 베이킹 클래스의 첫 시간, 윤제는 이한 성의 프로필에 자신의 개인적인 감상을 하나 추가해야만 하였다.

훔쳐본 사진보다 훨씬, 아주 많이, 재수 없을 만큼 잘생긴 남 자라는 사실을, 가장 유력한 후보 남자 1번 이한성이. '순결하다 고 동네방네 떠들고 다니는 남자가 뭐 볼 게 있겠어?' 대놓고 얕 잡아보았던 것이 완전히 무색할 정도로.

김영진은 정말로 외모를 밝히는 모양이었다.

사람을 먹을 것에 비유하는 건 이상한 일이겠지만 가끔 무척 어울릴 때가 있다. 굳이 호빵맨이나 냉장고나라 코코몽 같은 어린이 캐릭터가 아니더라도.

예를 들어 한동안 회자됐던 '밀크남'이 그런 경우로, 그 수식어를 달고 있던 남자는 드라마 속에서 부드러운 캐릭터로 여심을 사로잡은 바 있었다. 상냥하고 배려할 줄 알고 심지어 헌신적이기까지 한 역할이어서 그가 결국 조연에 머물고 만 걸 안타까워한 여성 시청자들이 상당히 많았다고 영진은 들었다.

이한성에 대한 김영진의 첫인상 역시 '우유 같은 남자'였다. 그러나 그건 그녀 나름의 변형이 가미된 것으로 그저 부드럽기만한 게 아니라 속에 단단한 심을 품고 있다는 의미였는데, 그런 연상은 우유가 의외로 소화하기 쉽지 않다는 상식에서 비롯된 것이었다. 그는 존재감이 상당히 묵직한 남자였으므로.

"오늘은 첫날이고 초보자가 많으신 것 같으니 간단하게 초코칩 쿠키로 시작하겠습니다."

새하얀 셔츠에 검정 에이프런을 두르고 수강생들에게 인사하는 이한성은 목소리가 따뜻한 사람이었다.

"모든 베이킹의 기본은 버터입니다. 쿠키를 만들 땐 대부분 실온에 둔 버터를 사용하지요. 완전히 녹은 버터를 쓰면 나중에 쿠키가 딱딱해지거든요."

그리고 빵 굽는 사람답게 손이 커다랬다.

그녀는 이한성에게서 기대 이상의 좋은 느낌을 받았다. 그는 꼭 필요한 말을 편안하게 하였고, 허튼 농담을 삼갔으나 불친절하게 느껴지지 않았다. 온통 여자뿐인 베이킹 클래스에서 긴장하거나 허세를 부리지 않는 점도 적잖이 마음에 들었다. 순결한 남자로 그녀의 리스트 1번에 오를 만한 사람이라고 생각했다.

김윤제는 한편, 조금 다른 평가를 내리고 있었다.

'김영진은 저 남자가 순결한지 도대체 어떻게 안다는 거지?'

윤제가 보기에 남자는 여자가 줄줄 따를 타입이었다. 온화하면서도 강해 보이고 다정한 것 같지만 금욕적인 느낌을 주는, 마치 젊고 잘생긴 신부(神父)에게서 풍겨나는 카리스마 같은 게 그에겐 있었다. 그러니 카운터에 있던 알바생 조경아 씨도 그렇고 클래스의 여자들이 죄다 눈을 하트로 만든 채 그를 바라보고 있는 것 아니겠는가.

'저런 남자가 여자들을 뿌리치면서 살았다고? 사실이라면 그건 저 남자가 아주 지독한 놈이라는 얘기지. 철인 3종 경기에 나가는 사람들과 비견할 만하달까.'

윤제는 고개를 절레절레 저었다. 김영진과 이한성을 붙여놓으면 숨이 턱 막힐 만큼 답답한 커플이 되고 말 거라는 확신이 들었기에.

"흑설탕을 쓰는 건 색깔을 예쁘게 내기 위해섭니다. 바싹 굽지 않아도 먹음직스러운 황갈색을 띠어주니까요. 수분을 많이 함유하고 있어서 상대적으로 칼로리도 낮은 편이죠."

조곤조곤하면서도 수다스럽지 않은 남자의 설명이 듣기 좋게 이어졌다. 저녁 시간이다 보니 수강생들은 대부분 직장여성이었고 초짜인 탓에 손이 굼뜨고 실수가 많았다. 그러나 보글거리는 설탕 단내에 하루의 피로를 잊은 듯 그들은 모두 웃는 얼굴이었다. 베이킹을 통해 행복을 전하고 싶다고 한 사장의 말을 영진은 백분 이해했다.

"그래, 남자는 맘에 들어?"

반죽을 오븐에 넣느라 어수선한 틈을 타서 윤제가 영진에게 물었다. 그녀는 무표정하게 그를 올려다보았다

"보아하니 경쟁 치열하겠는데. 배경 빼면 누나한테 그다지 강점 없는 거 알지?"

자칫 당혹감이 겉으로 드러날까 영진은 시선을 돌렸다.

저 자식이 눈치챌 만큼 내가 티를 냈나, 혹시 뭔가를 알고 하는 소린가, 아님 그냥 찔러보는 건가.

그런 물음이 머릿속을 오갔지만 그보다 신경 쓰이는 건 '경쟁력 없는' 자신에 대한 무자비한 지적이었다. 그녀 역시 어쩔 수 없는 여자였기 때문에. 모르고 있었던 게 아니라 해도 남에게 직접, 그것도 이성으로부터 듣는 건 따끔따끔 아플 수밖에 없었으므로.

"그래. 넌 강점 많아 좋겠다."

당연히 말이 뾰족하게 나왔다. 그러나 빙글거리며 던진 김윤제의 추가 일격엔 입술을 깨물 수밖에 없었다.

"설마 이젠 은갈치 운운은 안 하겠지만. 그지, 누나?"

그건 재계에서 꽤 유명한 가십으로, 재벌의 어린 딸이 저명한 정치가를 향해 '은갈치처럼 럭셔리하시네요' 발언으로 좌중을 싸하게 만든—그리고 이후 영진을 더 과묵한 아이로 만든— 사건이었다. 영진은 그 사람이 광택 있는 슈트를 입었기에 진심 칭찬하느라 한

말이었다. 뉴스에 갈치 값이 비싸다고도 했었고, 인터넷 어디선가 은갈치와 양복을 엮어서 말한 걸 본 것 같기도 했었고.

'그게 언제 적 일인데. 나쁜 자식.'

영진은 자기 자신을 누구보다도 잘 알고 있었다. 작은 키에 어린애 같은 얼굴, 애교는커녕 표정도 없는 뻣뻣한 태도, 상대를 불편하게 하는 냉정한 분위기. 그룹의 오너로서는 외형적인 위압감이 떨어졌고 개인으로서는 유연성이 부족했다. 그나마 상대의 계산속을 읽고 대처하는 기술은 후계자 교육을 통해 익혔다고 하지만 '말랑말랑함'이나 '사랑스러움' 같은 건 그런 식으로 배울 수 있는 게 아니었다. 그녀는 투박하고 둔한 사람이었고, 여자로서는 한층 문제가 심했다.

"내가 도와줘?"

윤제가 몸을 숙여 그녀의 귓가에 대고 은근하게 속삭였다.

"누나 혼자 무리 아냐? 망쳐 버릴까 겁나지?"

말하면서 내심 윤제는 이게 내가 뭐 하는 짓인가 싶었다. 모르는 척 훼방 놓을 생각이었는데, 막상 상황을 보고는 그만 오지랖 넓게 끼어들고 만 것이다.

하지만 내버려 뒀다간 결과가 뻔했다. 심지어 과정도 재미 하나 없을 것 같았다. 그리고 훼방이야 꿀 한 방울만 떨어뜨리면 언제든 놓을 수 있는 것 아닌가.

"입 다물어. 나중에 얘기해."

영진이 사람들의 눈치를 보며 대화를 닫았다.

수업의 마무리는 무난하고 평화로웠다. 살찐다고 투덜거리면서도 즐겁게 쿠키를 먹던 여자들은 이한성이 조리실을 나가고 나자 둘러앉아 뒷얘기를 시작했다. 사장님 완전 훈남이지. 그러게, 여친 없대? 내가 카운터 언니한테 살짝 물어봤는데 없다더라고. 전번 딸 수 있을까? 그건 안 쉬울걸, 선 딱 긋는다더라……

한참 열 올리던 그녀들은 구석에 있는 윤제를 돌아보더니 이번엔 한층 소리를 낮춰 수군대기 시작했다.

"이제 니 얘기 하나보다,"

영진이 가방을 챙기며 떫게 말하자 윤제는 흐뭇한 표정으로 대답했다.

"그러니까 내가 도와줄 수 있다는 거지. 저 떨거지들 다 나한테로 돌리면 되잖아? 누나한테 유혹의 ABC를 가르쳐 주는 거랑은 별개로 말이야."

그녀는 불신 가득한 눈으로 그를 올려다보았다.

테크닉을 전수받을 수 있다면 나쁘지 않을 거다, 그런 게 연습으로 되는 거라면. 경쟁자들을 거둬내 준다니 고마운 일이다, 도의적으로는 찜찜하지만.

그러나.

"왜?"

근본적인 물음을 그녀는 던지지 않을 수 없었다.

윤제가 어깨를 으쓱했다.

"누나가 바라는 게 그거 아냐? 아님 말고."

천연덕스럽게 속눈썹을 깜빡이는 순진한 얼굴이 가증스러웠으나 영진은 더 묻지 못했다. 그는 이야기해 줄 생각이 없는 것이다. 어디까지 알고 있는지, 주변을 맴돌며 의외의 행동을 하는 이유가 무엇인지, 그녀에게 바라는 건 과연 무언지.

꿀과 바닐라

"그래서 난 이제 어떻게 하면 되는 건데?"

결국 그녀가 내키지 않는 목소리로 묻자 윤제는 상큼하게 웃으며 눈을 찡긋했다.

"접근은 내가 할게. 그동안 여자들한테 꽤 데었을 거야. 누난 나대지 말고 얌전히 있어."

과자를 다 먹은 여자들이 하나둘 빵집을 나서고 있었다. 조리실 밖 매장 쪽에서 사장이 누군가와 얘기 중인 게 보였다. 윤제는 영진의 손목을 끌고 다른 사람들 틈에 섞여 그쪽으로 다가갔다.

"사장님, 오늘 수업 정말 재미있었습니다. 오랜만에 미국식 디저트를 먹으니까 좋더라구요."

누구에게나 먹히는 시원한 미소로 살갑게 인사하니 사장이 웃었다. 예상대로 남자는 동성의 접근에 경계심을 드러내지 않았다.

"미국 사셨나 보군요. 마음에 드셨다니 기쁘네요. 남부식 레시피라 달고 진해서 싫어하시는 분들도 있는데요."

웃음 띤 이한성의 얼굴은 수업 때보다 더 호감 가는 느낌이었다. 이목구비가 순한데도 짙은 눈빛으로 남자다운, 동성 친구들도 많이 따를 타입이었다. 원하지 않아도 리더가 될 유형이군 싶었다.

"혹시 록키 로드(rocky road) 쿠키는 안 만드시나요? 마시멜로 들어 있는 과자 아주 좋아하는데요."

입맛을 짐작하여 운을 띄우자 남자는 반색했다. 윤제는 한성과 퍼지(fudge)며 스모어(s'more)며 혀가 썩도록 단 과자에 대해 한참 이야기를 나눴다. 영진을 곁에 꼭 붙여 한성의 시선이 한 번씩 그녀에게 향하게 하는 것도 잊지 않으면서.

그때 옆에 서 있던 사람이 이한성을 타박하며 자신에게로 주의를 돌렸다.

"근데 너 오늘 수업 되게 지루하더라? 초코칩 쿠키 구울 거면 초콜릿이 최음제였다는 말 정도는 해줬어야지. 여자들은 빵 만드는 거 못지않게 그런 얘기 좋아한단 말이다."

이한성의 친구로 추정되는 그는 한성과 정반대의 인상을 지닌 사람이었다. 턱 선이 날렵하고 새카만 눈초리가 치켜 올라간 것이 성깔 있어 보였다. 고전적인 관상으로는 하관이 빨다고 좋게 치지 않겠지만 요즘 기준으로는 이성에게 어필할 삐딱한 느낌. 그런데 윤제는 그 얼굴도 어디서 본 것 같다는 생각이 들었다.

새 인물이 영진에게 눈길을 고정하고 웃었다.

"그리스의 암브로시아처럼 마야에서 카카오는 영생을 의미했답니다. 잉카 황제는 초콜릿을 마시지 않고는 침실에 들어가지 않았다는군요. 카카오 수확 때는 일반인도 꽤 난잡하게 즐겼던 모양이구요. 이 사장은 몰라도 저는 그래서 초코 계통의 과자를 좋아하죠."

하지만 김영진은 아마도 그가 기대했을 '어머, 그래요?' 유형의 반응을 보여주지 않았다.

"유럽에 전해진 카카오는 때론 신성한 음료로 또 때론 저주로 여겨졌죠. 프랑스선 임신 중에 초콜릿을 많이 먹는 바람에 악마처럼 새카만 아기를 낳은 후작부인이 있었다네요. 아침저녁으로 부인의 방에 초콜릿을 서빙한 게 젊은 아프리카 노예였다고 하니, 진짜 이유는 물론 뻔한 거지만요."

꿀과바닐라

의미심장하게 눈동자를 반들거리며 덧붙인 말에도 김영진은 무표정을 고수할 뿐이었다. '그게 뭘?' 거의 이런 느낌으로.

"이봐요, 똘망똘망한 얼굴을 한 아가씨. 재미없어도 맞장구쳐 주는 미덕 같은 거 몰라요? 아님 대꾸하기도 싫을 만큼 시시한 수준이었어?"

결국 눈살을 찌푸리고 불평하는 남자를 보며 윤제는 속으로 웃었다.

'그게 아니라 이 여자가 이런 상황에 대처능력이 전혀 없어 그러지……. 이제껏 세한그룹 김영진을 붙잡고 저런 수작을 건 사람이 누가 있었겠냐고.'

사장이 친구를 나무라며 끼어든 것은 그때였다.

"재미도 교훈도 전혀 없었어, 차현도. 그리고 너 왜 우리 수강 생한테 무례하게 굴어? 농담 따먹기는 너네 술집 손님들하고나 하라고."

아하.

윤제의 머릿속에 딩동 벨이 울렸다.

새로 나타난 남자는 그 역시 영진의 리스트에 올라 있는 사람이었다. 차현도, 남자 2번. Y대 철학과를 졸업하고 현재 와인 바를 경영하고 있음. 이한성과 마찬가지로 30세. 사진이 비스듬하게 잡혀서 얼굴이 분명히 기억나지 않았던 것뿐이다.

'두 사람이 친구인 거였어? 그런데 둘 다한테 접근할 생각인 거고? 김영진, 당신의 비루한 사교술로 감히?'

황당한 기분으로 윤제는 영진을 내려다보았다.

그리고 다시 남자를 아래위로 훑었다. 허탈해서 웃음도 나오지 않았다. 어딜 봐서 저 남자가 순결하다는 건가. 한눈에 봐도 밤의 제왕이구만. 외모며 분위기며 작업 거는 꼬라지 하며.

하지만 어쨌든 남자가 영진에게 관심을 보였으니 그를 활용해서 친구인 이한성을 엮어내는 게 가능할 듯싶긴 했다. 윤제는 서글서글한 표정으로 윤활성 멘트를 날렸다.

"우리 누나가 수줍음을 많이 타서 그렇죠. 아마 속으로 재밌다고 생각했을 겁니다. 그런 뒷이야기는 누구나 좋아하니까요."

그러나 영진은 그런 생각을 하고 있지 않았다. 그녀는 무표정하게 혼란해하는 중이었다. 순결 리스트에 올라 있는 남자에게서 풍기는 야한 느낌을, 그녀라고 읽지 못한 것은 아니었기 때문에.

"술집을……, 그러니까 와인 바 같은 걸 하시는 건가요?"

뜬금없는 그녀의 질문에 차현도는 휘파람을 불었다.

"저런. 뒷조사라도 하신 것처럼 맞추시네요. 네, 이 건물 3층에서 술집을 하고 있죠. 시간 되면 한번 놀러와요."

"그럴게요. 저는 미디엄 바디의 화이트와인을 좋아해요."

오홍, 제법인데. 윤제는 눈을 치켜떴다. 처음 만난 남자와 공통의 관심사로 대화를 이끌어내다니! 말투는 여전히 딱딱하기 짝이 없지만…….

영진은 사실 차현도가 마음에 든 건 아니었다. 오히려 불편한 느낌이 강했다. 그럼에도 그에겐 '순결하지 않은 거 같은데!' 하고 대뜸 내칠 수 없게 만드는 무언가가 있었다. 화주(火酒)의 독한 향이랄까, 치명적이면서도 매혹적인 무엇인가. 실없는 농이나 던지고 있는 그녀의 이상형이 절대 아닌 남자에게.

옛날에 그녀의 '민간인' 친구가 영화를 보다가 그런 말을 했었다. 자긴 본래 선이 가늘고 도회적인 남자를 좋아하지만 가끔은 영화 속 무지막지한 캐릭터-미스터 인크레더블이나 헐크같이 무식한 근육질 인물-에 가슴이 뛸 때가 있다고. 지금 이 순간 영진은 어쩐지 친구의 말을 이해할 것 같은 기분이 들었다. 저건 아니지 싶음에도 불구하고 바로 X를 매길 수는 없는, 묘한 기분이.

"뒷조사 얘기가 나와서 말인데, 너 따라다니던 사람 흥신소 직원이었다며?"

이한성이 심드렁하게 차현도에게 물었다. 그는 이마를 찌푸리며 대답했다.

"어. 근데 의뢰인이 누군지 영 불질 않아. 자기도 그 바닥에서 신용으로 먹고 사는 거라고 배 째라 하네."

순간 윤제는 영진의 얼굴이 미세하게 경직되는 걸 느꼈다. 그새 익숙해졌구나, 저 정도의 변화를 감지하다니. 웃음이 나오기도 했지만 그게 문제가 아니었다. 맥락으로 보건대 정보를 캐던 영진의 꼬리가 밟힌 모양이었다. 일단 잘라내긴 한 것 같지만 안심할 수는 없을 것이다.

"네 녀석한테 원한 품은 여자가 한둘이 아니니까 그중에 누가 시킨 거 아닐까."

"나를 짝사랑해서 스토킹하는 게 아니고?"

시답잖은 대화가 오가는 걸 보니 다행히 심각하게 대응할 생각은 아닌 듯싶었다. 불편해할 영진도 구해줄 겸 적절한 선에서 여운을 남길 겸 윤제는 눈인사와 함께 영진의 어깨를 안고 돌아서려 했다. 더 이상 남아 있으면 다른 여자들처럼 값싸지게 마련, 16년 또는 그 이상 인간관계의 달인으로 지내온 김윤제는 절대

초장부터 질척이지 않았다.

"아예 말 나온 김에 저희 가게에 같이 안 가실래요? 오늘은 제가 한잔 쏩니다."

다만, 저쪽에서 붙잡고 늘어졌을 때는 얘기가 다르다.

"글쎄요……?"

윤제는 조금 망설이는 듯 어정쩡한 미소를 지으며 차현도를 향해 시선을 돌렸다. 그런데 뜻밖에 남자는 영진이 아닌 그를 쳐다보고 있었다. 영진에게 지었던 것과 똑같은, 노골적인 유혹이 담뿍 담긴 웃음을 만면에 띤 채.

그러고는 은근한 목소리로 덧붙였다.

"남자분도 너무 제 취향이라 말이죠."

헉.

자기도 모르게 몸을 뒤로 움찔하며 윤제는 영진을 꽉 붙잡았다. 등줄기를 타고 소름이 쫙 흘러내렸다.

당신, 그쪽이었어? 그래서 순결하다는 오해를 받고 있는 거야?

"하하하……."

그의 반응에 차현도는 허리를 뒤로 젖히며 웃어댔다.

"그렇게 안 보이는데, 의외로 순진한 사람이네?"

남자는 진심으로 즐거워 보였다.

그러자 이한성이 지겹다는 표정을 지었다. 여전히 뚱한 얼굴을 하고 있는 김영진 뒤에서, 아마도 이제껏 여러 번 겪은 일인 듯.

"너 그따위 장난질 하는 거 진짜 게이들한테도 실례야. 이분한테는 말할 것도 없고. 제가 대신 사과드리겠습니다. 행여라도 신경 쓰지 마세요. 저 살면서 이 자식만큼 여자 좋아하는 놈 못 봤습니다."

그의 해명을 들으며 윤제는 식은땀을 훔쳤다.

그리고 떨떠름하게 웃었다.

잠깐 놀라기는 했지만, 그는 곧 유쾌한 기분을 되찾았다. 그래, 신부님만 있어서야 지루해서 되겠어? 발랄한 늑대 한 마리도 나쁘지 않지. 심지어 만족스런 기분마저 들었다.

"괜찮습니다. 제가 바이가 아닌 게 유감스러울 정도로 매력적인 분인데요. 제게 관심 가져주셔서 감사할 뿐입니다."

여유를 찾은 그의 말에 차현도는 눈썹을 올리면서 장난스런 웃음으로 응대했다.

상황은 윤제가 예상했던 것보다 더 흥미진진하게 돌아가고 있었다. 단정하기 그지없는 이한성, 퇴폐의 냄새를 물씬 풍기는 차현도, 어울리지 않게도 둘은 친구.

'분명히 이 동네 사는 남자가 하나 더 리스트에 있었는데, 김영진은 혹시 그 사람도 한꺼번에 엮을 생각인 걸까.'

영진의 취향이 나쁘지는 않다고 윤제는 생각했다. 짧은 만남이었지만 남자들은 인상이 꽤 강렬했다. 하고 있는 일이나 경력이 세한그룹 김영진의 짝으로 적합한가는 매우 의심스럽지만, 어쨌든 흔한 월급쟁이들과 다른 아우라를 풍기고 있는 건 확실했다. 개인적인 호불호와 무관하게.

'흥신소 직원이 붙잡히는 바람에 아슬아슬한 맛도 있고, 김영진이 서툴게나마 분전하는 모습도 신선하고. 괜찮은데?'

취업을 미루고 김용식 회장의 제안을 받아들이길 잘했다고 윤제는 흐뭇하게 웃었다.

김영진도 비슷한 생각을 하고 있었다. 이만하면 순조로운 시작이었다. 순결한지 아닌지는 확인 불가능하지만 어쨌든 후보 둘이 기대보다 멋졌으니 아직까지는 성공적이지 않은가. 심지어 그녀에게 들러붙어 있는 껌마저도, 좀 귀찮긴 하지만, 얼굴은 일단 근사하고.

딸랑.

그때 누군가 제과점 문을 열고 들어섰다. 곱상하게 생긴 얼굴에 선이 가느다란 젊은 남자였다.

맙소사.

윤제는 경악했다.

'설마 저 남자도 이 사람들하고 친구라는 건 아니겠지?'

오오.

영진은 무표정 속으로 혼자만의 미소를 지었다.

'역시 나는 운이 좋아······. 일이 이렇게 풀려주네.'

그는 남자 3번, 박해민이었다. 영진의 계획서에 정면 사진이 선명하게 찍혀 있는, 이 동네에 살고 있는 또 다른 후보. 꽃미남이란 단어의 '꽃' 부분에 누구보다도 어울리는 사람.

김윤제는 알지 못했지만 남자 셋은 오래된 친구였고, 영진도 예상치 못했던 것은 세 사람을 이렇게 첫날 한꺼번에 보는 행운이었다.

'꿀과 바닐라를 탄 핫 초콜릿'에서의 Day 1이었다.

캄캄한 밤이었다. 아니, 밤이 아닌지도 모른다. 밤에는 보통 별빛이나 불빛이 있게 마련, 이렇게까지 캄캄한 건 비현실적이니까.

눈을 깜빡였다. 너무 고요해서 눈썹이 사부작거리는 소리가 들릴 정도였다. 아무것도 보이지 않지만 영진은 알고 있었다. 자기가 아주 좁은 공간에 웅크리고 있다는 것을. 팔도 다리도 뻗고 싶었지만 그럴 수가 없었다. 일어나서 문을 찾아보고도 싶었으나 부질없는 짓일 게 분명했다.

어.

착각인가.

멀리서 깜빡이는 불빛이 보여 영진은 눈을 비볐다.

불빛은 눈 깜짝할 사이에 코앞으로 다가왔다. 착각이 아니었지만 어둠보다도 더 비현실적이었다. 어둠보다 더 무서웠다. 영진은 어깨를 움츠리고 빛 방울을 응시했다.

"여기 있었어? 얼른 나와. 같이 놀자."

어린아이의 목소리가 들리더니 빛 방울이 차차 커지며 아이의 얼굴을 비췄다. 다갈색 눈동자가 다정해 보이는 남자아이였다. 인형처럼 말려 올라간 속눈썹이 예쁘게 깜빡이고 있었다.

"혼자 못 나와? 자, 손."

키가 큰 아이가 몸을 구부리고 손을 내밀었다. 목소리는 어린애였지만 말투에 자신감이 넘치는 게 어쩐지 시키는 대로 해야만 할 것 같았다. 영진은 자기도 모르게 손을 뻗었다.

팍.

그 손을 거칠게 쳐낸 것은 누구였던가.

아이였나? 아니면 영진 자신이었나? 혹은 다른 누군가였던가?

알 수 없었다. 빛은 사라져 버리고 다시 어둠과 고요가 공간을 가득 메웠기 때문에.

영진은 아이를 부르지 않았다. 그렇게 사랑스러운 아이가 영진을 찾아왔을 리 없다. 손을 잡아주었을 리가 없다. 쓸쓸해서 심심해서 꿈을 꾼 것일 터였다.

또르르 눈물이 흘렀다.

김영진이 남자의 외모를 밝히게 된 건 아마 그때부터였을 것이다.

2. 영창대군, 와인과 키스

"자린고비 이야기 다 아시죠? 굴비를 천장에 묶어놓고 쳐다보면서 밥 먹었다는 이야기 말입니다. 그런데 러시아 사람들이 정말 그랬었다네요. 설탕이 워낙 귀했던 탓에 농노들은 식탁 위에 매달아둔 설탕 덩어리를 바라보면서 차를 마셔야만 했답니다."

마들렌 반죽을 휘핑하며 이한성이 설명했다. 마들렌 하면 홍차, 당연한 듯 차에 대한 얘기가 나온 참이었다. 러시아 사람들은 빈부귀천 없이 하루 종일 차를 마셨다는 설명과 함께.

"형편이 좀 나았던 자작농들은 차 마시기 전에 돌아가면서 설탕을 핥았구요, 귀족들은 실제로 찻잔에 설탕을 넣어 먹었지요. 그리고 놀랍게도 차르는 설탕 덩어리에 구멍을 파서 찻잔으로 썼다고 하는군요."

하, 돈지랄을 했구나. 흥미롭게 듣던 수강생들 사이에서 탄성이 터져 나왔다.

영진은 이한성이 그들과 웃음을 나누는 걸 가만히 쳐다보았다. 그사이 수강생들이 조금 편해졌는지 혹은 부담스러운 눈길들이 비껴간 걸 느꼈는지 그는 최근 과자에 얽힌 뒷얘기를 종종 해주곤 하였다.

그리고 그를 향한 여자들의 눈길에 힘이 빠진 건 전적으로 인간관계, 아니 남녀관계의 달인 달콤 김윤제 선생의 공이었다.

'어떻게 저럴 수가 있지.'

감탄하지 않을 수가 없었다.

불과 며칠 새 그는 여성 수강생 대부분의 관심을 자신에게 돌리는 데 성공했다. 대놓고 유혹한 것도 아니었다. 눈이 마주칠 때마다 살짝 웃어주거나 도움이 필요한 상황에서 무심한 듯 배려하거나, 시크한 태도 사이 딱 간질날 만큼의 상냥함으로도 윤제는 그녀들에게 차고 넘치도록 어필하고 있었다. 물론 영진과 오누이라는 뻔뻔스런 거짓 암시를 줌으로써 가능성을 열어두고 시작한 행동이었다.

타고난 마성이란 저런 걸까 싶었다. 백번 죽었다 깨어나도 따라할 수 없지 싶었다. 화려한 외모에 순진해 보이는 표정으로 가만히 있어도 눈길을 끄는데, 그런 듯 아닌 듯 보여주는 달달함까지 더해지니 여자들이 혹하지 않을 수가 있겠나 싶었다.

문제는 형태가 조금 다르긴 했지만 영진 역시 그의 페이스에 휘말려 가고 있다는 사실이었다.

"와인 바는 다시 초대받기 전까진 찾아가지 마."

"베이킹 수업에선 좀 더 자주 웃는 게 좋겠어."

"서점 주인한테는 적극적으로 나가도 될 거 같아."

아무것도 묻지 않은 채 당연한 듯 남자들을 평가해 가며 그는 영진의 처신에 대하여 조언하고 있었다. 마치 그녀의 머릿속을 읽는 양, 고지식한 대장 곁의 꾀바른 작전참모처럼. 여전히 적인지 아군인지 불분명한 상태였음에도 윤제를 내심 의지하고 있는 자신이 영진은 마냥 놀라울 뿐이었다.

"마들렌이란 이름은 왜 붙었는지 아시나요?"

황금빛으로 구워진 과자를 틀에서 꺼내며 이한성이 질문했다.

"포르투갈 포도주인 마데이라를 넣어서라는 말도 있는데 제가 읽은 책에서는 처음 만든 프랑스 요리사의 이름이 마들렌이었다고 하네요. 마들렌 포미에. 예쁜 이름이죠?"

이름도 모양도 새침하니 예쁜 마들렌은 물론 맛도 좋았다. 코코아나 녹차를 넣어도 색다른 맛이 있지만 역시 레몬 마들렌이 색깔도 향도 산뜻하죠, 한성이 덧붙였다. 자칫 졸리기 쉬운 저녁, 주방엔 정신을 번쩍 들게 하는 새콤한 레몬향이 가득했다.

영진은 그와 함께 과자를 구울 때면 마음이 편안해지는 걸 느꼈다. 목적을 생각하면 속 편하게 있을 때가 아니겠지만, 쫀득한 설탕 냄새와 버터의 진한 향이 어우러진 공간에서 따스하고 달콤한 무언가를 만들어내는 건 굉장히 힐링이 되는 일이었다. 당연히 이한성에 대한 호감도 그에 따라 상승했다.

"왜 결혼을 아직 안 한 걸까, 저 사람은?"

영진이 중얼거리자 윤제가 비아냥스레 대답했다.

"눈이 머리 꼭대기도 모자라 뒤통수로 돌아가 붙었나 보지."

남자 서른이 늦은 나이는 아니다. 하지만 보수적인 유태인들이 그렇듯, 결혼 전에 동정을 지키고자 하는 사람들은 그만큼 결혼을 서두르는 법이었다. 독신 기간이 길면 당연히 유혹의 부담도 커지게 마련이니까.

"난 그보다 저 사람하고 차현도 씨가 친구라는 게 더 신기한데. 그냥 동창 정도가 아니라 꽤 친한 거 같잖아?"

윤제가 되물었다.

"어떻게 생각해, 누나? 차현도가 타락한 걸까, 이한성이 돌아온 탕자일까?"

영진은 대답하지 않았다. 원래는 두 사람 다 순결한 남자였으니 아마 차현도가 타락한 게 맞을 거다. 다만 그녀는 신중하기로 했다. 모르는 일 아닌가? 어쩌면 차현도가 말로만 분방한 것일지도.

흥.

윤제는 들리지 않게 코웃음을 쳤다.

차현도는 사실 별로 중요한 인물이 아니었다. 설사 김영진이 그의 색다른 매력에 잠시 끌린다손 쳐도, 본래의 목적을 완전히 잊지 않는 이상 그는 간택되지 않을 것이다.

다크호스는 오히려 박해민이었다.

결국 그들은 그날 밤 와인 바에 가지 못했다. 박해민이 물고 온 소식이 부고였던 바람에 이한성도 차현도도 급히 문상을 떠나게 된 탓이었다.

"동아리 선배가 부친상을 당했다고 하네요."

초대를 취소하며 차현도가 미안한 듯 붙인 설명이었다. 이질적인 느낌의 세 사람은 동아리 친구들인 모양이었다.

그리고 다음 날, 김영진은 박해민을 제대로 만나기 위해 우연을 가장하여 그의 일터를 방문했다. 원하지 않았지만 떼어내지 못한 김윤제를 언제나처럼 옆에 달고, 늘 그렇듯이 뻣뻣하고도 진지한 표정으로.

'서점이라, 우아하기도 하지.'

윤제는 그날 일을 떠올리며 빙긋이 웃었다.

굳이 따지자면 와인 바나 빵집보다는 김영진에게 어울린다고 할 수 있었다. 하지만 그건 어디까지나 막연한 이미지일 뿐이지, 현실은 전혀 그렇지 않았다. 유럽 여행 중에 발견했다면 아기자기 멋지다 했을 만한 책방이겠지만 한국에선 인터넷 서점에 밀려 죽어가는 동네 가게일 뿐. 주인도 비리비리한 게 영 사내답지 못했고. 당연히 김영진의 짝으로는 '땡' 오답이었다.

그런데 김영진은 그렇게 생각하지 않는 모양이었다.

"저, 어제 잠깐 뵌 거 같네요."

아는 척하는 목소리가 전에 없이 나긋나긋한 것이, 남자의 분위기에 맞춰보려는 눈치였다. 쯧, 취향이 저런 쪽이었어? 윤제는 혀를 찼다.

"아, 그렇군요. 한성이 수업 들으신다고……."

고운 눈매를 가늘게 휘며 남자가 웃었다.

이한성의 부드러운 카리스마나 차현도 같은 삐딱한 매력이 없는 대신 그에게는 소위 모성 본능을 자극하는 면이 엿보였다. 문인에게서 흔히 풍기는 신경질적인 섬약함이랄까. 그리고 윤제가 살면서 보아온 바 의외로 여자들에겐 그런 면이 무척 먹혔다. 김영진은 남자처럼 교육받으며 자랐으니 어쩌면 보호 본능이라 불러야 할지도 모르지만.

박해민은 새침해 보이는 눈빛에 피부가 대리석같이 희고 입술이 붉었다. 여자였다면 고전적인 미인이라 할, 그러면서도 여릿한 분위기가 오묘하게 섹시한 사람이었다. '남자를 보면서 섹시 운운이라니, 김윤제 눈이 썩었군' 자조했으나 하여튼 그랬다.

영진이 흘린 혼잣말을 인용하자면 이한성은 속이 꽉 찬 흰우유고 박해민은 보글보글 새콤한 우유 음료라 할까. 그 말을 듣고 엄청 비웃긴 했지만. '밀키스 같은 거? 결국 페이크란 소리잖아. 그럼 차현도는 술 탄 깔루아밀크냐? 세 팩을 묶어서 번들(bundle)로 파는 거야?' 하고.

김영진, 정신 차려. 그 남잔 안 돼. 불면 날아갈 거 같은 남잘 어따 써.

윤제는 눈살을 찌푸렸다.

하지만 한편으로 내심 영진의 수완에 감탄한 건 사실이었다. 여전히 진위 여부가 의심스럽긴 해도 어쨌든 '순결한' 남자 셋을 한 동네에서 찾아내고 그리로 이사 오는 행동력을 보인 건 대단한 일 아닌가. 정확히 말하자면 '순결하면서 얼굴도 아름다운' 남자들을. 물론 얼굴 면에서나 소위 '꿀'로서의 자질은 다들 윤제 자신에게 한참 못 미쳤지만.

"김윤제, 너 먼저 가야겠다. 누가 만나재."

수업이 다 끝난 후, 한성이 클로징 멘트까지 마친 뒤였다. 핸드폰을 들여다보며 영진이 말했다.

그러곤 곧 고개를 갸웃하며 말을 바꿨다.

"어……, 너랑 나랑 같이 있는 걸 어떻게 알지? 너도 보자는데."

"누가?"

"한영주. 너하고 중학교 동창이었지. 기억나?"

어쩐지 불편한 기색의 영진을 보며 이번엔 윤제가 고개를 갸웃거렸다.

"응. 근데 누나는 한영주하고 어떻게 아는 사인데?"

영진은 눈가를 조금 찡그렸다.

"직접 들어. 영주가 말해주면. 지금 이 앞에 있다니깐 그냥 여기서 커피나 마시자고 하자."

어두운 창밖 대신 유리에 비친 자기 얼굴을 들여다보며 영진은 방문객이 오기를 기다렸다. 수강생들은 빠져나갔지만 빵집 폐점 시간까진 아직 여유가 있었다.

예상대로 한영주는 오래지 않아 도착했다.

"김윤제."

그리고 대뜸 윤제에게 눈부터 부라렸다.

"너 무슨 속셈인데? 우리 언니 잡으면 세한그룹이 니 거 될 거 같던? 언니가 쪼끄맣고 귀여우니까 만만해 보여? 번지수 잘못 골랐으니 허튼짓하지 말고 때려쳐."

윤제가 입을 딱 벌렸다. 영진은 이마를 찌푸렸다. 영주는 작정하고 온 듯 공격을 멈추지 않았다.

"그게 나랑 무슨 상관이냐고? 왜냐면 나 한영주가 여기 김영진 동생이거든. 맞아, 배다른 동생이고, 정확히는 내가 사생아고, 아는 사람 별로 없지. 그렇다고 영진 언니랑 나 사이에 무슨 알력을 기대하는 거면 막장드라마 아니니까 접으시고, 혹시 나한테로 갈아탈 생각이면 난 계승권도 없지만 결혼할 남자 있으니까 꿈 깨시고."

동그란 눈에 독기를 품고 영주가 다다다 쏘아붙였다.

영진은 그녀의 어깨를 두드렸다.

"너무 앞서가지 말자, 영주야. 윤제가 딱히 불편하게 한 건 아직 없어."

영주는 콧방귀를 팽 뀌었다.

"언니가 이러니까 저게 끈끈이주걱질하는 거 아냐. 불편하게 안 했다고? 이런 데까지 쫓아다니는데 안 불편해? 이래갖고 무슨 남자를 만나, 만나긴."

쉿쉿. 영진이 그녀의 입을 막았다.

그러나 영주는 상당히 과격한 여자였다.

"너, 언니가 남자 찾으러 나온 거 알아서 방해하는 거지? 어떻게 알았는지는 모르겠지만 관둬. 우리 언니도 원하는 남자랑 행복하게 살 권리가 있다고!"

어버버.

윤제는 아름다운 눈을 치뜬 채 입을 뻐끔거렸다. 그는 한영주와 동창이었지만 전혀 친하지 않았고 영진과의 관계 같은 건 당연히 금시초문이었다.

'사생아? 그 김용식 회장이? 그래서 김영진이 남자의 순결에 집착하는 건가?'

그리고 보니 영주 쪽이 키가 더 크긴 했지만 이목구비가 비슷한 것도 같았다. 당돌해 보이는 눈매나 작은 턱 같은 것이.

'그런데 자매는 속을 터놓을 만큼 가깝다는 거야? 당연히 사이가 나빠야 할 텐데도? 남들 눈엔 전혀 드러내 놓지 않으면서.'

하지만 이를 앙다물고 영진을 대신해 분개하는 모습은 누가 보아도 진짜였다.

짧은 시간 많은 생각이 지나갔으나 금방 정리하고 태연하게 대응하기에는 다소 과부하였다. 윤제는 표정 수습에 허덕이기 바빴다.

반면 미리 준비해 온 한영주는 단호하고 매몰찼다.

"저리 가, 인제 언니랑 얘기할 거야."

억울한 얼굴로 쫓겨나는 윤제를 모른 척하며 영진은 동생과 마주앉았다. 그녀의 얼굴에 근심의 빛이 떠올랐다. 너 그렇게 막 다 얘기해도 되냐······.

영주는 안심하란 듯 손을 내저었다.

"괜찮아. 쟤 여러 가지 문제가 있긴 해도 입은 무겁더라. 학교 다닐 때 이래저래 얽힌 사건이 많았는데 지가 욕을 먹고 말지 남의 말은 안 하더라고."

카운터의 알바 조경아 씨가 연하게 타준 커피를 마시며 두 사람은 잠깐 침묵했다. 굳이 오밤중에 찾아와 사달을 일으킨 것치고는 영주의 표정이 다소 무거웠다. 영진은 김윤제를 만나기 위해 그녀가 온 것만은 아니라는 느낌을 받았다.

"두 가지 소식이 있어."

영주가 입을 열었다.

"나 결혼하기로 했어. 언니가 초대받진 못할 테니까 그냥 알고만 있어. 근데 문제는, 내가 아버지 누구라고 얘기했더니 민호 씨가 의외로 야심을 보이더라고. 나 좀 충격 먹었어."

동생의 말에 영진은 눈을 감았다.

그녀와 달리 중압감 없이 평범하고 평탄하게 자란 영주였다. 아버지가 누구인지 말할 수 없어 사춘기에 속앓이를 했을망정 풍요롭고 자유롭게 자라난 부러운 동생이었다.

연애한다고 해서 진심으로 기뻐했건만, 결국 이 아이도 굴레를 완전히 벗어나지 못했던 건가, 영진은 안타까웠다.

"어쩌면 골치 아프게 될지도 몰라. 대놓고 시끄럽게 굴지야 못하겠지만 언니를 좀 들쑤실지도 모르겠어. 있지, 언니, 난 아버지가 그냥 돈이나 좀 줬음 좋겠지 계승권 같은 거 절대 필요 없거든. 그러니까 언니가 결혼 잘해야 하고 경영도 진짜 잘해야 돼. 난 내 남편이 재벌 되는 거 완전 무섭고 싫어."

영진을 바라보는 동생의 눈망울엔 진심이 가득 고여 있었다.

이해하고도 남았다. 왜 안 싫겠는가, 재벌이 어떻게 사는지 뻔히 보았는데. 재벌 남편이 어떤 식으로 바깥에 눈 돌리는지 누구보다 잘 알고 있는데.

"근데 진짜 문제는 그게 아냐."

영주가 입술을 자근자근 씹더니 도전적으로 확 말을 뱉었다.

"우리 아버지 정말 대단하지. 드디어 아들 낳으셨다는 거 아냐. 여자가 서른 몇 살밖에 안 됐다더라고. 우리 엄마 거품 물고 쓰러졌어, 그 얘기에."

순간 영진은 자리를 박차고 일어섰다.

"뭐라고?"

말을 이을 수가 없었다.

공식적으로 그녀는 김용식 회장의 무남독녀외딸이었다. 비공식적으로는 한영주가 동생이었다. 김 회장에게 다른 여자가 또 있을지도 모른다는 생각을 가끔 하지 않은 건 아니었지만, 설마 그 나이에 자식을 볼 줄은 꿈에도 몰랐다. 그것도 오매불망 그리던 아들자식을.

하.

냉소도 실소도 아닌 일그러진 웃음이 새어나왔다. 저쪽에서 윤제가 돌아보는 게 느껴졌다. 영진은 의자에 주저앉았다.

"나이 차이가 워낙 많이 나니까 언니 자리가 흔들리진 않겠지, 당분간은. 하지만 아버지가 여든까지 경영에 관여하신다 치면 그 땐 걔도 스무 살이야. 잘못하면 죽 쒀서 개 주는 꼴 된다고. 원래 남자들이 늘그막에 본 막둥이를 더 예뻐하기 마련인 데다가, 걘 아들이잖아."

게다가 젊은 부인의 아이.

그래서 선조가 영창대군을 그리도 예뻐한 것 아니었던가.

"그래서 어떡하라고."

머리카락을 흩뜨리며 영진은 탄식을 내뱉었다.

"뭐 어쩌라고. 걔가 영창대군이어도 내가 광해군처럼 할 순 없는 거잖아. 쫓겨나면 쫓겨날 수밖에."

"아니, 그런 뜻은 아니고."

언니를 바라보는 영주의 낯빛에 안쓰러움이 덧씌워졌다.

"언니가 좋은 남자, 믿을 수 있는 남자랑 결혼하고 싶어 하는 거 나 이해하고 응원해. 알지? 하지만 그것만으론 안 되겠더라고. 나중에 억울하게 당하지 않으려면 언니의 버팀목이 돼줄 수 있는 능력 있는 남잘 만나야 돼. 아버지가 인정해 줄 만한 사람, 회사를 키울 수 있는 인재 말이야."

동생이 무슨 말을 하고 있는 것인지 영진은 이해했다.

"지금 사방이 적이야, 언닌. 우리 민호 씨도 그렇고 갓난쟁이 핏덩이도 그렇고. 그러니까 언니 편이 최강이 아니면 위험해. 순결하거나 정직한 거만으론 부족해. 이런 말 하게 돼서 진짜 미안."

속상함이 더덕더덕 붙은 동생의 얼굴을 바라보며 영진은 문득 생각에 잠겼다.

'저 아이의 존재를 안 게 언제였던가.'

당연한 얘기지만 어렸을 적에는 교류가 전혀 없던 동생이었다. 그런데 언젠가부터 언니 언니 하며 따르는 그녀가 밉지 않았다. 솔직하고 거침없는 영주는 영진이 속마음을 의심하지 않아도 되는 거의 유일한 사람이었다. 그래서 순결 프로젝트도 알려주고 마음의 환기창으로 소중하게 여겨왔던 거다.

이제 태어난 남동생과도 그런 관계가 되길 바라는 건, 무리한 욕심일까.

"그렇다고 김윤제가 답이라는 건 아니야. 쟨 안 돼, 언니. 그새 저기 가서 시시덕거리는 꼬라지 좀 봐."

영주가 입술을 고집스럽게 오므리며 쳐다본 쪽에선 윤제가 남아 있는 수강생들과 웃으며 이야기를 나누고 있었다. 영주가 말한 것처럼 흉한 꼴은 아니었다. 오히려 거기만 반짝반짝 금가루가 쏟아져 내리는 것처럼 빛났다. 금발도 흰 피부도 아니었건만 마치 칼라 삽화 속 큐피드처럼 아름답고 사랑스러운 모습이었다.

"쟨 우리 아버지 같은 남자야. 아니, 아버지가 저렇게 귀엽다는 뜻은 아니고, 남이 상처 받든 말든 자기 하고 싶은 대로 다 해야 직성이 풀리는 사람이란 얘기지. 저거 여자 얼마나 많이 울렸는지 모른다? 여자들 내칠 땐 또 얼마나 매몰찬지 알아? 그게 매력이라도 없으면 좀 덜 위험한데, 짜증나게 세상엔 가끔 저런 유형의 남자가 있단 말이지. 내 여동생이 사귄다고 하면 도시락 싸들고 다니면서 말리겠지만 막상 나는 거부할 수 없는 남자, 상처 받을 거 뻔히 알면서 죽어도 좋다는 심정으로 불속으로 뛰어들게 하는 그런 남자 말이야."

동생의 입에서 화르르 쏟아지는 말을 들으며 영진은 문득 머리 한구석에 느낌표가 떠오르는 걸 느꼈다.

"너도 그랬니?"

그녀의 물음에 동생은 고개를 저었다.

"노노. 난 우리 엄마를 보고 자라서 나름 약아, 언니. 천만다행으로 김윤제가 나한테 관심 없었기 때문이긴 하지만, 어쨌든 난 헛된 마음 품지 않았어. 그래도 만약 쟤가 나 좋다 그랬음 어땠을지 솔직히 그건 자신 없다고."

윤제는 이제 이한성과 뭔가 진지한 대화를 나누고 있었다. 쇼케이스 위로 상반신을 구부리고 손으로 턱을 받친 모양이 참으로 우아했다. 동작 하나하나가 물 흐르듯 자연스럽고 품위 있어 한

번 쳐다보면 눈을 떼기 어려울 정도였다. 교육으로 익힌 것만이 아닌 플러스알파가, 김윤제에게는 분명히 있었다.

"걱정 마, 영주야. 나 남자 셋이나 물망에 올려놓고 지켜보는 중이거든. 그 남자들이 훨씬 멋지고 내 기준에 부합하고, 나한텐 윤제까지 신경 쓸 여력도 없어."

동생을 안심시키려 자신 있게 말했지만 영주는 한숨을 내쉴 뿐이었다.

"김윤제가 작정하고 덤벼들면 언니 막아낼 수 있을 거 같아?"

"야, 나 합기도 유단잔데……."

"아우, 그런 소리 아니고!"

핀트 안 맞는 소리에 영주가 짜증을 냈다.

"윤제가 정말 작정하고 여자한테 달라드는 거 나도 사실 못 봤어. 쟨 그럴 필요도 없었으니까. 하지만 안 봐도 비디오란 말 있잖아? 재가 맘먹고 유혹하면 언니 절대 못 당해. 어떤 여자도 김윤제 거절 못 한다고. 저거 학교 다닐 때 별명이 '독이 든 꿀'이었단 말이야. 아아, 하지만 아버지를 생각하면 저 자식이 최선일지도 모르고……."

딜레마네.

영진은 한숨을 삼켰다.

입지를 공고히 해줄 유능하고 아버지 구미에 맞는 인물. 그러나 그녀의 개인적인 소신에 어긋나는 남자.

매력적이고 위험한 사람, 김윤제.

"나한테 관심 없길 바랄 수밖에."

씁쓸한 한마디에 동생은 한숨을 기차처럼 푹푹 내쉬더니 윤제를 한 번 째려보고 떠났다. 도움이 필요하면 꼭 연락해, 혼자 삽질하지 말고, 몇 번이나 당부의 말을 남긴 채. 마치 물가에 아이를 혼자 버려두고 가는 엄마처럼.

영주가 나가는 걸 본 윤제가 사르르 영진 쪽으로 다가왔다.

"오늘이 와인 데이가 될 건가 봐. 서점 쥔 양반도 온다니까 풀라인업이지. 아직은 특정인물만 편애하지 말고 거리를 지키라고 누나한테 충고하고 싶네."

그는 상큼한 미소를 머금고 있었다. 아무것도 눈치채지 못한 듯 예사롭게. 절대 그럴 리가 없음에도.

영진은 창밖 학원가의 불빛만 쳐다볼 뿐 대답하지 않았다.

하필이면 오늘 같은 날 약속이 잡혀 버렸나, 난감한 기분이었다. 사적인 첫 만남이니만큼 최상의 컨디션으로 집중해야 할 텐데, 표정관리만으로도 벅찼다. 어머니는 알고 계실까, 아버지는 나한테 말해줄 생각이긴 할까, 벌레들이 와글거리는 것처럼 속이 시끄러웠다. 윤제에게도 평소처럼 대할 자신이 없었다.

"누나."

윤제가 맞은편 자리에 앉아 얼굴을 들이밀었다.

"영주가 무슨 소릴 하고 갔는지 모르지만, 누나가 집을 나온 건 잠깐 동안이라도 자유로워지고 싶어서 아니었어? 머, 껌딱지처럼 들러붙어서 누날 귀찮게 하는 주제에 할 말은 아닌 거 아는데 말이야."

……당신이 실은 가열차게 프로젝트에 매진하러 나왔다는 거도 물론 알지만 말이야.

"나는 자유로운 사람이야. 그게 꼭 언제나 좋은 것만은 아니지만, 하여튼 그렇지. 그러니까 나를 잘 이용해 봐. 먹어본 놈이 고기 맛을 안다고, 놀아보지 않은 사람은 놀 줄 모르는 거거든."

거리낌 없이 그녀의 뺨을 꼬집어 당기며 그는 짐짓 어른스러운 체했다.

윤제가 며칠간 관찰한 바 김영진은 껍질이 아주 두꺼웠다. 오랫동안 조금씩 덧입힌 거라 본인도 어디까지 속살이고 어디부터가 껍데긴지 모르는 것 같았다. 김윤제는 그걸 진심으로 안쓰러워할 만큼 착한 사람은 아니었지만, 들쑤셔 껍질을 깨보고 싶은 기분이 드는 건 사실이었다.

재미도 있을 테고.

"오늘은 일단 다 잊어. 그냥 놀자구. 잘생긴 남자들 드글드글 모인 자릴 맘껏 즐겨, 응?"

뺨을 지분거리는 윤제의 손을 쳐내며 영진은 고개를 돌려 한성을 쳐다보았다. 작은 얼굴 아래 단단한 목과 벌어진 어깨가 미드 주인공처럼 강인한 남자였다. 때마침 문 열고 들어오다가 그녀를 보고 반색하는 다크 차현도도 날렵하니 섹시한 게 멋졌다. 우아하면서도 시크한 박해민에게는 만나자마자 호감을 느꼈더랬다.

그들은 달랐다, 이제껏 영진이 만난 사람들과. 문서상으로 순결한 남자들이라서 뿐 아니라, 관계 자체가 전혀 다른 형태로 시작되었기 때문에.

쉼 없이 그녀의 무게를 재고 있는 아버지, 딸이 혹 아버지의 기대에 어긋날까 노심초사하는 어머니. 영진에게 가족은 휴식의 의미가 되지 못했다. 결코 거리를 좁힐 수 없고 좁혀서도 안 되는 고용인들은 물론, 친구라는 허울을 쓴 경쟁자들을 포함, 지금껏 만나온 그 누구도 그녀에겐 경계의 대상 이상일 수 없었다.

반면 오늘밤 함께 술을 마실 세 사람의 남자는 처음으로 그녀 자신이 나서서 만들어내는 인간관계였다. 그리고 그녀를 격의 없이 대하는 평범한 사람들이었다. 아마 영진의 인생에 이런 관계는 이전에도 이후에도 없을 것이다. 오로지 그녀의 선택만으로 사람을 곁에 두는 일은, 앞으로 영원히 불가능할지도 모른다.

그렇다면 짧으나마 귀중한 이 만남을 꽃이라도 한번 피워봐야 하지 않을까. 프로젝트의 성사 여부를 떠나서.

'결국 내 인생엔 비즈니스밖에 안 남을 테니까.'

그녀는 쓴웃음으로 긍정했다.

"그래. 오늘은 다 잊어버리고 놀자. 니가 나쁜 놈인지 아버지의 첩잔지 그런 거 생각하지 말고, 그냥 놀아버리자."

시니컬한 영진의 말에 윤제는 과장되게 어깨를 움찔하며 속눈썹을 파닥거렸다. '저요? 어머, 전 아무것도 모르는데요' 일부러 만들어낸 순진한 표정을 지으면서.

영진은 이마를 찌푸리고 웃었다.

웃을 줄 모르는 사람이 억지로 웃는 것 같아서, 윤제마저도 선뜩한 기분이 드는 그런 얼굴이었다.

"니가 같이 있는 게, 꼭 나쁜 거 같진 않아."

그리고 그녀는 자리에서 일어섰다.

한없이 망가지고 싶은 기분이었다.

이한성은 여자 손님들과의 개인적인 교류를 좋아하지 않았다. 이상하게 여자들은 조금만 잘해주면 지나친 기대를 품었다가 혼자 실망하면서 그를 곤란하게 했는데, 그게 손님인 경우에는 문제가 한결 복잡해지기 때문이었다.

그런 그가 왜 김영진과 사석에서 어울리게 됐는지는 한성 자신도 정확히 알지 못했다. 물론 동생이라는 남자가 있어 덜 조심스럽긴 했고 여자들 집적이는 게 취미인 친구와 엮인 탓도 있었지만, 꼭 그것만인 것 같지는 같았다.

"빵보다 술이 맞으시나 봐요."

말을 건네자 김영진이라는 여자는 눈을 내리깔며 웃었다. 수업 시간에 여자는 대체로 무표정했고 가끔씩 누가 시킨 것 같은 미소를 짓곤 했는데, 그게 이상하게 눈에 걸렸더랬다. 지금도 여자의 웃음은 딱 그런 느낌이었다.

"근데 어린 사람이 어쩜 이렇게 와인을 잘 알아요? 오십대 사장님 뺨치시네."

옆에선 그의 친구 차현도가 감탄하고 있었다. 작업 멘트가 아닌 친구의 순수한 감탄을 보는 건 오랜만이라 한성은 이 자리가 더욱 신기했다.

"와인 산지며 포도 품종이며 완벽하게 꿰고 계시네요. 그냥 이론으로만 아는 것도 아닌 거 같은데. 어지간한 와인은 다 마셔보셨나 봐요?"

"와인뿐인 줄 아냐? 인문학 지식도 장난 아니셔."

곧 망할 것 같은 서점을 근근이 꾸려 나가고 있는 박해민이 끼어들었다. 그는 술을 한 잔만 마셔도 얼굴이 빨개지는 사람이라, 말짱한데도 이미 만취한 것처럼 보였다.

"누나, 막 자랑하고 다닌 거야?"

여자의 동생이 비난조로 누나를 놀렸다.

그녀는 고개를 저었다.

"해민 씨랑 얘기가 잘 통해서 그랬어. 말씀도 조곤조곤 재밌게 하시고."

"중세사 책을 찾으시길래 골라드렸는데, 역사며 철학이며 깊이가 대단하더라고. 보통 르네상스 이후에만 관심 있지 중세는 잘 모르는데 말이야."

투명한 피부 아래 핏줄을 분홍빛으로 물들이며 해민이 그녀를 치켜세웠다. 박해민이 누구를 적극적으로 칭찬하는 거야말로 흔치 않은 일인데, 한성은 다시 생각했다.

한편 김윤제는 의자를 뒤로 반 보 물려 앉은 채 남자들이 영진에게 보이는 관심을 살짝 꼬인 기분으로 관찰하고 있었다. '어린 사람 좋아하네, 김영진이 당신들보다 나이 더 많아', '해민 씨? 벌써 그렇게 부르는 사이가 됐단 말이지. 수단도 좋으셔' 속으로 비웃어가면서.

와인 바는 상당히 현대적인 느낌이었다. 고객들이 정말 '오십 대 사장님'은 아닌 듯, 젊은 취향의 인테리어에 가격대도 그다지 세지 않았다. 그런 이유인지 주인 얼굴 보러 오는 건지 여자끼리 온 테이블이 많은 것도 눈에 띄는 특징이었다.

'우리 자리만 남탕이네.'

윤제는 혀를 찼다.

"사장님, 안주 나왔습니다."

심지어 서빙하는 웨이터도 기생오라비 같은 사내 녀석이고.

"강우 씨, 오랜만이에요."

웨이터한테 아는 척하는 홍일점은 이한성을 좋아하는 게 분명한 조경이고. 물론 김영진이 있으니 진정한 홍일점이라고 할 순 없지만. 하여튼.

주인장이 쏜 '비싸지 않음에도 꽤 괜찮은' 와인과 함께 술자리는 천천히 무르익어 가고 있었다. 내성적인 줄 알았던 박해민이 의외로 달변가여서 대화는 주로 채이나 문화예술 쪽으로 흘렀다. 그가 영화연극 같은 대중예술에 정통한 반면 영진은 발레나 클래식 음악 쪽에 좀 더 조예가 깊었지만. 그리고 가끔 서양사상에 관련된 이야기가 나왔으나 철학과를 졸업한 것으로 되어 있는 차현도는 끼어들지 않았다. 라틴어와 히브리어까지 공부한 김영진의 박학함에 놀랍고 기쁜 얼굴을 지을 뿐이었다. 사실 그 부분은 윤제도 좀 놀랐다.

"세 분은 전혀 다른 성격인 것 같은데 아주 친하신가 봐요?"

윤제가 슬쩍 말을 떼자 한성이 씁쓰레하게 웃었다.

"원래는 상당히 비슷했죠. 아직 나이가 그렇게 많은 건 아닙니다만 인생의 질곡이 사람을 바꾸더군요."

"그렇지. 나는 타락하고 해민이는 주저앉고. 우리도 한때는 한성이 너 같았는데 말이야."

차현도가 이를 드러내며 웃자 주변을 얼쩡거리고 있던 웨이터가 그의 말에 반박하며 끼어들었다.

"사장님은 타락한 게 아니라 아프신 거잖아요. 그렇게 위악하시면 기분 좋아요?"

아파? 불치의 병이라도? 여기야말로 막장?

윤제의 진진한 호기심은 그러나 길게 가지 못했다. 차현도가

꿀과 바닐라

세상에서 가장 웃긴 얘길 들었다는 듯이 웃어댔기 때문이다.

"강우야, 난 안 아파. 그냥 인간이 더러워진 거라고. 너 자꾸 나한테 과거의 상처 어쩌구 하면서 신파 갖다 붙일래?"

"하지만 사장님은 정말 좋은 분인걸요. 매일 밤 여자를 갈아치우고 있긴 하시지만 그건 다 마음이 허해서 그런 거잖아요. 다른 사람은 몰라도 절 속이실 순 없다구요."

목에 핏대를 세운 웨이터의 강변에 영진은 차현도를 물끄러미 쳐다보았다.

'그런 건가.'

차현도에 대해 최근 추가로 의뢰했던 조사 결과가 떠올랐다. 본디 가장 보수적이고 성실했던 차현도가 별안간 달라진 건 대학 졸업반 때였다고 하였다. 신실하던 청년이 왜 갑자기 방탕의 길로 접어들었는지, 변화의 이유까지는 흥신소에서도 알아내지 못했다.

'교회 대학부 회장이었다고 했지. 심지어 아버지는 목사고.'

현도는 그린 것처럼 눈매가 선명한 사람이었다. 그래서 약간 위협적인 느낌을 주곤 했다. 하지만 지금 불현듯 영진은 그의 눈가에서 고목은 슬픔을 본 것 같았다. 웨이터의 말을 듣고 생긴 공연한 선입견일 수도, 물론 있겠지만.

"저런저런……. 신경 쓰지 마세요, 영진 씨. 내가 여자를 갈아치우다니? 어디서 중상모략을. 주강우야, 너 그러면 못쓴다."

전혀 부정이 아닌 얼굴로 차현도는 영진에게 윙크를 날렸다.

"윤제 씨도 물론이구요. 전 오히려 남자한테 관심이 많다니깐요."

김윤제는 두 번 당하지 않았다. 화사하게 마주 웃는 그를 쳐다보며 차현도의 팬 주강우만이 홀로 낯을 붉힐 뿐이었다.

"해민 씨가 주저앉았다는 말씀은……?"

영진은 시선을 돌려 해민을 쳐다보았다.

박해민은 사슴 같은 목을 하늘하늘 흔들며 부정했다.

"그거야말로 모략입니다. 차현도가 저를 시기해서 하는 말이에요. 서점이 대박을 치고 있는 건 아니지만 원해서 하는 일이니 전 성공적으로 살고 있는 셈이죠. 한성이나 마찬가지로요."

영진은 그에 대해서도 추가 정보가 있었다. 그가 서점을 차린 건 2년쯤 전으로, 이전에 해민은 NGO에서 활동하던 시민운동가였다. 사회복지를 전공한 만큼 국제구호단체에서 봉사하겠다는 비전을 가지고 국내 경험을 쌓는 중이었다고 한다. 삶의 갑작스런 방향 전환에 원인을 제공한 것이 무엇이었는지는, 차현도의 경우와 마찬가지로 확인이 가능하지 않았다.

"우린 그렇다 치고, 두 분은 무슨 일을 하시는지요?"

차현도가 매끄럽게 공을 넘겼다.

영진은 명함을 꺼내들었다.

"저는 치즈 같은 고메이(gourmet) 식재료를 수입하려고 준비 중입니다. 윤제는 유학을 마치고 막 돌아와서 제 일을 도와주고 있구요. 그러다보니 와인에도 베이킹에도 관심을 갖게 되더군요. 여러분의 식견을 얻을 수 있다면 크게 도움이 되겠습니다."

윤제는 의외로 유연한 그녀의 대처에 놀랐다.

오홍.

근데…… 과연 그게 좋은 생각일까, 김영진?

'비즈니스로 접점을 만드는 건 자연스럽긴 해. 하지만 너무 딱딱하잖아? 그렇잖아도 말라비틀어진 도토리 같은 여자가 남자랑 일 얘기나 해가지고 무슨 발전이 있겠냐고. 라틴어랑 히브리어에서 벌써 마이너스 500점이라고 나는 보는데.'

어찌됐든 그녀의 가짜 명함과 더불어 화제는 먹을 것으로 급전환됐다. 치즈의 원료와 숙성에 따른 분류에서부터 어느 와인과 어떤 치즈가 궁합이 맞는가 토론으로 이어지다가 결국 수다에 가까운 잡스런 뒷얘기까지 이르렀다. 샤를마뉴 대제가 치즈 헌상을 과하게 요구하는 바람에 도시가 망할 정도였다는 둥, 프랑스에서는 집세를 치즈로 받았다는 둥.

"현도 오빠도 해민 오빠도 영진 씨한테 관심 많나 봐. 나만 껐을 때랑 완전 달라."

조경아가 약간 부러운 표정으로 말했다.

웃음 가득한 얼굴로 윤제가 그녀를 달랬다.

"저는 경아 씨한테만 관심 있는데요."

"어머, 그거야 영진 씨가 윤제 씨 누나니깐 그렇죠."

무슨 말도 안 되는 소리를 하냐며 조경아가 손사래를 쳤다.

이한성과 박해민은 그냥 미소 짓고 있을 뿐이었다. 그러나 차현도는 고개를 갸우뚱하게 기울였다.

"근데 두 분은 혹시 배다른 남매 뭐 이런 건가요? 난 이렇게 안 닮은 형제는 처음 봤는데요."

아하하…….

영진이 와인으로 촉촉하게 젖은 입술을 당겨 올리며 웃었다.

"그렇죠? 저도 그래요. 누가 우릴 남매라고 믿겠어."

방글거리는 그녀를 윤제는 불안한 시선으로 힐끗 보았다.

영진이 술을 너무 많이 마시고 있었다. 표정도 상당히 풀어진 채였다. 맘 편하게 놀라고 말해놓긴 했지만, 자칫 말실수라도 하면 게임 끝이었다. 남매가 아니라는 것도 영진의 정체도 밝혀져선 안 되는 거지만 결정적으로 접근의 목적이 들통 난다면 그건 정말 낭패 아니겠는가.

……세상 어떤 남자가 '너희들이 순결하다고 해서 내가 찍어놨어' 하는 여자에게 호감을 갖겠냐고.

다행히 취한 것은 김영진 혼자만이 아니어서 모두가 디오니소스의 축복으로 마음과 혀가 말랑해진 모양이었다. 영진이 '와인은 훌륭한데 솔직히 치즈는 좀 평범하군요. 담엔 제가 캐비아로 대접하죠' 취중공약을 날렸고, 차현도와 그의 웨이터를 중심으로 일행은 오오 열광했다. 그리고 화제는 캐비아로 건너뛰어 이어졌다. 캐비아가 전 세계에 퍼지게 된 건 소비에트 혁명 덕분이라는 둥, 철갑상어 아닌 물고기의 알을 캐비아라고 불러서는 안 된다는 둥.

와인에 대한 뒷이야기는 조금 더 흥미로웠다.

"포도주가 피와 생명의 상징인 건 아시죠. 그래서 비교적 개방적이었던 로마에서도 여자에게는 포도주를 금했답니다. 생명을 잉태하는 여자가 남의 피를 마시는 건 간통을 저지르는 거나 같았기 때문이에요. 남편들은 귀가하면 부인이 포도주를 마셨는지 입 냄새부터 확인했구요, 거기서 키스가 비롯됐다는군요. 신혼여행이 약탈혼에서 유래한 것처럼 키스도 그다지 낭만적인 이유로 시작된 건 아니랍니다."

꿀과 바닐라

차현도는 빙글빙글 웃었다.

"영생을 의미하는 만큼 포도주는 신화에 자주 등장했지요. 이집트인들이 미라를 만들 때도 사용했구요. 포도주에 대한 열광은 그 자체로 종교에 가까워서, 알렉산더 뒤마는 포도주에 적당한 음식을 선택하는 거지 음식에 맞는 포도주를 선택하면 안 된다고 했답니다. 음식은 장식품에 불과하다고 말이에요. 빅토르 위고는 신이 물을 만들었다면 인간은 포도주를 만들었다고까지 했다죠."

반면에 그냥 먹는 용도로 포도가 재배된 건 12세기나 되어서였다고 그는 덧붙였다.

박해민도 아는 것을 풀었다. 식초(vinegar)는 원래 포도로 만들었기 때문에 그런 이름–신 포도주라는 뜻–이 붙은 거다, 헝가리의 이사벨 여왕은 포도주로 화장수 만드는 방법을 천사로부터 배웠다고 한다, 등등.

영진은 즐거웠다.

남자들의 대화란 잘난 척, 센 척, 아는 척의 범주를 벗어나지 못하는 법이라 사실 세 남자라고 해서 썩 겸손한 것만은 아니었다. 그러나 '저 여자 내 취향 아니지만 그래도 세한의 김영진이니까' 하고 들러붙는 것과 '우린 가진 건 별반 없어도 유쾌한 사람들' 하며 분위기를 띄우는 건 전혀 달랐다.

누구도 이렇게 소소하고 재미난 얘기를 그녀에게 해주지 않았다. 작은 술집이나 책방을, 빵집을 자랑스럽게 생각하는 남자도 이제껏 만난 일이 없었다. 이토록 마음 편한 술자리에 껴본 일 역시 물론 단 한 번도 없었다. 사람들이 좋으니 술이 달구나, 생전 처음 깨달은 진리에 감탄하며 그녀는 유쾌하게 술을 들이켰다.

결국 몇 병인지 모를 빈 술병을 앞에 두고 낭자한 웃음소리와 함께 차현도가 파장을 선언한 건 자정이 넘어서였다.

"자, 오늘은 여기까지. 우리 이한성 사장님은 새벽부터 빵 구우셔야 하니까 더 이상은 무립니다. 박해민 사장님은 체력이 저질이라 들어가셔야 하구요. 저야 얼마든지 더 놀 수 있지만 오늘만 날은 아니겠죠."

윤제는 자리에서 일어서는 영진을 쳐다보았다. 그녀는 해실해실 웃고 있었다. 저런 얼굴도 할 수 있구나 싶을 만큼 순박하게. 그러곤 비틀, 발목을 접질리며 휘청거렸다.

"와우, 취하셨구나."

차현도가 휘파람을 불었다.

"이 여자가……."

윤제는 난감해하며 그녀의 겨드랑이 아래로 팔을 끼워 일으켜 세웠다. 잠깐 새 잠에 빠진 듯 영진은 바로 늘어졌다.

이한성은 그들을 잠자코 지켜보았다.

현도의 말대로 두 사람은 전혀 닮지 않았다. 그리고 여느 남매들처럼 서로에게 무관심하지도 않았다. 정확히 표현하자면 영진은 남자를 귀찮아하는 것 같았으나 남자는 줄곧 그녀를 신경 쓰고 있었다.

그가 보기에 여자는 지나칠 만큼 절제가 몸에 배어 있는 사람이었다. 술을 즐기는 유형이거나 술자리에 익숙한 것 같지도 않았다. 그럼에도 과음했고 풀어졌다. 보통 여자들은 남동생 앞에서 그러지 않는다. 초면이다시피 한 남자들 앞에서 긴장의 끈을

꿀과 바닐라

놓은 건 더 이상했다.

"혼자 데려가실 수 있겠어요?"

한성이 물었다. 그러자 여자의 동생은 곤란해하던 표정을 순식간에 지우며 화사하게 웃어보였다. 그게 마치 'It's none of your business' 이렇게 말하는 것 같은 표정이어서 한성은 내밀려던 손을 자기도 모르게 거뒀다.

"캐비아 약속 잊으면 안 돼요, 영진 씨. 내가 보드카 준비할게요."

"현도 넌 무슨 술을 그렇게 권해대냐? 내가 영진 씨면 다신 너하고 술 안 마시고 싶겠다."

현도와 해민이 투닥거리는 모습을 보며 한성은 생각했다. 일반적인 느낌을 벗어난 것은 남매만이 아니었다고. 현도는 오늘 여자를 꼬드기기 위한 필살기를 아낌없이 내보였다. 여자가 뒤끝 없고 가벼운 유형은커녕 오히려 골치 아픈 축에 속했음에도. 해민은 또 어떤가. 자기 얘기를 들어주는 사람 앞에서 시시콜콜 재미난 사람이긴 하지만 그는 본디 낯을 많이 가렸다. 김영진이라는 여자는 상당히 뚝뚝한 편이었는데 의외로 해민은 여자가 불편하지 않은 모양이었다.

곧이어 한성은 자조적으로 웃었다.

'나야말로 평소 같지 않았지.'

조경아가 '나만 끼었을 때와 다르다'고 말한 건 사실 한성에 대한 불평일 것이었다. 평소엔 수강생들 절대 안 끼워주더니 왜 저 사람만 특별취급이에요, 뭐 이런. 친구들을 신기해할 때가 아니었다. 자기 자신의 감정선도 제대로 파악하지 못하면서 남의 마음을 어떻게 왈가왈부한단 말인가.

생각에 잠겨 있는 이한성을, 김윤제는 영진을 들쳐 업고 계단을 내려가며 돌아보았다.

차현도가 부러 잘난 척하거나 자기를 비하하는 농담으로 웃음을 제공했다면 박해민은 그 웃음 사이 느슨한 공간을 쫀쫀하게 메꾸는 센스를 발휘했다. 반면 이한성은 그냥 가운데 앉아 웃고 있을 뿐인데, 그럼에도 무게중심을 잡아주는 인물이었다. 김윤제는 이한성의 그 멋진 역할이 매우 마음에 들지 않았다.

'잘난 척하는 넘이지. 빵집도 엄청 건방지게 운영하고.'

그는 보이지 않게 입술을 삐죽거렸다.

프랜차이즈가 판치는 제빵 비즈니스 틈바구니에서 이한성의 꿀과 바닐라 어쩌구는 전혀 다른 형태로 자리 잡고 있었다. 빵도 과자도 그 전날 예고한 몇 가지만 굽고 그게 다 팔리면 커피만 팔면서 다음 날 빵을 준비했다. 그리고 저녁에는 베이킹 클래스를 열었다. 수지가 맞는지 의심스러웠지만 쪼들리는 것 같지는 않았다. 최근에 뜬 윈도우 베이커리(개인 제과점)들처럼 유기농이나 효모종 발효를 내세워 고급화를 지향하고 있는 게 아님에도. 독특한 운영 방식 덕분에 추가로 제빵사를 고용하지 않아도 되는 장점은 확실히 있어보였다.

'마케팅의 기본은 선택과 집중이다 이거지.'

흥.

……왜 이렇게 저 자식이 거슬리지?

도로로 나서니 바람이 제법 차가웠다. 영진은 아주 작은 여자였지만 취한 탓에 가볍지만은 않았고 윤제 자신도 술기운이 있어

발이 무거웠다.

"귀국하자마자 당신하고 엮인 바람에 그러고 보니 이게 첫 술자리구나."

윤제는 픽 웃었다.

"이렇게 당신 뒤치다꺼리하고 있는 거 내 친구들이 보면 기절하겠다."

목덜미를 간질이는 영진의 숨결이 따끈했다. 어깨 앞으로 늘어진 손도 대롱거리는 발도 다 자그마하고, 그에게 온전히 의지하고 있는 머리통은 더 작았다. 서른한 살이나 돼서 어쩌면 이렇게도 애 같은 얼굴을 하고 있을까, 그는 비스듬한 눈길로 여자를 내려다보았다.

"그렇게 재미있었어? 저 남자들이 해주는 시답잖은 이야기들이? TV만 좀 봐도 다 주워들을 수 있는 저런 얘기를 아무도 당신한테 안 해줬던 거야?"

김용식 회장은 어쩌자고 딸을 이렇게 무공해로 키운 걸까.

약사들은 제약회사 영업사원과 결혼하는 경우가 많다고 한다. 공부만 하다가 약국 차린 그녀들이 만날 수 있는 남자가 누가 있겠는가. 숙맥에다 단순한 여자의 눈에 언변 화려한 영업사원은 매력적인 상대일 수밖에 없겠고.

윤제가 보기에는 김영진도 거기서 크게 벗어나지 못한 것이었다.

"5개국어를 하는 당신이 대단한 거지, 수도사들이 물 대신 와인을 마셨다는 건 알아도 그만 몰라도 그만인 하찮은 일이라고. 바보야."

자꾸만 흘러내리는 여자를 추어올리며 그는 영진을 타박했다.

"아님 아까 한영주가 와서 속 확 뒤집어놓은 거니? 무슨 소릴 들었길래 이렇게 망가졌어……."

이율배반적인 기분이 들었다. 분명히 그녀의 껍질이 깨지길 바랐건만, 막상 한 귀퉁이가 뜯겨 나가자 보이는 속살이 너무 연해서 윤제는 당황스러웠다. 순결한 남자 운운할 때까지만 해도 재미있기만 했는데, 그게 평범한 일상에 대한 동경의 부산물일 줄은 몰랐다.

"왕관의 무게를 견디기 힘들다 이건가. 웬 드라마."

차남에 분방한 성격의 김윤제는 늘 바람처럼 자유롭고 가벼웠다. 학업이나 금전, 인간관계, 그 어떤 것도 그를 땅에 묶어두지 못했다. 무거운 로브와 보석과 왕관에 짓눌려 마음이 여물지 못한, 표정만 늙어버린 여자가 얼마나 힘들지를 상상하는 건 그래서 쉽지 않았다. 그 자신은 그런 부담을 느껴본 일이 없었기에.

"하지만 어떡하겠어. 저 남자들하고 친해지면 뭐하고 연애하면 또 뭐해. 당신 정말 저 중에 한 사람하고 결혼할 수 있을 거 같아? 세한그룹 김영진 회장, 남편은 빵집 경영, 이게 말이나 돼? 아님 남자한테 요식업 분야라도 다 맡기려고? 그럴 거면 더 뻔뻔한 남자를 찾았어야지 저렇게 올바르고 곧은 남자가 다 무슨 소용이야."

그때 갑자기, 자는 줄 알았던 영진이 등 위에서 몸을 꼿꼿이 일으켰다.

"어어, 그러다 다쳐!"

윤제가 화들짝 놀라 몸을 숙였지만 영진은 구르듯 등에서 떨어지고 말았다.

쿠당탕.

"누나, 괜찮아?"

윤제는 급히 허리를 수그리고 영진을 살폈다.

영진이 그를 올려다보았다.

"……김윤제."

술기운과 아픔, 그리고 그 이상의 무엇인가를 담아 눈빛이 흔들리고 있었다.

"흙탕물에서 자라도 연꽃은 하늘을 바라봐. 난, 나도 말이지, 곧은 사람, 올바른 사람을 만나고 싶어. 나도 다른 여자들처럼 존경할 수 있는 남자를 남편으로 원해. 내가 틀렸어? 난 사기꾼, 모사꾼하고 짝지어지는 운명인 거니?"

윤제는 말문이 막혀 그녀를 쳐다보고만 있었다.

"왕관이 무거워서 목이 부러지는 한이 있어도 우리 아버지 같은 남자하고 나눠 쓰지 않아. 우리 아버지, 여자나 올리는 그런 남자하고는. 그러니까 너도 안 돼, 김윤제. 넌, 안, 돼, 김윤제."

발음이 불분명한 가운데도 영진은 또박또박 할 말을 다 내뱉었다.

그러고는 그대로 철퍼덕 엎어져 버렸다.

"하아……."

윤제는 허리에 손을 얹은 채 흙투성이가 된 김영진을 내려다보았다.

별 따위 하나도 보이지 않는 신도시의 한밤중, 가당치도 않게 거절당한 김윤제는 어이가 없었다.

"내가 뭘 어쨌다고? 왕관이 어쩌구 하더니 이거 완전 공주병 환자 아냐. 이봐, 난 뭐 당신 같은 땅꼬마가 좋은 줄 알아?"

항변해 보았지만 이미 영진은 정신을 놓아버린 상태였다.

"내가 정말, 나를 뭘로 보고⋯⋯."

윤제는 헛웃음을 내뱉었다.

기가 막히고 코가 막혀서, 진짜.

"게다가 안 된다는 둥 하면서 이렇게 방심하는 건 또 뭐냐고. 내가 진짜로 나쁜 맘 먹었으면 어쩔려고. 낼 아침에 같은 침대에서 일어나 줘? 그야말로 드라마 한번 찍어볼려?"

발로 툭툭 건드려 가면서 한참 구시렁거렸지만 영진은 일어나지 않았다. 결국 그는 투덜거리면서 그녀를 일으키려 몸을 굽혔다.

전화벨이 울린 건 그때였다. 윤제는 한쪽 어깨에 영진을 걸치고 다른 손으로 핸드폰을 받았다.

여보세요.

아.

생각지 못한 상대에, 그는 영진을 무릎에 얹은 채 몸을 돌리고 목소리를 낮췄다.

"네, 김 회장님."

그리고 여자의 눈치를 살폈다.

"지금은 상황이 좀 나쁜데요. 제가 이따 전화 드리겠습니다. 네."

다행히 영진은 다시 깨지 않았다. 전화기를 집어넣은 윤제는 그녀를 공주님처럼 안아들고 집을 향해 걸었다.

청보랏빛으로 가라앉은 밤하늘이 축축했다. 아마도 김영진이 생애 최초로 맘 편하게 망가진 공간이었을 와인 바 '폰토스'가 점차 그들 뒤로 멀어져 갔다. '호메로스가 바다색을 포도주 빛이라고 형용했기 때문'이라고 차현도가 말했던가, 자기 와인 바에 바다의 신 폰토스의 이름을 붙인 것은.

"폼 잡긴. 술인 척 위악 떠는 우유 주제에."

코웃음을 치고 윤제는 품 안의 영진을 내려다보았다.

"하긴. 위악으로 치면 당신만 한 사람이 있을까."

그의 얼굴에 슬그머니 미소가 배어났다.

입을 살짝 벌린 채 정신없이 잠든 그녀는 분명 흉했다. 그런데 어쩐지 귀엽기도 했다. 그의 옷을 다 더럽히고 있는데도 짜증스럽다기보단 웃겼다. 털을 잔뜩 세우고 있던 고양이가 무방비하게 널브러져 졸고 있는 꼴 같달까.

아니, 그보다는······.

"자기가 스컹큰 줄 알고 있는 다람쥐인 거지, 당신은. 등에 줄무늬 있다고 다 스컹크 아니라고. 한 개도 안 무서워."

그는 영진을 고쳐 안으며 발걸음을 재촉했다.

핏속에 알코올이 돌고 있긴 한 모양이었다. 여자의 무게가 점점 가뿐하게 느껴지는 걸 보면.

남녀불문 민폐 끼치는 사람은 딱 질색인 김윤제이건만, 오늘은 하나도 언짢지 않은 게 신기했다.

"나한테 업혀."

영진은 고개를 들었다. 땅바닥에 주저앉아 올려다본 김윤제는 평소보다 더 커보였다. 고작 여덟 살인데 뭐 저렇게 크담. 이제 열두 살, 사춘기의 목전에 다다른 김영진은 어린애를 이렇게 올려다봐야 하는 상황이 매번 참 싫었다.

"발 다쳤잖아. 내가 업어준다고."

언제나 방글방글 웃던 애가 요즘 들어 틱틱거리는 것도 영진은 마음에 들지 않았다. 아니, 정확히 말하자면 다른 사람들에겐 여전히 착하게 굴면서 자기한테만 유독 쌀쌀한 게 못마땅했다.

"됐어."

퉁명스럽게 밀어내자 윤제는 뺨을 부루퉁하게 부풀렸다.

"너 발 다친 거 회장님한테 일러 버린다?"

저게 또 너라고 하네……. 확 짜증이 났지만 영진은 잠자코 일어섰다. 아버지가 아는 건 좋지 않았다. 차분하지 못하다고 한소리 들을 게 분명했다. 그냥 김윤제가 시키는 대로 업혀 가는 편이 나았다.

어린애 주제에 키가 멀대같이 큰 김윤제는 말라서 등이 딱딱했다. 영진은 윤제의 두 어깨를 붙들고 어정쩡하게 업혔다.

사실 영진은 볼 때마다 김윤제가 거슬렸다. 잘생긴 것도 키가 큰 것도 공부 잘한다는 소리를 듣는 것도 다 아니꼬웠다. 그 말이 아버지 입에서 나오는 건 더 싫었다. 저런 아들이 있었더라면 생각하시는 것 같아 가슴이 욱신거렸다. 태어난 순간부터 니가 아들이어야

했다는 말을 듣고 자란 김영진으로서는 당연한 일이었다.

"나 사실은 너…… 해."

윤제가 웅얼거리는 소리에 영진은 되물었다.

"뭐?"

"좋아…… 다고!"

약간 화난 듯이 되풀이한 말도 영진은 알아들을 수 없었다.

뭐라는 거야, 대체.

"김윤제. 나한테 누나라고 불러."

더 캐묻지 않고 조그맣게 화를 내자 윤제는 신경질적으로 머리를 흔들었다. 에이, 씨. 뭔가 욕 같은 소리를 중얼거리는 것도 같았다.

어린애가 벌써 사춘긴가…….

혀를 쯧쯧 차며 영진은 고개를 뒤로 젖혔다. 높은 곳에서 바라보는 하늘은 유난히 맑고 파란 것 같았다. 나쁜 기분은 아니었다.

그래서 어린이 김영진은 어린애 김윤제의 목덜미가 빨갛게 물든 것은 보지 못했다.

보았다 해도 별생각 없었겠지만.

3. 비스코티, 첫사랑, 그리고 까마귀

간질간질.

무언가가 코를 만지작거리는 기분이 들었다. 사람 손도 아니고 깃털도 아니고, 좋은 향이 섞인 보드랍고 따뜻한 무엇이었다. 어쩐지 마음이 놓이는 가볍고 규칙적인 진동이었다.

영진은 천천히 눈을 떴다.

마주친 눈동자가 인형처럼 크고 예뻤다. 햇빛에 물들어 금색으로 빛나는 속눈썹도 참 예뻤다. 이마를 가리고 흘러내린 곱슬머리는 성화 속 천사처럼 찰랑찰랑 금발이었다.

"이쁘다……."

매끈하게 솟아오른 콧등을 손가락으로 건드려 보자 인형이 웃었다. 장난기가 약간 섞인 다정한 웃음이었다. 기분이 더 좋아져 영진도 마주 웃었다.

"만져 봐도 돼?"

조그맣게 속삭이며 손바닥을 펼쳤더니 모찌처럼 쫀득한 살갗이 착 달라붙었다. 온기가 좋아 조금 더 손으로 쓸었다. 귓불이 곱고 입술도 폭신하고 보조개는 앙증맞고, 여자아이라면 누구나 꿈꾸는 사랑스러운 인형이었다. 턱 부분이 좀 까슬까슬한 것만 빼면.

턱은 왜 까칫거릴까.

음.

턱?

이건.

······수염인데?

"으아악!"

영진은 비명을 지르며 몸을 일으켰다. 그 바람에 정수리가 윤제의 턱에 부딪쳐, 윤제도 신음을 내질렀다.

"왜 그래, 아프잖아!"

턱을 문지르며 인상을 찡그린 그는 잠옷 차림이었다. 재빨리 내려다보니 그녀 역시 마찬가지였다. 이불을 두 손으로 말아 쥔 채 영진은 숨을 헉헉거리며 김윤제를 응시했다.

입이 바짝 말랐다.

"너, 너 뭐 하는 짓이야. 왜 내 방에 있어!"

있는 대로 쥐어짜 소리를 지르자 윤제는 하, 어이없다는 표정으로 대꾸했다.

"술 취해서 객사할 뻔한 거 데려다놓고 밤새 땡깡 부리는 거 다 받아줬더니, 뭐가 어째? 적반하장도 유분수지."

"말, 말도 안 돼. 내가 무슨……."

얼굴이 뻘겋게 달아올랐다. 영진은 두 손으로 뺨을 감싸고 숨을 골랐다.

"잘 생각해 봐, 어디까지 기억나는지. 해장국 끓여놨으니까 먹을 만하면 나오구. 옷을 갈아입힌 건 어디까지나 누나가 토했기 때문이니까 트집 잡을 꿈도 꾸지 말구."

상냥하게 따스한 숨결을 불어주던 인형은 그렇게 협박 섞인 말을 남긴 채 방을 나가 버렸다.

영진은 당황해서 일어나 거울 앞으로 달려갔다.

"미쳤구나……."

얼굴이 눈에 띄게 초췌했다. 누가 봐도 숙취가 더덕더덕 붙은 모습에 절망이 엄습했다. 기분 탓인지 모르겠지만 입에서는 정말 토 냄새가 나는 것만 같았다. 김윤제가 도대체 어디까지 본 건지, 무슨 치다꺼리를 해준 건지, 자신은 어떤 추태를 부렸던 건지, 생각하니 아찔하고 아득할 따름이었다.

머리를 쥐어뜯으며 자학하던 영진은 다시 치밀어 올라오는 토기에 급히 화장실로 달려갔다.

김영진 서른한 해 인생에 최초의 경험이었다.

결코 신선하지 않았다.

"나 어제 실수 많이 했어?"

묵묵히 콩나물국을 다 먹은 후에야 영진은 용기를 낼 수 있었다.

"미안하다. 내가 잘 안 취하는데……, 어젠 좀 그랬네."

계면쩍게 사과를 건네자 윤제는 내내 끼고 있던 팔짱을 비로소 풀었다.

"미안해서 그러는 게 아니라 쪽팔려 그러는 거지?"

턱에 멍이 든 천사는 냉랭했다. 해를 등지고 앉은 그는 더 이상 성화 속 천사가 아니라 심판을 주재하는 대천사장 미카엘처럼 무시무시해 보였다.

영진은 급작스럽게 역전된 두 사람의 관계에 우물쭈물 당황했다. '누나, 나도 데리고 가', '심심해, 뭐 하고 놀까?', '배고픈데 맛있는 거 해주라……'. 밖에서는 이래라 저래라 남자 관련 코치를 해줄망정 둘만 있을 때의 윤제는 늘 어리광덩어리였는데, 귀찮다며 구박하고 튕긴 쪽은 언제나 그녀였건만, 갑자기 영진 쪽이 철딱서니 없는 여자가 돼버리고 만 것이다.

윤제는 심지어 코웃음까지 쳤다.

"실수 엄청 했어. 나하고는 절대 결혼 안 할 거라고 막 화내더라? 내 참, 누가 떡 준댔다고 대뜸 김칫국부터 쏟아?"

영진은 정신이 아찔했다.

"내가…… 그런 소릴 했어?"

가라앉았던 토기가 올라오면서 속이 울렁거렸다.

미쳤구나, 미쳤어…….

할 말, 안 할 말이 있지, 네 살이나 더 먹어서 참으로 민망하기 그지없는 꼴이 아닌가. 윤제가 언제 결혼하자고 했다고. 아니, 유혹의 냄새를 풍긴 일이나 한 번이라도 있었던가.

구시렁구시렁 불평하고 있는 김윤제를 차마 쳐다보지 못하고 그녀는 애꿎은 컵만 빙빙 돌렸다.

"……근데 너 해장국 맛있게 잘 끓인다."

그건 그냥 입에서 나온 대로 아무렇게나 한 소리였다.

그런데 말해놓고 보니 사실이었다.

"맨날 나보고 밥해 달라고 하더니, 솜씨가 장난 아닌데. 그동안 나 부려먹느라 못하는 척한 거였어?"

누나랑 결혼하는 남자는 진짜 행운아라는 둥, 바깥일 해가면서 요리는 언제 또 이렇게 배웠냐는 둥, 누나가 만든 파스타가 세상에서 젤로 맛있다는 둥, 녹아날 듯 감언이설을 속삭여대더니.

의외의 역습을 당한 윤제가 어깨를 움찔하더니 할 말이 없는지 입술을 실룩거렸다.

승기를 잡은 김에 한마디 더 하려고 했던 영진은 숟가락 내려놓은 손으로 눈을 비볐다.

'술이 덜 깬 걸까.'

오늘의 김윤제는 그야말로 혼이 빠질 만큼 예뻐 보였다.

잘생겼다 잘생겼다 하면서도 이렇게 실감나게 감탄했던 일은 없는 것 같았다. 샤워한 지 얼마 안 됐는지 벌꿀처럼 윤기 흐르는 다갈색 뺨이나, 아래로 내리뜬 눈매며 날카로운 콧대며 물기가 덜 빠져 평소보다 더 탱탱하게 웨이브가 진 머리카락까지, 천하절색이란 반드시 저런 사람이겠구나 싶은 미인이었다.

"아니, 여자 같다는 뜻은 아니고."

입에서 툭 튀어나온 말에 윤제가 얼굴을 찌푸리며 '저건 뭐래' 하는 표정을 지었다.

절대로 여자 같다는 의미는 아니었다. 작은 얼굴에서 직선으로 이어지는 곧은 목은 더할 수 없이 남자다웠고, 실내복 차림임에도 슈트를 입은 것처럼 벌어진 어깨는 말할 것도 없었다. 표정에서 사랑스럽고 귀여운 느낌을 풍겨 그렇지 실은 얼굴도 선 하나하나가 대단히 진하고 강했다. 커피 잔을 붙들고 있는 손가락 역시 길고 섬세했지만 분명히 남자의 손이었다. 그녀의 '민간인' 친구가 열광했던 '핏줄 곤두선 지적인 남자 손'의 표본 같았다.

정말로 술이 덜 깬 걸까.

새삼스럽게.

그녀는 마른세수를 하며 정신을 가다듬으려 애썼다.

"오늘은 움직이기 힘들 테니 집에서 쉬어. 아는 병이니까 괴로워도 좀 참고. 난 나갔다 온다."

커피 잔을 씻어 싱크대에 엎어놓고는 윤제가 휭하니 몸을 돌려 방으로 사라졌다.

현실로 뚝 떨어진 영진은 자기 몫으로 남아 있는 커피를 쳐다보며 기억을 더듬어보았다.

'어제 어디서부터 끊긴 거지?'

차현도가 파장을 선언할 때까지는 기억이 남아 있다. 그 이후로는 아무것도 생각나지 않았다. 다행히도 의식이 있는 동안은 좀 헤프게 웃었을 뿐 달리 실수한 게 없는 것 같은데, 윤제와 둘이 있으면서는 도대체 무슨 짓을 저지른 건지 막막했다.

'내가 왜 그랬을까.'

그녀는 얼굴을 거칠게 문질렀다.

과음한 것부터가 그녀답지 않긴 했지만 그건 처음부터 각오했던 바이니 그렇다 칠 수 있었다. 영진이 가장 납득할 수 없는 건, 윤제 앞에서 완전히 무장해제해 버렸다는 사실이었다.

뭘 믿고.

김윤제가 뭔데.

그와 함께 지낸 지 이제 보름 남짓이었다. 아직 그가 적인지 아군인지도 판별해 내지 못하지 않았던가.

물론……

'물론 이 동거가 의외로 불편하지 않다는 생각을 하긴 했지. 욕실을 따로 써서 그런가, 윤제가 깔끔해 그런가, 하여튼. 윤제가 남자들하고의 만남에 기름칠을 해주는 걸 고맙다고 생각도 했고.'

그녀의 생각은 꼬리를 물었다.

'지하철 하나 타는 일도 윤제 덕분에 덜 버벅거리는 게 사실이긴 해. 같이 마트 가서 장보는 게 쏠쏠히 즐겁기도 했고. 상냥한 얼굴을 하루 종일 보는 게 은근히 기분 좋다는 생각을……'

"맙소사."

영진은 탄식을 질러놓고 당황해서 입을 틀어막았다.

'내가 언제부터 윤제가 웃음을 흘리면 못 이기는 척 먹을 걸 대령한 거지? 어쩌다가 윤제랑 붙어 다니는 걸 당연하게 생각하게 된 거야? 뭐가 재밌다는 건지 이해하지도 못하면서 TV의 예능 프로를 밤늦게까지 같이 보게 된 건 도대체 왜였어?'

동시다발적으로 떠오르는 이미지들은 하나같이 똑같은 패턴이었다. 해해거리는 김윤제와 결국은 그에게 끌려가는 그녀 자신의 모습.

표정만 뚱하게 하고 있으면 거절한 거라고 생각했었다.

하지만 그건 오산이었다.

'윤제가 하자는 대로 다 했었네, 그동안 내가……'

아니, 아니었다. 그건 단순히 맞춰주거나 말거나 하는 갑을관계의 문제가 아니었다. 그녀는 차근차근 길들여지고 있었던 것이다. 개구리가 삶아지듯 무뎌지고 있었다. 가랑비에 옷 젖는 줄 모른다더니 딱 그 짝이었다. 김영진은 김윤제에게 말려든 지 오래였고, 이미 무의식에 빗장이 열려 있었기에 그와 둘이 남는 순간 정신줄을 놓아버린 것이다.

'이건 아니지, 이건 아니야!'

영진은 머리를 흔들었다.

재벌 후계자로 경계가 몸에 밴 김영진은 이런 사람이 아니지 않았던가. 의중도 모른 채 상대의 페이스에 휘말리는 건 이 황금빛 밀림에서 살아남기 위해 가장 피해야 하는 실책이 아닌가. 어수룩한 어린애처럼 이게 무슨 허술한 처신이란 말인가.

그녀는 공연히 흔들었다가 골이 빠개질 것 같은 머리를 움켜쥔 채 자기비하의 늪을 헤매었다.

하지만 그녀도 깨닫고 있었다. 그건 영진 그녀의 문제가 아니었다. 영주가 경고하지 않았던가. '아무도 윤제를 거절하지 못해'라고.

그게 무슨 뜻인지 영진은 비로소 알 것 같은 기분이 들었다.

암담하게도.

김윤제는 백화점 VIP 라운지에서 사모님과 헤어지고 택시를 탔다. 데려다주마 하는 영진 어머니의 배려를 굳이 뿌리친 건 행선지가 김용식 회장의 사무실이기 때문이었다. 두 사람은 부부지만 편안한 사이일 리는 없었다. 윤제는 조심했다.

[영진 누나가 좀 울적해 보여서요. 선물을 하고 싶은데 취향을
잘 몰라서 어머님께 조언을 구하려구요.]

그의 전화에 흔쾌히 나온다 하기에 집안에 문제가 있는 건 아닌
모양이다 생각했다. 그런데 실물로 만난 사모님의 그늘은 영진
보다 더하면 더했지 조금도 낫지 않았다. 애써 우아한 미소를
짓고 있었지만 눈이 퀭하고 수심이 역력한 게 가정불화가 확실
한 듯 보였다.

"그 애가 딱히 좋아하는 게 있긴 않은데. 꽃도 쓰레기 된다고 싫
어하고……. 무난하게 케이크나 초콜릿 같은 게 좋지 않을까."

영진 어머니의 그다지 도움 안 되는 조언에 윤제는 보이지 않게
혀를 찼다. 케이크나 초콜릿이라니. 너무나도 이한성스러운 아
이템이 아닌가. 창의성 떨어지게.

"그럼 제가 좀 더 생각해 볼게요. 어머님은 나오신 김에 저하고
점심이나 같이 안 하시겠어요?"

상냥하게 권하자 영진 어머니는 지친 표정으로도 기쁜 듯 웃어
보였다.

식사는 딸의 근황을 궁금해하는 어머니의 평범한 호기심으로 채
워졌다. 어머, 제빵 강습을 다녀? 요리는 배웠지만 제빵에 관심
이 있는 줄은 몰랐네. 너랑 같이 있어서 사람 사는 것처럼 사나
보다. 다행이야. 애가 둔해도 좀 양해해 주렴, 한 번도 느긋하게
지내본 일이 없어서 쉬는 것도 노는 것도 서투를 거야…….

김용식 회장의 부인 문 여사는 그러나 자신과 딸을 괴롭히고 있

는 문제에 대해선 끝까지 함구했다. 영진이 흐트러진 이유를 어떻게든 알아내 볼까 했던 윤제는 결국 빈손으로 일어서야 했다. 여배우이던 시절 솔직하고 거침없는 성품으로 구설에 많이 올랐다던 문 여사이건만, 재벌가의 일원이라는 자리는 사람의 타고난 성격마저도 짓누를 만큼 무거운 것인 모양이었다.

예전 같았으면 그냥 그런가 보다 했을 일인데, 윤제는 공연히 입맛이 썼다.

택시가 빌딩 앞에 정차했다. 회장 전용 응접실로 안내된 윤제는 김용식 회장에게 깍듯이 인사했다.

"오랜만에 뵙습니다, 회장님."

권위에 주눅 드는 법 없는 김윤제에게도 김 회장은 좀 어려운 사람이었다.

"그래. 잘 지냈는가?"

김용식 회장은 중키에 다부진 체격을 지닌 남자였다. 눈빛 형형하고 이마가 좁은 게 한눈에 성격 대단해 보였고 실지로도 그랬다. 포악하지만 백성들에게 먹을 것을 풍족히 제공하는 절대군주의 광휘랄까, 그에게는 그런 카리스마가 있었다.

"부족한 딸을 건사하느라 자네가 수고 많네."

그래도 공치사 정도는 할 줄 아는 사람이었다.

"워낙 좁은 세계에 살던 아이라서 세상 공부가 필요하긴 했지."

이 부분은 아마도 진심일 거라고 윤제는 생각했다.

"자네가 무슨 마음으로 내 부탁을 들어준 건지 모르네만……"

저야말로 회장님이 제게 그런 제안을 하신 속내가 뭔지 추측 정도밖에 하고 있지 못합니다만…….

"내 자네에게 추가로 부탁하고 싶은 게 있네. 자네, 영진이한 테 벌레가 꼬이지 않도록 좀 막아줄 수 있는가?"

생각지 못한 김 회장의 말에 윤제는 눈을 가늘게 떴다.

"안전상의 문제라면 보디가드로도 충분하지. 굳이 길이 지내 달라 부탁한 건 기실 그 아이가 엉뚱한 길로 빠지는 걸 자네가 견제해 주었으면 해서였어."

……나 자체가 목적이었던 게 아니고?

"영진이가 다양한 인간군상을 만나보는 것도 물론 좋겠지만, 여자들이란 감정에 휩쓸리면 잘못된 결정을 하는 일이 잦아서 말이야. 최근 행보를 듣자하니 남자들하고 곧잘 어울리는 모양 이던데 애비로서 좀 걱정이 되네."

김용식 회장은 말끝에 턱을 치켜들었다. 위압적인 느낌이 한층 강해졌다. 그러고 보니 김영진도 가끔 턱을 치켜들 때가 있었는 데, 아버지한테 배운 거였구나, 윤제는 짧은 순간 웃었다. 영진 의 그런 행동은 공격적이라기보다 귀여워 보인다는 역효과가 있 었기에.

"니가 아버지의 첩자든 아니든……."

지난번에 김영진이 그렇게 말했었다. 폰토스에 와인 마시러 가 기 직전에.

당초 김용식 회장이 윤제에게 요구했던 역할은 첩자 따위가 아니었다. 김윤제를 찾아 필라델피아까지 왔을 때 김 회장이 뭐라고 말하였던가. 딸의 힘이 되어달라는 둥 상투적인 소리에 명백한 도발의 냄새를 섞어 묘한 여운을 남기고 가지 않았던가. 너는 어리니까 안심하고 맡길 수 있다 운운하다가 '네 카리스마와 친화력을 증명해 낼 수 있다면야 얘기가 다르지만……' 지나가는 말처럼 덧붙이면서.

미국까지 찾아와 영진과의 동거를 제안한 건 분명 예사롭지 않은 행보였다. 행간에 많은 것이 담겨 있었다. 테스트일 수도 있고, 오퍼일 수도 있었다.

"재밌겠네."

윤제가 제안을 받아들인 건 심플한 이유였다. 재밌겠다, 이 무료한 일상이 조금은 덜 지루할지도 모르겠다, 돌아가자마자 취직하는 건 너무 시시하던 참인데 잘됐다……, 뭐 이런. 그는 테스트 따위 거절하겠노라 불쾌해하지 않았다. '당신 딸을 유혹해 내는 건 나한테 일도 아니다' 오기 부리지도 않았다. 자존심 드높은 김윤제에겐 심지어 김 회장의 속셈이 무엇인지도 중요하지 않았다.

그러므로 그는 일을 다시 재미없게 돌이켜 놓을 생각이 전혀 없었다. '벌레를 떼어내는' 시시한 스파이 같은 걸 하라니.

"제가 회장님의 제안을 받아들인 건, 오랫동안 알고 지냈지만 친해질 기회가 없었던 영진 누나와 교분을 맺기 위해서였습니다."

윤제는 부드럽게 그러나 단호하게 대꾸하였다.

"그런데 아직 누나의 인간관계를 좌지우지할 만큼 가까운 사이가 되지 못했습니다. 기대에 부응해 드리기 어렵겠습니다. 죄송합니다."

김용식 회장은 자신의 요구를 단칼에 잘라내는 김윤제를 날카로운 시선으로 한동안 쳐다보았다.

그러고는 진지하게 물었다.

"우리 회사에 좋은 자리를 보장받을 생각이 없는가?"

윤제는 웃음을 삼켰다.

"외람됩니다만, 회장님, 미국에서 제게 삼십만 불 연봉을 제시한 회사가 둘이나 있었습니다. 세한그룹에서 일할 수 있다면 물론 기쁜 일이겠습니다만 그걸 바라고 회장님의 제안을 받아들였던 건 절대 아닙니다."

예의바르면서도 오만하리만큼 자신감 넘치는 그의 말에 김 회장의 눈가로 슬쩍 웃음이 지나갔다.

"그렇군. 하는 수 없지. 실은 내가 사윗감으로 찍어둔 청년이 주재원 생활을 마치고 귀국하게 되는 바람에 혹시라도 잡음이 있을까 마음이 조급했지 뭔가."

윤제는 인상을 찌푸렸다. 사윗감이라고……?

"자네도 알겠지, 허주혁이라고."

윤제의 얼굴이 한층 더 굳어졌다.

서른세 살인 허주혁은 윤제의 대학 선배로 입지전적인 인물이었다. 어려서 아버지를 잃고 뒷배 하나 없음에도 세한그룹의 실세로 초고속승진을 하고 있는, 소위 촉망받는 인재. 윤제와는 얼굴을 아는 사이일 뿐이었으나 야망을 노골적으로 드러내는 드문 타입이라 뇌리에 강하게 남은 남자였다.

별로 좋아하는 유형은 아니었다, 솔직히.

"영진이가 고등학교 때 주혁이를 짝사랑했던 것으로 나는 알고 있다네. 배경으로야 영진이한테 한참 처지지만 딸이 좋아했다 하니 마음이 쏠리더구먼. 나도 나일 먹었어."

저 노인네의 의뭉의 끝은 어디인가, 윤제는 혀를 내둘렀다. 고개를 절레절레 흔드는 김용식 회장의 모습은 결코 딸의 순정에 마음 약해진 늙은 아버지의 모습이 아니었으므로.

"어쨌든 주혁이가 귀국해서 영진이를 만날 때까지 잘 부탁하이."

김 회장은 의미심장한 눈으로 윤제를 바라보며 당부했다.

찝찝한 기분으로 세한빌딩을 나선 윤제는 찬바람을 맞으며 걸었다. 김 회장의 말을 어디까지 믿어야 할지 곰곰 생각해 보았지만 확실한 게 하나도 없었다.

아니, 허주혁이 귀국한다는 말 하나는 확실한 정보일 터이다.

그 외에는 알 수 없는 것들뿐이었다. 김 회장이 진짜 허주혁을 영진의 짝으로 생각하고 있는 건지, 윤제를 떠보느라 한 말인지, 영진이 허주혁을 좋아했다는 게 사실인지, 과연 '벌레들'을 떼어 내는 데 김용식 회장이 정말로 김윤제의 도움을 필요로 한다는 것인지.

무엇보다도, 그가 윤제를 이 일에 끌어들인 진짜 속내는 무엇인지.

김용식 회장은 아주 단수가 높았다. 머리 좋고 수단 방법을 가리지 않는 사람인데 권력마저 쥐고 있으니 상대하기 녹록할 수가 없었다. 윤제에게도, 그 어떤 누구에게도. 하물며 영진이야 오죽 했으랴.

"김영진도 인생이 참 고단하겠구나."

쓸쓸하게 웃으며 윤제는 택시를 잡았다.

"그런데 당신 같은 여자한테도 첫사랑은 있었니 뇌?"

약간 비웃음을 섞어 그는 중얼거렸다.

탕.

차문이 거칠게 닫혔다. 택시가 체증 속으로 꾸물꾸물 기어 들어가기 시작했다.

"……별꼴이야. 말라비틀어진 도토리 주제에."

윤제는 기분이 별로 좋지 않았다.

이상하게도.

온종일 집에서 늘어져 있던 영진은 저녁 해가 어스름할 무렵에야 기운을 차렸다. 인정하고 싶지 않지만 김윤제 없이 혼자 있는 시간이 낯설어 그 낯섦에 기가 막혔다.

"이 나이에 자신의 새로운 모습을 발견하려니 힘드네."

베이킹 수업에 가기 위해 옷을 갈아입으면서 영진은 자조했다.

현관의 보디가드로부터 콜이 온 것은 그때였다. 퀵서비스가 왔노라고, 받아서 가지고 올라가겠다고 그는 전했다.

"퀵서비스?"

의아해하는 그녀에게 보디가드는 '김윤제님이 보내신 거니 안전할 것 같다'고 덧붙였다.

영진은 더욱 의아했다. 윤제가 나한테 보낼 게 뭐가 있지?

문을 열고 들어서는 보디가드의 팔에는 옷가방이 하나 들려 있었다. 알 만한 브랜드지만 명품이라고는 할 수 없는, 괜찮은 정도의 로고가 찍혀 있는 가방이었다.

보디가드를 내보내고 가방을 열어보니 안에 있는 것은 상당히 여성스런 디자인의 원피스였다. 일반적인 기준으로는 과하지 않지만 영진의 의생활 패턴에 비추어볼 땐 다소 파격적인.

"이게 뭐야……."

뜬금없는 옷 선물에 멍하니 있다가 그녀는 가방을 다시 뒤졌다. 빈 가방에서 카드 한 장이 떨어졌다.

─ 오늘 같은 날이야말로 더 신경 써야 해. 눈 부었거든 아이스 팩으로 찜질하고, 화장은 들뜨면 안 되니까 연하게 하고. 같이 술 마신 다음 날 여자가 부스스하게 나타나면 매력 없어. 깔끔하게 하고 나와. 빵집에서 만나거.

글귀에서 윤제의 엄한 얼굴이 보이는 것만 같았다. 생각지도 못한 명령, 혹은 배려에 영진은 어안이 벙벙했다.

망설이던 그녀는 결국 어물어물 옷을 입어보았다. 놀랍게도 사이즈가 딱 맞았다. 심지어 무척 어울리기까지 했다. 윤제의 말 대로 단정하게 화장했더니 하루 종일 숙취에 시달린 사람 같은 느낌도 전혀 들지 않았다. 거울 속의 자신이 아침과 딴판으로 보이는 것에 영진은 감탄했다.

"옷이 날개라더니 정말 그러네."

너무나 김윤제답다 싶기도 했고 어이없기도 한 기분이었다. 평소 같으면 주제넘은 간섭이라고 불평부터 했을 테지만 오늘은 그런 생각이 들지 않은 게 신기할 뿐이었다. 아니, 정확히 말하자면 잠깐은 찜찜한 듯했지만 곧 괜찮아진 것이었다.

그냥 대단하다 싶었다.

솔직히 기분이 좋기도 했다.

"술이 덜 깨 그런가……."

영진은 피식 웃었다.

김윤제의 손바닥 위에서 놀고 있다는 자각 이후 체념한 것일지도 모른다. 리스트의 남자들한테 예쁘게 보이는 건 중요한 일이므로 조언을 거절할 구실이 없는 것도 사실이었다. 그러나 그 모든 이유를 떠나, 영진은 전에 없이 미인으로 보이는 자신이 퍽 마음에 들었다.

"내 안에 잠자고 있는 나를 윤제 니가 더 잘 알아보았다는 거니?"

거울 속의 자신은 놀라울 만큼 순한 얼굴을 하고 있었다.

어쩌면 이번엔 윤제가 그녀를 갖고 논다는 느낌이 들지 않아서일지도. 그래서 그의 호의를 호의 그대로 받아들일 수 있는 걸지도.

영진은 맘 편하게 생각하기로 했다.

그렇다고 집을 나서는 느낌이 마냥 발랄하기만 한 건 물론 아니었다.

쑥스럽고 민망하고 어색한 것이었다, 왕자님이 기다리는 무도회로 향하는, 단 한 번도 꿈꿔보지 않은 신데렐라가 된 기분은.

왕자들이 너무 많다든가, 실은 그녀 쪽이 공주라든가, 호박마차를 만들어준 마법사가 미남이라든가 하는 사소하면서도 치명적인 문제가 그녀 앞에 산적해 있었기에 더더욱.

지하철역을 향하며 그녀는 찬 공기를 가득 들이마셨다. 세한그룹 김영진이 아닌 여자 김영진을 쳐다보는 사람들에게서 호감이 보여 낯설었다.

순전히 착각일 수도 있겠지만.

"잘 어울리시네요."

이한성이 말했다.

영진은 작게 웃었다. 한성이 신기한 걸 본 것처럼 눈을 크게 떴다. 수업이 시작하기 직전의 일이었다.

막상 그녀에게 날개를 달아준 김윤제는 클래스에 오지 않았다.

〈형네 들를 일이 생겼어. 오늘 못 들어갈지도 모르니까 기다리지 마.〉

마지막 순간 받은 문자에 그녀는 어쩐지 맥이 빠졌다.

한때 드라마에 빠지지 않고 나오던 장면이 있다. 평소 털털하던 여자가 어느 날 드레스업하고 나타나 남자들이 넋을 잃고 쳐다보는 씬. 어쩌면 그녀도 그런 상황을 은근히 기대했는지 모른다. 인정하긴 창피했지만.

'내 안목은 역시 훌륭해 어쩌구 자화자찬하는 걸 보고 싶다니, 거 참.'

영진은 고개를 설레설레 흔들었다. 익숙해진다는 건 진짜 무서운 거로구나 혀를 차면서. 자신의 어이없는 소녀 감성을 비웃으며.

그녀가 알지 못했던 건, 바로 그 상황이 조금 전 그녀 모르게 펼쳐졌다가 수줍게 닫혔다는 사실이었다. 너무 전형적이라 이젠 드라마에서도 잘 사용하지 않는 설정이지만, 현실에서는 언제든 충분히 일어날 수 있는 일이기에. 다만 남자가 김윤제가 아니었을 뿐.

"흔히들 과자를 비스킷이라고 부르곤 하지만 사실 모든 과자가 비스킷은 아닙니다. '비스킷'은 영어로 두 번 구운 과자라는 뜻이거든요. 이탈리아어로는 비스코티라고 하는데 아마 들어보셨을 거예요."

이한성이 보여준 샘플은 모두에게 익숙한 것이었다. 길쭉한 반달 모양으로 썰어낸 크런치한 비스코티. 영진이 개인적으로 좋아하는 과자이기도 했다.

"두 번 구워 번거로울 거라고 생각하실지 모릅니다만, 모양 잡기가 오히려 편합니다. 실패가 거의 없지요. 오늘은 견과류와 코코아를 넣은 다크초콜릿 비스코티를 구워보겠습니다."

열심히 설명하는 한성에게서 숙취나 피로의 기색 같은 건 조금도 느껴지지 않았다. 하긴 체력이 강철 같지 않으면 제과점을 할 수 없겠지, 영진은 생각했다. 막상 들여다보니 제빵은 무지하게 노동집약적인 업종이었다.

"전 비스코티를 구울 때면 사람도 사랑도 이런 식으로 강해지는 거겠거니 생각합니다. 설익어 말랑한 느낌의 첫사랑에 비해 그 다음 사랑은 훨씬 단단하고 그만큼 더 진하니까요. 흔히들 첫사랑은 연습이고 두 번째 사랑이 진짜라고 말하는 건 그래서가 아닐까요?"

웃으며 농을 던지는 한성에 따르면 두 번 굽는 비스코티가 보통 쿠키보다 한결 바삭하고 보존성도 좋다고 하였다.

'첫사랑이라.'

영진은 반죽을 성형하며 한성이 던진 말을 곱씹었다.

누구나 그렇듯 그녀에게도 첫사랑이 있었다. 시작도 끝도 없이 등바라보기로 일관한 첫사랑.

첫사랑은 마치 호주머니 속의 과자부스러기 같은 것이었다. 아무런 형체도 남아 있지 않지만 완전히 털어낼 수는 없는 무엇. 새삼 혀를 대서 맛보기엔 지저분하고, 맛없었다고 치부해 버리기엔 미안하고. 좀 더 조심할걸, 쉽게 부서지지 않을 만한 것으로 고를걸, 그런 아쉬움으로 때때로 마음에 묻어나는 까끌함.

"베이킹의 기본이 버터라고 전에 말씀드렸지요. 완성은 온도입니다. 오븐의 온도가 너무 낮으면 쿠키가 퍼지고, 높으면 물론 타죠. 비스코티는 덩어리로 한 번 굽고 잘라서 다시 굽는데 처음 것을 잘 구워야 자르면서 부서지지 않습니다. 우리가 어설픈 첫사랑을 통해 충분히 성숙해져야 다시 진짜 사랑을 할 수 있는 것처럼 말입니다."

'말 참 재밌게 하네. 인생을 대하는 태도도 진지하고.'

영진은 한성을 바라보며 생각했다.

'처음부터 저런 사람을 좋아했어야 되는 건데.'

그녀의 첫사랑은 뒤끝이 썩 개운하지 않았다. '그'는 강한 남자였다. 지나치게 강했고, 더 강해지고 싶어 했고, 그래서 다른 사람을 돌아볼 여유가 없었다. 돌이켜 보면 영진은 무의식 속에서 아버지 같은 남자를 찾고 있었는지도 모른다. 아버지에게 도덕적 결함이 있고 어머니를 아프게 한다는 걸 온전히 깨닫기 전, 김용식 회장은 그녀의 우상이었으므로. 애정표현 없고 무섭기만 한 아버지였지만 그랬기에 더더욱 그런 남자에게서 사랑받고 싶었는지도 모른다.

'이젠 아버지 같은 남잘 피하느라 결사적이고 말이지. 웃기지도 않게.'

그러다보니 부끄럽기 짝이 없는 짓을 저질렀다. 심지어 민폐였다. 김윤제가 황당해하는 것도 당연했다. '너랑은 절대 결혼 안 해'라니, 공주병도 그런 공주병이 없지 않은가.

"아아, 미치겠다."

탄식하다가 반죽을 뭉개 먹고는 화들짝 다시 모양을 다듬으며 그녀는 갈등했다.

'사과해야 할까?'

그냥 '너랑 결혼 안 해'만 말했을 리가 없다. 바람둥이라고 힐난했을 가능성이 높았다. 아무런 근거도 맥락도 없이. 그리고 설령 김윤제가 진짜 바람둥이라 해도 그게 김영진과 무슨 상관이란 말인가. 마치 마음이 끌리기 때문에 투정하는 것 같지 않나. 진심 쪽팔리고 어이없는 일이 아니냔 말이다.

고민했지만 그녀는 결론에 도달하지 못했다. 이제 와 미안하다 하는 것 역시 우스운 꼴이란 생각이 들었다. 게다가 뭐라고 말했는지 기억도 나지 않는 것을 무어라고 설명하며 사과하겠는가.

수업이 끝났다. 베이커가 딴 생각으로 산만했어도 김윤제가 없었어도 비스코티는 맛있게 구워졌다. 식감이 무척 좋은 과자였다. 알맞게 달고 충분히 진하고 포만감마저 있었다. 코코아 향기가 실내에 가득 찬 것도 마음을 행복하게 해주었다.

"실패가 없다고 말씀드렸죠?"

한성이 온화하게 웃었다. 마치 그녀에게 말하는 것처럼 눈을 부드럽게 마주치며.

마음이 푸근하게 풀어지는 기분이었다.

한성을 향해 마주 웃으며 김영진은 진심으로 바랐다. 두 번째 사랑은 정말 이런 것이었으면, 하고.

"아, 영진 씨. 왜 이렇게 늦었어요."

삐딱한 웃음이 유난히도 관능적이었다. 예상을 한참 웃도는 차현도의 반응에 영진은 잠깐 머뭇했다. 오늘 만나기로 약속했었던가?

현도의 와인 바 입구였다. 김윤제가 옆에 없다는 건 냉정히 말해서 그녀에게 기회였기에, 서점을 갈까 와인 바에 들를까 망설이다가 결국 현도를 찾아온 길이었다. 한 번도 일대일로 대화해보지 못한 차현도를 조금이라도 들여다볼 수 있었으면 하고.

손님들이 한 차례 물갈이를 할 시간, 문을 열다가 마주친 차현도는 그녀를 향해 밤처럼 새카만 눈동자를 빛냈다.

"여기 내 대학 동창이랑 그 남편이에요. 이쪽은 내가 사귀는 사람, 김영진 씨."

나가려는 듯 문간에 서 있던 커플에게 현도가 그녀를 소개했다. 자연스레 어깨를 감싸 안으며, 목 언저리에 키스할 듯 부드럽게 숨결을 불어넣으면서.

음?

몸을 굳히는 순간 어깨에 강한 힘이 느껴졌다. 아무리 둔한 김영진이라도 알아듣지 못할 수 없을 만큼 분명한 메시지였다. '장단 맞춰줘'.

영진은 현도를 쳐다보고 싶은 유혹을 누르고 표정을 갈무리했다. 가면을 쓰는 것만은 누구 못지않게 익숙한 그녀였기에.

"반갑습니다. 이렇게 미인인 친구분이 있었군요."

자신감 넘치는 웃음과 함께 손을 내밀자 여자가 어정쩡하게 맞잡아왔다. 그리고 남자가 할 만한 대사를 친 영진을 의아한 시선으로 보았다.

"아……, 네. 반가워요. 현도한테 여자친구가 있는 줄은 몰랐네요."

이내 화려한 웃음으로 짧은 당황을 지웠지만.

인사치레로 한 말이었으나 실지로 여자는 미인이었고, 몸을 휘감고 있는 건 하나같이 고급품이었다. 그런데 영진은 묘한 거부감을 느꼈다. 남의 미모를 딱히 질시해 본 일 없었음에도 불구하고.

부러 여자의 눈을 똑바로 쳐다보았다. 비록 샤랄라 드레스를 입은 도토리 같은 외모일망정 기업 후계자로 몸에 익힌 당당함은 상대를 주눅 들게 만들기 충분했다. 아니나 다를까 여자가 슬쩍 시선을 피했다. 장사꾼의 본능이 그녀에게 속삭였다. 저 여자 뭔가 켕기는 게 있다고.

"그만 갑시다, 여보. 잘 놀다 갑니다, 차 사장."

사람 좋아 보이는 여자의 남편이 현도와 영진에게 눈인사를 남기고 아내를 끌었다. 오종종한 풍채에 대머리, 볼품은 없었지만 돈 냄새가 많이 났다. 어울리지 않는 부부였다.

문이 조용히 닫혔다.

어색한 침묵이 두 사람 사이에 잠시 흘렀다.

"아……, 미안해요. 아니, 고맙다고 해야 하나."

현도는 눈을 마주치지 않은 채 겸연쩍게 웃었다. 칼칼한 웃음 뒤로 불편한 기색이 역력했다. 이용해 먹었으니 속사정을 털어놓지 않을 수 없겠고, 말하자니 껄끄럽고, 그런 눈치였다.

영진은 채근하지 않았다. 말하고 싶으면 하겠지, 말 안 하면 하는 수 없지. 솔직히 궁금했지만 그녀는 가만히 서서 현도의 결정을 기다렸다.

"우리 좀 나가지 않을래요? 답답하네."

마음을 정한 듯 재킷을 가져온 현도가 가게 뒤쪽 비상구로 그녀를 안내했다. 큰길 반대쪽, 공원으로 바로 이어지는 쪽문이라 방금 나간 커플과 마주칠 걱정은 안 해도 될 듯싶었다. 마주친대도 또 한 번 연기를 펼치면 그만이겠지만.

신도시의 공원은 안전하고 조용하며 쾌적했다. 영진은 어깨를 펴면서 심호흡을 했다. 별은 없었지만 샛노란 달이 두둥실 떠 고요하고 예쁜 밤이었다.

앞서가던 현도가 말없이 벤치에 앉았다. 달빛에 보아 그런가, 순식간에 진이 빠진 듯 피곤한 모습이었다. 짓궂은 웃음도 느물거리는 말투도 싹 걷어낸 차현도는 마치 처음 보는 사람처럼 낯설었다.

침묵은 오래 이어졌다. 노란 달빛이 현도의 옆얼굴을 물들이고 구름 그림자와 섞여 얼룩덜룩 흔들리고 마침내 가로등의 창백한 조명에 자리를 넘기고 사라질 때까지 계속됐다.

그리고 현도가 느닷없이 그녀에게 면박을 주었다.

"영진 씨는 사람이 왜 그렇게 순진해?"

그는 마치 억지로 유들거리려고 노력하는 것 같았다. 그래야만 한다고 생각하는 것처럼.

"나 딱 봐도 나쁜 놈이잖아요. 근데 이 밤중에 나오잔다고 따라 나와요? 내 편은 왜 들어주는데? 그러다가 내가 못된 짓 하면 어쩔려구. 들러붙기라도 하면 어떡할 거야?"

왈그락 달그락, 어딘가 깨진 차현도는 그런 소리를 내고 있었다. 영진은 대답하지 않고 가만히 그를 바라보았다.

'왜 일부러 가벼운 척하는 걸까, 저 사람은.'

차현도를 알게 된 이후로 그녀는 줄곧 그런 의문을 품어왔다. 방종한 삶을 살고 있는 건 사실인 듯했지만, 현도는 그녀가 혐오하는 '돈과 권력으로 여자를 거느리는 유형'은 아니었다. 상처 운운한 주강우의 말에 경도된 건가 생각도 했으나 꼭 그런 것 같지만은 않았다. 차현도에게는 확실히 어딘가 비어 있는 구석이 있었다. 영진 자신도 구멍 숭숭 뚫린 사람이기에 아마 틀리지 않을 것이었다.

그녀가 넘어가 주지 않자 그는 만들어냈던 뺀질뺀질한 웃음을 거뒀다.

"아까 그 여자, 눈치챘겠지만, 좋아했어요. 대학교 때."

꿀과 바닐라

벤치 등받이 쪽으로 양팔을 걸친 차현도는 하늘을 바라보며 고백을 시작했다.

"주변에 있는 사람들과 많이 달랐죠. 자유분방하고 거리낌이 없는 게 매력적이었어요."

오늘은 첫사랑 특집이구나.

"사귀자고 했더니 그러자대요. 애교가 많은 사람이라 같이 있으면 꿈꾸듯이 즐거웠어요. 아니, 그냥 보고만 있어도 행복했죠. 나 말고 만나는 사람들 더 있는 거 같았지만 모른 척했어요. 뭐에 중독된 것처럼 끊어낼 수가 없었어."

여기까지 말한 차현도는 숨을 내뿜었다. 계절 끝자락의 공기가 차가워 하얀 김이 몽글몽글 뭉쳤다.

"결국은 헤어졌죠. 자존심 다 접고 매달렸지만 차였어. 믿기 어렵겠지만 그때만 해도 바른생활 사나이여서, 아마 그 여자가 보기에 잠깐 신선하다가 곧 지루해졌나 봐요. 뭐, 거기까진 괜찮았어요. 이후로도 그 여잘 못 잊어서 괴로워했다든가 미련 덕지덕지 흘리면서 주접을 떨었다든가 그런 건 흔한 이야기니까요."

그런데 이야기는 거기서 끝이 아니었다.

"그 여자가 다시 나를 찾아온 건 졸업반 때였어요. 친구들하고 놀고 있는데 불러내더라고. 반갑기도 하고 두근거리기도 해서 의젓해 보이려고 잔뜩 힘주고 나갔죠. 걘 여전히 예뻤어요. 그 사이에 아무 일도 없었던 것처럼 친근하게 굴기도 했구요. 원래 그런 여잔 건 알았지요."

……그런데?

"정말 아무렇지도 않은 표정을 하고, 다음 날 어딜 좀 같이 가

달라는 거예요. 어딘데 했더니 병원이라고 하더군요. 이상해서 쳐다보니깐 어깨를 으쓱하면서 '애 떼러 가는 건데 병원에서 아버지를 데려오래' 이러더라구요."

영진은 눈을 크게 떴다.

차현도는 입김이라기보다 한숨에 가까운 커다란 숨을 내쉬었다.

"당연한 얘기지만 제 애는 아니었구요. 근데 정말, 미치겠더라고. 어떻게 걜 돌려보냈는지도 모르겠고 친구들한테 뭐라고 말하고 집에 왔는지도 몰라. 완전히 착란상태였다고 나중에 들었어요. 하여튼, 그랬어요."

고개를 비스듬히 돌리는 차현도의 옆모습에서 영진은 아직도 지워지지 않은 흉터를 보았다. 사랑했던 여자가 남긴 커다란 상처. 애증과 배신감과 비참함과 분노, 절망, 그 모든 것들이 말라붙은 묵은 딱쟁이를.

"왜 굳이 나를 찾아와서 그런 소릴 했을까, 그런 걸 궁금하게 생각한 건 한참 지난 후였어. 생각해도 아무 소용없는 거라 관둬버렸지만. 어쨌든 그 이후로 내 인생은 바뀌었어요. 여자들이랑 자고, 흥청망청 놀고, 술 마시고 술 팔고. 나도 그 여자처럼 살 수 있다는 오기나 복수심은 아니었어요. 그냥 다 싫고 더럽고 허망했다 할까. 순결이나 성실이나 진심같이 이전에 소중하게 생각했던 가치가 전부 하찮게 느껴졌던 거죠."

현도는 다시 영진 쪽으로 고개를 돌리며 피식 웃었다.

"그게 주강우가 얘기한 상처 어쩌구예요. 하지만 꼭 맞는 말은 아니죠. 처음엔 그런 식으로 시작했지만 결국 내 인생의 패턴으

꿀과바닐라

로 정착돼 버렸으니까. 이젠 그냥 이게 '나'예요. 이렇게 사는 것도 나쁘진 않잖아요?"

그녀가 물었다.

"그 사람 오늘 와인 바엔 왜 온 거래요?"

차현도의 입가에서 웃음기가 사라졌다.

"내가 하는 거 알고 찾아온 건 아니고, 그냥 입소문난 술집이라서 와봤나 봐. 주먹만 한 다이아 반지 반짝거리면서 말이죠. 날 보고 어찌나 반가워하던지 얼떨결에 같이 앉아서 술을 마셨지 뭐예요."

영진이 여자에게서 위화감을 느낀 건 그런 연유였던 모양이다.

"애가 둘이라대요. 남편이 사업하는데 돈 엄청 잘 번다고 자랑하더군요. '학교 다닐 때 아주 친했던 친구' 운운하면서 남편한테 날 소개하는데 토할 거 같았어."

현도는 자기가 찌푸리고 있다는 걸 뒤늦게 깨달은 것 같았다. 얼굴을 천천히 쓸며 그는 하늘을 보았다.

"난 그 여자가 불행해지길 바랐던 걸까? 음란하게 놀아났으니 벌이라도 받아야 마땅하다고 생각한 걸까? 그렇게 따지면 나도 천벌을 받아야 하니까 그건 곤란한데. 아니면 교활하기 짝이 없는 그 여자가 그냥 미운 걸까. 어떻게 그럴 수가 있지, 걘?"

그의 손바닥 사이로 진한 눈썹이 꿈틀거렸다.

"어쩌면 내가 이렇게 추적거리는 동안 이 단계를 깔끔하게 클리어하고 레벨 업한 그 여자가 부러운 걸까요? 나는 여전히 루저에 불과하다는 걸 깨달아서, 그래서 이렇게 기분이 더러운 걸까요?"

무슨 말을 하겠는가.

영진은 잠자코 자리를 지킬 뿐이었다. 손을 잡아주거나 위로의 말을 건네기에는 두 사람 사이에 쌓인 시간이 너무 짧았다.

움직인 쪽은 다시 현도였다.

"머리 한 번 쓰다듬어 봐도 돼요?"

영진은 조금 당황했다.

그녀의 머리를 마지막으로 쓰다듬은 사람이 누구였던가. 어머니도 아버지도 기억에 남아 있지 않다. 그런 식의 애정표현을 할 만한 사람은 더 이상 그녀의 주변에……

'김윤제네.'

문득 떠오른 깨달음에 영진은 자기도 모르는 사이에 미소를 띠었다.

현도가 머리에 손을 얹은 건 그녀의 미소와 거의 동시였다.

윤제처럼 장난스러운 손짓은 아니었다. 부드럽게 따뜻하게 어린아이를 달래는 것처럼 그렇게 현도는 그녀의 머리를 쓰다듬었다. 마치 영진을 통해 자기 자신을 위무하는 것인 양. 천천히, 오랫동안.

"영진 씨를 보면 옛날의 내가 생각나."

가라앉은 목소리에 그의 진심이 묻어 있었다.

"고지식하고 순진하고, 좀 답답도 하고……. 강박적인 면도 있는 거 같죠."

쓴 한약을 삼킨 것 같은 표정으로 현도는 그렇게 말했다.

영진이 알기로도 그는 본디 그런 사람이었다.

"아까는 도와줘서 고마웠어요. 지금도 놀아줘서 고맙고. 술도

꿀과 바닐라

안 마시고 주정부리는 오빠를 용서해요."

어르는 듯 다정한 그의 말에 그녀는 자기도 모르게 웃었다.

"왜 웃어요? 아, 오빠 믿지 뭐 이런 거로 들렸어? 아냐, 그런 거."

"아뇨, 제가 누나일 거라는 생각이 들어서……. 저 서른한 살이거든요."

영진이 주저하면서 털어놓자 남자는 펄쩍 뛰었다.

"이거 이거, 몹쓸 사람이네. 우리가 동생 취급하는 거 뻔히 알면서 그동안 입 딱 다물고 있었어!"

계면쩍게 웃으며 그녀는 변명했다. 세상 어떤 여자가 나이 많은 걸 자랑하겠냐고.

차현도는 그렇잖아도 강해 보이는 눈을 짐짓 무섭게 부릅떴다.

"또, 또 무슨 비밀 있어요? 오늘 우리 다 까발려 보자. 내 처참한 과거까지 들었는데 숨길 게 뭐 있어?"

영진은 대답 없이 어정쩡한 웃음으로 불편한 심경을 감췄다.

'비밀 많지. 내가 재벌 후계자라는 거, 당신들 뒷조사해 왔다는 거, 계획적으로 접근한 거, 김윤제가 동생 아니라는 거…….'

그녀는 속으로 한숨을 삼켰다. 생각해 보니 하나같이 절대 숨겨야 하고 무척 미안한 것들이었다. 현도의 말대로 그의 깊은 비밀까지 들어버린 영진은 마음이 무거웠다.

"하긴 당신 같은 사람이 무슨 비밀이 있겠어. 나이야 그냥 말할 기회가 없어서 정정해 주지 못한 것뿐이었겠지."

현도가 장난기를 담아 너그럽게 웃어 보이는 바람에 더더욱.

이후의 시간 내내 그는 부드럽고 다정했다. 언젠가 그녀가 본 적 있는 학창시절 사진 속 차현도처럼. 사납게 이를 드러내며 웃지도 않고, 부서진 조각이 덜그럭거리는 소리를 내지도 않고. 그 대신 그녀에게 자기 가족 이야기며 와인 바 경영 상태 같은 개인적인 이야기들을 잔뜩 해주었다.

두 사람이 일어선 것은 12시가 거의 다 된 때였다. 이번에도 움직인 쪽은 현도였다.

"밤이 깊어질수록 내 안의 야수성이 눈을 뜬답니다. 위험하니까 집에 가요, 영진 씨."

그는 한쪽 눈을 찡긋하면서 그녀를 재촉했다.

그리고 그녀를 집 앞까지 데려다주었다. 보디가드의 존재를 모르고 있었기에 당연히. 제법 많이 마셨건만 술집 주인답게 보폭 하나 달라지지 않은 채.

"들어가요. 오늘밤 깊은 비밀을 나눴다고 촌스럽게 어색해지지 말기예요. 개과천선할 건 아니니까 날 좋아하거나 그러면 절대 안 되구요."

짐짓 심각한 표정으로 건넨 그의 말에 영진은 고개를 끄덕였다.

"네, 걱정하지 마세요. 제가 현도 씨 취향 아닌 거 알아요."

현도는 하하 웃더니 유쾌한 표정으로 돌아섰다.

영진은 그의 뒷모습을 물끄러미 바라보았다. 짧지 않은 시간 관심을 가져온 차현도라는 사람의 본질에 이 밤 상당히 접근한 것 같은 느낌이 들었다. 괜찮은 기분이었다. 그가 헤어질 때 개운한 표정을 했던 것도 마음이 좋았다. 자신이 별반 위로가 될 만

꿀과 바닐라

한 무얼 해주지는 않았음에도.

그래서 현관 입구에 핸드폰을 손에 쥔 채 서 있는 윤제를 보았을 때 그녀는 표정이 밝았다.

"왔네? 못 들어온다더니."

아무렇지도 않게 건넨 말에, 그런데 김윤제는 얼음장 같은 얼굴로 대꾸했다.

"지금이 몇 신지는 아는 거야?"

영진은 황당해서 그를 올려다보았다.

그는 몹시 화가 난 것 같았다. 예쁜 얼굴에서 새파랗게 찬기가 흘러나오고 있었다.

그녀는 이해할 수가 없었다.

"너 만약 집에 오면 내 걱정 하지 말라고 전해 달라 그랬는데. 보디가드가 말 안 전해줘?"

그녀의 반문에 윤제의 얼굴이 더 차가워졌다.

"전해주더라. 어디서 누구하고 뭐 하는지 하나도 말 안 해주고 그냥 걱정하지 말라고만."

후.

그녀는 약간 난처한 기분이 되어 달래듯이 말했다.

"내가 생각이 짧았나 보다. 너 어차피 안 들어올 거니까 자세하게 설명할 필요는 없다고 생각했어. 어찌됐든 신경 쓰게 했으니 인간적으로 미안하다."

그러나 윤제는 그녀의 노력이 무색하게 한층 더 냉기를 뿜어댔다.

"하. 인간적으로 미안해? 그거로 다야?"

대놓고 비아냥거리는 말투에 영진도 더 참지 못하고 결국 낯빛을 굳혔다.

"그게 다가 아니면? 너 도대체 왜 이렇게까지 화를 내는데?"

영진은 윤제를 똑바로 쳐다보며 눈동자에 물음표를 띄웠다. 걱정하지 말라고 했으면 되지 않느냐고. 우리 엄마도 아니고, 네가 왜 이렇게까지 화를 내냐고.

그런데 맞받아칠 거라 생각했던 김윤제는 뜻밖에 뻥 뒤통수를 맞은 표정을 했다.

"아……."

가벼운 탄식이 그의 입술에서 흘러나왔다.

윤제는 대답하지 않았다. 아니, 대답할 수 없었다. 왜 이렇게까지 화가 나는지 그 자신이야말로 알 수 없었기에. 아름다운 얼굴을 잔뜩 찌푸리고 그저 멍하니 서 있을 뿐이었다.

배경으로 까마귀 한 마리가 지나가야 할 것 같은 정적이 흘렀다.

오랫동안.

그 정적의 의미를 영진은 이해하지 못했다.

김윤제는, 더더욱 이해할 수 없었다.

여자는 자고로 쭉쭉빵빵.

이제 막 수염 돋기 시작한 친구들의 천편일률적인 취향이 윤제는 웃겼다. 물론 절벽가슴에 남자 같은 여자가 좋다는 건 아니지만, 지나친 글래머는 사실 부담스럽지 않은가 말이다.

"모델이랍시고 눈 치뜨고 입 헤벌린 여자들은 많이 무섭다고. 무생물 같은 느낌이라고나 할까."

잡지를 뒤적거리던 윤제의 말에 형이 시선을 돌렸다. 말수 적고 냉랭한 형이 관심을 가져주는 일은 드문 터라 윤제는 신나서 말을 이었다.

"여자는 조그맣고 귀여운 쪽이 좋지 않아? 거기다가 섹시한 매력이 더해져 있으면 완전 땡큐고. 난 아무래도 베이글 쪽이 취향인 거 같아."

저쪽에서 엎드려 책을 읽던 동생이 고개를 들고 물었다.

"형이 만나는 여자들은 하나도 안 귀엽던데?"

윤제는 미간을 찌푸렸다.

"걔네 내가 만나는 애들 아냐. 그냥 나 쫓아다니는 애들이지."

그러고는 덧붙였다.

"게다가 난 유치한 여자들은 싫어. 지들이 무슨 공주라고 해달라는 건 왜 그렇게 많은지. 여자가 귀여운 건 좋은데 귀여운 척하는 건 딱 질색이란 말이지. 지성미 이런 거 좋잖아?"

그때 형이 픽 웃었다.

"왜?"

윤제가 묻자 형은 고개를 저었다.

"아냐. 그냥 생각나는 사람이 있어서. 생각나는 사건도 있고."

응?

눈을 동그랗게 뜨고 속눈썹을 사르륵 흔들어봤지만 동성에 혈육인 형에게는 전혀 효과가 없었다.

"있어, 그런 거."

수수께끼 같은 말을 남길 뿐이었다.

그래서 중학생 김윤제는 알 수 없었다. 왜 자기가 그런 구체적이고도 독특한 취향을 가지게 되었는지. 어떤 각인이 있었던 것인지.

사람의 취향은 평생 불변이라는 사실도, 아직은 알 수 없었다.

4. 파블로바, 브라우니, 홈쇼핑, 마들렌

김윤제는 며칠째 고민 중이었다.

영진이 늦게 돌아온 밤, 그는 그녀의 안전을 걱정한 게 아니었다. 철통같은 가드를 받는 김영진이 불미한 일에 휩쓸릴 리는 없었으므로. 다만 짜증이 났을 뿐이다.

문제는, 짜증의 정도가 과했다는 사실이다.

일시 귀국한 부모를 만나고 늦은 시각 집으로 돌아온 그는 집이 텅 비어 있는 걸 발견했다. 평소 그림자처럼 처신하던 보디가드로부터 곧 전화가 왔다. 영진은 만날 사람이 있어 늦는다는. 누구냐, 어디 있냐, 언제 오느냐, 아무리 물어도 보디가드는 기계음처럼 같은 말을 반복할 뿐이었다. 그리고 영진은 자정이 넘도록 집에 돌아오지 않았다.

윤제는 그 상황을 참을 수가 없었다.

"왜 그렇게까지 화를 내는데?"

영진의 물음이 머릿속에 윙윙거린다.

윤제 자신이야말로 묻고 싶은 말이었다.

김영진이 만난 사람이 차현도였다는 걸 알고 나니 더 화가 난 것도 그는 당황스러웠다. '차현도랑 잘되려나 보네. 근데 순결하지 않을 텐데 어쩔?' 이런 정도의 기분이어야 마땅하지 않은가.

윤제는 머리를 젖히며 의자에 등을 기댔다.

이후 영진과는 곧 평상시의 관계로 돌아갔다. 애교를 부리고, 무시를 당하고. 윤제 자신이 식사를 준비해야 하는 경우가 다소 늘어났을 뿐 모든 게 정상이었다. 심지어 그 사이 이한성들과 몇 번 더 만나서 놀기까지 했다.

이전과 달리 흔들거리는 건 김윤제 혼자만이었다.

흔들리다니, 너무나도 김윤제답지 않은 일이 아닌가.

'이게 아닌데.'

무언가가 몹시 마음에 들지 않았다. 뭔지 알 것도 모를 것도 같은, 굳이 알고 싶지 않건만 자꾸 생각하게 되는 무엇인가가.

"가자, 윤제야."

방문을 두드리며 영진이 그를 부르는 소리가 들렸다. 젠장, 또 그 빌어먹을 꿀과 바닐라 먹으러 갈 시간이구나. 윤제는 투덜거리며 일어섰다.

뭔가 찐득찐득한 것이 목에 탁 막힌 것 같은, 들쩍지근하면도 불편한 기분이 들었다.

개운치가 않았다.

"오늘은 파블로바(pavlova)라는 케이크를 구워보려고 합니다. 편의상 케이크라고 부르지만 실제론 큰 마카롱에 과일을 얹은 것이라고 할 수 있죠. 달걀흰자를 거품 내 구운 거라 칼로리의 부담이 적은 편입니다."

이한성이 달걀을 조심스럽게 분리하며 설명을 시작했다.

"20세기 초 러시아에 안나 파블로바라는 유명한 발레리나가 있었습니다. 이 과자는 호주를 방문한 파블로바에게 헌상된 것으로, 본래는 뉴질랜드 전통과자였다는 설도 있습니다만 어쨌든 이후 그녀의 이름을 따르게 되었지요."

한성은 손으로 흰자를 치고 있었다. 수강생들은 전동거품기를 사용했다. 손으로 낸 거품이 더 질이 좋지만 한성은 그녀들에게 무리한 것을 요구하지 않았다.

"하얗고 몽실한 머랭에 다양한 과일을 얹은 거라 비주얼상으로는 겨울에 어울리고 신선한 느낌은 여름에 더 강합니다. 상당히 그럴듯해 보이면서도 만들기가 쉬워서 파티 디저트로 인기가 높죠. 여러분도 손님 초대할 때 한 번씩 해보시면 좋을 거예요."

오늘따라 유난히 포근포근한 웃음을 지으며 그는 수강생들을 독려했다.

사람들이 각자 자기 작업에 열중하는 걸 확인한 윤제가 조그만 소리로 그녀에게 물었다.

"누나, 이한성보다 차현도가 나아?"

진심으로 궁금해서 한 질문이었다. 남자의 눈으로 보기엔 이

한성이 훨씬 훌륭한 남자였다. 그리고 아무리 생각해도 여자의 눈 역시 마찬가지일 것 같았다.

"아니. 한성 씨가 나아."

두 번 생각할 필요 없는 듯, 영진의 대답도 가차 없이 그랬다.

"그럼 왜 차현도하고 친한데?"

"그런 거 아니라니까. 그냥 술자리가 길어진 것뿐이야."

개뿔.

전날 고주망태가 돼서 업혀와 놓고는 또 찾아가서 술을 마셔? 무슨 대단하게 할 얘기가 있다고.

눈살이 찌푸려지려는 걸 참으며 윤제는 질문을 바꿔보았다. 이번엔 목소리를 좀 더 낮추어서.

"있지, 누나. 만약에 세 사람 다 누나보고 사귀자 그러면 어떡할 거야?"

물론 그럴 가능성은 별로 없겠지만, 만약에 말이지.

그런데 영진은 그 질문을 의외로 진지하게 받아들였다. 손까지 멈추고 눈동자를 굴리는 게 곰곰 생각하는 눈치였다.

"음, 글쎄……. 해민 씨도 배울 게 많은 사람이긴 한데, 그래도 역시 한성 씨가 믿음직스럽지 않나."

이럴 때는 천생 기업인인 듯, 냉정하게 저울질하고 결론 내린 그녀는 분명 진심이었다. 자기가 물어놓고 공연히 열 받아 윤제는 입을 비쭉거렸다. 나한텐 김칫국을 사발째 내동댕이치더니 저쪽엔 목을 축여둘 생각이라 이거지…….

솔직히 말해서 이한성은 볼수록 괜찮은 남자였다. 윤제의 형이 신조로 삼는 '남자란 깊이 생각하고 단순하게 행동해야 한다'

에 딱 부합하는 사람이었다. 그리고 그 이한성은 요새 이전과 조금 다른 눈빛으로 영진을 쳐다보고 있었다. 수업 중에도 수업 전후에도, 밖에서 따로 어울릴 때는 더더욱 분명하게, 명백한 호의를 두 눈에 담고.

"이한성은 누나가 차현도랑 밤늦게까지 논 거 아나?"

윤제가 물었다.

"글쎄. 현도 씨가 말했으면 알겠지."

영진은 무덤덤하게 대답했다.

쯔쯔……

윤제가 보기에 김영진은 갈 길이 멀었다. 그녀가 후보 1, 2, 3번에게 품은 감정은 여자애들이 잘생긴 교회오빠나 과대표한테 느끼는 호감에서 조금도 벗어나 있지 않았다. 두근거림도 가슴 저린 간절함도 없는 밝고 건전한 호의, 불필요하게 상처 입지 않을 정도의 적당한 따뜻함. 그렇지 않고서야 다른 남자와 날을 넘기며 놀았는데 그게 알려지든 말든 아무 상관없다는 얼굴을 할 수는 없는 것이다.

'근데 사실 그건 저치들도 마찬가지인 거 같단 말이지.'

이한성도 박해민도 심지어 차현도도, 영진을 대하는 표정에 전혀 사심이 보이지 않았다. 정확히 말하자면 성적인 이끌림이 완전히 배제된 분위기였다.

"조경아 씨가 이한성 좋아하는 건 알아?"

휙 한마디를 던지자, 아니나 다를까, 둔탱이 김영진은 깜짝 놀란 듯 보였다.

"주강우 씨가 차현도 좋아하는 건? 그건 혹시 알아?"

영진의 눈이 이번엔 등잔만 하게 커졌다.

"남자끼리 어떻게, 뭐 이런 생각을 하고 있는 건 아니지? 주강우 씨는 남자 좋아하는 사람이고 차현도 오래 짝사랑했어. 딱 보니까 알겠더구만."

윤제는 영진을 내려다보는 눈길에 쓴웃음을 담았다.

딱 보면 알 수 있는 것. 연애감정이란 그런 기다. 옆에서 바로 눈치챌 수 있을 정도로 마음이 줄줄 흘러내리는 것. 미지근하게 기분 좋은 호감 따위가 아니고. 자신을 좋아했던 수많은 여자들을 겪어낸 김윤제는 그런 낌새에 누구보다 민감했다. 요주의, 위험수위, 이쪽은 안전.

"그럼…… 혹시 나를 미워하고 있을까?"

영진이 떨떠름한 표정으로 물었다. 어쨌든 남자들이 요새 나한테 잘해주고 있으니까?

윤제는 어깨를 으쓱했다.

"그럴지도 모르지. 머리에서야 그럴 일이 아니라고 생각하겠지만 감정이 제멋대로 설쳐댈 테니까. 사랑에 빠지면 이성적으로 판단들을 못하더라고. 공연히 삐치고, 왜 화가 났는지 설명도 못하면서 안달복달하고, 유치하게……."

이야기를 하다 말고 윤제가 불현듯 입을 다물어 버려, 영진은 다시 그를 올려다보았다.

그는 갑자기 몹시 언짢은 얼굴을 하고 있었다.

어쩌면 혼란한 것처럼 보이기도 했다.

심지어 당황해하는 것 같기도 했다. 김윤제답지 않게.

윤제가 더 이상 아무 말도 하지 않고 묵묵히 과자만 굽는 바람에 영진은 좀 무안해졌다.

혹시 내가 뭘 불편하게 한 걸까, 생각했지만 도저히 알 수 없었다.

'잠이 오지 않는다.'

윤제는 요사이 이유도 모르는 채 불면에 시달리고 있었다. 싱숭생숭하고 불안하고 하루에도 몇 번씩 기분이 치솟았다 가라앉았다 하는 것이, 한 번도 약을 해본 일은 없었지만 흔히들 표현하는 '약 먹은 것 같은' 기분이 이런 게 아닐까 싶었다.

'나가야겠다.'

그는 이불을 젖히며 일어났다.

달빛이 희미하게 들이치고 있는 거실로 나서자 거기에는 김영진이 있었다. 창틀에 오도카니 기대앉아 달빛 속으로 맨발만 하얗게 내보이며.

"뭐 해, 누나?"

목소리를 낮추어 물으니 영진은 고개를 들었다.

"그냥. 내가 원래 잠을 적게 자는 편이거든."

그녀의 옆에는 아까 구운 파블로바가 놓여 있었다.

"달걀흰자를 구우니까 포근한 게 꼭 눈구름 같지? 가게에서 파는 마카롱처럼 인위적인 모양이 아니라 더 좋더라, 난."

어딘지 따뜻한 느낌이 드는 흰색이 어둠 속에 부드럽게 빛났다. 오버베이크하면 누레질 수 있으니 주의해야 한다고 한성이 말했었다. 과일을 한 가지만 얹어도 좋지만 여러 종류를 뿌리면 더 화려해 보인다며 그는 다양한 과일을 제공했다. 넓적한 머랭

위에 흩뿌려진 과일 조각들이 흰 액자에 끼운 칼라사진처럼 보기 좋은 모양을 만들어내고 있었다.

"블루베리랑 딸기, 골드키위하고 블랙베리……. 라즈베리도 색깔이 어울리지. 사과랑 배도 의외로 화사하구."

달빛 속이라 제 색을 내진 않았지만 고운 과자였다. 세계 최고의 발레리나 이름을 붙여도 손색이 없을 만큼 아름다웠다. 그러나 윤제는 그녀의 평소답지 않은 중얼거림에 다른 의미가 숨겨져 있음을 느꼈다.

그래서 기다렸다. 그녀가 이야기를 꺼내기를.

"너무 이뻐선가, 감상적인 생각이 드네. 나는 왜 저렇게 조화롭게 성장하지 못한 걸까. 난 분명히 뭔가가 모자라는 사람이야. 그러니 이 나이가 되도록 사랑도……. 아니다, 됐다."

가볍게 손사래를 치며 대화를 닫아버리는 영진을 윤제는 가만히 쳐다보았다.

영진은 적잖이 충격을 받은 것이었다. 조경아와 주강우의 짝사랑 얘기를 듣고.

두 사람은 고작 스물 갓 넘은 어린애들이었다. 흔히들 요즘 애들은 즉물적인 사랑을 한다고 개탄하지만, 그들은 짧지 않은 시간 좋아하는 이의 곁을 맴돌며 마음을 키워가고 있었다. 퍼석퍼석한 첫사랑 하나 구겨 넣고 서른 넘도록 곁눈질 한 번 해보지 못한 영진과는 성숙의 밀도에서 차이가 날 수밖에 없었다.

'김영진 당신이 어딘가가 덜 자란 사람인 건 맞지……, 제대로 만들지 못한 파블로바처럼.'

이한성은 파블로바가 만들기 쉬운 과자라고 했으나 그건 제과

꿀과 바닐라

에 익숙한 사람의 관점일 뿐 윤제가 보기에는 그렇지 않았다. 온전히 달걀흰자로만 만든 과자라니. 달걀은 선도가 떨어지면 거품이 나지 않는다. 흰자에 노른자가 한 방울만 섞여도 절대 거품을 낼 수 없다. 달걀을 10개 썼든 20개 썼든 거품이 나지 않으면 다 버려야 한다. 아무리 훌륭한 과일을 준비해 두어도 소용없는 일이었다. 살아가며 겪는 대부분의 일들이 그러하듯이.

김영진은 구멍 숭숭 난 과자에 과일만 잔뜩 얹어놓은 것 같은 사람이었다. 겉치레를 화려하게 한다고 구멍이 메워질 리 없다. 그 구멍을 채우기 위해 외유를 나온 거겠지만 막상 남과 비교하며 실감하자니 고통스러울 수밖에 없을 것이다.

윤제는 손으로 파블로바의 한 귀퉁이를 뜯었다. 경쾌한 파열음과 함께 과자와 생크림과 과일이 떨어져 나왔다. 영진의 옆에 쭈그리고 앉아 그는 손에 든 과자를 내밀었다.

"우리 이거 먹자, 누나. 맛있는 거 먹으면 기분이 좀 나아질 거야."

영진은 잠깐 머뭇거리더니 아기 새처럼 입을 벌리고 과자를 받아먹었다.

오물오물 작게 움직이는 입술을 보며 윤제는 눈을 깜빡였다.

여자가 귀여웠다.

예뻤다.

심지어 안쓰럽기까지 하지 않은가.

'내가 이런 어이없는 보호 본능 따위가 있었네.'

윤제는 나지막하게 한숨을 쉬며 그녀 옆에 걸터앉았다.

달빛이 그려낸 격자무늬가 그의 긴 다리 위에 드리워졌다. 영진은 여전히 발만 나왔지만 그는 몸의 절반이 빛 속에 드러나 있었다. 발가락을 꼼지락거려 보았다. 영진이 웃더니 그의 어깨에 머리를 가볍게 기대왔다.

어라.

천만뜻밖에도 가슴이 두근거려 김윤제는 깜짝 놀랐다.

"달빛에 보니까 더 잘생겨 보이네."

아무것도 모르는 영진이 얼핏 유혹으로 들릴 만한 말을 속삭였다.

그리고 그녀답게 눈치 없는 사족을 덧붙였다.

"지난번에 현도 씨도 그렇더니."

······지금 이 상황에서 나랑 차현도를 비교해?

급격히 기분이 나빠지려는 걸 참고 윤제는 한껏 상냥한 목소리로 물었다.

"뭐 했어, 그날, 진짜?"

그녀는 고개를 저었다.

"아무것도 안 했어. 그냥 앉아만 있었어."

그러고는 다시 고개를 저었다.

"음, 아무것도 안 한 건 꼭 아니구나. 얘길 많이 했지. 현도 씨 사업 얘기랑······ 동생들 얘기랑. 현도 씨가 그날 좀 울적한 일이 있어서."

"얘기 들어달라고 하면서 접근한 거 아니고? 그거 고전적인 수법인데."

눈살을 찌푸리며 묻자 영진은 후후 웃었다.

"현도 씨가 뭐 아쉽다고 나한테 접근을 해. 나보고 절대 자기 좋아하지 말라고도 하던데, 뭐."

윤제는 입을 비쭉거렸다. 들을수록 추파를 던진 것 같은데, 이 여자가 둔해서 눈치 못 챈 거 아닌가?

"차현도는 안 돼."

그가 선언했다.

영진은 동의하는 듯 고개를 주억거렸다.

'사실은 이한성도 박해민도 다 안 돼. 당신도 알잖아, 그거.'

입 밖으론 내지 않은 채 윤제가 다시 속삭였다.

그들은 끝내 영진과 섞일 수 없는 노른자일 뿐이었다. 그러니 안 되는 거다. 풍성하고 단단한 거품을 만들기 위해서는 양질의 흰자가 필요하니까. 그래야 김영진이 값비싸고 무거운 왕관을 견뎌낼 수 있을 테니까. 부서지거나 무너지지 않고 누레지지도 않고, 도도하고 아름답게 무대 위의 발레리나처럼.

"당신 옆에 신선한 흰자는 나밖에 없지. 것도 모르냐."

불퉁한 목소리로 내뱉은 말을 그녀는 제대로 알아듣지 못했다.

"넌 좀 까만데……."

속삭이던 영진의 목소리가 스르르 잦아들었다.

새벽의 아파트는 고요했고 불필요한 가구 따위 없는 실내는 정물화처럼 가라앉아 있었다. 영진이 내쉬는 조그마한 숨소리와 입맛을 살짝 다시는 소리가 커다랗게 윤제의 귀에 들렸다.

입이 말랐다.

목이 탔다.

고소한 크림과 달콤한 딸기 향에 섞여 옅게 여자 냄새가 났다.

인간의 두개골은 누구 할 것 없이 딱딱해야 정상인데 이상하게 어깨에 얹힌 영진의 머리가 말랑말랑하게 느껴졌다.

그리고 더욱 이상하게도……, 김윤제의 심장은 계속 두근거리는 속도를 높여가고 있었다.

'미친 거 아냐?'

끼딱끼딱히던 영진의 머리기 그의 기슴팍 쪽으로 툭 떨어져 윤제는 다시 한 번 놀랐다. 호흡이 잠깐 멈췄다가 곧 새근새근 규칙적인 형태로 돌아온 걸 확인한 그는 그녀의 작은 머리통을 당겨 편하게 기대어 주며 투덜거렸다.

"뭐야, 이렇게 잠드냐. 잠 없다더니."

공연히 타박해 보았지만 영진은 지난번처럼 벌떡 일어나지 않았다.

"맨날 가시 바짝 세우면서 이럴 땐 또 엄청 무방비하고. 못된 어른이 사탕 사준다고 하면 바로 따라갈 어린애야. 불안해서 내놓질 못하겠어. 차현도는 또 어떻게 믿고 몇 시간이나 같이 앉아 있었단 말이야?"

딴소리를 해봤지만 심장은 진정될 줄 모르고 자꾸만 푸드득거렸다. 거칠게 가슴께를 문지르며 윤제는 영진을 가까이서 들여다보았다.

확실히…… 이상했다.

아무리 보아도 예뻤다.

다시 봐도 귀여웠다.

자세히 들여다보아도 애처로웠다.

"진짜 미쳤구나, 내가."

그는 벽에 뒷머리를 쿵 찧었다가 영진이 꿈틀거리는 바람에 화들짝 멈췄다. 그리고 그녀가 깰까 신경 쓰고 있는 자신이 어이없어 머리카락을 마구 헝클어뜨렸다.

"이게 아냐. 이건 아니지. 김윤제, 정신 차려."

고개를 뒤로 젖혀 창밖 하늘을 올려다보며 윤제는 스스로에게 설명했다. 같이 지내는 시간이 지나치게 길어 그렇다고, 보이는 여자라곤 김영진밖에 없어 눈이 길든 것이라고. 여동생이 없어 자신 있게 말할 순 없지만 아마 속상해 우는 여동생을 보는 기분이나 비슷한 걸 거라고.

그런데.

'당초에 나는 왜 이 괴상한 동거를 받아들인 거였을까?'

지난번 김 회장을 만났을 때 기억했듯 재미있을 것 같다는 심플한 이유에서였다. 윤제가 기억하는 바 분명 그랬다.

하지만……

여자 따라다니면서 치다꺼리하는 게 즐거울 거란 생각은 대체 어디서 비롯된 것이었을까?

어쩌자고 빵집까지 쫓아다니며 오지랖 넓게 간섭하고 있는 걸까?

그리고 어째서 지겨워지기는커녕 점점 더 마음이 묶이는 것일까.

"……그만."

꼬리에 꼬리를 물고 일어나는 상념이 불편해져 윤제는 머리의 셔터를 내려 버렸다.

"그만하자. 어쨌든 재미있게 살고 있잖아. 그럼 됐지, 뭐."

김윤제는 두뇌 회전이 빠르고 약은 인간이었지만 깊이 생각하거나 고뇌하는 건 좋아하지 않았다. 인생에는 그렇게까지 가치 있는 일이 그다지 많지 않다고 믿었다.

그러므로 이런 일을 너무 오래 생각하는 건 김윤제답지 않은 일이었다.

창밖에선 흐릿한 그믐달이 비웃는 입술처럼 그를 내려다보고 있었다. 기분이 살짝 나빠지려고 했지만, 달이 김윤제에게 억하심정 따위 품을 리 없으니 이건 어디까지나 그가 정상이 아니라는 뜻일 것이다.

"잠이 모자라서 그래."

중얼거리며 윤제는 고개를 영진의 뒷목에 푹 파묻고 잠을 청했다.

그리고 놀랍게도 곧 단잠에 빠져들어 아침까지 깨지 않았다. 불면증에 시달렸던 게 거짓말인 것처럼. 달콤한 케이크를 잔뜩 먹는 다디단 꿈을 꾸면서 아이같이 행복한 표정으로.

허리를 두드리며 '아이구야' 삐그덕거리는 하루를 시작해야 한 것이 다음 날 단 하나의 문제였을 뿐이다.

"됐습니다."

차갑게 말을 자르는 해민이 낯설어 영진은 숨을 죽였다.

"전 이제 다른 세계에 속한 사람이니 죽었다고 생각하고 잊어 주세요. 유세 떠는 거 아닙니다. 제가 뭐 바라는 게 있어서 그러겠습니까."

서점이었다. 윤제가 아침나절 도망치듯 나가 버리고 영진은 여느 때처럼 해민의 책방에 앉아 종이 냄새에 취해 있는 중이었다.

그녀를 반갑게 맞아주던 웃음은 어디다 버렸는지 해민은 딱딱하게 굳은 얼굴로 전화를 받고 있었다.

"제가 사회사업 할 깜냥이 아니란 걸 깨달았을 뿐입니다. 얼굴마담 하느라 맞지 않는 일에 인생을 걸 순 없지 않습니까. 세한그룹 일을 거론하시는 것도 새삼스럽군요."

세한그룹이라니? 자신과 무관할 걸 알면서도 공연히 철렁해 영진은 구석으로 자리를 피했다.

하지만 귀는 쫑긋 세운 채였다. 해민이 왜 인생의 진로를 틀었는지에 대한 이야기인 것 같아서.

"그 친구 들쑤시지 마세요. 헤어진 지 오래됐습니다. 몇 년이나 지난 일인데 이제 와 왜 이러시는지 모르겠군요. 전화 끊겠습니다."

아하, 여자가…….

둔한 김영진일망정 그 정도는 알아들었다. 여자가 있었고, 헤어졌고, 해민이 과거 몸담았던 NGO와 그녀가 연관이 있는 모양이었다.

통화를 마치고 잠시 숨을 고르는 그를 영진은 멀찌감치 쳐다보았다.

아름다운 사람이었다. 그리고 강했다. 보들보들 꽃처럼 가녀린 외모였지만 세 남자 중 가장 주관이 뚜렷하고 비판 의식 투철한 이였다. 이십대를 다 바쳤던 일을 훌훌 버리고 단호히 떠날 수 있을 정도로.

하지만, 대체 왜 그랬을까.

"미안해요, 영진 씨. 제가 성질이 좀 더럽죠."

곧 표정을 수습한 해민이 웃었다. 차마 부정할 수 없어 영진도 웃었다. 만만찮은 성격인 건 사실이기에.

"옛날에 하던 일이 사람을 지치게 해서요. 원래 무던한 편이었 는데 까칠해지더라구요."

……그런가. 시민운동은 사람을 힘들게 하나.

2세라는 특성상 전면에 나서지 못해 옵서버로 자리를 지킨 정 도였으나, 영진도 문제제기와 의견수렴의 자리에 참석한 경험은 적지 않았다. 그녀가 접한 시민운동가들은 대부분 소비자단체 쪽 사람들이었기에 해민이 속했던 집단과는 성격이 많이 다르겠 지만.

그러고 보니 대표로 협상테이블에 나온 사람들에겐 어딘가 해 민 같은 면이 있었다. 똑 부러지고 주장이 강하고, 상대의 허점 을 찌를 줄 알고. 그러면서도 호감 가는 표정을 짓고.

"인생을 바꾸는 게 쉬운 일은 아니었을 거 같은데요."

그녀의 말에 해민은 담담히 대답했다.

"열공보다 열정, 속도보다 방향. 고1 때 저희 반 급훈이었어 요. 이후로 제 좌우명이 되기도 했구요. 영진 씨 말대로 쉬운 일 은 아니었지만 그만두길 정말 잘했다고 전 생각합니다. 어깨를 짓누르고 불행하게 만들던 짐을 내던진 거거든요."

훌륭한 선생님이었네, 영진은 생각했다.

"아마도 영진 씨는…… 그렇게 할 순 없겠지만요."

그리고 뜻밖의 덧붙임에 눈동자를 동그랗게 키웠다.

"저요? 제가 뭘요?"

"현도를 따로 만났었다면서요."

해민은 여전히 덤덤한 얼굴에 아주 약간 웃음을 섞었다.

"현도가 그러대요. 영진 씨를 보면 옛날의 자기를 보는 것 같다고. 그래서 현도가 영진 씨한텐 추근거리지 않고 사심 없이 친절한 걸 거예요."

그는 잠깐 뭔가 생각하는 것 같더니 고개를 끄덕였다.

"틀린 말은 아닌 거 같아요. 바꿔 말하자면 한성이랑 비슷한 느낌이기도 하고. 우린 둘 다 한성이의 변형 버전 같은 사람들이거든요. 말이 좀 이상하지만."

영진은 문득 기억해 냈다. 이한성이 뭐라고 했던가. 본래는 비슷한 사람들이었는데 인생의 질곡이 바꾸어놓았다 하였던가.

"한성이는 굳건한 사람이라 세상에 휘둘리지 않아요. 현도는 여려서 자기 자신을 상처 내면서 살고 있죠. 전 좀 악독한 쪽이라 남한테 귀인(歸因)하는 스타일이구요. 영진 씬 아마도 길을 선택하기 직전인 것······, 아, 현도한테 나이 많다는 소리는 들었어요."

해민이 약간 미안한 듯 웃었다.

"뭐, 물리적인 나이가 중요한 건 아니니까요. 어쨌든 생면부지인 우리하고 어울리면서 과거가 단절된 사람처럼 행동하는 건, 영진 씨가 아직 인생을 결정하지 못한 상태기 때문이겠죠."

순간 그녀는 등골에 식은땀이 흐르는 것 같았다. 박해민은 날카로운 사람이었다. 그녀가 그들의 사회에 억지로 끼어든 이질적인 존재라는 걸 알아챌 만큼.

"탐색이 언제까지 계속될지는 모르지만 종국엔 한성이처럼 사는 길을 택하지 않을까 싶네요. 강해서가 아니라, 지고 있는 짐을 버릴 수 없기 때문에."

그의 말에 영진은 가슴이 욱신거렸다.

'강해서기 아니라 지고 있는 김을 버릴 수 없기 때문에.'

분명히 아무것도 모를 텐데 마치 모든 걸 아는 사람처럼 박해민은 그녀를 완벽히 이해하고 있었다.

손님이 들어왔다. 이 서점이 망하지 않는 주요 원인 중 하나인 필살 상냥함으로 무장하고 해민은 손님에게 중학교 참고서를 찾아주었다.

그동안 영진은 자신이 뭘 했기에 그렇게 쉽게 읽혀 버렸는지 고민했다. 무표정과 냉랭함이 트레이드마크인 그녀였건만 최근엔 그렇지 않았던 게 사실인 듯싶었다.

조금 불편했다.

그리고 조금은 마음이 후련하기도 했다.

손님이 나간 후 자리로 돌아온 해민이 그녀를 향해 웃어보였고, 영진은 질문했다.

"저 많이 힘들어 보이나요? 불쌍해 보여요?"

당연히 '그런 건 아니다'라는 답이 돌아올 거라고 생각했다. 사람들은 대체로 완곡한 대화를 좋아하니까.

그러나 박해민은 그녀의 예상을 깼다.

"있잖아요……."

손에 들고 있던 책을 카운터에 올려놓으며 그는 말했다.

"영진 씨가 보기엔 '그게 뭘' 싶겠지만 나도 나름 영진 씨한테 잘하는 거랍니다. 영진 씨가 짊어지고 있는 짐이 보여서……, 나는 버리는 데 성공했지만 영진 씨는 못 그럴 거 같아서, 그래서 신경이 쓰여 말이죠. 안쓰럽달까요, 안타깝다 할까요. 영진 씨가 현도한테 연민을 느꼈던 것 같아요. 혹은 현도가 자기 아픔을 통해서 영진 씨를 보는 것처럼요."

말을 마친 해민은 그녀의 머리에 손을 올렸다. 쓰다듬진 않고 그냥 가볍게 얹어놓기만 했다. 현도보다 조심스럽게, 윤제보다는 더 많이 조심스럽게.

"사람이 사람한테 끌리는 건 결국 그런 이유니까요. 사람은 그렇게 서로 상처를 핥아주면서 사는 거니까요."

그의 솔직하고도 담담한 대답에 영진은 충격을 받았다.

그런 건가? 사람이 사람에게 끌리는 건?

그래서 나도 이 사람들한테 마음이 가는 건가? 희미하게 배어나는 핏자국에 동질감을 느껴서?

"음, 이거 고백이 돼버렸네."

해민은 뺨 가득 꽃잎처럼 말랑한 미소를 올렸다. 서점 안이 순식간에 밝아질 만큼 아름다운 미소였다.

"오해하지 마요. 우린 딱히 좋은 사람들은 아니에요. 다만 인생을 사는 데는 여러 가지 방법이 있다는 걸 좀 일찍 깨달은 사람들일 뿐이죠. 차현도, 물론 경계하셔야 하구요, 이한성도 은근히 의뭉스러우니 조심하세요. 내 고백은 너무 심각하게 고려하시지 않아도 괜찮아요."

그녀의 기분을 북돋우려 해민이 농을 던졌다.

영진은 가만히 고개를 끄덕였다.

말은 그렇게 해도 세 사람은 정말 좋은 친구였다. 그리고 해민의 말대로 서로가 사는 방식을 존중해 주고 있었다. 비난하거나 정죄하지 않고, 깔보지도 않고.

'겸손한 서재'.

해민의 시점 이름은 그랬다. 그녀는 그 이름이 서점과도 주인과도 참 어울린다고 생각했다.

와인빛 바다 '폰토스'가 현도의 바에 어울리는 것처럼.

한성의 빵집이 그에 딱 어울리는 이름을 가진 것처럼.

'꿀과 바닐라'란 완성을 의미한다고 하였다. 그럼 이곳에 와서 이 사람들과 엮인 짧은 동안 나도 완성을 맛볼 수 있는 것일까, 영진은 알고 싶었다.

쓰고 맵고 떫은맛으로 가려진 자신의 달콤함을 과연 찾아낼 수 있을 것인지.

아니, 무미에 가까운 채로 삭아가고 있는 젊음 속에 단맛이 진정 들어 있기는 한 것인지.

"오늘은 여러분이 좋아하는 브라우니를 구우려고 합니다. 전 더울 때는 레몬을, 추울 때면 초콜릿을 택하게 되더라구요. 계절이 완전히 바뀌기 전에 브라우니 한 번 구워 먹기로 하죠."

와아.

수강생들이 이한성의 말에 환호했다. 브라우니를 싫어하는 여자는 없었다. 비싸서 자주 못 사먹을 뿐.

"초코케이크와 브라우니의 차이가 뭔지 잘 모르는 분들이 많을 겁니다. 가루 코코아를 사용하면 폭신한 케이크가 되고 제과용 초콜릿을 녹여서 쓰면 찐득한 브라우니가 되죠. 원가는 물론 초콜릿을 쓰는 쪽이 훨씬 더 듭니다."

브라우니보다 더 부드러운 미소를 눈가에 올리며 한성이 설명했다.

영진은 오늘 수업이 특별히 더 즐겁다고 생각했다. 코코아 향과 차별화되는 진한 초콜릿 향기도 좋았고, 견과류가 구워지면서 퍼지는 고소한 풍미도 좋았다. 브라우니는 성형에 공이 드는 과자가 아니라서 만들기도 편했다. 초콜릿을 중탕으로 녹이는 과정에서만 실수가 없으면 되었다.

수업이 끝나고 정리도 다 마무리됐을 때쯤, 이한성이 영진에게 잠깐 얘기 나눌 수 있겠냐고 물어왔다. 윤제가 힐끗 쳐다보자 한성은 예의 바르게 고개를 숙이며 양해를 구했다.

"영진 씨."

주방 한쪽으로 그녀를 데리고 간 그는 탁자 아래에서 무언가를 꺼내었다. 그건 브라우니였다. 수업시간에 한성이 구운.

"브라우니는 과자라고도 케이크라고도 할 수 있는 독특한 텍스처를 가지고 있죠. 바깥은 크랙이 생길 만큼 바삭하고 안은 끈적거릴 정도로 쫀득하니까요. 그렇지만 충분히 맛이 있고 아무도 브라우니를 못마땅하게 생각하지 않습니다."

영진은 한성을 쳐다보았다.

그래서요?

"저는요, 세상 모든 것이 다 같은 기준으로 분류될 수 있는 건 아니라고 생각합니다."

한성은 한 번 더 뜸을 들였다.

"영진 씨에게 호감이 있습니다. 영진 씨에 대해 좀 더 많이 알고 싶어요. 하지만 연애를 하자고 말하기에는 조심스럽습니다. 남녀 관계는 신중하게 책임을 갖고 발전시켜야 한다는 게 제 신념이라서요. 그렇다고 친구가 되어달라고 하자니 우리는 어떤 의미에서 벌써 친구라고 할 수 있고, 이런 상태로 계속 지내길 원하는 건 또 아니더군요."

그가 말을 잇도록 영진은 잠자코 기다렸다.

"그래서 브라우니 핑계를 대는 겁니다. 친구도 연인도 아닌, 혹은 친구이기도 하고 연인이기도 한 그런 사이로 시작해 보면 어떨까 해서요. 그러다가 친구로 굳어질지도 모르고 혹 연인으로 발전할 수도 있겠죠. 요점은 영진 씨와 특별한 관계가 되고 싶다는 겁니다."

부드러우면서도 조금은 초조해 보이는 미소와 함께 한성은 말을 마무리 지었다.

영진은 예의 무표정한 얼굴로 그를 올려다보았다. 무슨 말을 하고 있는 건지 이해하는 데는 시간이 좀 걸렸다.

어쨌든 한 걸음 더 나아가자는 제안이었다.

나쁠 것은 없었다.

만약 그가 '연애하자'고 말했다면 좀 더 신중했을지도 모른다. 하지만 한성이 내놓은 카드는 딱 그녀가 바라는 만큼의 관계였다. 그래서 영진은 천천히 고개를 끄덕였다. 한성의 미소가 점차 굳어지려 할 때쯤.

"네. 좋아요."

그녀의 대답에 한성이 활짝 웃었다. 부드러움이란 이름으로 덮여 있던 포장을 단숨에 걷어낸 듯 솔직하고 깨끗한 웃음이었다. 자기 사람한테는 저렇게 마음을 열어주는 남자였구나, 영진은 감탄하지 않을 수 없었다.

그리고 변화는 다른 사람의 눈에도 명백했다.

아무 말도 듣지 못했음에도 윤제는 알아차렸다. 이한성이 김영진에게 고백했고 그녀가 오케이했다는 것을.

그리고 그 과정에 김윤제는 아무런 발언권도 없다는 사실을.

"이 교제 나는 반댈세."

박해민이 난데없이 하늘에서 뚝 떨어진 것처럼 나타난 것은 그때였다.

"이한성 넌 궤변의 대마왕이야. 브라우니라니, 결국 영진 씨는 붙잡아두면서 넌 매이지 않겠다는 소리 아냐. 니가 이따위로 칙칙하게 나올 줄 내 진즉에 알았다."

해민의 말에 윤제는 실소했다. 얌전하게 생긴 사람이 모질기도 하지. 게다가 나는 못 들은 대화를 어떻게 저리도 자세히 들었을까. 프레드와 조지의 늘어나는 귀라도 설치해 둔 건가.

새빨간 입술을 뾰족하게 만들고 해민은 고개를 절절 흔들었다.

"안 됩니다, 영진 씨. 한성이하고 꼭 교제 비슷한 걸 하고 싶다면 모든 만남에 우리를 동석시켜 주세요. 나이 찬 여자가 연애하는 거도 아니면서 남자랑 둘이 만나고 그러면 안 돼요. 실속 없이 혼삿길만 막힙니다."

윤제는 피식 웃었다. 박해민은 외모와 달리 의외로 아줌마스러운 데가 있었다. 조곤조곤 말이 많고 자잘한 것까지 놓치지 않는 게. 그리고 영진은 그걸 여자친구 같은 편안함으로 해석하는 것 같았다.

"맞는 말이야. 누나 나이가 몇 살인데, 질질 끌려 다니면 안 되지. 그냥 친구처럼 지낼 거면 배타적인 관계는 곤란해."

적당한 타이밍에 끼어들어 윤제는 해민을 거들었다.

이한성이 난처한 표정을 지었다.

영진은 냉정하게 생각했다. 해민 씨의 절충안 저거 괜찮은데.

굳이 한 사람을 사귀라면 한성이 제일 낫겠다고 윤제에게 대답했지만, '이 사람이다' 싶은 확신이 든 건 아니었다. 다른 사람들에게도 비슷한 정도의 호감을 가지고 있으니 지속적으로 다 함께 어울릴 수 있다면 그녀로서는 오히려 환영할 일이었다. 해민의 지적대로 그녀가 '길을 선택하기 위해 탐색 중'이기 때문에 더더욱 그랬다.

"그럴까요, 한성 씨?"

그리고 그녀가 긍정적인 반응을 보이면 한성으로서는 싫다고 하기 어려운 일이었다.

"영진 씨가 그쪽이 편하시다면…… 그렇게 하죠. 현도가 뭐라고 할지는 모릅니다만."

"내가 뭐."

이번엔 차현도가 박해민 어깨 너머로 얼굴을 들이미는 바람에, 윤제는 한 번 더 놀랐다. 이 친구들은 뭐 이렇게 귀신같이 알고 나타나?

해민이 간략하게 지금까지의 대화를 전하자 현도는 기가 찬 듯 인상을 쓰더니 한성에게 일갈했다.

"너 얌전한 척 호박씨 까지 마."

그러곤 영진을 향해 진지한 표정으로 충고했다.

"여자가 조심해야 하는 건 집착하는 남자가 아니라 자길 헷갈리게 하는 남자예요, 영진 씨. 그런 의미에서 여기 이한성은 나보다도 더 위험한 놈입니다. 언제든 발 뽑을 수 있다는 태도로 몸 사리는 남자, 절대 안 되죠."

아, 그런 거야? 이런 표정으로 영진이 차현도를 쳐다보았다. 그 무방비한 얼굴에, 윤제는 두 사람 사이에 생각보다 깊은 신뢰가 구축돼 있다는 걸 깨달았다.

난감한 표정의 한성을 면전에 둔 채 해민과 현도는 이제 신랄하게 그를 씹어대기 시작했다.

"우유부단을 신중함인 척 포장하는 건 곤란하지 않냐?"

"성실하다고 장땡이 아닌데 말이야."

"가끔 저렇게 플라토닉러브를 내세우는 인간이 있는데 말이지, 플라톤도 애인 있었다고. 그것도 남자 애인으로."

"둘만 만나지 못하게 방해할 겸, 한성이 쉬는 날에 맞춰서 다 같이 여행이나 갔다 올까?"

"오오, 좋다. 현도 넌 아무 때나 쉬어도 되나?"

두 사람의 대화를 듣기만 하던 이한성의 표정이 결국 벌레 씹은 것처럼 우그러지고 말았다.

윤제는 문득, 멀쩡한 저 세 남자가 왜 아직 결혼을 못했는지 매우 잘 알 것 같은 기분이 들었다. 진정한 친구의 탈을 쓴 방해꾼들이 주변에 어정거리고 있으니 되는 일이 있겠는가. 최선을 다해 발목을 잡는, 깊은 우정을 지닌 벗들이.

그 와중에 영진은 혼자 마음이 들떴다.

감히 꿈꿔본 적도 없는 일이었다. 여행이라니, 가족휴양이나 출장이 아닌, 친구들과 가벼운 마음으로 떠나는 저렴한 여행 같은 건. 여전히 무표정한 그녀였기에 다른 사람들은 영진의 가슴이 보글보글 부푸는 걸 알아챌 수 없겠지만.

"재밌겠다, 그치?"

그런데 윤제의 목소리가 너무 다정해서, 영진은 그를 올려다보았다.

그녀가 틀렸다. 윤제는 알고 있었다. 남들한텐 아무것도 아닌 여행 나부랭이가 그녀에게 얼마나 큰 의미인지를. 그렇지 않고서야 저렇게 따스한 미소를 지을 리 없을 테니.

"고맙다, 윤제야."

그래서 그녀는 진심을 담아 그에게 웃어보였다.

"그래. 나도 고마워."

윤제가 한층 더 달콤한 미소를 지으며 대답했다.

'뭐가 고맙냐고?'

김윤제는 속으로 이를 갈았다.

'이한성을 덜커덕 받아들이지 않아줘서.'

내가 당신의 연애생활에 비집고 들어갈 틈을 남겨줘서.

지금 김윤제는 예기치 못했던 각성으로 인한 충격을 겨우 수습하는 중이었다. 깨달음은 급작스러웠고 즐겁지 않았으나 도저히 부정할 수 없는 것이었다. 여행 계획을 짜느라 분주한 두 남자와 땅 파고 들어가기 직전의 한 남자, 그리고 발그레하게 물든 뺨의 영진을 지켜보며 윤제는 수백만 홈쇼핑TV 시청자의 심정을 비로소 이해했다. 오늘이 마지막, 품절 임박, 기회는 단 한 번, 이런 말에 마음이 급해져 '결제' 버튼을 누를 수밖에 없는 소비자의 절박한 심정을. 내가 샀다가 반품하는 한이 있어도 매진되게 내버려 둘 수는 없다는 것을. 처음부터 저걸 살 생각이었던 건 아니지만 일단 눈에 들어온 이상 TV를 끈다고 잊히지는 않는다는 걸.

드디어 영진의 연애사업을 훼방 놓을 시점에 다다른 것이다. 김윤제는 인정했다.

그러나 그는 알지 못했다.

사람들이 괜히 울고불고 술 퍼마시며 폐인이 되는 게 아니라는 걸.

천하의 김윤제에게도 쉽지 않은 게 사랑이라는 사실을.

인생은 의외로 누구에게나 공평하다는 진리를.

태양같이 웃으며 세상을 내려다보고 있는 김윤제는, 그걸 알기에는 아직 너무 교만하였으므로.

"아버지 오셨었나 보네."

해민이 주방에 들어서며 말했다.

"어떻게 알았냐?"

"너 얼굴이 시커메서. 어지간히 시달린 얼굴이다."

한성은 오븐 타이머를 맞추면서 픽 웃었다.

"아버지 안 오셔도 5월엔 이런 얼굴이잖냐. 바빠 죽겠다."

"알아, 연애할 시간도 없는 거. 불쌍한 영진 씨, 빨리 너한테 질려 버려야 할 텐데."

청순한 얼굴로 독설을 퍼붓는 친구를 무시하고 한성은 스탠딩 믹서에 버터를 부었다.

5월은 과로사의 달. 외인 비 시장인 현도도 서점 주인인 혜민도 피해갈 수 없는 달이지만 미친 듯이 케이크를 구워야 하는 한성에 비할 바는 아니었다. 물론 그만큼 수입이 늘어나긴 했으나 사생활은 일체 동결건조상태였다.

"그래도 넌 좋겠다, 돈 벌어서 쓸 데도 있고. 성년의 날까지 다 지나가고 나면 영진 씨한테 보석이라도 사줘라."

오늘따라 유난히 가시 돋친 혜민의 말투에 한성은 손을 멈췄다. 가만히 그를 쳐다보고 있자 혜민이 작게 한숨을 내쉬었다.

"그 여자가 현도 바에 계속 찾아오는 거 알아?"

아.

한성은 미간을 찌푸렸다.

"쫓아내랬더니 남편하고 같이 와서 문전박대할 수가 없다는 거야. 손님들 앞에서 흉한 꼴 연출하기 싫다고 말이지. 현도 그 자식은 쓸데없이 마음이 약해서."

혜민의 목소리에 짜증이 덕지덕지 붙어 있었다.

"그러게. 너 같으면 당신 마누라 걸리니까 속없이 이런 데 데리고 다니지 말라고 바로 남편한테 말할 텐데."

맞아, 맞아. 혜민은 한성의 말에 강하게 긍정했다.

"설마 현도가 다시 휘둘리기야 하겠냐만, 볼 때마다 얼마나 기

분 거지같겠냐고. 무슨 생각으로 집적대는 건지 몰라, 이제 와
서.”

해민은 입술을 뾰족하게 내밀었다.

한성도 마음이 언짢았다.

오래전 일이었다. 더 이상 더러울 수 없는 꼴로 마음을 접은 것
도 오래전, 부푼 사랑으로 친구의 얼굴이 빛났던 건 더더욱 오래
전.

이제는 자유로워질 때도 되었건만.

“그래서 그 얘기 하러 온 거야?”

고개를 들며 한성이 묻자 해민은 손사래를 쳤다.

“아니. 케이크 주문 물어왔다. 좀 까다로운 모양의 폰단트던데
스승의 날까지 해주면 돼.”

두 사람은 사진을 펼쳐놓고 잠시 의견을 나누었다.

그러다가 해민이 문득 한성에게 물었다.

“한성아, 넌 영진 씨 어디가 마음에 든 건데? 니가 누구한테
사귀자고 한 거 처음이지, 아마?”

영진과 한성이 애매모호하게나마 사귀기로 한 지 보름 정도 지
났다. 그 사이 두 사람만 만난 일은 극히 드물고 대체로는 떼거
지로 들러붙어 방해공작을 펼쳤더랬다. 그나마 5월 들어서는 한
성이 전혀 시간을 낼 수 없어 잠정적으로 결별 상태. 하지만 한성
은 나름의 방식으로 영진에게 최선을 다하고 있었다. 누구의 눈
에도 그건 명백했다.

그가 온화한 웃음으로 친구에게 대답했다.

“마들렌 냄새가 나서.”

해민은 잠깐 생각하다가 다시 물었다.

"프루스트?"

친구의 통찰력에 한성의 웃음이 한결 진해졌다.

"역시 박해민. 바로 알아듣네."

잠깐 손 놨던 버터에 설탕을 붓고 믹서를 돌리며 한성은 행복한 기분에 잠겨들었디.

처음에는 그도 잘 알지 못했다. 영진의 무엇에 끌리는 건지.

예쁜 축에 속했고 총명했지만 김영진은 남자들이 일반적으로 좋아하는 유형이 아니었다. 대체로 '좀 부담스러운데' 하면서 거리를 둘 타입이었다.

그런데 어쩐지 그는 여자의 느낌이 낯설지 않고 친숙했다. 정확히 말하면 영진에게서 풍겨나는 무엇인가가 한성이 오래도록 그리워해 온 누군가의 분위기와 유사했다. 냄새일 수도 있고 시각적 이미지일 수도, 소리일 수도 있는 뭔가 불분명한 것이.

프루스트의 소설 '잃어버린 시간을 찾아서'는 주인공이 홍차에 적신 마들렌의 향기를 맡으며 유년의 기억을 떠올리는 것으로부터 시작된다. 감각이란 그렇게 추억을 되돌리고 감정을 이끌어내는 것. 한성에게 영진은 마들렌의 향기와 같았다. 이성 이전에, 감정 이전에, 감각으로부터의 끌림이라고 할 무엇.

"그래서 영진 씨가 네 잃어버린 시간이라고?"

해민의 물음에 한성은 고개를 저었다.

"아니, 잃어버린 시간을 나한테 돌려주는 거 같은 느낌이라고."

애초에 한성이 과자를 굽게 된 것부터가 그 시간을 되찾고 싶어서였다. 그러니 그녀에게서 연상되는 그리운 무엇에 마음이 끌리는 게 당연했다. 비록 영진이 그의 잃어버린 시간을 공유한 본인은 아니더라도.

"너도 알다시피 내가 단 음식에 집착하는 건 다분히 감정적이야. 내 유년, 행복한 시절의 마지막이 과자에 얽힌 추억이었으니까. 그런데 신기하게 영진 씨랑 같이 있으면 과자를 먹는 것처럼 기분이 좋아지거든. 이상하지, 달달하지도 말랑거리지도 않는 사람인데."

무표정하고 뻣뻣한 영진이 떠올라 한성은 웃었다.

사귀기 시작한 후에도 여전히 맑은 눈으로 자신을 보는 것 역시 그는 좋았다. 친구가 들으면 '역시 그건 연애감정이 아니야' 운운하며 질타할 게 분명하지만.

해민도 웃었다. 한성의 말대로 그녀는 전혀 달콤하지 않았다. 하지만 그럼에도 귀여운 사람이었다, 신기하게도.

"베이킹 클래스도 휴강 중이고, 따로 만날 시간도 없을 거고, 영진 씬 요즘 뭐 하고 지낸대냐? 나라도 좀 놀아줄까?"

해민의 사심 가득한 물음에 한성은 어림없다는 표정을 지었다.

"전화할 때마다 동생하고 놀고 있더라. 홍대 앞에 이태원에 부암동에, 안 가는 데가 없던데. 윤제 씨가 미국에서 왔다더니 누나가 데리고 구경 다니나 봐."

아, 그렇군. 심심하진 않겠구나. 해민이 고개를 끄덕였다.

"그래도 그렇지, 동생하고 무슨 재미로 노나. 좀 특이한 남매야."

"그러게. 상당히 특이하지."

한성은 해민의 생각에 백 프로 동의했다.

특이함을 넘어 이상하다고 해도 될 만했다, 사실. 오빠와 여동생이라도 그러지 않을 텐데, 하물며 누나와 남동생이 하루 종일 붙어 있다시피 하다니.

그래도 어쩌겠는가. 사이좋다는데.

"너, 잊지 마. 나도 나름 영진 씨한테 고백한 사람이라는 거. 호시탐탐 기회를 노리고 있다고. 니가 방심하면 내가 확 뺏는다."

가벼운 우스갯소리와 함께 해민은 주방을 나섰다.

한성은 씩 한 번 웃은 후 달걀을 분리하는 데 집중하기 시작했다. 멀리서 '현도도 마음 놓으면 안 된다고' 친구가 중얼거리는 소리가 들렸다.

두 사람의 추측과 달리 장소를 물색하고 만남을 리드하는 건 어디까지나 김윤제였다. 물론 귀국한 지 얼마 안 된 탓에 청년 A, B, C들의 도움을 적극적으로 구해야 했지만, 하여튼.

"괜찮지? 먹을 만하지 않아?"

오늘 그는 영진을 홍대 앞 곱창골목에 데려온 참이었다.

영진이 한성으로부터 교제 신청을 받은 후 보름 동안, 윤제는 측면공격에 주력했다. 그녀가 한성을 만날 수 있는 건 베이킹 클래스 후 잠깐뿐인 데다가 그나마 대부분 현도와 해민이 들러붙었기 때문에 시간은 윤제 쪽에 훨씬 유리했다. 그는 낮 시간을 거의 영진에게 할애했다.

"그러게. 보기엔 징그러운데 아주 감칠맛이 있네."

영진이 선선히 수긍했다. 평생 처음 먹어보는 것들일 텐데도 양이니 대창이니 천엽이니 하는 것들이 입에 맞는 모양이었다. 사카린 듬뿍 들어간 소주도 달달한지 잘 마셨다.

김윤제의 어드밴티지는 김영진이라는 여자의 배경을 꿰고 있다는 점이었다. 한성의 데이트코스가 주로 레스토랑이나 커피전문점 등 일반적인 장소인 반면, 무엇이 영진에게 어필할지 잘 아는 윤제는 서민적이고 소박한 장소를 찾아내는 데 전념했다. 유명한 떡볶이집이나 창고처럼 조그만 탭하우스(taphouse), 줄 서서 먹는 칼국수가게 또는 중국 사람이 하는 만두집 등 그동안 영진에게 절대 허락되지 않았을 만한 핫스팟들로만.

"근데 누나 이런 데 너무 모른다? 재벌이라고 다 누나 같진 않을 거 같은데?"

그의 물음에 영진은 무표정하게 대답했다.

"나 어렸을 적에 유괴 당했었어. 그 바람에 과잉보호 받은 거지. 너야 애기였으니까 모르겠지만."

윤제가 눈을 커다랗게 치떴다.

"아, 진짜? 난 처음 듣네. 몇 살이었는데? 얼마 만에 찾은 거야?"

영진은 윤제에게 대중에 공개된 정도의 내용만 간략히 설명했다. 세한에서 해고당한 근로자가 앙심을 품고 열세 살짜리 사장 딸을 유괴했었노라고. 다행히 일주일 만에 무사히 찾았지만 그이후 그녀는 철통같은 보안 속에서 살아야만 했다고.

아이를 찾아냈을 때 잘 먹고 잘 놀며 즐겁게 지내고 있어 수사진이 의아해했다는 이야기는, 당연히 어느 언론에도 보도되지 않았었다.

"그래도 대학 다닐 때는 좀 자유롭지 않았나? 보디가드가 붙어 있긴 했겠지만 호프집이나 분식집은 다닐 수 있었을 거 아냐. MT도 가고."

아버지의 소신에 따라 국내에서 대학을 다녔기에 마음만 먹었다면 학교생활을 즐길 수도 있었다. 그러나 영진은 대학생활에 신경 쓰지 않았다. 실무를 견학하거나 해외 경험을 쌓는 등 자기계발에 주력했을 뿐이었다.

"내가 그러고 싶지 않았어."

그녀는 솔직하게 대답했다.

"친구들한테 염증을 느껴서 셧다운하고 있는 상태였거든. 같은 처지의 애들은 다 경쟁자였고 다른 쪽 아이들은 결국 나한테 등을 돌리더라고. 믿었다가 뒤통수 맞는 기분, 그거 상당히 안 좋더라."

단 하나 진실한 우정이라 믿었던 '민간인' 친구에게 호되게 당한 것이 고3때, 그 이후 영진은 문을 닫아걸어 버렸다. 나중에 트라우마를 극복하고 다시 세상으로 나오기까지는 적지 않은 시간과 많은 시행착오가 필요했었고.

"그래서 이렇게 잠행 나온 임금님처럼 정체를 숨기는 거야? 그랬다가 저 우유, 아니 이한성이야말로 나중에 뒤통수 맞았다고 길길이 뛰면 어쩔려고."

그러게. 그게 딜레마지. 영진의 얼굴에 근심이 스쳐 지났다.

날이 가고 남자들과의 관계가 호의적으로 형성되어 갈수록 그녀의 불안도 커져 갔다. 무어라 변명해도 이 상태는 거짓일 뿐,

모래 위에 쌓은 누각은 높을수록 더 큰 굉음을 내며 무너질 수밖에 없는 것이다.

'길길이 뛰어주면 나야 고맙지만.'

윤제는 영진이 가라앉은 게 빈정 상해 입을 비죽거렸다.

'뭐 얼마나 절절한 사이라고 망가질 걸 걱정해? 결혼하지 못하면 어차피 다 꽝이지. 그럼 설마 진정한 친구로 평생 호형호제할 생각이었어?'

김윤제는 남녀 간의 우정을 믿지 않았다. 최소한 그가 만났던 여자 중에 우정을 나눌 만한 사람은 하나도 없었으므로. 그러니 김영진에게 남자와의 우정을 허락해 줄 생각 역시 전혀 없었다. 허락 운운하며 생각하고 있는 걸 김영진이 알면 어이없어 당장 그를 떼어내고 말겠지만.

"이왕 이렇게 돼버렸으니까 그냥 즐기는 수밖에 없지, 뭐. 몸에 나쁜 음식도, 익명으로 사는 무책임함도 말이야. 그치?"

윤제는 분위기를 바꾸려 화사하게 웃었다. 한쪽 보조개를 깊이 파면서, 그의 모든 매력을 담아 최대한 유혹적으로.

그리고 그녀의 눈빛에 스치는 일렁임을 확인했다. 사랑스러우면서도 뇌쇄적이라는 평판을 받는 그의 미소는 실패를 경험한 일이 없었으므로.

'이럴 땐 금방 넘어올 거 같은데 말이야.'

그런데 그 순간뿐인 게 문제였다.

'그 우유팩 3개들이 세트를 만나면 바로 리셋된단 말이지.'

아무리 공을 들여도 한성들을 만나는 순간 그는 착한 남동생으로 포지셔닝되고 마는 것이었다. 모두가 암묵적으로 한성을 그녀의 파트너로 인정하고, 어딜 가나 그가 영진의 옆자리에 앉고 당연한 듯 그녀를 에스코트한다. 거기까지는 일단 참을 수 있었다. 윤제가 이해할 수도 용납할 수도 없는 것은 영진이 자기를 전혀 남자로 봐주지 않는다는 점이었다.

'어째서 그 떨거지들을 보는 표정하고 나를 보는 표정이 이다지도 평등하단 말인가.'

스물일곱 해 실질적인 왕자로 세상에 군림해 온 김윤제는 도저히 납득할 수 없었다.

그러나 사실, 김영진이 윤제를 '전혀 남자로 보지 않고' 있는 건 아니었다. 그녀가 무표정하다 보니 천하의 김윤제조차도 감정을 제대로 읽지 못하였을 뿐.

'정신 차려.'

그녀는 끊임없이 노력하고 있는 것이었다. 그에게 흔들리려는 자신을 애써 다잡으면서. 그녀뿐 아니라 여자라면 누구나 사로잡는 김윤제의 절대적 매력에 온힘을 다해 저항하며.

윤제가 식당 아주머니에게 물과 냅킨을 더 달라고 부탁하고 있었다. 아주머니가 활짝 웃으며 서비스로 콜라를 갖다 주었다. 어딜 가든 이런 식이었다. 김윤제는 누구에게나 친절하고, 상대는 그보다 더 친절하고.

'정신 차려, 김영진. 누나답지 못한 처신은 추해.'

영진을 강하게 만들어주는 건 아이러니하게도 남들의 시선이었다. 길을 걸으면 남녀불문 윤제를 쳐다보느라 발걸음을 멈춘다. 그 다음엔 여자들이 자기 파트너를 한 번씩 돌아보는 것이었다. 물론 남자들은 하나같이 얼굴을 찌그러뜨렸고, 이어 노골적

인 악의가 영진의 귀에 꽂히곤 했다. '옆에 달린 호빗은 뭐야? 남자가 눈이 좀 낮은가 봐……'

여자로서 매력 딸리는 자신을 깨닫는 것, 이보다 더 머리를 차게 깨워주는 것은 없었다.

다행스럽게도.

혹은 서글프게도.

"거리공연 하나 보다."

식당을 나섰다. 윤제가 사람들 사이로 영진을 끌어당기며 발걸음을 빨리했다. 해가 가라앉아 하늘은 밤에 잠겨들고 있었다. 그리고 지상에 빛이 깨어나며 세상을 밝히기 시작했다.

"여긴 별천지구나, 진짜."

그녀는 새삼 감탄했다.

예술의 거리라더니 홍대 앞은 정말 그랬다. 문신에 피어싱 줄줄 한 젊은이들 사이 흰 머리 질끈 묶고 배 나온 중년들도 너나없이 당당한 게 활기차 보였다. 며칠 전에 갔던 이태원이 드레시하게 차려입은 선남선녀로 가득했던 것과는 사뭇 다른 분위기였다. 그곳엔 트랜스젠더 클럽이 즐비했던 한편 여긴 청바지 입은 대학생들이 '성적소수자를 차별하지 맙시다' 구호를 외치고 있는 것도 비슷한 듯 큰 차이지 싶었다.

"이런 데서 스타 되는 사람 많은 거 알지? 여긴 그냥 돌아다니는 것만으로도 에너지를 받는 곳이야. 난 좋더라, 홍대 앞."

윤제가 그녀의 뒤에 바짝 붙어 정수리에 턱을 얹고 속삭였다. 바글바글 밀집한 사람들 속에서 영진은 완전히 그의 품에 안긴 형상이었다. 여자들의 로망이라는 백허그를, 그것도 노란 깃발처럼 명시도(明視度) 최고인 김윤제에게 당하고 있노라니 바늘방석이 따로 없었다. 사람들이 죄다 자기만 노려보는 것 같았다.

아니, 그 이전에 물리적 불편함을 감당하기가 어려웠다. 키는 왜 이렇게 큰지, 손은 왜 이리 뜨거운지, 소곤거리는 목소리는 어째서 이다지도 은근한 건지.

"너 ……, 너도 나힌데 언민을 느끼는 거니?"

문득 던진 그녀의 말에 어깨에 놓여 있던 윤제의 손이 움찔했다.

'술 마시고 주정하는 내 모양이 안됐던 걸까.'

아무리 생각해 봐도 윤제의 태도가 달라진 건 그때쯤부터인 것 같았다. 이전에도 불필요하리만치 상냥하긴 했지만 그날 이후론 좀 더 배려하는 것처럼 느껴졌다. 심지어 '소중하게 대해지는' 것 같은 느낌마저 들었다.

'새장 속의 새한테 자유를 맛보게 해주고 싶은 걸지도. 김윤제는 의외로 다정하니까. 해민 씨가 나한테서 버거운 짐을 보았다면 윤제야말로 놓쳤을 리 없으니까.'

조금 씁쓸하기는 했지만, 어차피 그가 자기 머리 꼭대기에 있는 거라면 하는 대로 따라가는 것도 나쁘지 않다고 영진은 생각했다. 솔직히 한성이 데리고 다니는 곳보다 윤제와 같이 다니는 장소가 더 재미나지 않은가. 마음도 편하고, 상대를 관찰하느라 기운 빼지 않아도 되고. 혹 정체가 들킬까 조심하지 않아도 되고.

……당초에 김윤제와 놀기 위해 집을 나온 건 아니었지만, 물론.

요즘 그녀는 즐거웠다. 부정할 수 없었다. 심지어 순결한 남자를 구해 돌아가지 못하더라도 이 모험이 실패가 아닐 거라고까지 생각하기 시작했다. 그동안 타의에 의해서 혹은 자의로 닫아두고 있던 문을 여니 세상은 넓고도 놀라운 곳이었다. 남들은 이렇게 맛난 것을 먹고 이다지도 신나게 놀면서 산단 말인가.

"고맙다, 윤제야."

영진은 윤제의 손등에 자기 손을 얹고 가볍게 두드렸다. 그녀 나름으로는 최대한의 마음의 표현이었다. 감사와 믿음과 기꺼움을 듬뿍 담은.

시끌벅적한 홍대의 밤 한가운데에서 김영진을 품에 안은 채, 윤제는 한숨을 내쉬었다.

'이게 아닌데.'

그가 원하는 그림은 이게 아니었다. 이렇게 신뢰로 가득한 건전한 관계여서만은 안 되는 것이었다. 영진이 그를 믿고 의지해주는 것만으로도 큰 벽을 하나 무너뜨린 거긴 하지만, 지금의 두 사람은 지나치게 담백했다.

'이 여자, 여자로서 뭔가 문제가 있는 거 아냐?'

윤제는 몹시 자존심이 상했다.

친구인 척 스치는 손길에도 화끈 달아오를 수 있는 게 남녀 사이 아닌가. 김영진은 몸을 이루고 있는 화학식에 뭔가 문제가 있는 걸까. 어째서 전혀 동요가 없는 것인가, 이렇게 페로몬을 퍼붓고 있는데도.

"어, 윤제네."

공연의 소란 속에 누군가가 큰 소리로 외친 것은 그때였다.

윤제는 무리 중에서 아는 얼굴들을 발견하고 인상을 썼다. 그에게 홍대 앞 곱창골목을 추천했던 청년 B와 그 친구들이었다. 우연인 척 나타났지만 우연일 리 없는 만남에 본능적으로 경계심이 들었다.

"오호……."

우려대로 그들은 윤제는 보는 둥 마는 둥한 채 영진에게 접근하고 있었다.

"안녕하세요, 저흰 윤제 친굽니다. 미인이랑 교제 중이라고 해서 궁금했는데 생각보다 더 예쁘시네요."

"윤제가 눈이 높아서요, 어지간한 여자는 거들떠도 안 보거든요."

"나중에 저희 꼭 기억해 주세요. 윤제하고 아주 친합니다. 꼭이요."

제길.

수작질에 가까우면서도 한없이 비굴한 그들의 태도에, 윤제는 백화점에서 영진을 봤던 청년 A로부터 정보가 새나갔다는 걸 눈치챘다. 심지어 '세한그룹'이니 '완전 봉'이니 부주의하게 수군거리는 소리가 영진에게까지 들리도록 노골적인 게 일부러 물 먹이러 왔나 싶을 정도였다.

"저……, 오해하신 거 같은데요. 전 윤제 여자친구 아닙니다."

곤란한 기색이 살짝 보이는 중에도 딱 부러진 영진의 말에 일행이 북새를 멈췄다.

"우린 오누이 같은 사이예요. 제가 누나구요. 나중에라도 윤제 진짜 애인이 오해하고 불쾌해하면 곤란하니까 밝혀둡니다."

예의바른 동시에 거리가 느껴지는 태도로 그녀는 생긋 웃었다.

청년 B와 그의 일행은 윤제와 영진을 이리저리 뜯어보더니 뒷목을 긁적거렸다.

"그럴 리가 없는데."

여자들이 들러붙으면 질색하고 싫어하는 김윤제가 뒤에서 폭 감싸 안고 있지 않았던가. 전화해서 홍대 앞 어디가 좋은지 꼬치꼬치 물어보며 데이트라는 냄새를 풍겼었고. 쳐다보는 표정은 더할 나위 없이 다정한 데다 방해꾼의 등장에 대놓고 싫은 기색을 했다. 그런데 사귀는 사이가 아니라고?

"헛물켜고 있는 건가 봐……, 천하의 김윤제가."

"역시 재벌의 벽은 높은……."

웅성웅성 반은 실망하고 반은 기뻐하는 일행을 윤제는 이를 갈며 밀어냈다.

"너희 가라. 담에 보자."

그들은 마지막 순간까지 깽판을 치며 사라져 갔다. 다행이네요, 사실 윤제 저 자식 얼굴값 하거든요. 별명이 독이 든 꿀이었, 헙……. 남자는 역시 수더분한 사람이 진국이죠, 담에 꼭 다시 뵈어요…….

당혹감을 수습하며 윤제는 영진의 눈치를 살폈다.

그리고 절망했다.

댐 잇(Damn it).

그녀가 불쾌해하면 어쩌나, 다시 의심의 눈초리로 자신을 보면 어쩌나, 걱정했었다. 기껏 허물어놓은 벽이 다시 견고해지면 어떡하나 염려했다.

그런데 상황은 전혀 예상치 못한 형태로 돌아가고 있었다.

"너도 참 힘들겠다. 순수하게 호의를 베풀어도 다들 색안경을 끼고 보니 말이야. 나야말로 이번 기회에 사과하자. 지난번엔 함부로 말해서 미안했다."

한술 더 떠 그녀는 사과하고 있었다. '너하곤 절대 결혼 안 한다' 슬김에 폭언했던 일을. 진지하고 솔직한 표정으로 해밝세, 니가 뭐가 아쉬워서 나한테 다른 맘을 먹겠니 하면서.

"내가 아버지에 대한 불신이 깊어서 그래. 너를 의심했다기보단 아버지의 속내를 몰라 그런 거지. 근데 알고 보니까 아버지가 심중에 둔 사람은 따로 있는 모양이더라. 너한테 참 민망하다, 내가."

윤제는 그녀의 어깨에서 손을 떨어뜨렸다.

허주혁.

김용식 회장이 딸에게 그녀의 첫사랑에 대해 언급한 것이었다. 사윗감으로 생각하고 있다는 암시와 함께. 윤제가 자기감정에 대한 자각으로 허둥지둥하고 있는 사이에.

그리하여 그녀가 원하든 원하지 않든 김영진의 후보 1순위는 허주혁이 돼버린 거다.

의혹을 풀고 신용을 얻었다고 기뻐할 일이 아니었다. 그는 완전히 배제된 것이었다, 그녀의 마음속 evoked set, 고려대상군에서. 남자로 여겨질 모든 가능성으로부터.

그러니 저렇게 순진한 눈으로 그를 볼 수 있는 것이다.

'주제넘은 착각을 했었구나.'

윤제는 깨달았다.

평등한 호감을 보인다고 불평했던가? 그 무슨 헛소리였던가. 김윤제는 우유 트리오보다 한참 아래, 아니 아예 그래프의 바깥에 존재하고 있는 것을.

게다가 새롭고도 강력한 경쟁자의 귀환을 앞둔 터가 아닌가.

망연히 그는 중얼거렸다.

"도움이 필요해."

도움이 필요했다. 눈치가 발바닥 같은 사내 녀석들 말고, 누군가 김영진을 잘 알고 영향력을 미칠 수 있는 사람. 최악이라고 부를 수도 없을 만큼 나쁜 상황을 타개하도록 도와줄 수 있는 사람이.

그의 번민도 모른 채 홍대 앞은 웃음과 박수로 떠들썩하게 젖어가고 있었다.

마음의 빚을 개운하게 떨어내고 공연 쪽으로 눈을 돌리는 영진은, 무척 행복해 보였다.

귀여운 아이였다. 눈이 동그랗고 또랑또랑한 게 야무져 보였다. 올려다보는 표정이 무덤덤한 게 아이답지 않았을 뿐.

……응?

아이가 아닌가?

어린애의 얼굴이 아니었다. 눈빛에 상처와 우수가 깃들어 있었다. 게다가 입술이 붉었다. 붉은 입술, 천천히 벌어진 입술에서 순간 더운 숨이 훅하고 끼쳤다. 상당한 거리가 있었음에도.

아아.

윤제는 눈을 크게 떴다.

어린애 같다 생각했던 여자는 물기 어린 머리칼을 부드럽게 늘어뜨리며 가운을 젖혔다. 하얀 목과 마른 쇄골이 시야를 가득 채웠다. 가운 아래로는 가느다란 다리가 미끈했다. 조명이 어른거렸고 눈앞이 어룽거렸다. 피가 확 거꾸로 솟구치는 것 같았다.

―윤제야.

여자가 그를 불렀다.

김윤제는 자기도 모르는 사이에 손을 뻗었다. 손바닥에 닿아오는 뺨이 동그랗고 보드랍고 이루 말할 수 없이 말랑했다. 덥석 거머쥔 손목에서 빠르게 맥이 뛰고 있었다. 여자의 맥인지 그 자신의 것인지 알 수 없었다. 찌릿하고 전기가 흐르는 것도 같았다.

여자는 그를 뿌리치지 않았다.

―영진아.

여자를 불렀다. 목소리가 가볍게 떨리는 게 느껴졌다. 그런데 다음 순간 방이 뭉개지기 시작했다. 눈앞의 모든 상이 휘몰아치며 하나로 엉켜 그를 향해 달려들었다.

안 돼.

부르짖다가 윤제는 눈을 번쩍 떴다.

맙소사.

이게 뭐야.

"나는…… 로리콤이었던 건가?"

헐떡이며 나오는 갈라진 소리에 기가 막혔다.

김윤제 스물일곱 살, 사춘기에도 꾸지 않은 야한 꿈을 꾸었다. 야하다고 하기도 우스울 정도로 아무것도 아닌 내용이었지만, 정신을 차릴 수가 없을 정도로 야했던 것만 같았다.

그래서 더 기가 막혔다.

하.

인생은 도무지 알 수 없는 것이다.

5. 플랜테인 바나나, 오븐에 구운 사과

"내가 널 뭘 믿고."

콧방귀를 뀌며 노려보는 여자를 향해, 윤제는 최대한 순박하고 진실된 표정을 지어 보였다.

"못 믿을 건 또 뭐 있냐, 영주야."

가시를 잔뜩 세우고 있을망정 한영주도 결국 여자라 김윤제의 그런 얼굴에는 마음이 약해질 수밖에 없었다. 눈에 담긴 독기를 조금 덜어내며 그녀는 중얼거렸다.

"니가 바람둥인 거 내가 모르는 줄 알아?"

하.

윤제는 억울해 죽겠다는 눈으로 어깨를 으쓱했다.

"어떻게 아는데? 내가 왜 바람둥인데? 도대체 무슨 근거로 그런 소릴 하는 거니?"

영주는 입술을 자근자근 씹으며 대답을 생각했다.

그러나 답 대신 질문을 내놓기로 하였다.

"김윤제. 너 어디까지 알아? 언니가 왜 남자를 찾아서 나온 건지 알고는 있어?"

천장이 높은 커피집이었다. 아침이라 그런지 음악이 경쾌했고 유리창 너머 만개한 꽃이 봄 햇살을 받아 예뻤다. 영진과 함께 다시 와야겠다고 생각하며 김윤제는 한쪽 팔을 소파 등받이에 걸쳤다.

"순결한 남자를 찾아서…… 라고 적혀 있더라. 김영진이 갖고 있는 파일에."

"흥. 결국 언니한테 직접 들은 건 아무것도 없군."

비쭉거리며 영주는 입을 열기 시작했다.

그녀의 이야기는 윤제가 예상했던 것에서 크게 벗어나지 않았다. 아버지의 외도, 고통 받는 어머니, 당연하게 파생된 남자를 향한 불신, 재벌 후계라는 특수한 위치에서 비롯된 소외감과 피해의식 등등.

"문제는 아버지하고 큰어머니가 떠들썩하게 연애하고 결혼했었다는 사실이야. 정략결혼이면 그나마 그러려니 할 텐데, 집안의 반대를 무릅쓰고 한 결혼이 그 모양이니 사랑이라는 감정에 회의하지 않을 수 없는 거지. 그래서 감정 대신 사람의 본바탕을 보기로 하고, 바람피우지 않을 남자, 올바른 가치관을 가진 남자를 만나야겠다고 생각하게 된 거야."

영주의 설명에 윤제는 다시 어깨를 으쓱했다. 이해할 수 없는 바는 아니었다.

다만.

"그 '올바른 가치관을 가진 남자들'은 도대체 어떻게 리크루트한 거래?"

계속 궁금했던 것을 묻자 영주는 슬쩍 웃었다.

"대학 다닐 때 순결 서약했던 사람들이래. 왜, 그런 거 하는 사람들 가끔 뉴스에 나오잖아."

풋.

윤제는 웃음을 터뜨렸다.

"이야, 생각보다 더 강적이다. 쪽팔리게 그런 걸 공개적으로 하는 사람들이나 그걸 추적해서 찾아내는 김영진이나. 그나저나 그런 캐릭들 아니던데, 인제? 아마 그 얘기 꺼내면 본인들이 더 민망해할걸?"

무게 잡는 이한성도 시니컬한 박해민도 지금은 그렇게 근본주의적인 이미지가 아니지 않은가. 밤의 제왕 차현도는 말할 것도 없고.

"사람은 변하기 마련이니까. 그래도 깊숙한 곳의 고갱이는 바뀌지 않는 거라고 언니가 그랬어. 어쨌든 좋은 사람들이지, 그 남자들?"

자기도 웃어놓고, 영주는 윤제의 비웃음에 불쾌감을 비쳤다. 그래도 너보다 나은 사람들이거든, 그녀의 눈빛은 그랬다.

"하지만 니 말대로 사람은 변해. 감정만 사그라지는 게 아니라고. 그 사람들이라고 영원히 대쪽 같다는 보장은 없단 말이다."

할복을 건 사무라이의 맹세도 아니고, 누가 감히 미래를 호언할 수 있을까. 젊은 날의 약속 나부랭이에 인생을 맡겼다가 배반

당하면 더 비참하지 않겠는가. 당장 차현도가 살아 있는 표본이 아니냐 말이다.

"하여튼 그러니까 넌 안 된다고, 김윤제. 너처럼 처음부터 영원을 우습게보고 입에 담지도 않는 남자는 절대 안 되는 거지."

영주가 딱 잘라 말했다.

윤제는 더 이상 이의를 제기하지 않고 가만히 생각에 잠겼다.

"허주혁은? 김영진의 첫사랑이 허주혁이었다는 거 사실이야?"

허주혁이 순결한지 아닌지를 알아볼 방법은 절대 없겠으나, 그가 과연 영진이 바라는 올바른 가치관을 가진 남자인가 묻는다면 아니라고 자신 있게 대답할 수 있었다. 그럴 리가 없었다.

"주혁 오빠는 야망 덩어리라서 부담스러운 게 사실이야. 언니가 왜 그런 남자한테 끌렸는지도 솔직히 잘 모르겠고. 하지만 지금 형편에서 나쁜 옵션은 아니라고 생각해. 언니한텐 강한 남자가 필요하니깐."

……그러니까 첫사랑이었던 건 사실이다 이거군.

기분이 몹시 나빠지려는 것을 추스르며 윤제는 영주에게 의문을 제기했다.

"나한테는 절대 안 된다고 하면서 왜 허주혁은 괜찮다는 건데? 김영진의 배경을 보고 접근하는 거면 더 곤란하지 않아?"

영주가 눈을 부릅떴다.

"니가 안 되는 건 니가 여자를 울리는 남자기 때문이야. 야망에서 시작된 관계면 오히려 죽을 때까지 언니한테 잘하겠지. 자기 신분은 어디까지나 언니의 남편인 거니까. 하지만 넌 그런 캐릭 아니잖아. 넌 마음 식으면 세한그룹도 휙 내던지고 미련 없이 떠날 자식 아냐. 그럼 남겨진 우리 언니는 어떡하냐고. 버려지면 어떻게 하냐고."

핏대를 올리며 따지는 그녀에게서 언니에 대한 진한 애정이 느껴졌다. 윤제는 입을 다물었다.

'절대 아니다'라고 말하는 건 지금 시점에서 아무런 의미도 없었다.

실은 '절대 아니다'라고 말할 자신도 없었다. 지금 그가 겪고 있는 감정이나 하는 짓은 그 스스로에게도 상당히 새로운 것이었기 때문에.

"언니는 말이지."

영주는 그렁그렁 울 것 같은 눈을 탁자로 내렸다.

"굉장히 마음이 약한 사람이야. 배운 것도 많고 할 줄 아는 것도 많지만 사실은 무지하게 여려. 그걸 감추려고 아등바등하다 보니 늘 경직돼 있는 거지. 언니는 애정영화 못 본다? 가슴 절절해서. 동물도 절대 못 키워. 자기보다 먼저 죽을까 겁나서, 정 줬다가 잃을까 봐 무서워서. 언니한테 펫으로 뭐 키우고 싶은가 한번 물어봐. 들으면 기가 막힐걸."

윤제는 자리에서 일어섰다.

"고맙다, 한영주."

뭐가?

영주는 의아한 시선으로 그를 올려다보았다.

"날 진짜로 싫어하는 건 아니잖아. 사실은 내가 제일 낫다고 생각하지만 언니한테 상처 입힐까 걱정하는 거지. 다음에 또 만나주라. 좀 도와주고. 나 니가 오해하는 거처럼 그렇게 나쁜 놈 아니다."

할 말이 많았으나 윤제는 그 선에서 대화를 마무리 짓기로 했다. 구구절절이 자신의 인간성에 대해 설명하는 건 변명이 될 수밖에 없었고, 들어야 할 이야기가 많이 남아 있긴 했지만 한술밥에 배불릴 수는 없는 일이었다.

"노는 날 아침부터 만나줘 더 고맙고. 오늘 같은 날은 너도 약혼자랑 데이트하겠지? 즐거운 시간 보내라. 난 김영진하고 놀이공원 간다."

자랑 섞인 그의 말에 영주는 인상을 썼다.

"언니가 미쳤구나. 너랑 놀이공원을 왜 가, 어린이날에. 그리고 너 아까부터 말이 짧다? 영진 언니가 니 친구냐? 김영진, 김영진 하게. 주혁 오빠한테도 그러더니."

윤제는 새하얗게 이를 드러내며 수만 가지 의미가 포함된 웃음을 지어보였다.

"친구 아니지, 물론. 내 여자가 될 건데. 허주혁이야 연적인데 그럼 형이라고 부르리? 나 그렇게 호인 아니다."

어이없어하는 영주를 뒤에 둔 채 윤제는 커피숍을 나왔다.

해가 제법 올라와 있었다. 길거리는 이미 사람들로 붐볐다.

어린이날, 죄다 미쳐 돌아가는 날, 영진과 함께 놀이공원을 가기로 한 건 분명히 무리수가 맞았다. '누나, 그런 데 한번 가보고 싶지 않아? 특별히 사람 많을 때?' 이런 꼬드김에 영진이 넘어간 건 그녀가 정말로 뭘 몰라서였다. 하지만 윤제는 피곤에 절어 하루를 망칠망정 자연스런 스킨십의 무대가 필요했다. 홍대 앞보다 훨씬 밀도가 높은 대형인파의 도움이.

그리고 한영주와의 대화로 그는 자신의 전략이 옳음을 확신했다.

'결국 이 시점에서 필요한 건 스킨십인 거지.'

머리가 거부한다면 몸으로 부딪치는 수밖에 없는 것이다.

등껍질이 견고하다면 배를 만지는 수밖에 없는 것이다.

김윤제는 전의를 불태우며 영진과 만나기로 한 장소로 향했다.

"진짜 대단하다."

김영진은 계속 감탄 중이었다.

TV에서 본 일은 있었다. 해운대 백만 인파, 설악산 줄 서서 올라가, 보신각 인산인해 등 뉴스 화면을 통해. 실제로 그 군중 속에 들어와 보니 정말 압사사고가 일어날 만하다 싶었다.

귀에 입을 갖다 대지 않으면 대화가 되지 않았다. 손을 잡지 않고서는 함께 다닐 수도 없었고, 어딜 가나 사람에 밀리다보니 윤제와는 본의 아니게 연인처럼 붙어 있게 되었다.

그녀는 좀 신경이 쓰였는데, 윤제는 아무렇지도 않은 모양이었다.

"초콜릿 먹을래?"

놀이기구의 끝없는 줄 끄트머리에서, 커다란 초콜릿을 꺼내 그녀에게 내밀며 윤제가 상냥하게 웃었다.

그녀는 사람에 치어 허해진 배를 그가 준 초코바로 달래며 손부채질을 했다.

"부모란 참 위대한 거 같아. 아이들 재밌게 해주느라고 이 고생을 한단 말이지? 피곤해지면 업어달라고 칭얼거리고 여간 힘든 게 아닐 텐데."

싱긋 웃으며 그녀의 이마에 들러붙은 머리칼을 쓸어 올려준 윤제는 목구멍까지 나온 말을 삼켰다.

남자도 위대해. 여자 하나 꼬드겨 보려고 이 고생을 하고 있잖아?

몇날며칠을 고민했지만 '내가 실은 당신한테 마음이 있다'고 그녀에게 털어놓을 수는 없었다. 자존심이 상해서기도 하고, 전술적으로도 무척 곤란한 일이었다. '너 당장 나가' 이렇게 나오기 십상일 테니.

현재로선 그녀가 자신에게 끌려오기를 유도하는 게 최선이었다. 어떤 여자나 그러했듯이 영진도 결국은 그의 필살매력에 항복하리라 기대하며, 치밀한 계산으로 거리를 좁혀가며.

"사람들 사이에 있으면 키 작은 사람이 더 쉽게 지쳐. 나한테 기대, 누나."

윤제는 거의 반강제로 그녀를 끌어당겨 자기 가슴팍에 기대놓았다. 영진은 좀 껄끄러운 듯 벗어나려 했으나 결국은 몸이 덜 지치는 쪽으로 타협하는 눈치였다.

"누나 머릿결 참 좋다. 샴푸 냄새도 좋고."

그는 영진의 정수리에 코를 들이박고 향기를 맡았다. 사람이 많은데도 먼지를 타지 않은 듯 상큼한 향이 기분 좋았다. 키 차이가 많이 나니까 이런 게 좋구나 하는 생각을 짧게 했다가 윤제는 문득 웃었다.

'눈에 콩깍지가 씐다는 말이 이렇게 실감날 줄이야.'

여자에 이렇게까지 끌린 일은 이제껏 없었다. 소년 같은 여자한테 관심을 가져본 일도 전혀 없었다. 무뚝뚝한 여자는 물론이었다. 그뿐인가. 자기가 여자 마음을 얻으려 고군분투하는 날이 올 거라고는 생각도 해보지 못했다. 사람 일은 닥치기 전엔 모른다더니, 이런 경우를 당할 줄 누가 알았을까.

자신에게 기댄 영진이 너무 평온해 보여 조금 골이 났으나 그는 꾹 참았다.

등껍질 대신 배를 공략하는 그의 전술은 차근차근 진행되고 있었다. 이전에 그녀의 얼굴을 3동안 바라보았다면 요새는 5만큼, 얼굴 간의 거리가 5였다면 이제는 3, 붙잡는 손에 들어가는 힘이 3이었다면 지금은 5. 영진이 불편하다고 느낄 만한 선을 아슬아슬하게 넘나들며, 대놓고 꺼려할 수는 없을 만큼만, 그러나 분명히 그를 의식할 정도의 농도를 유지하면서.

'생각 같아선 확……'

생각 같아선 목덜미에 얼굴을 파묻고 머리카락과 같은 향이 나는지 확인해 보고 싶었지만 그는 애써 자제했다. 아직은 조금 더 인내심을 가질 일이었다.

'인내라니, 참으로 생소한 단어구나.'

윤제는 다시 웃었다.

몇 시간 동안 그들은 그렇게 돌아다니면서 놀았다. 정확히 말하자면 논다는 이름하에 이리저리 치이며 고생하고 다녔다. 그 사이 두 사람이 탄 놀이기구는 불과 3개. 환호성을 지르고 손을 들어올리기도 하고 짐짓 센 척도 해봤으나 남은 건 멀미뿐. 왜 사람들이 돈을 내고 이런 불쾌한 경험을 사는 건지 이상하다며 투덜거렸지만 그럼에도 즐겁지 않은 건 아니어서 영진은 신기했다.

"저리 올라가서 어디 좀 앉아보자. 자리 없으면 바닥에라도. 내가 아이스크림 사줄게."

2층 발코니를 가리키는 윤제에게 손목을 잡혀 에스컬레이터에 막 올랐을 때였다.

"꺄아악!"

사람들이 소리를 지르며 미친 듯이 뒷걸음질 치기 시작했다. 으악, 꺅, 이게 뭐야, 비명이 낭자하고 뒤엉킨 인파가 우르르 쏟아져 내려왔다.

에스컬레이터 위 방화문이 갑자기 닫힌 것이었다. 에스컬레이터는 작동을 멈추지 않고, 위층으로 올라설 수는 없는데 뒤로는 사람들이 계속 밀려들고, 좁은 공간에 줄줄이 늘어서 있던 관람객들이 포개지고 넘어지며 상황은 아비규환으로 변했다. 영진도 앞에 서 있던 남자의 덩치에 눌려 윤제 위로 넘어지며 혼비백산했다.

"괜찮아, 괜찮아."

영진은 자기를 감싼 두꺼운 팔을 느꼈다. 뭔가 좀 무겁기만 할 뿐 통증이 없는 걸 보니 손목이 뒤틀리지도 발이 밟히지도 않은 것 같았다. 그리고 몸이 붕 떴다. 그녀를 안아 들은 윤제가 사람들의 비명을 헤치고 아수라장에서 빠져나갔다. 순식간의 일이었다.

"와, 큰일 날 뻔했다."

에스컬레이터가 뒤늦게 비상정지 하는 걸 보며 윤제는 그녀를 내려놓았다.

영진은 두근거리는 가슴으로 심호흡을 했다.

찰나였지만 정말 생명의 위협을 느꼈더랬다. 윤제가 같이 있지 않았더라면 크게 다쳤을 게 분명했다. 군중 너머 낭패 가득한 표정의 보디가드들이 보였지만 그 정도 거리에서는 제때 그녀를 구하러 올 수 없었다.

"괜찮아? 어디 다친 데 없이?"

다정하게 물으며 두 손으로 얼굴을 감싸는 윤제를, 올려다보았다가 영진은 당황했다.

"너야말로 다쳤네."

"어……, 그런가. 아까 누구 팔꿈치에 맞은 거 같더라니만."

그는 머쓱하게 웃으며 광대뼈 언저리를 손가락으로 비볐다.

패닉하거나 분노하거나 헐떡이고 있는 사람들 사이에서 영진은 숨마저 멈춘 채 윤제를 바라보았다.

사랑스러운 눈망울 아래로 붉은 기가 빠르게 번져 나고 있었다. 곧 부어오를 거고 그러다가 퍼렇게 멍이 들 것이다. 그럼에도 불구하고, 여전히 눈을 뗄 수 없을 만큼 아름다웠다.

'행여 저 반듯한 코가 나가기라도 했다면. 고운 입술이 찢어지기라도 했다면.'

생각만 해도 등골이 오싹해 영진은 몸을 떨었다.

그리고 자기도 모르는 사이에 손을 뻗어 그의 뺨을 문질렀다.

"……이렇게 예쁜데."

윤제의 눈동자가 흔들렸다.

그녀의 손을 커다란 손바닥으로 감싸 쥐고 영진과 눈을 맞춘 채, 그는 두 사람의 따뜻한 손을 자기 입술 쪽으로 끌어당겼다.

촉.

소란 속에서도 입술이 손에 닿는 소리가 들렸다. 최소한 영진에게는.

그리고 '촉' 소리보다 더 작은 속삭임도 그녀의 귀에 커다랗게 들렸다.

"누나가 더 예뻐."

"내가, 내가 뭐……."

얼굴을 발갛게 물들이며 시선을 피하는 그녀를 윤제는 가볍게 잡아당겼다.

"나 조금 무서웠나 보다. 잠깐만 이렇하고 있으면 안 돼?"

큰 키를 구부정하게 접고 그녀의 목 언저리에 턱을 비비적거리자 영진은 몹시 당황하는 것 같았다.

윤제는 그대로 입술을 문지르고 싶은 강한 충동에 사로잡혔다. 뽀얀 목덜미에, 달아오른 귓가에, 영진의 통통한 뺨에.

잠시간의 일이었으나 그 역시 놀랐던 게 사실이었다. 본능적으로 여자를 품고 빠져나왔을 뿐 다른 이들의 안위 같은 건 배려할 겨를도 없을 만큼. 영진 같은 여자가 사람들한테 깔렸으면 어떻게 됐을지 상상만으로도 아찔했다.

'이렇게 작은데, 이렇게 오밀조밀 아기 같은데.'

새삼 아드레날린이 혈관을 폭주하는 게 느껴졌다.

몸이 뜨거웠다.

그는 고개를 들지 않은 채 영진의 어깨를 꽉 쥐었다. 손 안에서 부서질 것 같이 가늘었다. 사라지지 않은 샴푸 향에 가슴이 두근거렸다. 지금 들키면 곤란해, 몇 번이나 되새기며 손을 떼려고 해도 어깨에 손바닥이 붙은 것처럼 떨어져 주지 않았다. 사람들이 와글와글한 놀이공원의 한복판에서 그는 천지를 울리는 자신의 심장 소리에 압도당한 채 서 있었다. 마치 고립무원의 벌판에 둘만 있는 것처럼.

김영진은 반면, 대로 한복판에서 발가벗겨진 채 구경거리가 된 기분이었다. 주변에 사람들이 많아서가 아니라 생전 처음 경험한 감각에 심한 당혹감을 느꼈기 때문이었다.

'3D로 느끼는 남자란…… 이런 거였어?'

화보 속 꽃돌이들은 눈을 즐겁게 해주지만 본질적으로 무성이었다. 주변에 살아 움직이는 남자들은 막연히 '여자가 아닌 사람들'일 뿐 수컷이 아니었다. 잘생긴 남자가 좋다고 부르짖어 왔지만 그녀의 머릿속에서 남자란 동화 속 왕자님의 형상에 불과했던 것이다. 근육이 꿈틀거리고 야한 냄새가 나고 힘이 진짜 세서 절대 밀어낼 수 없는 '남자'라는 존재를 실감나게 느낀 건 오늘이 처음이었다.

숨이 막혔다.

다리가 후들거렸다.

세상 사람들이 죄다 그녀에게 손가락질하는 것만 같았다. '순결 운운하더니 너도 암컷'이라고.

"난 괜찮아, 윤제야. 고마워."

감당하기 힘든 충격에 바들거리며 그녀는 가까스로 손을 들어 어색하게나마 그의 등을 토닥였다.

"너 진짜 날 걱정해 주는 거였구나. 눈물 날 만큼 감동했어."

영진의 서툰 몸짓에 윤제는 맥이 탁 풀렸다.

'아, 이 무슨 순진해 빠진 여자란 말인가.'

늘대가 거친 숨을 헐떡이고 있는 이 마당에 어린아이 달래는 모양새로 엉거주춤 웃는 여자라니. 식물이 동물을 대하는 것처럼 눈곱만큼의 의심도 없는 이 해맑음이라니.

그는 속눈썹을 빠른 속도로 깜빡였다.

'확 키스해 버릴까 부다.'

고개 한 번만 돌리면 그만이었다. 입술을 대고 혀를 섞으면 영진도 그를 더 이상 귀여운 막냇동생 보듯 하지는 못할 거다. 그럼 후다닥 집으로 끌고 가서 쇠뿔도 단김에 빼랬다고 바로 만리장성을 쌓고…….

'쫓겨나겠지, 영원히.'

그는 고개를 들었다.

영진은 그녀답지 않게 애정 가득한 얼굴을 하고 있었다.

'그럼 이 얼굴을 못 보겠지, 다시는.'

그건 안 되는 일이었다.

윤제는 갈등을 웃음 뒤로 감추고 호기롭게 몸을 일으켰다. 오늘만 날은 아니다. 아직 제대로 시도해 본 것도 별로 없다. 섣부른 짓으로 관계를 망쳐 버리는 건 하수나 저지르는 실수인 거다.

"그래. 내가 생명의 은인이니까 잘해야 해, 누나."

익살 섞인 그의 말에 영진이 명랑하게 웃었다.

"그래, 그렇게."

다친 사람들이 정말 있는 모양이었다. 경비원들 틈으로 의료진이 호들갑스럽게 나타났다. 하지만 한구석이 어수선할망정 대부분은 아무것도 모른 채 먹고 놀고 웃으며 어린이날을 즐기고 있었다. 모든 게 한바탕 해프닝일 뿐이었다. 놀이공원에 온 사람들한테도, 김윤제와 김영진에게도.

'하지만 이건 신의 계시야.'

윤제는 영진 모르게 고개를 끄덕였다.

'되는 커플은 뭘 해도 되는 거거든. 이상하게 자주 마주쳐지고 시소한 사건으로 스킨십할 기회가 생기고. 그러니까 우린 이내로 고고씽 가는 거야. 틀림없어.'

연애야말로 운이다. 그래서 그 운이 다하고 나면 공연히 약속이 꼬이고 오해할 만한 일이 거듭되는 것 아니던가. 윤제가 확신하건대 두 사람의 연애운은 지금 상승세를 타고 있었다.

'페이스를 잃지 말고, 김윤제.'

그는 영진을 데리고 사람들을 헤쳐 지나며 마음을 다져 먹었다. 스킨십 작전의 문제는 남자 쪽에 더 큰 고통이 따른다는 것이다. 독해져야 한다. 감정이 어떻든 간에 몸이 길들여지게 하려면 이쪽에서 무너져 버려서는 안 되었다.

"잘 놀았고 별일도 다 겪었으니 이제 밥 먹으러 가자."

그의 말에 영진은 순하게 고개를 끄덕였다. 작은 여자 김영진을 손에 꼭 쥐고 윤제는 놀이공원 정문을 나섰다.

"어린이들이 절대 오지 않을 만한 데 찾아서 가야겠다. 토속음식점이나 국밥집 같은 데."

머리를 굴리는 척하며 윤제는 잡은 손을 슬쩍 뒤틀어 깍지를 꼈다. 영진이 흠칫 놀라는 게 느껴졌지만 그는 발걸음을 재촉하여 그녀가 뭐라고 할 타이밍을 흘려보냈다. 이런 건 원래, 좀 지나고 나면 새삼스럽게 이러니저러니 하기 민망한 일이기 때문에.

두 사람의 데이트는 그렇게 놀이공원을 지나 8차선 대로를 건너 봄밤 속으로 이어졌다. 길가 빽빽이 꽃잎이 휘날리고 네온이 휘황찬란한 휴일 저녁이었다. 전 국민이 다 이리로 쏟아져 나왔나 싶을 만큼 활기차고 들뜬 서울 거리였다.

이미지와 달리 가정적인 차현도가 조카들에게 줄 선물을 사러 나왔다가 놀이공원이 있는 쪽으로 들어섰다는 것을, 그리고 그가 먼빛에서나마 윤제와 영진을 알아보았다는 것은, 영진도 윤제도 전혀 알지 못하였다.

두 사람의 깍지 낀 손에 의문 가득 담은 눈을 고정한 채 차현도는 그들의 뒷모습을 오래도록 좇았다.

영진과 윤제는 풋풋하기 그지없는 표정으로 반짝반짝 웃고 있었다.

몹시 위화감이 드는 두 사람의 모습에 현도는 눈을 가늘게 떴다.

김영진은 언제나 이런 자리가 껄끄러웠다.

싫은 사람들이라도 비즈니스를 함께하는 건 괜찮다. 그들에게 의례적인 웃음을 지어 보이거나 형식적으로 안부를 묻는 것도 할 수 있다. 세상 사람들 누구나 그 정도는 하고 사니까.

그러나 세련된 매너 뒤로 하이에나의 이빨을 감춘 사람들에게 샅샅이 품평당하는 건, 그러면서 그 사람들에게 진심으로 관심 있는 척하는 건 정말 구토가 나올 만큼 불쾌한 일이었다.

"김영진 씨는 언제쯤 데뷔하시나요?"

어려서부터 보아온 동창이 존중해 주는 체 경어를 쓰는 건 얼마나 우스운 일인지.

"고명딸이라 김 회장님이 애지중지 끼고 계시나 봐요. 나이 꽤 되셨는데 일선에도 안 내보이고 시집도 안 보내시는 걸 보면."

일찌감치 정략 결혼한 여사 동창이 내신 해준 변병에서는 아들 노릇도 딸 구실도 하고 있지 못한 영진에 대한 비웃음이 묻어났다. 말투는 감싸주는 듯 더없이 상냥하고 예의 발랐지만.

스승의 날이라는 미명 하에 재벌끼리 모여 인맥을 확인하는 자리였다. 같은 학교를 나왔을 뿐 담임도 교과담당도 다 달랐는데 대체 누가 스승이라는 건지, 그 스승은 어디에 있다는 건지 도무지 알 수 없는 눈 가리고 아웅스런 모임이었다.

"뻑적지근한 자리로구만."

샴페인 잔을 그녀에게 내밀며 윤제가 쯔쯔 혀를 찼다.

윤제에게 동행하겠냐고 물었던 건 그를 위한 배려였다. 어차피 경영 쪽 일을 할 윤제이니 혹 인맥을 넓히는 자리가 돼주려나 하고. 그런 득이라도 있다 싶으면 이 자리를 견디기가 좀 낫지 않을까 싶어서.

그러나 지금은 그에게 미안할 뿐이었다.

"나한테 눈 번쩍이는 거 좀 봐. 누나하고 무슨 사인지 다들 궁금해 죽겠는 모양인데."

매끄럽게 인사를 청하는 사람들에게 소개는 이미 돌렸다. '외교부 김환국 영사의 차남 되시는 김윤제 씨입니다' 하고. 그러나 왜 영진의 파트너가 된 것인지는 말해주지 않았다. 당연히 관심 집중이었다. 남자들은 김영진이 혹 품절 예정인가 주시하고, 여자들은 저런 남자가 왜 아직 눈에 띄지 않았을까 의아해하고.

한편 김윤제는 후회 중이었다.

'이런 자린 줄 알았으면 좀 더 화려하게 꾸며서 데려오는 건데.'

영진은 평소 아버지를 동반할 때와 마찬가지로 말끔한 정장 차림이었다. 당연히 세련된 고급품이었고 그녀에게 잘 어울렸지만 윤제의 마음에는 들지 않았다. 자리가 자리니만큼 쇼 오프도 필요한데, 경쟁자들의 코를 납작하게 해줄 잠재력이 충분하건만 여자는 딱딱하게 차려입고 다니는 데 지나치게 익숙했다.

'베어 백(bare back) 실크드레스를 입혔으면 날씬한 등이 돋보였을 텐데. 쇄골이 선명하니까 가슴선이 깊은 미니드레스도 좋았을 거고. 각선미를 다 감춘 저런 스커트는 완전 에러야.'

볼수록 아까워 그는 입맛을 다셨다.

그리고 슬그머니 웃었다.

'정말 눈이 삐었구나, 내가. 드레스업한 재벌가 영양(令孃)들보다 이 여자가 더 예뻐 보이다니.'

오전에 통화한 동생이 물었더랬다. '형이 얘기하는 사람이 내가 아는 영진 누나 맞아?'

당연한 말이지만 김윤제에게 청년 A, B, C, D 같은 덜떨어진 친구들만 있는 건 아니었다. 그러나 잘나가는 절친들에게 연애상담을 하자니 자존심이 상해 내키지가 않았다. 결국 선택한 게 동생이었다. 미국에서 사업을 하고 있는 유부남, 최소한 윤제가 돈을 탐내서 김영진을 따라다닌다는 오해는 하지 않을 사람, 영진과 비슷하다 할 만큼 순진한 여자를 아내로 얻은 남자.

[오죽 답답하면 나한테 전활 했을까. 안됐다, 형. 근데 형도 사람이었구나 싶어서 솔직히 은근 기분 좋네, 난.]

전화기 저쪽에서 동생은 흐흐 이상한 소리로 웃었다.

[형이랑 같이 살면서 꿈쩍도 안 한다는 걸 보면 어지간히 둔한가 보다. 하긴 내가 기억하기로도 옛긴 누나가 좀 목서같긴 했어.]

키득거리는 소리가 수화기 너머로까지 들리는 게 동생은 재밌어 죽겠는 모양이었다.

뱃이 꼴렸지만 윤제는 참았다.

[차라리 고백해 보는 게 어때?]

동생이 제안했으나 그는 단칼에 기각했다.

"허주혁이 돌아오는 마당에 쫓겨나 버리면 견제가 어려워. 안 돼, 가능한 오래 버텨야 해."

동생은 이해가 안 되는 듯 물었다.

[그런데 말이야, 이제 와서 다른 사람을 밀 거면 김용식 회장님은 왜 형을 거기 꽂아논 거지?]

김윤제에게도 그건 풀리지 않는 의문이었다. 테스트든 오퍼든 분명 그를 향해 손짓을 흘렸었는데, 어째서 시침 뚝 따고 다른 남자를 들이미는 것일까. 그것도 굳이 윤제 본인에게 미리 통보까지 해가면서.

저쪽에서 동생이 중얼거리는 소리가 들렸다.

[형을 떠보는 건가? 아니면 둘 중에 센 놈이 가져라 이건가. 공주를 차지하고 왕국을 물려받으려면 결투를 해라, 기사들이여.

그런 분위기?]

들을수록 자존심 상하는 말에 윤제는 동생을 닦달했다. 그따위 소리 말고 경험을 바탕으로 좋은 수 좀 내놔보라고.

[같이 사니깐 로맨틱한 밤이라도 연출해 보지 그래? 형 몸 좋으니까 노출을 약간 하는 거도 효과가 있겠지. 아, 그렇다고 실수인 척 거시기를 보여주거나 하면 절대 안 돼. 순진한 여자들이 세상에서 제일 징그러워하는 게 그거라고.]

동생의 말에 윤제는 진심으로 짜증이 났다.

"너 날 그런 싸구려로……. 이 자식, 장가갔다고 아주 잘난 척하면서 형을 무시한다?"

흐흐흐.

동생은 다시 거슬리게 웃더니 장가 안 갔으면 어린애 아니냐며 깔짝거렸다. 분위기를 잘 타야 한다, 낭만적인 상황을 세팅해놓고 여자에게 환상을 맛보게 해줘야 이쪽을 남자로 보아준다, 윤제도 뻔히 아는 충고가 전화기를 통해 이어졌다.

[계략 같은 거 한 번도 필요하지 않았던 형이 하기엔 쉽지 않은 일이겠다. 공벌레처럼 돌돌 말려 있는 사람이라 고생 좀 하겠네, 형.]

"공벌레가 뭐냐, 하필이면. 코알라라든가 하다못해 아르마딜로도 있는데."

윤제가 구시렁거렸지만 동생은 마지막까지 즐거워하며 낄낄거렸다.

동생의 말은 사실이었다. 쉽지 않은 일이었다. 타고난 천성대로 행동하면 곧바로 남자로 의식되는 '편리하면서도 불편한' 인생을 살아온 김윤제에게, 나름 노력씩이나 하는데도 전혀 동요하지 않는 김영진은 난공불락의 성과 같았다. 손을 잡아도 어깨를 안아도 담백하게만 반응하는 그녀는 난수표처럼 해독불가였다.

투덕거리다가 전화를 끊은 윤제는 그러나 동생에게 놀림감이 되었는데도 정말로 불쾌하지는 않다는 사실을 문득 발견했다. 불쾌가 다 뭔가, 불평하는 척하면서 은근히 영진을 자랑질했던 것 같기도 하다. 눈이 아주 또랑또랑하다느니, 좋은 교육을 받아서 자세가 바르고 식사 예절이 훌륭하다느니, 웃을 때 앞니 두 개만 보이는 게 진짜 귀엽다느니…… 동생이 듣다 말고 '좋을 때다' 하는 바람에야 자기가 하고 있는 짓을 깨달았지만.

결코 잘 풀리고 있지 않음에도, 발이 땅에서 10센티쯤 떠 있는 것 같은 이 기분이 윤제는 좋았다. 신선하고 자극적이었다.

아직은 가능성이 충분히 있었고.

"뭘 혼자 웃고 있어?"

옆에서 영진이 말을 거는 바람에 윤제는 퍼뜩 정신을 차렸다.

"……그냥. 내가 생각보다 눈이 낮았구나 자학하는 중이야."

의미를 알 수 없는 대답에 영진은 뚱한 얼굴을 했다.

두 사람은 무리의 부담스런 관심을 피해 테라스로 나왔다. 실내악단의 연주 소리가 점차 멀어지고 청량한 봄 공기가 그들을 맞이했다. 모처럼 미세먼지도 없어 밤하늘이 깨끗해 보였다.

윤제가 영진과의 갭을 느끼는 건 이런 순간이었다. 드라마에나 나올 법한 거대한 저택에서 하는 파티라니. 아버지가 외교관인 덕에 여러 나라에서 궁전 같은 저택에 드나들어 봤지만, 그건 김윤제가 실제로 속한 사회는 아니었다. 달빛 아래 융단처럼 펼쳐진 정원이라든가 끝이 보이지 않는 진입로 같은 건 정말…….

윤제가 생각을 멈추고 전방을 응시한 건 그렇게 돈의 힘에 감탄하고 있던 한중간이었다.

"어."

그는 영진의 어깨를 두드렸다.

"저기 지금 주차하고 내리는 사람 박해민 아냐?"

영진이 난간에 몸을 기대고 내려다보더니 의아함을 담은 목소리로 중얼거렸다.

"한성 씨도 있네. 어떻게 된 거지?"

의문은 곧 풀렸다. 뒷자리에서 내린 이한성의 손에 커다란 박스가 들려 있었다. 모양으로 보아 그건 케이크 상자였다.

"알음알음 주문 들어온다고 하더니……, 오늘 케이크 한성 씨가 주문 받았나 보다."

스승이 오지 않는 스승의 날 모임일망정 형식은 갖추고 싶었던 주최 측이 케이크를 주문해 둔 모양이었다. 영진이 듣기로 한성의 제과점은 이런 식의 사적인 주문이 꽤 큰 수입원이라고 했다. 자선사업 하는 기업인들과 친분을 쌓은 해민이 다리를 놓아 시작됐다고 들은 기억도 났다.

"와우, 기분이 어때? 갑과 을이 돼서 이렇게 내려다보는 거?"

윤제가 어깨를 으쓱하며 물었다.

기회는 찬스, 그는 영진이 실감하길 바랐다. 그녀와 이한성의 세계 사이엔 이런 식의 접점밖에 존재할 수 없다는 사실을.

"어……, 배달만 하고 가는 게 아닌가 봐. 들어와서 세팅을 할 모양인데?"

그러나 영진은 한성과 해민의 뒷모습을 좇느라 정신이 팔려 있었다.

테라스에서는 잘 보이지 않는 옆쪽으로 고용인들을 위한 문이 있었지만, 그들은 그쪽으로 향하지 않았다. 두 사람은 곧장 테라스 바로 곁 정문을 바라보며 걸어오고 있었다.

"헉. 숨어, 누나. 여기서 마주치면 곤란해."

윤제가 그녀의 팔을 잡아끌었다.

왜?

영진은 그런 표정으로 그를 올려다보았다. 마주치면 뭐 어떤가, 반가워하면 그만이지.

"우리끼리만 만나면 괜찮지. 근데 사람들이 많잖아. 세한그룹 김영진 씨, 사람들이 이렇게 부르기라도 하면 어떡하려고? 이런 식으로 들통 나면 안 되는 거 아니었어?"

윤제의 말이 맞았다. 영진은 갑자기 사태의 심각성을 깨달았다. 케이크를 가져온 이한성과 자선사업 관계로 재벌들과 친분이 있는 박해민이 지금 여기서 영진의 정체를 맞닥뜨리는 건 아주 나쁜 그림이었다.

"현관까지 오면 여기가 다 보여. 일단 안으로 들어가서 빨리 복도로 빠지자."

헐레벌떡 테라스를 빠져나와 메인 볼룸(Ball room)을 가로질렀을 때쯤, 앞문이 열리고 두 남자가 들어오는 게 보였다. 화려하기 그지없는 2단 케이크를 케이터링(catering) 업체에서 쓰는 큰 카트에 얹어 조심스레 밀면서 들어오고 있었다.

사람들이 웅성거렸다.

"뭐야, 왜 반응들이 저래?"

군중 속으로 슬쩍 숨으면서 윤제가 작게 물었다. 보통 땐 케이크 같은 거 안 잘랐나?

영진이 멍한 시선을 던지며 대답했다.

"저 봐. 다들 한성 씨랑 해민 씨가 잘생겼다고 난리야."

헐…….

윤제는 여자들이 어이없어 헛웃음을 지었다.

살아가는 데 외모는 중요하다. 그로 인한 혜택을 가장 많이 누린 사람 중 하나가 바로 김윤제였다. 부정할 수 없다.

하지만, 무슨 재벌집 아가씨들이 고작 케이크 따위 가져온 남자의 외모에 관심을 가진단 말인가.

연예인을 보는 기분인 건가?

저렇게 수선을 떨 정도로 잘생겼나, 저 남자들이?

재수 없게.

비비 꼬이기 시작한 윤제와 달리 영진은 뿌듯한 심정으로 그들을 바라보고 있었다. 역시 능력 있는 남자였어. 역시, 누구에게나 호감을 불러일으키는 사람이야. 비즈니스 수완도 있고 빵 맛있게 만드는 거야 말할 필요도 없고, 꼭 크게 성공할 거야. 그럼, 그렇고말고. 마치 자기 자신이 칭찬받은 것처럼 그녀는 흐뭇하여 웃음을 감추지 못했다.

김윤제는 당연히, 그녀의 눈동자에 두둥실 떠오른 하트가 몹시 마음에 들지 않았다.

정중한 태도로 케이크를 세팅하고 있는 이한성 사장은 재벌가

자제들 사이에서도 결코 주눅 들어 보이지 않았다. 새치름한 눈으로 옆에 서 있는 박해민도 고고해 보일 만큼 우아하였다. 마음에 들지 않았다. 기분이 더러웠다. 본인도 재벌이 아니고 재벌 사이에서 전혀 움츠러들지 않지만, 이한성과 박해민이 영진을 포함한 여자들로부터 호감 가득한 눈길을 받고 있는 건 아주 별로였다.

"어서 나가자. 공연히 눈이라도 마주치면 어쩔래."

김윤제는 자신의 쪼잔함에 이를 갈며 영진의 손목을 붙잡은 채 복도로 빠져나왔다. 아주 짧은 순간 박해민과 눈이 마주친 듯도 했으나 무시하고 달렸다. 혹시 오늘 일을 거론하게 되면 얼렁뚱땅 둘러대면 그만이다. 지금 이 순간 가장 중요한 건 여자와 연적들의 교집합이 늘어나지 않도록 막는 일일 것이다.

"여기 들어가 있자."

윤제가 문을 연 곳은 주방 반대쪽 복도 끝에 있는 방이었다. 손님용 객실인 듯 사람의 흔적이 없었다.

"하하, 재밌다, 윤제야."

문에 등을 기댄 채 영진은 즐거워 웃었다.

숨이 가쁘도록 뛴 게 얼마만인지 기억도 나지 않았다. 나중 가서야 어찌 되든 일단은 들키지 않았다. 술래잡기도 아니고 첩보전도 아닌 달리기에 신이 났다. 어린애가 된 것 같은 기분이었다.

어렸을 적에는 있었던가, 이렇게 윤제와 함께 숨바꼭질을 했던 일이?

"그렇게 신나?"

윤제도 웃음을 띠우며 그녀를 창가로 이끌었다.

어두운 방에서 내다보이는 정원은 그야말로 '달빛 교교한' 것이 아름답기 그지없었다. 돈만 퍼부어 가꾼 뜰은 아닌 듯, 어디서나 볼 수 있는 쥐똥나무부터 요즘은 보기 어려운 백일홍까지 갖은 꽃나무가 유리 너머에서 섬세하게 반짝이고 있었다. 모든 게 선명하면서 동시에 신비로웠다.

창문을 조금 열었더니 어디선가 라일락 향기가 확 끼쳐 들어왔다. 윤제는 영진의 등에 몸을 바짝 붙이고 황홀하도록 진한 꽃향기를 흠뻑 들이마셨다

"누나네 정원에도 좋은 나무가 많을 거야, 그치?"

그가 묻자 영진은 어정쩡한 표정으로 대답했다.

"글쎄, 꽃나무에 관심을 가진 일이 없어서."

윤제는 그녀의 머리카락에 손가락을 넣어 천천히 빗어 내리며 다시 물었다.

"펫은? 키운 거나 키워보고 싶은 거 있어?"

그녀는 덤덤한 말투로 여러 번 되풀이했음직한 답을 내놓았다.

"코끼리나 갈라파고스거북 아니면 안 키워."

아.

윤제는 순간 손가락을 멈추었다.

한영주가 그랬다. 영진은 동물 못 키운다고. 물어보라고.

상실과 이별을 감당할 수 없는 사람인 것이다, 김영진은. 자기보다 먼저 죽을까 무서워 동물을 키우지도 못할 만큼.

그러니 사람은 오죽할까.

지레 마음을 닫고 끊임없이 세뇌하며 살아올 수밖에 없었던

거다. 나는 강하다고, 나는 둔하다고, 감정 따위 믿지 않는다고. 서른 해가 넘도록. 누군가를 사랑할 엄두도 내지 못한 채.

"그게 뭐야, 바보 같아……."

중얼거린 말을 듣고 영진이 살짝 어깨를 움츠렸다.

창밖으론 사람들이 연이어 도착하고 있었다. 성장한 선남선녀들이 교양 있게 웃으며 건물 속으로 미끄러져 들어갔다. 영진과 기수 차이가 꽤 나는 사람들도 오는 모양이었다. 어쨌든 제법 중요한 사교의 장일 테니까.

윤제는 영진의 정수리에 얼굴을 묻은 채로 그녀의 시선이 향한 곳을 함께 바라보았다. 그녀처럼 왕관을 뒤집어쓴 사람들이 어떤 얼굴을 하고 살아가는지 새삼 궁금해하면서.

"넌 왜 우리 학교 안 다녔어? 어느 날인가부터 안 보이더라?"

그가 뒤에 붙어 있는 게 불편한지 몸을 슬쩍 빼며 영진이 물음을 던졌다.

윤제는 쓰게 웃었다.

"누나 나한테 정말 관심 없었구나. 난 전 세계를 돌면서 중고등학교 시절을 보냈어. 한영주랑도 중학교를 계속 같이 다닌 건 아냐."

아, 그런가…….

머쓱해하는 영진과 나란히 창가에 턱을 받치고 기대어, 윤제는 그가 보고 들은 것들의 단편을 소곤소곤 얘기해 주었다.

'고대 독일에서는 추수감사절에 그루터기를 불태우고 작물을 조롱하며 폭력적인 잔치를 벌였다더라, 추수란 인간이 신으로부터 수확물을 뺏는 과정이기에 강인함을 과시할 필요가 있었으므로', '빅토리아 시대 영국에서는 여자 발목이 최고로 섹시한 부위였다, 중국 사람들이 발에 집착한 건 유명하지만 영국도 못지않았던 모양이다', '모로코에서는 절대 여자나 하인이 차를 끓이지 않는다, 반드시 가장이나 맏아들이 준비하여 손님에게 대접한다'.

"그렇구나. 여자들은 지금도 하인이나 마찬가지로 하찮게 여겨지는구나, 21세기인데도."

알고 있었음에도 새삼스런 깨달음에 영진이 속삭였다.

윤제는 그녀의 가라앉은 속눈썹을 쳐다보며 가만히 물었다.

"누나는 여자라 여태껏 정식 데뷔를 못 한 거야, 후계자로?"

서른한 살이다. 기업을 물려받을 수야 없겠지만 실무에는 투입됐어야 마땅할 나이였다. 막후에서 의사결정에 참여한 사안들이 꽤 훌륭한 결과를 낳았다고 들었건만, 공식적으로 김영진은 아직 존재가 없었다. 감정적으로 섬세하지 못한 만큼 업무 관련 통찰력이 뛰어나고 대담한 것으로 평가되고 있는데도.

"아버지는 내가 결혼한 후에 나서는 게 낫다고 보셔."

정확히는 남편이 상당한 영향력을 발휘하게 된 다음에.

실제로 많은 재벌가에서 딸들을 내세우기 전에 사위부터 키운다. O그룹도 S그룹도, 사위의 직함은 처음부터 화려했던 반면 딸들의 행보는 조심스러웠다. 주식만 보유하고 있다가 적잖이 나이 든 후 표면에 나서는 형태가 최선으로 여겨졌다. 세상이 바뀌었다고 해도 여자를 만만하게 보는 사회 풍토는 크게 달라지지 않았다. 하물며 김영진처럼 조그맣고 귀엽게 생긴 여자는 더더욱 우습게 여겨지기 마련인 거다.

"억울해?"

……글쎄.

"여자로 태어난 게 억울하달 수도 있지만, 재벌가에 태어나 겪는 일이니 사실 배부른 소리지. 노력 없이 받은 혜택도 많으니까, 여자고 키가 작고 어린애처럼 생겼다는 게 내 선택이 아니라고 불평할 일은 아니라고 봐."

그녀는 덤덤했다. 오랜 시간 고민과 갈등을 거쳐 숙성된 결론이었기에.

하지만 그런 만큼 남편에 한해서는 양보할 수 없는 거다. 설령 그게 자신의 입지를 좁히는 결과를 낳더라도, 인생에 가장 중요한 결정 하나만큼은 꼭 자기 의지로 하고 싶은 것이다. 그녀는 초지일관 같은 마음이었다.

달빛 아래 조금은 서글프고 조금은 의연해 보이는 여자의 얼굴이 애틋했다. 윤제는 커다랗고 마른 손으로 그녀의 뺨을 쓰다듬으며 머리카락에 가볍게 입을 맞추었다.

복잡한 심경이었다.

한 번도 무언가에 발목 잡힌 일 없었다. 단 한 번도 하기 싫은 일을 강요당한 적 없었다. '조선시대였다면 풍류가객으로 살았을 것'이란 소리를 들을 만큼 자유롭게 날아다니며 어디에도 마음 붙이지 않고 지내왔다.

그런데 지금 생전 처음으로 윤제는, 땅에 붙박여 있으면서, 그래서 힘들면서 자신더러 같이 있어달라고 하지 않는 여자에게 야속한 기분이 들었다. 붙잡으려고 하면 어쩌면 도망칠지도 모르지만, 곁에 있어줄 각오가 정말 견고한지는 자신 있게 말할 수 없지만, 붙잡고자 하는 의도를 눈곱만큼도 갖지 않은 여자가 서운했다.

조금 더 나누고 싶었다. 좀 더 그녀의 세상으로 들어가고 싶었다. 김영진의 일부도 갖지 못하는 스스로가 몹시 초라하게 느껴졌다.

"여기도 대인배 김슨생 났어, 진짜."

그의 불평에 영진이 훗 하고 웃었다.

"허주혁을 좋아했다는 게 사실이야?"

계속 마음에 걸리던 것을 물어보려니 목소리가 갈라졌다. 쳇, 촌스럽게. 윤제는 투덜거리며 목을 가다듬고 그녀의 대답을 기다렸다.

어렸을 적 얘기지, 뭐. 영진은 대수롭지 않게 대답했다.

"하지만 지금 남편 후보라며. 그럼 얘기가 완전히 다르잖아."

그의 반박에 영진은 한숨을 푹 내쉬었다.

"그러게. 아버지가 학비 대면서 우리 학교 보낼 때부터 사윗감으로 생각하셨다 그러네."

뭐? 김영진 첫사랑이라 좋게 보려고 노력하는 거라더니?

윤제는 이를 갈았다. 김 회장, 이 이무기 같으니라고.

"주혁 오빠가 좀 많이 멋지긴 했어, 어린 마음에. 근데 나한테 되게 박하게 굴었거든. 그런 사람이 나하고 결혼하려고 할까, 과연?"

헐……. 이 뉘앙스는 또 뭐임?

윤제는 손에 힘이 바짝 들어가려는 것을 참으며 부드러운 목소리로 다시 물었다.

"그럼 허주혁이 좋다 그러면 결혼할 거야? 우유 트리오, 아니 빵집 젊은이들 다 내버리고?"

창가에 손가락을 톡톡 두들기면서 영진은 신중하게 대답했다.

"너무 오래 못 봤으니까 지금은 어떤 사람인지 모르잖아. 일단 만나보면 판단이 서겠지. 소문대로 야망에 절은 사람인지, 존경할 만한 부분이 있는지, 내가 혐오하는 부류에 속하는지 아닌지. 난 열어두고 생각하려고 해."

헐헐헐.

당연히 야심가는 쳐다보지도 않을 거라는 예상을 영진이 깨는 바람에 윤제는 몹시 당황스러웠다.

그래서 계산하지 않은 말이 툭 튀어나오고 말았다.

"나는? 허주혁보다 내가 못할 거 하나도 없잖아. 누나 인제 전처럼 날 껌껌하게 보진 않는 거 같던데, 근데 난 여전히 안 되고 허주혁은 '열어두고 생각할 만한' 대상인 거야?"

영진이 민망한 듯 웃으며 그를 향해 몸을 돌렸다.

"그게 무슨 소리야, 윤제야. 너야말로 내가 여자로나 보이겠어? 친절을 착각해서 니 발목 잡을 만큼 뻔뻔하진 않다, 나."

겸손이 지나치면 욕이라더니, 그녀의 말간 얼굴에는 내숭 따위 전혀 들어 있지 않았다. 언감생심 내가 널 어떻게 넘보랴 하는 순전한 겸양의 마음. 윤제는 기가 막혔다.

"누나, 길을 막고 물어봐라. 다들 내가 누나보다 나이 많은 줄 알걸? 그리고 자기 매력을 모르는 거 같은데 누나 엄청 섹시하다고."

푸하하.

윤제의 강변에 영진은 웃음을 터뜨렸다. 만화에 나오는 다람 쥐처럼, 누가 봐도 조금도 섹시하지 않게. 그런데 윤제의 눈에는 그렇지 않았다. 삐었던 눈이 이제 완전히 멀어버린 건지, 조그만 머리통을 흔들면서 웃는 모습이 귀엽고 예쁘고 사랑스럽고 심지 어 섹시하기까지 했다.

젠장.

욕을 삼키며 그는 친절하게 설명했다.

"발목도 가느다랗고 목도 뽀얗고 손도 야들야들하고, 누나 완 전 여자로 보인다고. 내가 얼마나 자제하고 있는 건지나 알아? 응?"

진심을 토로해 보았건만 영진은 여전히 농담으로 여길 뿐이었 다. 그래그래, 내가 발목은 좀 가늘어. 너 발 페티쉬였구나. 즐겁 게 받아칠 뿐 조금도 심각하게 생각해 주고 있지 않았다.

윤제는 화가 났다.

"김영진."

이름을 부르자 그녀가 웃음을 뚝 그쳤다.

"영진아."

목소리를 깊다랗게 가라앉혔더니 두 눈이 동그랗게 커졌다.

순식간에 분위기가 반전됐다.

그는 두 손을 뻗어 영진의 뺨을 감쌌다. 삽시간에 고요해진 실 내에 라일락 향기가 바람을 타고 훅 끼쳤다. 달빛을 받은 윤제의 눈이 번쩍번쩍 빛났다.

영진은 그 기세에 놀라 상반신을 뒤로 물렸다.

당황스러웠다.

윙윙 이명이 일기 시작했다. 뺨이 달아오르는 것 같았다. 코앞에 있는 김윤제의 얼굴이 너무 진지해서 숨이 막혔다. 누구의 것인지 알 수 없는 심장 소리가 고요한 방 안에 힙합 비트처럼 울려 퍼졌다. 머리끝이 쭈뼛 서는 게 당혹스러웠다.

그녀는 침을 꼴깍 삼켰다.

그럴 리가 없어, 도리질 쳤지만 본능적으로 느낄 수 있었다. 지금 윤제가 그녀에게 키스하려고 한다는 사실을.

이전까지의 스킨십과는 판연히 달랐다. 친밀감이나 위로의 표현이 아니었다. 그녀 자신이 음란마귀가 씌어 그렇게 느끼는 것도 아니었다. 한 번도 경험한 일 없음에도 그녀 안의 무언가가 확신하고 있었다. 이건, 남자가 제 여자에게 보이는 몸짓이라고.

'밀어내야 하나, 그냥 미친 척하고 눈 꽉 감을까, 얜 왜 이러지, 아니 난 도대체 왜 이렇게 속수무책이지?'

머릿속에서 오백만 가지 생각이 스쳐 간 백억 분의 일 초가 지나고 마침내 그의 잘생긴 코가 약간 기울어지려고 했다. 그리고 그 순간, 쾅, 뒤쪽으로 문 여는 소리가 들렸다. 두 사람은 파들짝 떨어져 눈을 커다랗게 뜨고 문 쪽으로 시선을 돌렸다.

푸쉬쉭. 바람이 빵빵하게 찼던 풍선이 쭈그러들었다. 윤제는 또 한 번 욕을 삼켰다. 댐(Damn). 영진은 한편 안도하고 한편 맥빠진 듯 복잡한 기분을 느끼며 두근거리는 가슴을 쓸어내렸다.

"어, 방해했으면 미안."

문간에 기다랗게 선 남자가 익숙하다고도 낯설다고도 할 수 있는 음성에 약간의 웃음기를 담아 그들에게 인사했다.

영진도 윤제도 그를 바로 알아보았다. 공교롭게도 남자는 김용식 회장이 점찍어둔 사윗감, 영진의 첫사랑, 김윤제의 투비(to be) 연적 허주혁이었다.

'빌어먹을.'

이번에야말로 윤제는 욕설을 내뱉었다.

슬픈 예감은 틀린 적이 없다더니 더러운 예감도 마찬가지인 모양이었다. 남자는 불필요하게도 매우 잘생긴 얼굴을 하고 있었다. 십여 년의 세월과 함께 다듬어져, 이전보다도 훨씬.

얼굴 밝히는 김영진에게 충분히 어필할 수 있을 정도로.

"둘 다 내가 아는 사람들이군."

남자가 유연하게 몸을 움직여 그들 곁으로 다가왔다. 키가 컸고 어깨가 넓었고 각진 턱 사이에 작게 홈이 파여 다부진 인상이었다. 한눈에 김용식 회장의 YB버전이다 싶었다. 좀 더 영화배우같이 생겼다는 점만 빼면.

"회장님이 자리 마련하신다더니 이런 식으로 보길 바라셨나 보네. 잘 있었어? 여전히 예쁘구나."

허주혁의 인사치레에 윤제는 입을 비쭉였다. 저 무슨 속보이는 개드립이람. 이쁘긴 뭐가 이뻐, 김영진이.

그는 윤제를 향해서도 인사를 건넸다.

"나를 기억하려나 모르겠네, 김윤제 군. 학부생활이 잠깐 겹쳤던 것 같은데. 영진이의 샤프롱(chaperon) 노릇을 해주고 있다고 들었어. 같이 산다는 말에 좀 놀라긴 했지만……. 회장님이 워낙 세인의 상식을 뛰어넘는 분이시니."

허주혁은 윤제를 바라보는 시선에 다소간의 의심을 떠올렸다가 바로 지웠다. '설마, 아무려면, 어림도 없지' 그런 기색이 분명

해서 윤제는 자존심이 상했다. 그러나 김윤제는 인간관계의 달
인, 남녀노소 누구에게나 먹히는 천진하고도 겸손한 태도로 라
이벌에게 웃어보였다. '나를 기억하려나' 운운하는 영혼 없는 겸
손에 비위가 거슬렸지만 꾹 참고.

태클을 건 쪽은 영진이었다.

"선배야말로 저를 기억하시는 줄 몰랐네요. 오래진 일이있고
우리 별로 친하지 않았던 것 같은데."

고등학교 시절 본 게 마지막이거니와 주혁은 한 번도 그녀에게
호의를 보인 일이 없었다. 같은 동아리에 들어 있었음에도 불구
하고. 두 사람 사이의 접점은 영진의 유일한 민간인 친구뿐이었
다. 한때는 그녀의 절친이라고 부를 수 있었던, 주혁에게 고백했
다가 차인 히스토리를 가진.

웃는 얼굴이 사나웠다. 거친 세상을 정면으로 돌파해 온 사람
의 날내가 났다. 많은 걸 거머쥐었지만 아직은 상류층에 속한 사
람이 아니었다. 김영진이 짧은 순간 파악한 허주혁은 그런 느낌
이었다.

"그렇진 않아. 내가 너하고 친해질 수 없었던 건 네 친구 때문
이었지."

주혁은 의외로 그때 일을 제대로 기억하고 있었다.

"목적을 가지고 접근한다는 소릴 듣고 싶지도 않았고. 보석들
틈바구니에서 돌멩이로 살아내는 것만으로도 충분히 버거웠거
든. 하이에나니 기생충이니 사모님한테 몸 팔아 후원받고 있다느
니, 고등학생이 감당하긴 힘든 말을 많이 들었지."

영진은 눈살을 살짝 찌푸렸다.

그런 루머가 돌고 있었던 건 전혀 알지 못했다.

"그런데도…… 이 자리에 나오셨네요."

지금이라고 딱히 좋은 대접을 받을 리도 없건만.

허주혁은 쿨하게 웃었다.

"쟤들도 이젠 좀 컸으니까. 나도 더 강해졌고. 무엇보다 네가 있을 거라고 해서 나온……."

"하지만 오늘의 파트너는 저입니다."

주혁의 말을 자르며 윤제가 끼어들었다.

김용식 회장은 윤제가 영진을 에스코트하는 데 이견이 없었다. 그러니 오늘 허주혁은 어디까지나 우연히 마주친 국외자일 뿐이다. 어쩌면 그와 영진이 짧은 만남을 통해 어색함을 해소할 수 있도록 윤제를 세팅에 이용한 것인지도 모르지만, 일단은 아니라고 믿기로 하고, 하여튼.

허주혁은 연장자답게 너그러운 웃음을 보였다.

"지금 보니 닉쿤인가 그 태국왕자하고 많이 닮았네, 김윤제 군."

윤제는 얼굴을 설핏 찡그렸다. 주혁이 언급한 연예인과 닮았다는 말은 그가 별로 좋아하지 않는 평이었다. 얼굴은 사랑스러운 반면 몸과 목소리는 무척 남자답다는 점에서 공통점이 있기는 하지만, 윤제는 자신이 좀 더 강하고 주도적인 사람이라 생각했다. 조금 더 카리스마가 있다고 믿었다. 곱게 자란 왕자보다는 세상사에 초연한 유랑기사에 가깝다고 자평했다.

그런 식으로 비추어볼 때 허주혁은 실력만으로 권좌에 오른 평민 출신 재상 같은 느낌이었다. 야심가에 능력 있겠지만 그래봤자 늙다리였다. 비록 실제로는 공주와 두 살밖에 차이 나지 않았으나, 편견으로 왜곡된 김윤제의 시각에서 보기엔 그랬다.

……아저씨 주제에 잘난 척하긴.

"잘생긴 얼굴에 주름질까 무서우니 그만 사라져 드리도록 하지. 오늘만 날은 아니니까 말이야."

그러면서 주혁은 명함을 꺼내 영진에게 내밀었다. 어른들 끼고 만나는 건 불편하니 둘이서만 보도록 하자, 당연하게 명령조로 말하며.

들어왔을 때와 마찬가지로 표범처럼 매끄럽게 허주혁이 방을 나갔다. 윤제는 속이 부글부글 끓었다. 중요한 순간에 나타나 찬물을 끼얹고는 영진이 제 여자로 결정 난 양 으스댄 것도, 쓸데없이 잘생긴 꼬락서니도, 사실은 영진과 나이가 딱 맞는 것도, 거기서 대거리를 하며 싸울 수 없었던 것도, 윤제는 그저 분통터질 따름이었다.

그런 김윤제의 속사정을 모르는 영진은 허주혁으로 인해 중단됐던 일을 계속할 생각이 하나도 없는 듯 문 쪽으로 잔걸음을 옮겼다.

"이제 가자. 주혁 오빠 만나는 게 이 모임 나가라 하신 목적일 테니 끝났어."

윤제는 차마 그녀를 붙잡지 못하고 터덜터덜 달빛 어룽거리는 방을 가로질러 걸었다. 천재일우의 기회였는데, 엎어졌다. 분위기를 잘 타서 터닝 포인트를 지날 수 있었는데, 망가졌다.

'우유곽들한테도 못 이기고 염소수염 재상한테도 당하고, 이게 뭐야…….'

자기 맘대로 멋진 남자들을 격하시키며 윤제는 시큰둥한 표정으로 방문을 열었다.

"어."

그리고 박해민과 눈이 딱 마주쳤다. 그 뒤에는 이한성이 있었다.

"아."

영진이 윤제의 등 뒤에서 얼굴을 빼꼼 내밀었다.

"앗……."

해민과 한성의 얼굴에 놀라움이 선명했다. 윤제와 영진은 당혹감을 애써 감추며 그들과 똑같은 표정을 지어 보이려 노력했다.

"여, 여긴 어쩐 일이세요?"

영진이 선수를 치자 두 사람은 그녀가 알고 있는 대로 케이크를 가져왔다고 말했다.

"그러는 영진 씨는 무슨 일로 온 거예요?"

해민이 물었고 그녀는 주저 없이 대답했다.

"저희는 캐비아 배달 왔어요. 워낙 대단하신 분들이라 오세트라(osetra)는 쳐주질 않아서 벨루가(beluga)만으로 준비하느라 힘들었네요. 이제 가려구요."

윤제의 슈트가 좀 튀긴 했지만 영진 쪽은 파티에 참석한 여성이라기보다 비즈니스 관계자 같은 느낌이 강했다. 두 남자는 의심하지 않는 눈치였다.

"이렇게 만나니까 정말 반갑네요. 일 다 끝나셨으면 가게에 같이 가실래요? 저 파티만은 못하겠지만 우리도 조촐하게 놀아보지요."

한성의 다정한 초대에 영진은 흔쾌히 고개를 끄덕였다.

'염소수염 재상이 사라지니 우유곽의 공습이군.'

윤제는 단념의 한숨을 내뱉고는 영진을 따라 주차장으로 향했다.

오늘의 운은 여기까지 끝. 살다보면 어쩔 수 없이 꼬리를 내려야 하는 때도 있는 거다. 모든 게 내 맘 같지는 않은 것이다. 고수도 모든 게임에서 이기는 건 아닌 법이다.

아쉽지만.

아깝지만.

……어쩌겠는가.

가게는 조경아가 지키고 있었다. 요사이 들어 영진을 볼 때마다 대놓고 우울한 기색을 하는 그녀는 같이 놀자는 권유를 뿌리치고 퇴근해 버렸다. 한성은 그녀를 여러 번 붙잡지 않았다.

"스승의 날까지 지났으니 인제 성년의 날 하나 남았네요. 오늘 밤은 숨 좀 돌리자구요."

폐점 시간이 지난 빵집이 시끌벅적해졌다. 진열장에 있던 케이크와 카스텔라 류가 탁자에 차려지고 해민은 현도에게 전화를 걸어 와인을 가져오게 했다. 한성이 '넌 좀 있다 눈치껏 빠져줄 생각은 못하고 현도까지 부르냐?' 구박했으나 해민은 '니들 사귀는 사이 아니라니까. 헛물켜지 마' 쌀쌀하게 대꾸했다.

영진은 그들과 더불어 즐겁게 먹고 마셨다. 과자 냄새와 좋은 사람들의 웃음소리로 마음이 푸근해지는 것 같았다.

"빵이랑 와인을 같이 먹으니깐 예수님이 된 거 같아."

편안한 얼굴로 그녀는 중얼거렸다.

TV에 간혹 비춰지는 프랑스의 소박한 저녁 모임이 이런 걸까, 그녀는 문득 생각했다. 사람들은 느긋하고 음식은 풍성하고 와인 잔이 부딪칠 때마다 웃음소리가 터져 나는. 캐비아나 실내악단은 없었지만 조금도 초라하지 않았다. 보들보들한 케이크와 와인의 떫은맛이 의외로 잘 어울려 그것마저도 행복을 더해주었다. 가식과 적대감에 저녁 내내 시달렸던 심신이 사르르 녹아내리는 기분이었다. 설탕처럼 꿀처럼 포도주처럼, 또는 따끈하고 진한 핫 초콜릿처럼.

"한성이 넌 재벌들 사이에서 주눅 하나도 안 들더라. 난 편해질 때까지 시간 꽤 걸렸었는데."

술이 들어가자 해민의 얼굴이 어김없이 꽃분홍색으로 물들었다. 뒤늦게 자리한 현도가 와인을 홀짝이며 그에게 대꾸했다.

"한성이가 어디 가서 기죽는 거 봤어? 가진 거 하나 없어도 자신만만 아니냐. 백인들한테서도 형님 소리 들었다던데."

친구들의 품평에 한성은 웃기만 할 뿐 가타부타 말이 없었다.

"어려서 고생을 많이 해 애가 일찍 여문 거지. 비뚤어질 만도 했는데 곧게 자랐으니 대단하고. 현도 너는 다 자란 후에 겪은 일로도 이렇게 왕창 망가졌는데 말이다."

"왜, 왜 가만있는 날 걸고 넘어져!"

나긋나긋한 음성으로 퍼붓는 해민의 독설에 차현도는 찢어진 눈을 부라렸다.

영진은 눈동자를 굴리며 한성이 뭔가 말해주길 기다렸다. 무난한 가정에서 평탄하게 자란 사람이라고 보고서에 분명히 적혀 있었는데, 드러나지 않은 어려움이 있었던 것일까.

그녀의 표정을 읽은 한성은 잠깐 망설이는 눈치였으나 곧 가벼운 어조로 대답해 주었다.

"별로 대단한 건 아니에요. 어릴 때 아버지가 교도소에 수감되신 바람에…… 이머니기 이혼히고 재혼하고 그런 과정을 겪으셨거든요. 새아버지가 워낙 잘해주셔서 힘든 건 없었구요, 친아버지 출소하신 후로 가끔 뵙긴 하는데 뭐 딱히 좋을 것도 나쁠 것도 없는 관계죠."

'아.'

영진은 작게 탄식 소리를 냈다.

그늘이라곤 하나도 보이지 않는 사람인데. 허세도 비굴함도 없는 강한 남자인데.

지금 이야기도 막 사귀기 시작한 여자한테 말하기 어려운 속사정이겠건만 저리도 덤덤하게 풀어놓고 있구나. 자기연민도 겉치레도 전혀 담지 않고.

"어쨌거나 노상 재벌들하고 일하면서 시기나 억하심정 같은 거하나도 안 품긴 쉽지 않을 거 같은데. 난 우리 바에 돈지랄하는 졸부들 오면 솔직히 티껍더라고."

현도가 커다랗게 자른 케이크 조각을 우물거리며 말했다.

한성은 하하 유쾌하게 큰 소리로 웃었다.

"현도 너야말로 잘 알면서 뭘 그래. 인생이란 의외로 공평한 거잖냐."

부드러운 그의 목소리가 이어졌다.

"와인용으로 기르는 포도는 시어서 그냥은 못 먹잖아? 사과도 그래. 파이에는 과육이 단단하고 새콤한 품종을 써야지 흔히 먹는 후지 같은 건 물러져 곤란하거든. 그럼 바나나는 꼭 달아야 하냐면 그런 것도 아니어서, 아프리카 사람들은 감자 맛에 가까운 플랜테인 바나나를 조리해서 먹지."

그는 곧잘 그러듯 이번에도 먹을 것을 사람들 사는 이야기로 연결해 내고 있었다.

"무엇에게나 누구한테나 그렇게 자기 자리가 있는 거 아닐까. 재벌로 태어났다면 좋은 점이 많았겠지만 그만큼 힘든 부분도 있었을 거야. 그 사람들이 가진 덕목이 분명 있을 테고 내가 가진 강점도 아마 있을 것이고. 사람마다 짐의 무게가 다르겠지만 내가 속한 쪽이 반드시 불행하고 불쌍한 사이드라고 생각하진 않아. 그렇지는 않을 거라고 믿어."

……저 자식이 정말 싫다, 난.

김윤제는 속눈썹을 파다닥거리며 이한성에 대한 적개심을 불태웠다.

'꼭 뭘 아는 것처럼 김영진의 심장을 건드리는 소릴 하네. 진짜 뒷조사해서 다 알고 의도적으로 접근하는 거 아냐, 저거?'

아니나 다를까 영진의 눈동자엔 감탄과 감동이 소리 없이 물결치고 있었다.

은수저 물고 태어난 사람들을 경원하지도 부러워하지도 않는 너른 남자. 재벌이지만 마냥 행복하지만은 않은 그녀의 심정을 뒤틀림 없이 이해해 주는 사람.

그녀가 바라는 대로 존경할 만한 좋은 남자면서 동시에 미남이기까지 한 이한성에게, 영진이 어떻게 호감을 품지 않을 수 있겠는가.

"그거 알아요, 영진 씨? 대부분의 과일은 가열하면 더 맛있답니다. 시원하게 아삭거리는 맛은 포기해야 하지만 단맛이 훨씬 증가해요. 사과는 호일에 싸서 오븐에 굽는 게 좋구요, 복숭아나 파인애플은 썰어시 그릴에 구워먹으면 일품이죠."

한성은 커피를 내리면서 그녀에게 따뜻한 시선을 보냈다.

"사고의 틀을 약간만 넓히면 숨어 있는 좋은 것들을 발견할 수 있어요. 제가 겪은 사소한 불편을 굳이 시련이라고 부른다면, 그걸 지나는 과정에서 산뜻함을 잃은 대신 조금은 깊은 맛을 얻은 걸지도 모르죠. 인생에는 하나도 낭비가 없으니까요. 과정을 어떻게 받아들이고 어떻게 결론 내느냐의 문제일 뿐."

"우우, 결국은 여자한테 잘난 척하는 거로 마무리냐."

현도가 야유를 던졌다.

한성이 멋쩍게 웃었다. 그렇게 되나.

'그렇게 된다, 이 자식아.'

윤제는 속으로 이를 갈았다.

'어쩌면 저렇게 느끼한 말을 지껄일 수 있을까. 수업 시간에만 그런 줄 알았더니 사석에서도 젠체하는군. 저게 진심이든 포장이든 하여튼 재수 없어.'

물론 진심일 거다. 윤제도 알고 있었다. 이한성은 정말로 바르고 곧은 남자였다. 친구들 말마따나 영진과의 관계에서 다소 몸을 사리는 경향이 있지만, 그것도 좋게 보려면 신중함이고 배려라 할 수 있었다. 아마 영진이 바라는 대로 순결할 거고 설령 그렇지 않다 해도 가볍게 놀아난 건 절대 아니었을 것이다.

'하룻밤 사이에 나쁜 남자 컨셉의 연적 하나에 좋은 남자 컨셉으로도 하나라니, 감당이 안 되는구만.'

최근에 한숨이 는 것을 깨달으며 김윤제는 탄식했다.

김 회장의 정략결혼 조건에 지극히 부합하는 허주혁, 영진이 꿈꾸어온 건전한 남자의 표본 같은 이한성. 김윤제는 그 사이에 샌드위치 되어 애매하게 끼어 있었다. 정략결혼에도 나쁘진 않지만 최고의 상대는 아니고, 밝고 건강한 성격의 일반인이긴 한데 영진의 눈에는 철없는 바람둥이에 불과하니.

'중요한 건 여자 마음이야.'

윤제는 입술을 잘근잘근 깨물며 생각했다.

'호감이고 조건이고 다 필요 없어. 여자가 나한테 홀딱 넘어오면 된다고. 그럼 딱히 결격사유 없는 내가 위너(winner)가 되는 거야. 근데…… 문제는 저 여자가 날 아이로밖에 안 본다는 거지.'

영진은 아까 빈방에서의 일을 잊어버렸는지 잊은 척하려고 하는 건지 아무 일도 없었던 것처럼 굴고 있었다. 스스럼없는 표정으로 윤제를 쳐다보고, 가벼운 스킨십도 꺼리지 않고. 이왕 틀어진 일 어색하지 않게 마무리돼서 다행이다 생각해야 되겠지만 김윤제의 기분은 그런 게 아니었다.

'확 덮쳐?'

뒷감당을 어떻게 하려고.

'미친 척 옷을 벗어버려?'

김윤제 어쩌다가 이렇게까지 됐나.

윤제는 울고 싶은 심정이었다.

"그런데 우리 여행은 언제 가냐?"

새 와인을 따면서 현도가 화제를 바꾸었다.

"지난번에 얘기 나온 거 말이야. 21일 성년의 날 지나고 장마 시작하기 전에 후딱 갔다 오는 게 어때? 어디든."

그러면서 현도는 해민을 쳐다보았다. 친구만이 알아볼 수 있는 신호를 담아 제법 의미심장하게.

차현도는 줄곧 찝찝한 기분이었다. 지난번 놀이공원에서 윤제와 영진을 본 이후로.

어린이날 테마파크에 놀러가는 성인 남매라니, 누가 생각해도 이상했다. 백번 양보해서 거기까지는 '놀이기구 매니안가 보다' 넘어갈 수 있다. 하지만 초등학생도 아닌데 손을 꼭 잡고 다니는 남매란 도무지 이해할 수 없는 것이었다. 그것도 야하게 깍지를 껴서.

그럼 오누이가 아니라고 한다면, 도대체 그런 걸 속여야 하는 이유가 뭐란 말인가?

게다가 영진은 지금 어정쩡한 형태나마 한성과 사귀는 것으로 되어 있지 않은가. 김윤제는 그걸 지켜보는 중이고. 이 괴상망측한 그림을 대체 어떻게 파악해야 할 것인가?

한성 모르게 현도는 해민에게 의논했고, 해민도 상황이 몹시 수상하다는 데 동의한 상태였다.

'니 말대로 좀 이상하긴 하더라, 현도야.'

해민도 오늘 일을 생각하며 영진과 윤제에게 시선을 던졌다.

윤제는 긴가민가했지만 사실 박해민은 아까 메인 볼룸에서 두 사람을 보았다. 차려입은 사람들 사이에 섞여 있다가 후다닥 빠져나가는 김윤제와 그에게 손 잡힌 김영진을. 영진은 캐비아 배달 온 거라고 말했지만 그거야말로 주방에 넘기고 가면 될 물건이었다. 두 사람이 메인 볼룸에 있어야 할 이유는 하나도 없는 것이었다.

평소 샤프하다고 자부하는 박해민이었지만 현도로부터 놀이공원 이야기를 듣기 전까지는 두 사람을 의심해 본 일 없었다. 그런데 돌이켜 생각해 보니 의심쩍은 장면이 적잖이 있었다. 김윤제가 간혹 묘한 시선으로 영진을 쳐다보곤 했다던가, 보호자인 척 굴었다던가, 그들을 향한 웃음 사이로 아주 잠깐 적의를 비춘 일이 있었다던가. 사소한 데다 착각일 가능성이 높았지만 그래도 혹시나 싶은 순간들이.

"그래, 가자. 한성이 너 빵집 며칠 쉬어."

친구들의 요구에 한성은 기쁘기도 하고 곤란하기도 한 것 같은 웃음을 지었다.

"경아하고 강우도 다 데리고 가자. 간만에 제대로 놀아보자고."

해민은 생각했다. 영진을 경쟁자로 여기고 있는 조경아와 주강우는 매의 눈으로 그녀를 관찰할 것이라고. 어쩌면 자신이나 현도의 눈엔 뜨이지 않는 것들이 사랑에 절망하고 있는 그들에게는 보일지도 모른다고.

"주중에 움직이자. 산에 가도 좋겠고 바닷가에 가는 것도 괜찮겠지. 각자 장소 물색해 보기로 하고. 괜찮죠, 영진 씨?"

현도의 물음에 영진은 바로 고개를 끄덕였다.

그녀의 머릿속에 집안에서 소유한 별장들의 목록이 지나갔다. 트레킹 코스를 끼고 있는 바닷가 별장이 제격일 것 같았다. 개인 해변이니 번잡하지 않을 거고 편의시설 잘 돼 있으니 푹 쉴 수 있을 테고. 차 몰고 나가면 번화가도 멀지 않고.

기쁜 기색 역력한 그녀를 보며 한성도 결국 동의했다.

"그래, 경이한테는 내가 얘기할게."

그리고 김윤제는 마음이 바빠졌다.

숙박을 같이한다는 건 큰 의미를 지닌다. 지금껏 윤제 자신만 누려온 어드밴티지였는데 여행으로 모두가 그 기회를 갖게 돼버렸다. 비록 2박3일의 짧은 여정이지만 그 사이에 백만 가지 사건도 더 일어날 수 있다. 어떻게든 그 전에 영진의 마음 한 조각을 붙들어 매놓아야만 하게 된 것이다.

'게다가 적이 꼭 이한성 하나인 것도 아니란 말이지.'

그는 의심의 눈초리로 남자들을 둘러보았다.

겉으로 드러나기엔 해민과 현도가 한성을 배려해서 자리를 만드는 것 같지만 뚜껑을 열어보기 전엔 알 수 없는 일이다. 영진이 혹 해민이나 현도에게 마음을 뺏겨 돌아올지도 모르는 일 아닌가.

'결국 칼자루는 백 퍼센트 김영진이 쥐고 있는 거니까. 말라비틀어진 도토리 주제에 어이없게 인기 많아가지고는.'

……어장관리나 하고.

마음속으로 그녀를 비난했다가 윤제는 곧 고개를 저었다.

그렇지 않았다. 당초에 영진은 남자를 찾으러 나온 거고 그러니 그들을 저울질하는 건 당연한 것이다. 과정 중에 사람들을 상처 입히고 있다면 물론 곤란하겠으나, 그녀가 현도나 해민과 나누는 건 담백한 호의일 뿐 조심스럽게나마 서로를 타진하고 있는 건 한성에 국한되어 있었다.

'또 다른 남자로 허주혁이 있긴 하지만……'

그건 아버지가 강요한 만남이지 영진이 원해 걸고 있는 관계가 아니다.

무엇보다도 김윤제 자신에 관해서는 그 혼자 북 치고 장구 치고 있을 뿐 그녀는 아무것도 모르니 더더욱 나무랄 수 없는 일이다. 굳이 탓해야 할 사람이 있다면 그건 오히려 그녀의 신뢰를 배반하며 속으로 딴 생각을 품고 있는 윤제 본인이지 않겠는가.

인정하고 싶진 않지만.

하여튼.

열한 시 쯤 되어 모임이 파했다. 술이 제법 들어갔지만 다들 쌩쌩하고 즐거워 보였다. 유쾌한 표정으로 돌아서는 영진을 바라보며 한성은 흐뭇하게 웃었다. 달 없는 그믐밤이었지만 동생과 함께 보내니 마음이 편했고, 망설였을망정 여행에 대한 기대로 한성조차도 조금은 들뜬 작별이었다.

해민과 현도도 다 돌아가고, 불단속 문단속을 끝낸 한성은 마지막으로 셔터를 내리며 배낭을 고쳐 메었다. 아직은 막차를 탈 수 있을 만한 시간이었다.

"한성아."

귀에 익은 목소리가 그를 부른 건 그가 막 몸을 돌릴 때였다.

유난히 밝은 나트륨등 아래로 그가 잘 아는 사람이 모습을 드러냈다. 한성이 남과 함께 있을 때는 기척을 숨기는 사람, 그의 친아버지였다.

한성은 미간을 찌푸렸다. 아무리 봄이라지만 밤은 아직 춥다. 몇 시간이나 밖에 있었는지 구부정한 어깨를 한 그의 아버지는 몸을 떨고 있었다,

"어쩐 일이세요? 지금까지 기다리신 거예요?"

아버지는 한성의 질문에 대답하지 않았다. 그는 한성보다 더 찡그린 얼굴을 하고 있었다. 그리고 당혹과 불편함과 노여움을 진하게 담은 목소리로 아들에게 되물었다.

"좀 전에 나간 애 김영진이지."

한성은 자기도 모르게 숨을 멈췄다.

"네가 어떻게 아직도 저 애를 만나? 저 애하고 쭉 연락하고 지냈던 거냐? 그런 게야?"

부자가 서로를 쳐다보며 경직되어 서 있는 동안 어디선가 밤새가 울었다.

새카만 밤이 차가웠다. 한성은 목덜미를 스치는 한기에 몸을 떨었다.

가슴 한구석이 선뜩한 게, 오한이 들었다.

"넌 왜 자기가 예쁜 걸 모르지?"

친구가 그렇게 물었다.

영진은 뚱한 눈으로 친구를 보았다.

"너 귀여워. 괜찮다고 생각하는 남자애들 많다고."

그럴 리가.

"4반 반장이 너한테 괜히 말 걸고 그러잖아. 쓸데없이 뭐 의논하자고 찾아오고. 내가 보기엔 너한테 관심 있던데, 넌 모르는 거니아님 모른 척 하는 거니?"

아아.

하, 그럴 리가.

"4반 반장이면 제법 인기 있는 애잖아. 관심이 있다면 내 배경이겠지, 조그맣고 볼품없는 나한테 뭐가 아쉬워서."

영진의 대꾸에 친구는 혀를 찼다.

"난 이해가 안 된다. 넌 다 가진 애가 왜 그렇게 자아존중감이 낮지? 세상 사람들이 전부 널 떠받드는데 공주처럼 굴어도 되겠구만. 내가 너라면 훨씬 더 화려하게 살 텐데. 진짜 아깝다."

냉정하게 생각해 보면 친구의 말이 틀리지 않았다. 누구나 다 김영진의 눈길을 끌고 싶어했다. 그게 호의로 나오든 삐딱한 형태로드러나든. 친구라면, 성격 활달하고 붙임성 있고 애교도 넘치는 김영진의 베프라면, 얼마든지 멋지게 학창생활을 즐길 수 있을 거다.

그러나 영진은 그럴 수 없었다.

"내 본질을 좋아하는 게 아니잖아."

"본질이 뭔데? 누군가의 본질을 알고 좋아하는 경우가 얼마나 돼?"

친구의 반문에 영진은 입을 다물었다.

야무져 보이는 게 겉모습이라면 내면은 허점투성이다. 다 가진 것 같아도 그녀 자신의 것은 하나도 없다. 상식적이고 이성적으로 보이겠지만 본질은 불안정하기 짝이 없다. 사랑을 갈구하지만 사랑할 줄 모르고 사랑 받는 건 무섭다.

영진은 들키고 싶지 않았다. 나약한 본모습을 보고도 그녀를 좋아하는 사람은 아무도 없을 터이므로. 겉모습만이라면 동경하는 사람도 있을 수 있고, 껍데기만 보여준 상태에서는 미움을 받아도 상처가 되지 않는다. 그러니 이게 최선이다.

하지만 여고생 김영진은 알지 못했다.

누군가는 끝내 껍질을 열지 않는 사람에게 지쳐 떠난다는 사실을.

6. 엔젤케이크, 진실게임, 다시 마들렌

"이게 무슨 꼴이람."

윤제가 투덜거렸다. 과장 조금 보태면 백 번. 구시렁거리는 자기 꼴이 우습고 그러면서도 나가지 못하고 있는 건 더 우스워 한숨이 저절로 쏟아졌다.

커피전문점이었다. 윤제는 후드에 선글라스를 쓰고 몸을 웅크린 채 구석 자리에 앉아 있었다. 다행히 실내가 어두운 편이고 자리 사이에 나지막한 파티션이 있어 그럭저럭 모습을 감추는 데 성공할 수 있었다.

"모양 빠지게."

친구들이나 동생이 알았다간 죽을 때까지 놀림 당하게.

하지만 어쩔 수 없었다. 허주혁으로부터 전화가 온 게 그저께, 무덤덤한 표정으로 약속을 잡은 김영진은 당연히 윤제의 동행을 허락하지 않았다. 그러나 윤제는 두 사람 사이에 어떤 대화가 오가는지 꼭 들어야만 했다.

〈무슨 말 하는지 들리면 좀 찍어봐.〉

맞은편에 앉은 한영주가 문자를 보내왔다. 그녀 역시 몰래 숨어 주혁과 영진을 염탐하는 중이었다. 이슬람 여인처럼 얼굴을 칭칭 동여맨 채, 말을 하면 들킬까 싶어 문자로만 그와 대화하면서.

〈둘이 남미 영업 얘길 하고 있는데? 허주혁이 맡은 후로 매출이 엄청 늘었대. 브랜드 이미지는 더 좋아졌대고.〉

답문을 써놓고 보니 쓴웃음이 나왔다. 허주혁도 인간관계에 능란한 사람은 아닌 것이다. 여자를 앉혀놓고 비즈니스 이야기나 하고 있는 걸 보면.

가격저항을 무시한 고가전략이 주효했다, 가족을 최고의 가치로 여기는 남미 사람들이기에 광고 홍보도 가족 위주로 진행했다, 향후에도 고급 이미지를 지켜가는 게 중요하다……. 둘이 비즈니스 미팅하셔? 사내 마케팅 교육도 아니고 저게 뭔가. 제 딴에는 그게 능력을 과시하는 공작의 날갯짓이라 믿고 있을 테지만. 마초 같은 자세로 앉아 수컷 냄새를 잔뜩 뿜어내 가면서.

'드라마 보고 연구했나. 저 젠체하는 자세 하며, 느끼한 말투 하며, 남자가 보기엔 토 나올 지경인데 여자 눈엔 멋지다 이거지.'

꿀과 바닐라

윤제는 선글라스 뒤에서 눈을 치뜨며 허주혁을 노려보았다.

이 해괴한 염탐은 영진의 배다른 동생 한영주가 기획한 것이었다. 허주혁과 김영진이 약속을 잡은 지 한 시간쯤 지난 후, 윤제에게 전화를 걸어옴으로써.

[내 약혼자하고 주혁 선배가 사촌 간이었어!]

난데없이 소리를 지르는 바람에 윤제는 처음에 무슨 소린지 못 알아들었다.

[우린 원래 순전히 사랑으로만 맺어진 관곈데, 난 정말 민호 씨가 야심가인 줄은 몰랐는데. 이게 무슨 황당한 전갠지 나는 도무지…….]

그녀는 당황한 음성으로 윤제에게 설명했다. 김용식 회장이 뒤늦게 주혁에게 러브콜을 보낸 건 그 관계에서 얻을 이익을 계산했기 때문인 것 같다고. 어이없게도, 허주혁과 허민호가 사촌이었더라고.

윤제에게 털어놓은 바 영주는 신랑이 세한그룹의 후계가 되는 것을 원치 않았다. 그리고 아버지가 영진을 내치고 비공식적인 사위를 전면에 내세울 리 절대 없다고 믿었다. 그런데 아버지는 허주혁을 생각해 낸 것이었다. 자신이 어려서부터 후원했던 인재이며 딸의 첫사랑이고 또 다른 딸의 약혼자와 사촌간인 허주혁을.

[아버지 입장에선 가족들한테 사이좋게 가업을 물려주는 형태가 될 테니까. 그러고 싶지 않으시겠어?]

……그동안 그늘에 숨겨둔 딸에게 조금이나마 미안함을 덜 수도

있을 것이고.

그러나 막상 당사자인 한영주는 그런 구도를 원하지 않았다. 그녀는 약혼자의 마음속에 헛바람이 들어가지 않기를 진심으로 바랐다. 김윤제에게 SOS를 칠 정도로 절박하게.

"얘기기 원천히 달라졌어."

윤제는 입술을 잘근 씹었다.

"산은 산이요 물은 물이라더니, 산 넘어 산에 물 넘어 물이로구나."

도처에 적이었다. 영주의 약혼자는 사촌형의 결혼을 성사시키려 혈안이 된 모양으로, 굳이 주혁을 찾아가 영진네 집안 사정을 설명하는 등 적극적으로 나댄다는 것이었다.

'남자가 찌질하게.'

영주에게는 차마 대놓고 말하지 못했지만 윤제는 그녀의 약혼자가 무척 한심했다. 천성이 귀족적이고 자존심 하늘을 찌르는 김윤제의 눈에 야망 나부랭이로 여자를 괴롭히는 남자란 경멸받아 마땅한 존재였다. 허주혁처럼 대놓고 나서지도 못하고 뒷공작이나 하는 남자 따위, 핫길 중에 핫길이 아닌가 말이다.

"뭐, 이렇게 쭈그리고 염탐질이나 하는 나도 그다지 멋지다곤 할 수 없지만."

그래도 난 허튼 야망으로 이러는 게 아니잖아. 나름 진심에서 비롯된 행동이라고.

듣는 사람 없는 변명을 웅얼거리며 한숨을 푹 쉬던 윤제는 갑자기 영주의 말과 비슷한 이야기가 들려오는 바람에 귀를 확성기처럼 키웠다.

"회장님으로서는 최상의 패일 거다. 우리를 결혼시키고 민호를 2인자로 등용하시는 게."

결혼? 벌써 그런 얘길 하고 있는 건가?

정신이 번쩍 들었다.

"족벌체제니 어쩌니 해도, 결국 가족경영만큼 안심되는 건 없으니까. 이제껏 심하게 어그러졌던 딸들 간의 균형을 맞춰주는 것도 가능할 테고. 나중에 무슨 분란이 생길지야 아무도 모르는 일이지만 일단은 순조롭게 후계 구도를 꾸릴 수 있지 않겠나."

……그래서 지금, 김영진한테 결혼하자고 하는 거?

아무리 야망에 불타는 남자라 해도 만나자마자 결혼은 너무하지 않나? 정략결혼이라도 기본적인 관찰은 필요한 거 아닌가?

윤제의 불만 따위 전혀 모른 채 주혁의 이야기는 이어졌다.

"나는 너를 잘 모른다. 너도 그럴 거고. 하지만 우리 둘 다 나이 먹을 만큼 먹은 사람들이니 맞춰갈 수 있지 않을까 생각하는데. 굳이 너한테 숨길 생각 없고 숨길 수도 없겠지만, 나는 야심이 있다. 하지만 그렇게 시작된 결혼이라고 해서 너한테 소홀하거나 가정을 뒷전에 놓진 않을 거다. 처자식을 진심으로 위하며 살아갈 각오가 돼 있다. 그러니 나하고 결혼하지 않겠나, 김영진?"

헐.

윤제는 입을 틀어막고 신음을 삼켰다.

'철면피도 정도가 있지, 야망으로 널 노리고 있다고 당당하게 얘기하면서 대뜸 청혼질을? 저게 김영진을 바보로 아나?'

그때 영진이 대답했다.

"거절합니다."

역시!

속으로 쾌재를 부르는 윤제 뒤에서, 영진은 담담한 목소리로 말을 이었다.

"저에겐 배우자를 고르는 나름의 기준이 있어요. 거기에 부합되는지 확인하기 전에는 결혼할 수 없습니다."

헉, 이건 뭐야. 결혼 자체를 거절한 게 아니라 '지금은' 안 된다는 거라고? 저렇게 노골적으로 야심을 드러냈는데도 만정이 떨어진 게 아니란 말이야?

"어차피 너한테도 결혼은 비즈니스 아닌가?"

주혁의 말투에 약간 쓴맛이 섞였다.

"굳이 겪어보지 않아도 바로 파악할 수 있는 조건일 텐데. 우리 비즈니스에 필요한 것들은."

"글쎄요. 그건 선배 생각이고, 저는 제 식으로 할 겁니다. 선배의 야망이 걸림돌이 되는 건 아니에요. 세한그룹을 이끌어 나가려면 욕심도 필요하죠. 선배가 다급하게 구는 게 그다지 좋아 보이진 않지만 그렇다고 그게 결정적으로 싫은 것도 아닙니다. 다만 저는 그 페이스에 맞출 의향이 없어요."

윤제는 눈을 들어 영주와 시선을 마주쳤다.

그녀가 입모양만으로 속삭였다. 우리 언니 짱이네…….

서민 세계에 살면서 어리바리한 모습을 주로 대한 바람에 윤제는 제대로 본 일이 없었다. 영진이 얼마나 단호하고 다부진 사람인지. 당연한 사실이 새삼 커다랗게 존재감을 드러냈다. 김영진은 세한의 후계로 키워진 사람이라는 것.

허주혁이 무슨 생각으로 정면승부를 걸었는지 알 수 없지만, 어영부영 끌고 갈 수 있을 거라 믿었다면 그녀를 한참 잘못 본 거다. 그리고 실은 윤제 자신조차도 착각하고 있었다는 걸 인정하지 않을 수 없었다. 그녀는 절대 얼렁뚱땅 배 만져서 넘길 수 있는 여자가 아니었다.

영진은 허주혁을 응시한 채로 침묵하고 있었다.

그녀는 주혁에게서 나쁜 느낌을 받지 않았다. 무엇에나 진지한 데다 세한그룹 일이라면 특별히 열정적인 영진은 그가 자랑한 남미 시장의 성과에도 관심이 있었다. 허주혁은 실적뿐 아니라 현지에서의 평판도 좋은 관리자였고, 이렇게 마주앉아 들여다보니 더욱 탐나는 인재였다. 공격적이면서도 유연한 게 버릴 것 없는 자산이구나 싶었다.

'그렇다면 남편으로는……'

감정을 완전히 배제하고 평가한 남편감 허주혁은 몇 점인가.

영진은 가만히 고개를 기울였다. 아직은 판단할 수 없었다. 한 번 만나서 그 사람의 됨됨이를 다 파악할 수는 없는 일이므로.

'그럼…… 남자로서의 매력은?'

영진은 뒤따른 자신의 생각에 흠칫 놀랐다. 좋은 남자냐 잘생긴 남자냐도 아니고 남자로서의 매력이라니, 너무나 그녀답지 않은 발상이었으므로.

그녀는 주혁 모르게 입술을 깨물었다.

'이건 순전히 김윤제 때문이야.'

윤제에게는 덮은 척했지만, 그 밤의 일은 결코 잊을 수 없는 충격이었다. 윤제가 왜 그랬을까 하는 의문도 있었으나 그보다 더 곱씹게 되는 건 그녀 자신의 반응이었다.

얼마나 두근거렸는지 모른다. 심지어 가슴 설렜다. 찰나 기대감을 품었던 게 사실이고 더 진행됐으면 밀어내지 못했을 거다.

그리고 그렇게 끝나 버린 게…… 조금은 아쉬운 것이다. 꿀단지에 빠지면 죽을 걸 알면서도 유혹을 이기지 못하는 날벌레처럼. 어리석게도.

'만약에 상대가 주혁 선배였다면?'

키가 크고 잘생겼으니 같은 느낌을 받았을까? 다리가 후들거릴 만큼 넋을 잃었을까?

그 밤 그 순간 김윤제는 분명히 남자였다. 신랑감 후보나 의지가 되는 동생같이 머리에서 정한 대상이 아니라, 여자 김영진이 몸으로 느끼는 남자 김윤제였다.

과연 허주혁에게도 그런 느낌이 들었을까.

'그럼 한성 씨는? 현도 씨나 해민 씨라면?'

어쩔 수 없이 이어지는 연상에 영진은 당황했다.

무언가가 옳지 않았다. 남자를 이성이라 느끼는 건 너무나 당연한 일인데도, 그런 관점으로 그들을 보는 게 어쩐지 죄스럽게 생각됐다. 음탕한 여자가 된 것 같은 기분이었다. 말도 안 되는 죄책감인 걸 알면서도.

물론 윤제에 대해서도 죄의식이 들었다. 아니, 윤제야말로 죄책감 느껴 마땅한 상대였다. 그런데 그는 여전히 남자로 의식되었다. 이한성이나 차현도나 박해민, 허주혁에 대해서는 죄의식'만' 드는 반면.

"너의 기준에 맞는 남자를 찾아서 집을 나온 건가?"

허주혁의 말에 영진은 찬물을 뒤집어쓴 것처럼 정신이 번쩍 났다.

"재벌 2세들에 데어서, 다른 데서 사람을 구하는 건가 보지. 그러다보니 나는 바로 내치지 않는 거고."

윤제가 맞은편의 영주를 향해 눈을 흡떴다. 나 아냐, 소리 없이 마구 손을 저어대는 영주의 눈에 억울함과 그녀 자신의 놀라움이 가득했다. 어떻게 들으면 그냥 한 소리 같지만, 윤제도 영주도 결코 그렇게 생각하지 않았다. 허주혁은 분명히 무언가를 알고 있었다. 보이진 않지만 영진도 크게 다르지 않을 것 같았다.

"다음엔 저녁을 같이하자."

주혁의 목소리에서 톤이 달라졌고 영진은 가만히 그를 응시했다.

그녀가 대답하지 않았음에도 주혁은 일어섰다. 무엇을 듣고 왔든 남자로서 거절당한 기분이 좋진 않을 거다. 시간이 필요하다는 말이 부당하지야 않지만 평가당하는 위치에 놓인 게 유쾌할 순 없을 테니.

영진은 그가 패를 솔직하게 보여주어 다행이라고 생각했다. 그리고 깨달았다. '아, 난 이 사람을 완전히 비즈니스로 대하고 있는 거구나' 하고.

한편 김윤제는 이를 갈았다. 허주혁이 되도 않은 설레발을 쳤는데도 판이 깨지지 않은 것에 대해.

회동은 그렇게 끝났다. 주혁은 영진을 바래다주지 않고 시크하게 손을 흔들며 돌아서 가버렸다. 뒤끝 있는 놈 아냐? 윤제는 생각했지만 영진은 신경 쓰지 않는 눈치였다.

그녀가 차현도를 발견한 것은, 커피전문점 밖에서 막 발걸음을 옮기려던 순간이었다.

"현도 씨?"

해가 쨍쨍한 오후, 길 한복판에 서 있던 차현도가 그녀를 향해 천천히 몸을 돌렸다. 햇빛을 다 빨아들인 듯 새카만 눈동자를 하고 그는 마치 바스라지기 직전의 뱀파이어처럼 위태롭게 비틀거렸다.

그녀가 놀라서 그의 팔을 붙잡았다.

"무슨 일이에요? 왜 이래요?"

"영진 씨."

현도는 웃으려고 애썼다. 그러는 것 같았다. 하지만 그의 노력은 끝내 미소로 모양을 만들어내지 못했다.

그러고는 한순간에 무너져 내렸다.

그가 자신을 껴안고 울기 시작해서 영진은 몹시 당황했다.

"어……, 현도 씨?"

현도의 어깨가 들썩였다. 차마 밀쳐낼 수가 없어 그녀는 그의 어깨에 손을 얹었다.

현도는 이를 악물고 숨죽인 채로 뜨거운 눈물을 흘리고 있었다. 잠깐만 눈을 떼면 곧 먼지로 변해 버릴 것처럼 연약한 느낌이었다.

길바닥 한가운데에서 조그만 여자가 키 큰 남자를 안아주고 있는 건 일견 낭만적으로 보일 수 있는 장면이었다. 실제로 지나던 사람들이 흘낏거리며 두 사람을 쳐다보기도 했다. 하지만 유리 안쪽 김윤제의 심정은 전혀 그렇지 못했다. 그가 막 뛰쳐나가려는 것을 영주가 다급히 붙잡았다.

"여기 있었던 거 들키려고?"

윤제가 씨근덕거리며 발을 멈췄다.

그가 망설이는 사이 두 사람은 택시를 잡아 사라졌다.

"큰일이네, 김윤제. 온통 지뢰밭이야."

영주가 놀림 반 걱정 반으로 중얼거리자 그는 팩 화를 냈다.

"차현도는 아냐. 두 사람 그런 사이 아니라고."

그러나 영주는 동의해 주지 않았다.

"글쎄, 내가 보기엔 꼭 안심해도 될 상황은 아닌데. 모르냐, 김윤제? 모든 사랑의 시작은 연민이야."

윤제는 입술을 깨물었다.

부정할 수 없었다. 동정으로부터 이어지는 사랑이 얼마나 많은지 그도 익히 보았다. 그리고 첫인상과 달리 모성 본능을 자극하는 쪽은 박해민이 아니라 차현도였다.

"그렇지만 금방 너네 언니가 그랬잖아. 자기 조건에 부합되지 않으면 결혼 안 한다고. 저렇게 무서운 여자가 칠렐레팔렐레하는 남자한테 넘어가겠냐?"

윤제가 반박해 보았지만 한영주는 아랑곳하지 않고 최후의 비수를 그의 가슴에 꽂았다.

"너야말로 절감하고 있는 거 아니었어? 남녀 관계는 아무도 장담할 수 없는 거야."

할 말이 없었다.

누가 알았으랴, 천하의 김윤제가 이렇게 궁상스런 꼬라지를 하고 있을 줄. 여자 뒤꽁무니 쫓아다니며 초딩처럼 굴 거라고 어느누가 상상이나 했을까.

윤제는 셔츠 단추를 신경질적으로 풀었다. 사방에서 목을 죄어오는 것 같은 불안감에 답답했다. 자꾸만 마음이 조급해진다. 그럴수록 점점 더 절박하게 김영진이 탐이 났다. 갖지 못하는 것에 대한 어린애 같은 집착일 수도 있겠지만, 여하튼 갖고 싶었다. 절대 다른 사람에게 빼앗기고 싶지 않았다.

"잘해봐라, 김윤제. 언니가 괜찮은 남자랑 결혼해야 내 약혼자가 허튼 꿈을 안 꾼다. 난 인제 완전히 니 편이니까 필요하면 연락해라."

영주가 그렇게 커피숍을 떠났고 윤제는 전화기를 꺼내들었다.

문자를 보냈지만 영진은 응답해 주지 않았다.

"진짜 쪽팔리네."

눈에 얼음주머니를 얹고 몸을 뒤로 젖힌 채 차현도가 웅얼거렸다.

영진은 웃으며 오렌지주스를 홀짝였다.

현도의 오피스텔 근처 카페였다. 주인과 아는 사이인 듯 얼음을 얻어온 그는 다리를 길게 뻗고 늘어졌다. 그래도 반쯤은 본래의 차현도로 돌아온 것 같았다. 이제는 햇볕 속에서 녹아 사라질 것 같은 느낌이 아니었다.

"아무것도 안 물어봐요?"

그의 물음에 영진은 웃음을 지웠다.

"그 사람 일인가 봐요."

현도가 얼음주머니를 눈에서 떼었다.

사람 관계란 참 이상한 거야, 그는 중얼거렸다.

한성이나 해민 앞에서는 이렇게 풀어질 수 없었다. 그의 속사정을 다 알고 있는 벗들이지만 그래도 남자와 남자 사이에는 꼭 지켜야 하는 거리가 존재하기 마련이므로.

여자는 다르다. 여자는 벽을 거미줄처럼 걷어버린다. 친하지도 않고 조언을 해줄 만큼 경험이 풍부한 사람도 아닌데.

"계속 찾아왔어요. 보통 남편하고 같이 왔지만 가끔은 혼자 왔죠. 올 때마다 유혹의 수위가 조금씩 높아졌구요."

현도의 말에 영진은 미간을 찌푸렸다.

"싫었어. 불쾌하더군요. 하지만 대놓고 모욕할 수는 없었어요. 그냥 저러다 떨어져 나가겠지 생각했죠."

나만 잘하면 된다고 생각했다. 잘할 수 있다고도 믿었다.

"그런 거 알아요? 더 이상 그 사람을 사랑하지 않아, 절대로. 그런데 그 사람과 엮여 있는 과거의 추억은 아직도 애틋한 거예요. 눈앞의 그 사람이 아닌 과거의 그 사람을 사랑하고 있는 거죠. 첫사랑이란 미화되기 마련이니까요."

그의 말에 조금씩 쓴웃음이 섞여들었다.

"끊어내고 싶었어요. 한 번 자고 나면 끝나지 않을까 생각이 들었죠. 썩어 문드러진 감정을 태워 없앨 수 있을 거 같아서. 그래서 유혹에 응했어요. 나, 방금 호텔에서 나온 거예요."

예상을 뛰어넘는 현도의 고백에 영진은 눈을 크게 떴다.

그는 이마 위의 머리칼을 한 손으로 흩뜨렸다.

"하지만 막상 깨달은 건 여전히 이용당하고 있다는 사실뿐이었어. 이 여자는 끝내 나를 사랑하지 않았구나, 그런 느낌. 그래서 마지막 순간에 뛰쳐나왔어요. 그런데 햇빛이 너무 눈부시고 나는 너무 더럽더군요. 대체 뭘 바라고 어정어정 거길 따라간 걸까, 미안하다고, 내가 사랑한 건 너뿐이었다고 고백해 주기라도 바랐던 걸까, 자괴감과 혐오감으로 죽을 것 같더군요. 그때 영진 씨를 봤어요. 오아시스를 찾은 것 같았어요. 맥이 탁 풀리면서 숨이 쉬어졌어."

그녀는 어린아이처럼 투명한 눈망울로 그를 봐주었다. 그 옛날 자신이 지녔던 것 같은 맑고 깨끗한 눈으로.

그리고 진심으로 그의 안위를 걱정해 주고 있었다.

차현도는 나약하지만 솔직한 사람이었다. 그래서 그 순간의 자각을 부정하지 않았다.

'나는, 사랑받고 싶은 거구나.'

긴긴 시간 떠돌며 하룻밤의 거짓 사랑에 몸을 내던진 건 사랑받고 싶기 때문이었다. 그 모든 쾌락의 몸짓이 사탕발림에 불과하다는 걸 알았기에 또다시 새로운 만남을 찾아 나섰던 거다. 조금씩 조금씩 매번 망가져 가면서.

하지만 그것으로는 충분하지 않았다.

결코 채워질 수 없었다.

"다시…… 사랑을 하면, 누군가에게 마음을 주고 사랑 받으면 그때는 이 늪에서 벗어날 수 있을까요?"

읊조리듯 나직하게 그는 영진에게 물었다. 그럼요, 당연하죠. 그렇게 대답해 주길 바라면서.

하지만 김영진은 현도가 원하는 답을 해줄 수 없었다.

"글쎄요. 전 잘 모르지만⋯⋯ 그럴 수 있었으면 좋겠네요."

그녀의 정직한 말에 현도는 자기도 모르게 미소를 지었다. 참으로 영진다웠다. 빈말이라곤 할 줄 모르는 여자, 그래서 더 신뢰할 수 있는 사람.

"이상하죠. 난 영진 씨의 고지식한 면이 참 예쁘고 꼭 지켜주고 싶은데, 그 사람은 왜 날 그렇게도 더럽히고 싶었던 걸까."

하늘을 향해 두 손을 뻗으며 현도는 탄식했다.

"한성이의 첫사랑은 열두 살에 만난 공주님이었어요. 그야말로 순결한 추억이죠. 해민이는 4년이나 사귄 여자를 단칼에 잘라냈어. 무서운 놈이지만 그럴 수 있는 게 부럽기도 해요. 나만 축축하게 발목 잡혀 지리멸렬해요. 거지같아."

영진은 주스를 한 모금 마시고 눈을 깜빡이며 조금 망설이다가 말을 꺼냈다. 그녀 나름 차현도를 위로할 수 있는 최선의 방식으로. 그게 그녀의 진심이기도 했고.

"실은⋯⋯ 저도 방금 첫사랑을 만나고 왔어요. 짝사랑이었지만요. 근데 정말 이젠 눈곱만큼의 설렘도 남아 있지 않더군요. 그건 어쩌면 두 사람 사이에 쌓인 추억이 아무것도 없었기 때문인지도 모른다는 생각이, 현도 씨 얘길 듣고 보니 드네요. 축축한 게 남아 있지 않으니까, 습기라곤 하나도 없는 마른 종이 같으니까요. 그것도 그렇게 좋은 기분은 아니에요. 내가 뭔가 모자라는 사람 아닐까 그런 생각이 들거든요."

차현도는 다시 한 번 웃었다. 그녀의 서툰 격려가 말갛게 보였다. 고맙고 예뻤다. 마음 따뜻했다. 전에 없이 자신의 한 토막을 보여주는 것도 반가웠다.

"하지만 솔직히 전 사랑이란 감정을 믿지 않아요. 육욕에서 시작된 끌림은 더 그렇구요. 사랑은 정신병이라고들 하잖아요? 신뢰나 존경같이 건강한 판단에서 시작된 만남이야말로 바람직한 거 아닐까요. 아무래도 미친 사람보다는 정상적인 사람이 더 안정적인 관계를 끌어나갈 수 있을 테니까요."

"그거 나라는 나쁜 예를 보고 금방 한 생각은 아닌 모양이네요?"

영진의 진지한 말에서 현도는 그녀 속의 비틀림을 감지했다.

그녀는 부정하지 않았다.

"맞아요. 마음은 비이성적이라 믿을 수 없다고 오래전부터 생각했어요. 전 머리로 사람을 선택하고 싶어요. 조건을 따진다는 의미 이전에, 존중할 수 있는 사람을 원해요."

"어쨌든 한성이를 사랑하는 건 아니라는 거네? 그럼 나한테도 아직 기회가 있다는 거네?"

현도가 과장되게 유혹적인 웃음을 흘리자 영진은 피식 웃었다.

"그렇다고 현도 씨가 절 사랑하는 것도 아니잖아요."

흠······.

현도는 다시 고개를 젖혀 하늘을 쳐다보았다.

뭉게구름이 둥실둥실 떠다니는 연한 하늘이 무척이나 평화로운 날이었다. 드라마틱한 일을 방금 겪고 온 그에게 지금 필요한 건 이런 평화였다. 소소한 대화, 약간의 웃음, 진정에서 우러나온 배려 같은 것.

어쩌면 영진의 말이 맞을지도 모른다. 호들갑스런 감정 없이 결혼한 사람들이 더 행복하게 잘 사는 게 맞는지도 모른다.

"엔젤 케이크라고 알아요?"

그의 말에 영진이 고개를 갸웃했다.

"달걀흰자만으로 만드는 케이크예요. 당연히 저지방이고 저열량이죠. 폭신폭신하고 담백하고 깨끗하고."

한성이는 자주 만들지 않지만. 현도는 덧붙였다.

"그렇게 기름기 없는 산뜻한 게 좋은 건지도 몰라. 영진 씨 말이 옳을지도 몰라요. 케이크라고 꼭 진하고 끈적거려야 하는 건 아닌 것처럼."

사랑은 무엇인가. 달콤하고 평화로운 것이어도 되지 않을까. 꼭 고통이어야만 할까. 꼭 목숨과 인생을 내던질 만큼 대단하고 파란만장한 것이어야만 할까.

휴식이 되어주는 그런 사랑, 꿈꾸면 안 될까.

'아아, 그렇구나. 나야말로 좋은 사람을 만나고 싶은 거구나.'

현도는 깨달았다.

그는 바라고 있었던 것이다. 이젠 누군가가 자길 잡아줬으면 좋겠다고. 누군가 바른 사람, 심지가 굳은 사람이 곁을 지켜줬으면 좋겠다고. 방황을 끝내고 일어설 수 있게, 헛된 길로 다시 들어서지 않게. 그러면 그 사람을 아끼고 존중하며 행복해질 수 있지 않을까 하고.

현도는 영진을 물끄러미 바라보았다.

그녀는 좋은 사람이었다.

그래서 그는 믿기 어려웠다, 그녀가 자기들을 속이고 있을 거라고는.

그렇기에 대놓고 묻지 못했다, 줄곧 마음에 박혀 있는 가시 같은 물음을.

……김윤제는 대체 누구인 걸까.

불현듯 현도의 입술에서 속삭임이 흘러나왔다.

"영진 씨, 나하고 사귀지 않을래요?"

"좋아합니다."

느닷없는 선언이었다.

"저는 안 됩니까? 사장님, 저하고 교제해 줄 수 없습니까? 남자는 절대, 절대 안 되는 겁니까?"

주강우의 눈은 완전히 진심이었다. 전에 없이 다나까 체를 쓰면서 그는 당혹감에 굳어 있는 차현도 코앞으로 성큼 다가앉았다.

와우…….

영진은 눈을 동그랗게 떴다. 영진뿐 아니라 둥글게 둘러앉아 있던 일행 모두 침을 꼴깍 삼켰다.

드디어 벼르던 여행을 왔다. 여행이라고 하기엔 다소 밋밋한 일정이라 단합대회라고 부르는 편이 옳겠지만, 어쨌든 '우유곽 트리오'와 그들을 짝사랑하는 남녀, 윤제와 영진, 이렇게 일곱 사람이 영진의 개인 해변에 짐을 풀었다.

날씨가 좋았고 멀리 보이는 초록 산이 선명했다. 바다 빛깔이야 말할 것도 없었다. 싱싱한 해풍을 맞으며 고기를 잔뜩 구워먹었고 술도 한잔씩 돌렸고, 날이 어둑해지자 주강우가 진행하는 레크리에이션이 막을 열었고, 가벼운 게임 몇 개에 웃음소리 흐드러질 무렵 본격적으로 진실게임이 시작됐다.

"진실게임?"

"누군가 한 명한테 궁금한 걸 물어보는 거야. 지적당한 사람은 반드시 솔직하게 대답해야 하고, 답을 거부하면 질문한 사람이 시키는 대로 벌칙을 받고, 그런 거."

재밌겠다 하면서 시작한 게임이었는데, 첫 타자로 나선 주강우가 곧장 폭탄선언을 한 것이다.

난데없이 공개 구애를 당한 현도는 난처한 표정으로 이마를 쓸었다.

"미안하다……, 강우야. 내가 남자 좋아한다는 둥 쓸데없는 농담을 해서 그동안 널 헷갈리게 했나 보다. 이제 와서 이런 소리 무책임하지만, 난 게이도 바이도 아냐……."

남녀 사이라면 '생각할 시간을 달라'고 자리를 모면할 수도 있겠으나 이 상황은 그렇지 않았다. 현도의 대답에 주강우는 눈에 힘을 풀며 고개를 끄덕였다. 딱히 상심한 것 같지는 않았다. 마치 답을 이미 알고 있었던 것처럼. 아니, 당연히 알고 있었을 터이므로.

"그렇군요. 알겠습니다. 그래도 한번 고백해 보고 싶었어요. 곤란하게 해드려 죄송합니다."

그는 깔끔하게 안색을 수습하고는 좌중을 둘러보았다.

"이렇게 하시는 겁니다. 아시겠어요? 공연히 변죽이나 울리는 질문으로 기회를 낭비하지 마시고, 평소에 궁금했던 걸 바로 콱 물어보시는 겁니다."

영진은 귓속말로 윤제에게 질문했다. 원래 진실게임이라는 게 이렇게 과격한 거냐?

윤제가 고개를 저었다. 그럴 리가.

다들 떨떠름한 얼굴로 앉아 있는 걸 보며 강우가 재촉을 했다. 아무렇지도 않은 얼굴이었지만 목소리가 살짝 뒤집어지는 게 그도 편치만은 않은 모양이었다.

"저 좋자고 시작한 게임이긴 한데요, 다른 분들도 뭔가 궁금한 게 있을 거 아닙니까? 이 기회에 한번 까발려 보자고요."

잠깐 침묵이 흘렀다.

영진은 한성이 자길 쳐다보았다가 다시 고개를 돌리는 걸 느꼈다.

······나한테 뭘 물어보려는 걸까?

"이 자리에 계신 분들은 다 아십니다만, 제 아버지는 죄를 지어 형을 살고 나오셨습니다."

예상대로 이야기를 꺼낸 건 한성이었다. 아직까지는 질문의 형태는 아니었다.

"현도하고 해민이만 아는 걸 말씀드리자면, 저희 아버지는 어린애를 유괴한 바람에 잡혀가셨던 거였죠."

의외의 발언에 영진과 윤제는 눈을 크게 떴다. 저만치 앉은 조경아가 흠칫 손으로 입을 가리는 게 보였다. 해민과 현도는 한성의 의중을 모르겠다는 듯 얼굴을 굳혔다.

"저는 그때 열두 살이었습니다. 어느 날 아버지가 제 또래의 여자애를 집에 데리고 왔죠. 그 일로 어머니가 펄펄 뛰고 두 분이 크게 다투셨습니다만, 전 신경 쓰지 않았습니다. 그 여자애가 참 마음에 들었거든요."

한성은 부드러운 목소리로 이야기를 계속했다. 누구와도 눈을 마주치지 않은 채, 비극으로 끝난 동화처럼 아득한 자신의 유년 시절 이야기를.

여자애는 낯선 곳에 끌려왔는데도 전혀 겁내 하지 않았다. 표정이 없어 좀 화난 것처럼 보이긴 했지만 눈이 또랑또랑한 게 귀여웠다. 어린 한성은 호기심으로 아이의 주변을 슬슬 맴돌았으나 말을 붙이지는 못했다. 뜻밖에도 여자애 쪽에서 먼저 말을 걸어왔다.

"이거 먹을래?"

아이는 반질반질 윤이 나는 코트 주머니에서 무언가를 꺼냈다. 그건 무광택종이로 낱개 포장된 노르스름한 과자였는데, 한성은 처음 보는 것이었다. 대답 없는 한성에게 과자를 쑥 내밀고 아이는 자기 것도 하나 더 꺼내서 먹었다.

얼떨결에 나란히 앉아 먹게 된 과자는 정말로 맛있었다. 폭신하면서도 바삭하고, 달콤하지만 보통 먹던 다른 과자 같은 맛이 아니었다. 혀끝에서 사르르 녹는 것만 같았다.

절대 잊어버릴 수 없는 맛이었다.

"여자애는 저희 집에 여러 날 있었습니다. 저하고 꽤 친해져서 이런저런 놀이를 하고 놀았죠. 방 바깥에서는 부모님이 악을 쓰며 싸워댔지만 우린 아무 걱정 없이 즐겁게 지냈습니다. 갑자기 경찰이 들이닥쳐 여자애를 데려갈 때까지 말입니다."

한성의 표정은 여러 가지 감정을 담고 있었다. 아마도 그리움을, 혹은 고통과, 또는 원망을 포함한 듯.

"아버지도 함께 끌려갔죠. 물론 훨씬 거칠게 다뤄졌구요. 어머니는 통곡을 했고 저는 어쩔 줄 몰라 여자애와 아버지를 번갈아 쳐다보기만 했지요. 아이는 저를 딱 한 번 돌아보고 그대로 가버렸습니다. 다신 만나지 못했구요."

그게 유년기의 마지막이었다. 이후 부모는 헤어졌고 그는 재가한 어머니를 따라 새로운 생활을 시작했다. 한성의 어린애다운 행복은 그렇게 막을 내렸다. 철이 들고 책임감이 늘고, 인내하며 속으로 삭이는 방법을 배웠다. 어쩔 수 없이.

"그 여자애가…… 제 첫사랑입니다. 나중에 누구인지 알았지만 찾아갈 염치는 없더군요. 하지만 그 애가 주었던 과자 맛은 지금도 기억합니다. 제가 과자를 굽게 된 것도 결국 그 맛을 잊지 못해서였으니까요. 그 며칠간이 얼마나 반짝거렸는지도 선명히 기억하고 있습니다. 여자애도 과자도 제겐 성장통처럼 아릿하면서도 소중한 기억이죠."

드디어 한성이 시선을 들었다. 사람들을 한 바퀴 돌아본 그는, 마지막으로 눈을 영진에게 고정했다. 이미 창백해질 대로 창백해진, 한성의 이야기를 혼자만 알아들은 김영진에게.

"여자애는 대기업 사장 따님이었습니다. 지금은 그룹 전체의 후계자라고 들었구요. 이름은 김영진입니다."

헉.

여기저기서 숨을 삼키는 소리가 들렸다. 그리고 열두 쌍의 눈이 일제히 영진을 향했다.

그중 오직 한성의 눈만이, 영진과 맞부딪쳐 파란 불꽃을 튀겼다.

"제 질문은 이겁니다, 영진 씨. 당신이 세한그룹 후계자이고 제 첫사랑인 그 김영진입니까?"

잠시 죽은 듯 정적이 흘렀다.

영진은 숨을 크게 들이마셨다. 도저히 피할 수 없는 순간이 마침내 닥쳤다. 그건 그녀가 예상했던 것과 전혀 다른 형태였지만, 여전히 그녀가 감당해야 할 몫인 건 맞았다.

침묵은 길 수 없었다.

"네. 그래요. 제가 세한그룹의 김영진입니다."

아.

어디선가 누가 탄식했다.

윤제는 혀를 찼다.

결국은 들킬 일이었지만, 이건 너무 드라마틱하지 않은가.

"날…… 알고 찾아온 건 아니죠?"

한성의 목소리가 가볍게 떨리고 있었다. 아무리 굳건한 이한성이라도 지금 상황에서 평상심을 유지하긴 어려운 모양이었다.

"몰랐어요, 전혀. 제 주변에선 아무도 그 일을 다시 언급하지 않았으니까요."

영진은 입술을 깨물었다.

화났을까, 많이 났을 거야.

어이없겠지, 나도 정말 어이없다. 하필이면 한성 씨가…….

혼란에 빠져 있던 그녀는 갑자기 들이닥친 뜨거운 품에 화들짝 놀라 고개를 들었다.

"돌아왔어. 내 잃어버린 시간이 돌아왔어. 믿을 수가, 믿을 수가 없어……."

한성이 그녀를 꽉 껴안고 있었다.

그는 화내고 있지 않았다. 한성은 감동하고 있었다. 어쩐지 그리운 느낌이 들더라, 어쩐지 마음이 끌리더라. 이렇게 인연이 이어지는구나. 건강하게 잘 살고 있었구나……. 벅찬 마음에 그는 남의 눈도 생각지 않고 영진의 머리를 마구 쓰다듬었다.

"지금 뭐 하는 겁니까?"

그리고 윤제가 홱 영진의 목덜미를 잡아챘다.

"첫사랑이고 풋사랑이고 이러시면 안 되죠! 세한그룹의 김영진이라니까요?"

씨근덕거리는 윤제를 쳐다보면서, 박해민이 한숨을 내쉬었다.

"그래, 한성아……. 좋아만 할 일은 아니다. 세한그룹의 김영진이야. 그냥도 벼랑 위의 꽃이지만, 너한텐 절대 허락될 리 없는 사람이네. 너희 두 사람은 못 사귄다."

아.

다시 누군가가 탄식 소리를 냈다.

이번엔 해민이 혀를 찼다.

"인연은 인연인가 봅니다, 영진 씨. 하지만 그저 사람하고 사람 사이의 연이네요. 제대로 사귀기 전이라 그나마 다행이군요."

구구절절이 설명이 필요하지는 않았다. 유괴 당했던 재벌 딸과 유괴범의 아들. 미래 같은 건 없었다.

"아……, 거기까진 생각을……. 난 그냥 내 마들렌이 돌아온
게 너무 기뻐서."

한성이 혼란한 표정으로 어물거렸다.

영진의 얼굴 역시 당혹감으로 흐트러져 있었다.

'꼴에 둘이 인연이다 이거지.'

당연히 김윤제는 밸이 꼴렸다. 열두 살, 열세 살 풋사랑이라니
웃기지도 않았다. 그나마 김영진 쪽에서는 그런 감정도 아니었던
모양이지만.

"두 사람이 로미오와 줄리엣이라도 찍겠다면 몰라도, 그런 건
아니겠지. '죽어도 좋아' 하는 페드라(Phaedra)도 아닐 거고."

해민이 착잡한 표정으로 어깨를 으쓱했다.

"그런데요, 그럼 도대체 김윤제 씨는 누구죠?"

불현듯 소리친 건 조경아였다. 사람들이 일제히 그녀를 쳐다보
았다.

"재벌가에 관심 없는 나도 알고 있어요, 김영진 씨는 무남독녀
외딸이라는 거. 그러니까 후계자가 된 거잖아요. 그러면 윤제 씨
는 누구죠? 동생이 아닌 거네요? 왜 우릴 속인 거죠?"

경아는 몹시 격앙돼 있었다. 한성이 기뻐하건 말건 상관없이,
조경아는 그가 기만당했다는 사실에 분노하고 있었다.

영진은 말문이 막혔다.

"사촌이라든가……, 뭐 그런?"

한성이 반신반의하며 그녀를 보았다.

"……아닙니다. 우리는 아무 관계도 없는 남이에요. 제가 혼자

집 나오는 걸 부모님이 마뜩찮아 하셔서, 윤제하고 같이 있으라고 하신 겁니다. 속여서 정말 미안합니다."

이야기를 하고 보니 이상했다. 영진은 다시 설명하려 했다.

"윤제는 순전히 선의로……."

"저는 말하자면 기사 같은 겁니다. 공주님을 호위하려고 같이 지내는 기죠."

윤제가 말을 잘랐다.

"경아 씨가 기억할지 모르겠지만, 남매라고 처음 얘기한 건 저였지요. 그렇게 말해두는 게 같이 다니기 편할 거라고 생각했거든요. 남매가 아니라고 해서 우리가 별다른 관계인 것도 아니고, 한성 씨가 기만당한 건 하나도 없습니다."

그렇게 말하며 윤제는 아주 기분이 더러웠다. 하지만 어쩔 수 없는 일이었다. 김영진의 명예는 지켜줘야 하는 것이니. 당분간은 사심 없는 기사 역할을 연기해야만 하게 돼버렸다. 남들 눈에, 그러려면 어쩔 수 없이 영진 본인에게도.

"그렇다면 영진 씨는 여기서 뭘 하고 있는 겁니까?"

아무 말 없이 듣기만 하던 차현도가 불쑥 끼어들었다. 목소리가 꺼질 듯 가라앉아 있었다.

"한성이를 알고 찾아온 게 아니라면 왜 치즈 수입을 하느니 하면서 우리 앞에 나타난 거죠? 낮에는 동생, 아니 윤제 씨하고 놀러 다니고, 밤엔 베이킹 클래스 듣고 우리랑 술 마시고, 무슨 재벌후계자가 그렇게 한가합니까? 목적 없이 그랬다고 믿기엔 너무 이상하지 않아요?"

영진은 현도의 얼굴에 떠오른 실망과 배신감을 읽었다. 가슴이 선뜻하면서 손이 차가워졌다. 누구보다 그녀를 신뢰하던 현도에게, 그만 상처를 입히고 말았다. 변명의 여지도 없다. 이럴 줄 몰랐던 건 아니었으니까.

그러나 그녀는 무뚝뚝한 사과밖에 할 수 없었다.

"미안합니다, 여러분."

윤제는 요령 없는 영진이 답답해 가슴을 치고 싶었다.

'뭐가 저렇게 남자다운 거야, 저 땅콩만 한 여자는. 부모님으로부터 6개월의 자유 시간을 얻은 거다, 생전 처음 세한그룹 딱지를 떼어놓고 사니 진짜 좋더라, 이런 인간관계 처음이었다, 댁들을 정말 좋아한다, 뭐 이런 말이라도 해보라고!'

그러면 쟤네들도 이해할 거 아니냐고.

하지만 영진은 아무런 변명도 하지 않았다.

"그러지 말자, 얘들아."

한성이 문득 몸을 움직여 그녀의 앞쪽으로 나섰다.

"영진 씨가 날 보러 온 게 아니더라도 나하고의 관계가 밝혀진 이상 내 소관이다. 특히……."

그는 윤제를 쳐다보았다.

"윤제 씨가 동생이 아니란 걸 알았으니 더 그렇지. 나는 영진 씨한테 서운한 거 없고 영진 씨 말을 다 믿어. 그러니까 그만들 하자. 누구든 영진 씨한테 상처 주는 말 하면 나하고 척지겠다는 뜻으로 듣겠다."

그렇게 한성은 주변을 빙 둘러보았다. 전에 없이 위압적인 태도로, 벌어진 어깨에 힘을 잔뜩 주어서.

영진은 눈물이 날 것 같았다.

그녀라고 반갑지 않을 리 없었다. 그녀에게 한성이 첫사랑은 아니었지만, 그래도 소중한 추억인 건 맞았다. 그때 그 좁은 방 안에서 김영진 어린이는 전에 없이 행복했었다. 아무 눈치도 보지 않고 어린애답게 놀았더랬다.

마들렌 향은 그녀의 가슴 속에도 있었다.

"지금은 다들 혼란한 거 같으니까 나중에 나시 이야기합시다. 필요한 사람끼리 따로따로요. 이런 식으로는 대화가 되질 않습니다."

한성이 영진의 어깨를 가볍게 두드리며 말했다.

자리는 어색하기 짝이 없게 파했다. 각자 가슴 속에 의문과 하고 싶은 말을 하나 가득 담은 채, 진실게임도 중간에 뚝 잘려 버린 채로.

영진은 묵묵히 자기 방으로 향했다. 재벌가의 별장답게 모두가 개인 방을 배정받은 상태였다. 조경아와 한방을 쓰지 않아도 돼서 정말 다행이라고, 그녀는 소리 없이 방문을 닫으며 생각했다.

"그 꼴은 못 본다. 그 아이 때문에 내 인생은 다 망가졌어."

"아버지, 아버지가 그 애를 납치하신 거예요. 걔가 아버지 인생을 망친 게 아니구요."

"넌 지금 누구 편을 드는 거냐? 애비보다 여자가 더 중한 게야? 그 계집애 때문에 나는 이혼당하고 옥살이하고 자식인 너마저 뺏겼어. 내 반드시 되갚아주고 말 테니 두고 봐라!"

"설마 진짜 무슨 일을 내시기야 할까."

현도가 자신 없는 목소리로 중얼거렸다.

"너도 참 어지간하다. 아버지는 바로 알아보시는데 넌 전혀 몰랐단 말이지."

해민이 술잔을 빙글 돌렸다. 어쩐지 가출 청소년 같은 분위기가 풍기더라니……, 하면서.

"상상이냐 했겠냐. 죽을 때까지 걜 다시 만날 날은 없을 줄 알았지."

한성은 어정쩡한 표정으로 변명했다. 첫사랑 공주님을 만나 반가운 마음이야 두둥실 구름 위를 노니는 것 같았지만, 속 편하기만 할 수는 없는 일이었다.

"아버지가 그렇게 나오셨으면 영진 씨하고 어울리지 않는 편이 나은 거 아니냐? 집으로 돌아가라고 해야 하지 않을까?"

"글쎄. 이렇게 끊기기엔 너무 아까운 인연인데. 운명 같은 느낌도 있고 말이지."

"니 흑심 때문은 아니고? 영진 씨랑 한성이랑 깨지게 됐다고 기회를 노리는 거 아냐?"

"야, 넌 지금 무슨 소릴……."

해민과 주거니 받거니 하던 현도가 낯을 붉혔다.

"그건 충동적이었다니까. 어차피 칼같이 거절당했고."

"차였다고 징징거리면서 오밤중에 찾아온 건 누구였지? 충동적인 거 치곤 좀 그렇지 않냐?"

두 사람의 실랑이에 한성은 피식 웃었다.

현도가 영진에게 사귀자고 했다가 거절당했다고 한다.

그런데 그 거절의 이유란 게 가관이었다.

"현도 씨는…… 사생활이 문란하잖아요? 그 속사정 인간적으론 이해하고 맘 아프게 생각하지만 남녀관계가 되면 얘기가 달라져요. 전 과거가 깨끗한 남자를 원하거든요."

무척 미안하다는 듯이 굉장히 진지한 얼굴로 그녀는 현도에게 양해를 구했다고 했다. 커다란 눈망울에 '친구를 차야 하는' 민망함을 한가득 담고.

그 이유가 '한성과 교제하고 있어서'가 아니라는 게 조금 실망스러웠지만 한성은 어쩐지 놀랍지 않았다.

결국 두 사람은 남녀관계는 아니었던 것이다.

"해민이 니 말대로 영진 씨가 한성일 닮아 그렇다니까. 한성아, 니가 여자였으면 난 바로 너한테 프러포즈했을 거야. 넌 진짜 내 이상형이거든."

현도가 불쌍한 척을 했고 해민이 차갑게 쏘아붙였다.

"니가 그 따위로 행동하니까 강우가 헷갈려하는 거다. 너 걔 마음 어떻게 책임질래?"

히잉…….

현도는 비 맞은 들개처럼 풀이 죽어 고개를 숙였다.

'이제라도 다 제자리로 돌아가면 돼.'

한성은 생각했다.

김영진이라는 여자가 나타나서 한동안 신선했지만 그렇다고 그게 세 사람의 우정이나 인생에 크게 영향을 미친 것은 아니었다. 아직은 그 무엇도 선을 넘지 않은 상태였다.

그러니 이제 돌려보내면 그만인 것이다. 김영진이 안전해지게, 모두가 평화를 되찾을 수 있게.

……그런가?

한성은 눈을 감았다.

빵 굽는 일을 업으로 선택할 만큼 그리워했던 어린 소녀와 만나자마자 이렇게 작별할 수 있을까?

현도는 흉한 꼴을 다 보일 만큼 영진이 편했던 모양인데, 그냥 저냥 없었던 일이 될 수 있을까?

평소 성격 같으면 배신을 용납하지 못하는 건 해민 쪽이련만, 저렇게도 너그러운 걸, 해민이라고 영진에게 애정이 없다고 볼 수 있을까?

드는 자리는 몰라도 난 자리는 아는 법이라 하지 않던가. 마음 속 빈틈에 파고들어 버린 조그마하고 무뚝뚝한 여자가 사라져 버려도, 정말 다들 아무렇지 않을까?

조경아가 주강우의 어깨에 손을 얹었다.

"맘고생 많이 했어요. 용기가 부럽네요."

강우는 머리를 흔들었다.

"진즉에 고백하고 차이고 그만뒀어야 하는데, 미련이 길었죠. 공개 고백이 사장님한테 폐가 되지나 않았으면 좋겠어요."

"나야말로 아직 고백도 못 한 바본데요, 뭐. 답을 너무 뻔히 알아서 용기가 안 나네요. 영진 씨하고 잘 안 된다고 저한테 마음 돌려줄 리는 없을 테니까요."

경아도 강우 못지않게 쓸쓸한 표정이었다.

영진은 얼떨결에 들어버린 대화가 불편해 주방 입구에서 조용히 뒷걸음질 쳤다. 잠도 안 오고 물이나 한 잔 마실까 해서 나왔던 참이었다.

뒤에서 갑자기 윤제가 나타나 그녀는 깜짝 놀랐다.

쉿.

입술에 손가락을 대며 그는 그녀를 바깥으로 이끌었다.

"잠 안 오면 나하고 산책이나 하자, 누나."

두 사람은 다른 사람들 깰까 조용히 백사장으로 나왔다.

멀리 어선 불빛이 깜빡이고 있었다. 밤바람이 쌀쌀했다. 바다비린내가 코끝을 간질였다. 윤제가 재킷을 벗어 영진의 어깨에 걸쳐 주었다.

"강우 씨는…… 폰토스 그만두는 걸까?"

영진은 방금 본 장면이 마음에 걸렸다.

"당연하지 않겠어? 그게 무서워서 차현도가 지금까지 모르는 척한 걸 거고."

"그게 무슨 소리야? 현도 씨가 일부러 모르는 척한 거라니?"

나이브하기 그지없는 영진의 반문에 윤제는 입을 비쭉였다.

"누나가 전에 날 바람둥이로 매도했던 거, 내가 여자들한테 매몰차단 말 들어서 그런 거지? 여자들이 잘 모르는데 말이야, 그건 남자가 해줄 수 있는 나름의 배려라고. 자기가 욕을 먹더라도 단숨에 끊어내 줘야 하는 건데, 좋은 사람인 척 질질 끌면서 저편할 대로 이용해 먹는 놈들이 대부분이란 말이지. 그거 아주 졸렬해. 이한성도 조경아 맘 뻔히 알면서 그냥 냅두는 거 아냐. 지가 곤란하니까."

아.

영진은 신중하게 고개를 끄덕였다.

아주 설득력 있는 말이었다. 생각도 해보지 못한 새로운 관점, 김윤제를 썩 괜찮은 남자로 보이게 하는 반전 해석. 그렇다고 현도나 한성이 졸렬한 남자로 여겨지지는 않았지만.

"근데 괜찮겠어, 누나? 이한성이 흑기사로 나서긴 했어도, 이전 같진 않을걸? 내가 보기에 저 중에서 남자 고르긴 튼 거 같은데."

이한성과는 이렇게 파토다. 차현도는 어차피 논외다. 그럼 남은 건 박해민 하나. 그렇지만 그 매서운 박해민이 과연 김영진을 용서해 줄까?

"잘 모르겠어."

영진은 한숨 섞어 대답했다.

어쩐지 그들 중에서 남편감을 고르는 건 오래 전에 집어치웠다는 생각도 들었다. 그런 게 아니었다.

"조심해. 왜 접근했는지 이유까지 알게 되면 그야말로 끝장이야. 지저분한 뒤끝을 남기고 싶진 않잖아. 아마 누나한텐…… 몇 안 되는 귀한 친구들일 테니까."

그녀는 말없이 윤제를 올려다보았다. 그녀는 가끔 김윤제란 사람이 참 놀라웠다. 넌 어쩜 그렇게 내 마음을 잘 아는 거지? 그에게 묻고 싶었다.

눈을 다시 돌리니 밤바다가 새카맸다. 그녀의 심정도 그랬다.

다음 날 해가 떠보아야 모든 게 명확해질 것이다. 지금은 그저 답답할 뿐 어찌할 도리가 없었다.

그녀는 정말로, 그들에게 미움을 받고 싶지는 않았다.

지은 죄가 잔뜩임에도 불구하고.

"언니! 언니!"

느닷없이 들이닥친 한영주의 외침에 일행은 젓가락질을 멈추었다.

"언니! 내가 요트 끌고 왔어! 다 나와라, 날씨 진짜 좋아!"

사람들의 꿀꿀한 기분과 관계없이 아침은 화창하게 열렸다. 이런 식의 단합대회치고는 보기 드물게 절주하며 보낸 밤이라 다들 일찍 일어난 참이었다. 해민이 끓여놓은 찌개에 흰밥 떠먹으며 어색한 표정을 짓던 일행은, 영주가 누군지 몰라 고개를 갸웃했다.

"다 들통났다며? 그럼 맘 편하게 놀아도 되는 거 아냐? 내가 꽃보다 남자에 나오는 큰 거 끌고 올까 하다가 10인승 작은 거 갖고 왔어. 얼른 나가서 아침 바람이나 쐬자."

상큼하게 웃는 영주를 보며 영진은 이마를 짚었다. 아이고.

"여러분, 재벌하고 친하면 이런 게 좋은 거 아녜요? 얼른 나오세요. 요트 안에 먹을 거 많으니까 걱정 마시구요. 핸드폰만 조심하시면 돼요."

아마 그동안 김영진의 남자들이 몹시도 궁금했던 듯 영주는 눈을 반짝반짝 빛냈다.

"흠, 저 덩치 큰 사람이 이한성이겠구나. 신경질적인 미남이 박해민이고, 저쪽이 밤의 제왕 차현도. 흠, 다 괜찮네, 진짜."

다 들리도록 종알거리는 그녀의 품평에 영진은 고개를 들지 못할 지경이었다.

"설마 언니가 신분을 숨겼다고 쪼잔하게 삐치고 그러신 건 아니죠? 여러분이 이해하셔야 돼요. 첨부터 세한그룹 얘길 했으면 여러분도 진짜 불편했을 거잖아요?"

방글방글 웃으면서 영주는 눈에 힘을 팍 실었다. 니들 우리 언니 괴롭히면 재미없어, 그런 표정으로.

"놀랐어, 언니? 윤제가 문자를 해서."

어리둥절한 사람들을 부러 무시하며 영진에게 방긋 웃어 보인 영주는, 다음 순간 휙 돌아서 윤제 쪽을 향했다.

"그건 그렇고, 김윤제."

표정이 흥미진진했다.

"그래서 언니가 뭐라던?"

흠칫.

"너 아직 여기 있는 거 보면 혹시 잘된 건가? 언니가 니 맘 받아줬어?"

쉿쉿, 난데없는 불똥에 윤제가 급히 그녀의 입을 막았지만 이미 늦었다.

영진이 눈을 휘둥그렇게 떴다.

뭐?

"뭐야……. 전부 다 까발려졌다더니 그런 거 아니었어? 김윤제 너는 아직 말 안 한 거야?"

영주는 뒤늦게 아차 싶은지 두 사람을 번갈아보다가 목소리를 낮췄다. 하지만 모두가 그녀의 말을 알아듣고 말았다.

이번엔 윤제가 이마를 짚었다. 맙소사.

사람들이 모두 그를 쳐다보고 있었다. 이 청천벽력 같은 상황에 설명을 기대하며.

윤제의 눈에는, 김영진의 아연실색한 표정밖엔 아무것도 보이지 않았다.

댐(Damn).

살다보면 가끔 피할 수 없는 순간이 온다. 내 타이밍에 딱 맞지 않지만 어쩔 수 없는, 저질러야만 하는 그런 순간이.

윤제는 줄곧 고백할 기회를 노려왔다. 하지만 영진의 정체가 들통 나는 바람에 미룰 수밖에 없었다. 그런데 생각지도 못하게 이런 식으로 까발려지고 말았다. 그럼 여기서 어물쩍 거짓말을 하고 넘어가야 하는가?

그럴 순 없는 거다.

"누나, 좋아해. 이런 식으로 말하고 싶지 않았는데, 누나가 좋아. 아니, 다시 말할게. 김영진아, 당신을 좋아해."

단숨에 내뱉은 윤제의 고백에 영진은 입을 어 벌리고 고개를 꺾어 그를 올려다보았다.

잠깐은 머리가 돌아가질 않았다. 하늘이 진짜 파랗구나, 영주 말처럼, 그런 생각을 했다. 새파란 하늘을 이고 있는 김윤제의 갈색 머리가 하늘하늘 바람에 나부끼고 있었다. 머릿결이 참 좋단 말야. 다시 현실도피적인 생각이 스쳐 지났다. 샛노란 아침 햇살에 머리카락이 금실처럼 반짝거리는 걸 한동안 쳐다봤다.

그러다 갑자기 벼락처럼 정신이 들었다.

"니가? 날?"

손가락으로 가슴팍을 가리키며 아연한 표정을 하자 윤제는 입가를 실룩였다.

"그렇게 놀랄 것까진 없잖아? 나이 몇 살 많다고 진짜 누나라고 생각했어? 난 첨부터 여자로밖에 안 보이더만."

와아.

저쪽 구석 어딘가에서 감탄하는 소리가 들렸다.

김윤제의 고백은 주강우의 고백과는 전혀 다른 임팩트가 있었다. 재벌 상속녀를 향한 초절정미남의 고백이라니. 그것도 그동안 동생입네 하고 있던 남자로부터.

"미리 말해두겠는데 세한그룹하고는 아무 상관도 없어. 당신하고 나 사이에 조금이라도 신뢰가 있다면 그런 의심으로 날 모욕하진 마. 좋아한다는 말이 결혼하자는 뜻도 아닌 거고. 다만, 날 확실히 남자로 봐줬으면 좋겠어."

딱 부러지게 선언하는 윤제는 무척 단호했다.

영진은 정신을 차릴 수가 없었다. 전날 밤 사건으로 한성과의 관계부터 재정립해야 하는데, 현도도 해민도 걱정인데, 알게 모르게 의지해 왔던 윤제로부터 폭탄선언을 듣게 되다니. 좋아한다니. 남자로 보라니.

김윤제가, 나를?

내가, 김윤제를?

"언니, 내가 그동안 지켜봤는데 일단 진심인 거 같긴 하더라."

영주가 슬금슬금 눈치를 보며 두 사람의 대화에 끼어들었다.

영진은 동생을 한번 돌아보았다가 다시 윤제에게 멍한 시선을 돌렸다.

'남자로 보아달라고?'

네 살이나 어린 널 내가 어떻게 남자로……?

아아.

맙소사.

영진은 비명이 나올 것 같은 입을 틀어막았다.

'사실은 벌써 남자로 보고 있었던 거잖아. 그래서 더 당혹스러운 거잖아…….'

해를 등진 윤제의 어깨가 한없이 넓었다. 결후에서 가슴팍까지 펼쳐지는 근육은 어떤 연예인도 따라올 수 없을 만큼 근사했다. 평소의 장난기를 싹 빼고 진지하게 그녀를 내려다보는 김윤제는 마치 군신 마르스인 양 압도적인 카리스마를 풍기고 있었다.

저절로 뒷걸음질이 쳐졌다.

"넌…… 너무 키가 커."

생뚱맞게 튀어나온 말에 윤제가 미간을 심하게 찌푸렸다.

"키 큰 사람은 병에 잘 걸린대. 병에 걸리면 금방 악화된대. 그래서 난 좀 작은 남자가……."

"그만둬, 그런 허접한 소리. 설마 그걸 거절 사유라고 대고 있는 건 아니겠지?"

"그치만 윤제야, 아무래도 넌 바람……."

"바람둥이 아니라고 했지. 너절한 변명 같은 거 싫어하는데, 지금은 짚고 넘어가야겠어. 한영주 너 내가 바람둥이라는 근거를 내놔봐. 니 친구가 나한테 차였다느니 그런 거 말고."

영진의 말을 가차 없이 잘라내고 윤제는 영주를 노려봤다.

그 기세에 영주가 찔끔 물러섰다.

"아니, 뭐, 그냥 다 들은 얘기긴 한데……. 니 옆에 여자가 계속 바뀐 건 사실이고……."

"그래서, 내가 그 여자들 팔짱이라도 끼고 다니든?"

와……, 김윤제 무섭구나.

영진은 겨우 무표정을 되찾았다. 하지만 속으론 또 다른 의미로 몹시 당황하고 있었다. 사근사근 보조개 화사하게 웃던 김윤제는 어디로 가버린 걸까. 눈앞의 이 무시무시한 남자는 도대체 누굴까.

"윤제야, 우리 나중에 따로 얘기하자. 여기는 사람도 너무 많고."

일단 자리를 피하려는 영진의 시도에 윤제가 뭐라고 대답하기 전, 조경아가 차갑게 끼어들었다.

"아니요, 우리도 들었으면 좋겠네요. 윤제 씨하고 영진 씨 아무 사이도 아니라면서요. 혹시 그동안 두 사람이 밀당하면서 우리 사장님 농락한 건 아닌지 전 꼭 알아야겠어요. 영진 씨는 그 고백 당연히 거절하시겠지요?"

영진은 주위를 돌아보았다. 아무도 경아를 말리지 않았다. 그냥 호기심에서든 향후 태도를 결정하기 위해서든 다들 영진의 답변에 귀를 기울이고 있었다.

그녀는 얼굴을 거칠게 문질렀다.

도망갈 구멍은 없었다.

"알았어요. 대답하죠."

고개를 번쩍 든 그녀의 모습에 모두 침을 꿀꺽 삼켰다.

"김윤제. 나한텐 니가 동생일 뿐이야. 남자로 생각할 수 없다. 피리어드(period)[1]."

영진은 단호했다. 윤제가 눈을 커다랗게 떴다.

"니가 남자로 보였으면 이제껏 같이 살 수도 없었겠지. 나는 지금 우리 관계가 아주 좋고 바꿀 생각이 없어. 넌 아마 외국에서 돌아와 처음 만난 사람이 나라서 잠깐 착각하는 걸 거야. 우리 불편해지지 말기로 하자."

윤제는 카리스마가 와르르 무너져 버린 얼굴로 영진을 쳐다보았다. 거절당할지도 모른다고 생각은 했지만, 이렇게 눈곱만큼의 여지도 없이 차일 줄은 몰랐다. 최소한 갈등이나 계산은 한 번쯤 해줄 줄 알았다. 허주혁의 고백 때 그랬던 것처럼.

"자, 식사 마치신 분들은 요트로 올라오세요. 영주가 어렵게 끌고 왔으니 한 바퀴 돌기로 하죠. 전 먼저 들어가 있을게요."

횡하니 사라져 버리는 영진의 뒷모습을 보며 윤제는 넋을 놓았다.

수십 개의 시선이 그에게 바늘처럼 꽂혀들었다.

'이건 아니지, 이건 아니야. 거절당했어도 일대일로 당했어야 갱생의 여지가 있지, 이렇게 공개적으로 잘려 나가고 나면 수습이 어렵다고!'

반쯤은 안쓰러워하고 반쯤은 고소해하는 영주의 눈길이 느껴졌다. 우유곽 트리오는 자기네끼리 뭐라 쑥덕거리며 그를 쳐다보고 있었다. 주강우가 툭툭 어깨를 두드리고 지나갔다. 조경아는

---

1) 대화를 끝내겠다는 뜻을 분명히 할 때 쓰는 표현.

횅하니 건물 안으로 사라졌다.

죽어버리고 싶을 만큼 쪽팔렸다.

스물일곱 해 단단하게 지켜온 눈부신 자아가 햇살 속으로 거품처럼 사라져 가는 걸, 윤제는 망연히 바라보았다.

인제…… 어떡하지?

"파란만장하군요."

"그러게요. 여행이 이렇게 무서운 거면 다신 못 오겠네요."

바람이 시원하고 햇빛은 친절하다 싶을 만큼만 따뜻했다. 더없이 상쾌한 아침이었다. 요트는 너무 빠르지 않게 물살을 갈랐고, 사람들이 은근슬쩍 자리를 비켜줘 영진과 한성은 둘만의 대화를 나눌 수 있었다.

"가끔…… 기사 난 걸 봤어요. 잘 살고 있겠거니 하면서도 걱정은 좀 되더군요. 너무 무겁겠구나 싶은 생각이 들어서."

한성의 따스한 미소를 보며 영진도 마주 웃었다.

"한성 씨라고 무겁지 않게 살아온 건 아니겠죠."

전혀 다른 인생을 살아왔지만 두 사람에겐 공감대가 있었다. 어쩌면 서로에게 가해자라 말할 수도 있는 두 사람은, 그렇게 상대의 삶을 연민하고 있었다. 어차피 그들 자신이 선택한 인생은 아니었으므로.

"돌아가요, 영진 씨. 보디가드가 있다고 해도 여긴 안전하지 않아요. 우리 아버지가 정말 해코지를 하랴 싶긴 하지만, 그건 알 수 없는 일이에요."

한성은 조금 아픈 표정을 하고 있었다.

영진은 물끄러미 그를 바라보았다.

누군들 저런 말을 하는 마음이 편할까. 얼마나 좋은 사람인가, 이 남자는. 이런 사람을 만난 건 또 얼마나 큰 행운인가.

"커피 너무 많이 마시지 말구요. 카페인이 눈물을 멈춘다더군요. 그게 도움이 되는 사람도 있겠지만 영진 씬 가끔 울 줄도 알았으면 좋겠어요. 강한 사람 아닌 거 알아요."

그는 커다란 손을 그녀의 머리에 얹었다. 부드럽게 쓰다듬는 손길에 영진은 정말로 눈물이 날 것 같았다. 까마득한 어린 날, 숨 막히는 집에서 벗어나 아무 걱정 없이 놀았던 그 며칠, 그녀를 보살펴 주던 상냥한 그 손이었다. 그때는 이렇게 크지 않았지만. 그때는 이렇게 많은 아픔을 담고 있지 않았지만.

"절대 안 되는 사이란 걸 알았는데도 절망되진 않는 걸 보면, 결국 우린 남녀관계가 아니었나 봐요."

한성의 찬찬한 말에 영진은 가만히 눈을 감았다.

"좀 더 제대로 사귀었으면 좋았을걸."

그는 가볍게 그녀의 이마에 입을 맞추었다.

욕심나지 않는다고 하면 거짓말일 것이다. 한성의 솔직한 속내는 그랬다. 그녀가 '그' 김영진인 걸 알고 나니 더더욱 마음이 끌렸다. 남녀관계가 아니더라도 일생 이어지는 인연이길 바랐다.

아버지는 잡혀가고 어머니의 원망 소리 쟁쟁한 사춘기 속에서 영진은 한성의 한 조각 빛이었다. 막연한 동경의 대상, 절대 잡을 수 없는 무지개였고 부끄럽지 않게 살아야 하는 이유이기도 했다. 지고 가는 짐이자 등을 밀어주는 힘이었다.

이렇게 돌려보내고 싶은 건 아니었다.

"가지 않아요."

영진이 눈을 들면서 대답했다.

"한성 씨 때문에 나온 게 아니니까, 한성 씨 때문에 돌아가지도 않아요. 내 인생에 다시없을 유예기간을 꽉 채우고 갈 거예요. 나한테도 한 번쯤은 행복해질 권리가 있을 테니까요."

행복해질 권리.

그래서 그녀는 돌아가지 않는다.

그래서 그녀는 김윤제의 마음을 받아들이지 않는다.

"해민 씨가 절더러 아직 길을 정하지 못한 사람이라고 하더군요. 버리지 못할 짐을 지고 방황하는 거라고. 충격적인 말이었어요. 나 자신도 그렇게 명확하게 이해하고 있지는 않았거든요."

그런 거였을까. 남자를 찾아 나왔다고 굳게 믿었건만, 결국은 인생이 정해지는 게 무서워 도망 나온 것이었을까.

그랬던 걸지도 모른다.

김영진은 절대 길에서 벗어날 수 없다. 지고 있는 짐을 던질 수 없다. 무엇을 찾아내더라도, 어떤 것을 발견하더라도. 하지만 그래도 찾아보고 싶었다. 발견할 수 있는지 알고 싶었다. 남아 있는 석 달 남짓한 시간 동안만이라도.

그러나 김윤제를 받아들일 만큼 용기가 있지는 않았다.

"윤제 씨하고 같이 사는 거 불편할 텐데요."

한성의 조심스러운 물음에 영진은 고개를 끄덕였다.

"하는 수 없죠. 각자 자기 짐을 지고 가는 수밖에."

아까 그 순간, 고백을 받으면서, 영진은 참을 수 없을 만큼 강렬한 유혹을 느꼈다. '그래, 나도 사실은 네가 남자로 보여'라고 대답하고 싶은 유혹을.

하지만 그럴 수 없었다. 조경아에게 욕 듣기 싫어서가 아니라, 한성이나 현도에게 실망을 끼칠까 염려해서만이 아니라, 너무 무서워서 그렇게 대답할 수 없었다.

"현도 씨하고 해민 씨가 절 미워하지만 않는다면, 돌아가는 날까지 지금처럼 지낼 수 있었으면 하는 바람이에요. 저한텐 굉장히 의미 있는 분들이셔서."

멀리 수평선과 하늘이 맞닿은 데가 뽀얬다. 어디까지가 하늘이고 어디서부터 바다인지 모호하게 느껴졌다. 브라우니가 과자와 케이크의 중간에 있다 했던가. 인간관계를 칼로 자르듯 나눌 순 없는 거라고 한성이 그랬던가. 남자와 친구의 사이쯤 한성이 있었고, 좀 더 친구에 가까운 쪽으로 현도와 해민이 있었다. 그리고 김윤제가 있었다, 상당히 남자에 치우친 쪽으로.

그래서 그녀는 윤제가 무서운 것이다.

"나는 영진 씨 편이에요. 설령……, 설령 우리 아버지가 영진 씨를 적으로 돌린다 해도."

한성이 그녀의 머리에 얹었던 손을 걷으며 시선을 하늘로 흩었다.

"난 진심으로, 떠나는 용기보다 떠나지 않는 용기가 더 대단하다고 생각합니다. 자유롭고 싶지만, 도망치고 싶지만, 꾹 참고 제자리를 지키는 용기 말입니다. 차마 버릴 수 없는 것들을 끌어안고 걸어가는 사람들, 그런 사람들이야말로 진짜 영웅 아닐까요?"

다시 영진을 돌아보는 그는 놀라울 만큼 부드러운 표정을 하고 있었다.

"그래서 당신이 대견하고 고맙습니다, 영진 씨. 잘 자라주었네요."

영진은 또다시 울고 싶은 기분이 들었다.

평생 요즘처럼 긴장을 풀고 살아본 일이 없었다. 그렇게 만들어준 건 바로 이 사람들이었다. 김윤제를 포함하여, 세한그룹의 김영진이 아닌 작고 어리바리한 여자 김영진으로 그녀를 보아주는 사람들. 상냥하게 위로하고 힘들겠다 말해주고, 혹은 어린애 보듯 귀여워하며 돌봐주는 사람들.

어쩌면 곧 다 잃게 될지도 모르는 사람들이지만.

김윤제부터 시작해서.

저 멀리 혼자 바다를 내려다보고 있는 윤제의 뒷모습이 보였다.

마음이 아팠다.

윤제는 전화기를 내려놓고 욕실로 들어섰다. 어색하기 짝이 없는 여행은 결국 흐지부지 끝나 버렸고, 영진이 영주와 할 이야기가 있다고 곁길로 빠져 집에는 윤제 혼자였다.

뜨거운 물줄기에 몸을 맡기면서 그는 방금 끝낸 통화를 생각했다. 브라질에 있는 친구를 닦달하여 허주혁의 뒷조사를 맡긴 참이었다.

"어찌됐건 우유곽 트리오는 일단 아웃이니깐. 허주혁만 잘라 내면 승산은 있지."

영진에게 거절당한 충격은 반나절 정도 그를 괴롭혔다. 그러나 언제나 그렇듯 김윤제는 회복이 빨랐다. '그래, 그럼 안녕' 하고 손 흔들 순 없는 일, 긍정적으로 생각하기로 결심한 것이다. 극적인 폭로 덕분에 김영진의 선택의 폭이 한결 좁아졌으니 남아 있는 떨거지를 쳐내고 다시 한 번 적극적으로 대시해 보겠다고.

"끝 간 데를 모르고 떨어지는구나. 나름 신선하군."

지고힐밍징 그는 설난코 좌절하지 않았다. 김윤제는 머리끝부터 발끝까지 자신감으로 똘똘 뭉친 사람이었기에.

브라질의 친구는 난데없는 윤제의 전화에 어이없어하면서도 교민사회가 좁으니 대충은 알아볼 수 있을 거라고 대답해 주었다. 털면 뭐가 나올까, 여자관계나 돈 문제같이 야망에 찌든 남자에게 있을 법한 더러운 소문이 나타날까. 그런 걸 기대하는 자신이 치졸해 잠깐 눈살을 찌푸렸지만 윤제는 곧 고개를 저었다.

"염소수염 재상이 구린 구석이 없을 리 없지. 이건 세한그룹을 위해서도 김영진 개인을 위해서도 꼭 필요한 확인 작업이야. 내 욕심을 채우려는 게 아니라고."

자책 따위와 거리가 먼 김윤제는 남 탓으로 사고를 전환하는 데 주저가 없었다.

"김용식 회장이 아무 조치도 안 취하니까 내가 이러는 거 아냐. 고명딸을 청춘의 덫에 출연시킬 생각인가, 원. 한영주의 약혼자도 돈이 얽히니까 안면을 바꾼다는데, 허주혁이라고 고고하겠어? 애가 있어도 버리고 김영진한테 들러붙겠지."

머릿속에서 통속소설 한 편이 절로 써지는 것 같았다. 이제 유일한 경쟁자로 남은 허주혁은 생각할수록 비열한 인상이었다. 어딘가에 울고 있는 여자가 꼭 있을 것만 같았다. 아니면 사채를 갚지 못해 기업 비밀을 팔고 있을지도 모른다. 그걸 발견해서 큰 해악을 막아주는 것이야말로 김윤제만이 할 수 있는 공헌이 아니겠는가.

허리에 수건을 두른 윤제는 머리를 털며 거실로 나섰다. 저녁 시간이 다 되어가고 있었다. 곧 김영진이 올 것이다.

아까는 영진이 오는 시간에 맞춰 아픈 체하고 있을까 심각하게 궁리도 했었다. '사랑은 연민에서 시작된다'는 한영주의 말이 제법 심금을 울려서, 모성 본능을 자극하는 쪽으로 전략을 바꿔볼까 고민했더랬다.

관두기로 한 건, 그렇잖아도 남자로 안 보인다는데 그런 전략은 역효과를 낳을지도 모른다는 우려에서였다. 위염이나 장염 따위로 앓아눕는 게 지질해 보이기도 했고, 실연의 아픔 운운은 더 말할 것도 없고.

"남자로 포지셔닝해야 해. 동생 나부랭이 아니고. 그동안의 스킨십이 다 무용지물이었다니 도대체 무슨 수를 써야 먹힌단 말인지……. 그렇다고 지금 강공을 펼쳤다간 나가라고 할 거 아냐."

웅얼거리고 있는데 현관 도어록이 열렸다. 윤제는 깜짝 놀라 몸을 돌렸다.

어.

그래서였다, 수건이 떨어진 건.

"윤제야, 나 왔……."

문으로 들어서던 영진이 말을 뚝 끊었다.

그래서였다. 수건을 집어들 생각조차 하지 못하고 굳어버린 건.

두 사람 모두 얼음처럼 뻣뻣한 자세로 서로를 바라보았다. 그리고 영진의 시선이 자석에 끌린 것처럼 슬그머니 아래로 향했다.

헉.

"으아악!"

소리를 지른 쪽은 윤제였다. 전광석화처럼 방으로 들어가 문을 닫아 걸은 그는, 쏟아져 나오는 비명을 삼키며 밭은 숨을 헐떡였다.

"이게, 이게 뭐야. 어쩌다 이렇게 됐담!"

온몸이 시뻘겋게 달아올라 있었다. 그러면서도 소름이 돋았다. 태어나서 이렇게 쪽팔린 일이 또 있었던가. 오전에 충분히 쪽팔렸다고 생각했는데 부족했단 말인가. 언제나 우아하고 여유 넘치는 김윤제가, 콧대 높고 비싼 김윤제가, 이런 꼴을 당하다니.

"이게 뭐야, 이게 무슨 꼴이야!"

윤제는 머리를 쥐어뜯었다.

남자로 여겨지길 바란다고 했지만 이런 걸 바란 게 아니었다. 창피하고 흉하고, 섹스어필이야 어림도 없고, 이런 그림을 생각한 게 절대 아니었다.

'혹시 이런 식으로 계속해서 망가지는 거 아냐?'

갑자기 엄습하는 미신 같은 예감에, 악순환을 타고 만 건가 하는 끔찍한 불안감에 그는 진저리를 쳤다.

"거시기 보여주거나 하면 안 돼. 순진한 여자들이 세상에서 제일 징그러워하는 게 그거라고."

꿀과 바닐라

마치 예언 같던 동생의 말이 생각났다. '그 자식이 쓸데없는 소리 해서 이렇게 된 거 아냐!' 엉뚱하게 화풀이를 해보았지만 중요한 건 동생 말이 맞을 거란 사실이었다. 김영진도 영상으로 본 일이야 있겠지만 실물이 주는 위압감은 전혀 다를 거다. 심지어 그녀는 남자 형제도 없지 않은가.

"어쩌지? 진짜 나가라고 하겠네……."

윤제는 벽을 타고 주르륵 주저앉아 시뻘건 얼굴을 두 손으로 감쌌다.

"남자로는 확실히 봐줄 테니 다행이라고 해야 하나. 그게 동네 변태 아저씨 같은 남자라고 해도?"

그가 자학의 땅굴을 파는 동안 바깥에서는 김영진이 역시 빨개진 얼굴을 두드리며 자기 방에 숨어들고 있었다.

"와, 진짜……."

고개를 절절 흔들었다. 엄청난 걸 봐버렸네. 말문이 막히네. 김윤제 얼굴 앞으로 어떻게 보지? 짧은 탄식들이 그녀의 뇌리를 스치고 지나갔다.

영진은, 윤제를 내보내야겠다는 생각을 하고 있진 않았다.

아직은.

다만 정말로 징그럽다는 생각은 하고 있었다.

상상을 초월할 정도로.

자꾸만 생각나서 당황스러울 정도로.

"너무 아픈 사랑은 사랑이 아니었음을……."

술집이었다. 오래전 노래가 흘러나오고 있었다.

해민이 중얼거렸다.

"저 사람은 죽어서 영원히 사네. 같은 시대 노래가 대부분 사라졌는데도 저 사람 노래는 여전히 나온단 말야."

술잔을 빙그르 돌리던 현도가 부루퉁하니 말을 받았다.

"난 저 노래 나오면 항상 꺼버렸는데. 너무 아픈 사랑은 사랑이 아니라는 말이 싫어서."

누구보다도 아픈 사랑을 했던 현도이기에 흘려들을 수가 없었다. 한성도 해민도 가만히 그를 쳐다보았다.

"내가 사랑을 안다고 함부로 말할 수는 없지만."

침묵을 깬 건 한성이었다.

"사랑이란 기본적으로 빛에 속한 거여야 한다고 믿어."

그가 덧붙이지 않은 말을 두 사람 다 알아들었다. 첫사랑에 부끄럽지 않기 위해 내가 열심히 살았던 것처럼, 하고.

해민이 고개를 끄덕였다.

"나도 그렇게 생각해. 끝내 어둡고 음습할 수밖에 없다면 그건 사랑이 아니라고 봐."

"그럼 왜 어떤 사람들은 아플 걸 뻔히 알면서 사랑에 빠지지?"

현도가 이런 말을 꺼낸 건 참으로 오랜만이었다. 김영진에게 고백한 이후-비록 거절당했지만- 그는 인생에 대해 사랑에 대해 다시 생각하는 듯 보였다.

"사랑에 빠지는 거야 벼락 맞는 것처럼 어쩔 수 없는 일이겠지. 관건은 그 사랑을 통해서 내가, 그리고 상대가 성장하느냐 그 반대냐 아니겠어?"

말이 나온 김에 제대로 얘기하겠다는 듯 해민은 현도의 눈을 똑바로 보았다.

"비극적인 사랑을 동경하는 선 자기파괴본능에서 비롯된 거라고 난 생각해. 자기연민에 도취되는 거지. 잠깐이야 누구나 그럴 수 있지만, 거기 매몰돼서 헤어나지 못한다면 그건 미성숙한 영혼 아닐까. 사랑 때문에 목숨을 버린 사람들, 막상 그 사랑이 이루어졌으면 결국 이혼했을걸."

시니컬하고 단도직입적인 해민에 비해 한성은 늘 그렇듯 조금 온건했다.

"남의 감정에 이러니저러니 할 순 없겠지만, 사랑도 삶도 다듬어 내는 과정이 중요한 거라고 나 역시 생각해."

어떤 이는 사랑을 가슴에 품고 더 나은 사람이 되려고 노력한다. 어떤 이는 '그건 사랑이 아니었어'하며 털어낸다. 차현도란 사람은 어떠했던가. 생각하면 아프다고 고개를 돌리고 지냈다. 의지도 노력도 없이 되는 대로 살았다. 상처는 도려내지 않은 채 통증만 잊으려고 했다.

그런가, 미성숙해서 자기연민에 도취돼 있었던 건가……. 현도는 한숨처럼 속삭였다.

"오래 끌었다, 현도야. 이젠 씻어낼 때도 되지 않았니."

한성이 부드럽게 말했다.

사랑은 끝난 지 오래였다. 모두가 알고 있었다. 희지만 상처가 너러운 채 고스란히 남아 있었다.

이젠, 씻어낼 때가 되었다.

차현도는 비로소 마음 깊은 곳으로부터 그렇게 생각하게 되었다.

7. 바닐라의 비밀, 그리고 거짓들

"조건은 바꾸지 않는다."

"상황이 달라졌는데도요?"

"그건 네 생각이지, 내 계획하고는 아무 상관도 없으니까."

김용식 회장은 바늘 끝 하나 들어가지 않을 만큼 견고했다. 더 이상 윤제와 함께 살 수 없다며 딸이 찾아왔건만 그는 놀라지도 곤란해하지도 않았다. 마치 모두 계산해 두었다는 듯이.

"아버지의 계획이란 거 대체 뭡니까? 윤제하고 잘되길 바라신 거였나요? 그럼 허주혁 선배는 뭐죠? 설마 아버지처럼 여러 명 거느리고 살라는 건 아니실 거구요."

시니컬한 영진의 말에 김용식 회장은 진지한 표정으로 답했다.

"나는 너한테 선택지를 여럿 주는 거다, 영진아. 뒤집어서 말하자면 그 애들의 경쟁력을 키워주는 일이기도 하고. 최고의 사내가 아니면 너를 감당할 수 없을 테니, 어느 놈이 최고인지 싹수를 봐야 하지 않겠니."

그는 딸의 얼굴을 바라보며 잠깐 침묵하더니 이어 덧붙였다.

"넌 내가 네 엄마나 영주 어머니한테 부당한 짓을 하고 있다고 생각하겠지만, 경쟁자가 있기 때문에 그 사람들도 더 노력하는 거다. 외모를 가꾸고 교양을 쌓고, 나한테 어울리는 여자가 되기 위해 최선을 다하는 거지. 나는 최고가 아니면 갖지 않는다. 정의니 도덕이니 하는 건 패자들의 논리일 뿐이다. 착각하지 마라."

김영진은 아버지의 말에 깊이 절망했다.

저런 거였나. 이제껏 묻지 못한 아버지의 속내는 결국 저런 것이었던가.

차라리 감정을 흘리고 다닌 거라면 인간적이기라도 할 것을. 유혹에 졌다고 변명하면 오히려 납득할 수 있을 것을. 최고를 소유하기 위해 경쟁을 붙인 거라니. 사랑이나 존중 같은 개념은 아예 존재하지도 않는단 말인가.

"너도 마찬가지다. 동생들이 있으니 더 강해지지 않겠냐. 고인물은 썩는 법이다. 성장을 멈춘 순간 인간은 늙는 거다. 네 남동생은 너를 바라보며 자라 언젠가 널 극복하려 하겠지. 그렇게 죽을 때까지 서로 경쟁하며 세한을 최고로 만들어라. 세한에 나약한 인간은 필요하지 않다."

영진은 입술을 꼭 깨물었다. 아버지와 이런 대화를 나누려 찾아온 것이 아니었다. 마침내 알아버린 아버지의 인간관에 가슴이 차갑게 식어들었다.

사자는 새끼를 벼랑에서 떨어뜨리며 키운다고 한다. 그러나 그녀는 용납할 수 없었다. 사자는 그럴지 몰라도 인간은 그러지 말아야 하는 거다. 살아남은 자식만 키우겠다는 마음가짐 어디에 부모의 사랑이 있단 말인가. 부모의 눈에마저 부품이고 도구일 뿐이라니 그런 슬픈 말이 세상에 어디 있는가.

그러나 아버지는 자못 자애로운 체 타일렀다.

"네가 힘을 가지면 된다. 네 엄마라고 나를 떠나 다른 사랑을 찾고 싶은 유혹이 없었겠냐. 그렇게 못 하는 건 힘을 가진 쪽이 나이기 때문이다. 그러니 네가 칼을 쥐어라. 동생과의 관계에서든, 남자와의 문제에서든."

영진은 실소했다. 아버지의 가르침을 따르자면 그녀가 그룹을 물려받은 후 가장 먼저 할 일은 늙은 사자를 굶겨 죽이는 일일 터이다. 아무리 냉혹한 김 회장이라 해도 그런 걸 원할 리 있겠는가. 그러므로 그의 말은 자가당착일 뿐인 거다, 궤변에 불과한 것이다.

영진이 짧은 외유에서 확신한 바, 인생은 아버지가 말하는 것처럼 투쟁만으로 채워진 게 아니었다.

"윤제하고 같이 지내도록 해라. 주혁이는 가족 모임에 한 번 초대하기로 하자. 그리고……."

김 회장은 그녀에게 나가라 하며 대수롭지 않은 어조로 말을 맺었다.

"보디가드를 늘렸으니 그렇게 알아라."

"거 봐. 안 들어주실 거라고 했지?"

김윤제는 적이 안심한 눈치였다.

"하지만 윤제 니가 그랬잖아. 마음 받아줄 거도 아니면서 옆에 묶어두면 안 된다고. 한성 씨도 현도 씨도 그래서 비겁한 거라며. 그럼 나야말로 너랑 같이 있어선 안 되는 거잖아?"

영진의 반문에 윤제가 찔끔했다. 자기 말이 부메랑이 되어 돌아오는 것에 당황한 모양이었다. 고개를 돌리며 딴전을 피우는 게 순간 귀여워 그녀는 자기도 모르게 웃었다.

그러나 웃을 일이 아니었다.

영진은 냉정하게 자기 마음을 들여다보았다. 가슴에 손을 얹고 생각해 보았다.

'과연 나는 정말로 윤제를 위해서 그러는 건가.'

……그렇지는 않았다.

그녀는 윤제가 무서웠다. 그래서 그의 마음을 받아줄 수 없고 그와 함께 지내는 시간이 길어지는 것도 겁이 나는 거다. 윤제를 걱정해서가 아니었다. 순전히 그녀 자신을 위해서였다.

김윤제는 생각에 잠긴 그녀를 힐끔 쳐다보더니 잔과 술병을 꺼내와 탁자에 놓았다.

"그럼 지금부터 허심탄회하게 우리 사이를 의논해 보자."

맑게 반짝이는 잔을 보며 영진은 눈을 깜빡였다.

아무렇지도 않은 척 이야기를 나누고 있지만 기실 요 며칠 두 사람 사이는 말할 수 없이 어색했다. 고백과 거절은 당연히 이물감으로 남았고, 심지어 노출 사고까지 있었으니 민망함은 서로 쳐다볼 수 없을 정도였다. 얼굴 맞대고 술 마실 형편이 아니지 않나, 영진은 생각했지만 윤제는 오히려 그래서 술이 필요하다고 믿는 모양이었다.

"우리 맨 정신으론 좀 그렇잖아? 그니깐 마셔, 일단 마셔."

윤제가 조금 초조하게 술잔을 내밀었다.

까짓 거……, 뭐.

독한 술은 독하게 마셔야 한다는 지론을 가졌기에 그녀는 스트레이트로 위스키를 들이켰다. 목을 타고 내려가는 뜨거운 기운에 전율이 일었다.

영진이야말로 술 마시고 싶은 기분인 게 사실이었다. 한성과의 문제도 윤제의 일도 신경 쓰였지만, 아버지와 나눈 대화는 낙타 등의 마지막 한 짐 같은 것이었다. 그녀는 지쳤고 화가 났다. 그리고 무기력한 자신에게 짜증이 났다.

"하아."

알코올이 들어가니 마음이 풀어지는 것 같아 영진은 머리카락을 쓸어 올렸다.

윤제는 그녀에게 거푸 술을 권했다. 김영진은 술이 들어가면 솔직해진다는 걸 알고 있기에 그는 영진이 안주 없이 원 샷 해대는 걸 말리지 않았다. 아니, 조장했다.

그리고 술기운이 돌도록 조금 기다렸다가 넌지시 물었다.

"역시 묻고 싶은데 말이지, 왜 난 안 되는 건데?"

그는 추궁하는 투로 캐묻지 않았다. 조심스럽게 상냥하게, 정말로 궁금하다는 듯이, 무척 천진한 표정으로 영진에게 질문을 던졌다.

그녀는 술을 털어 넣더니 단숨에 대답했다.

"넌 순결하지 않으니깐."

빠직.

윤제의 관자놀이에 핏줄이 곤두섰다.

다행히 영진이 시선을 내리고 있어 그는 그녀 모르게 표정을 감추는 데 성공했다. 할 말이 많았지만 당장은 넘어가기로 했다. 제길. 속으로만 욕을 한 번 삼키고.

"근데 그게 징밀로 그렇게 숭요한 걸까? 좋아하면 과거 같은 건 덮을 수 있는 거 아냐? 물론 기분이 유쾌할 수야 없겠지만, 요즘 같은 세상에 너무 구태의연한 사고방식 아닐까?"

달래듯 떠보는 그의 말에 그러나 영진은 단호히 고개를 저었다.

"좋아한다면야 그럴지도 모르지. 하지만 난 널 좋아하지 않잖아. 그러니까 순결하지 않은 게 문제가 돼."

빠직.

김윤제는 인내심의 끈이 떨어져 나가려는 걸 간신히 붙잡았다. 하나, 둘, 셋, 열까지 심호흡을 한 후 다시 필살미소를 입가에 올린 그는 유혹적으로 속눈썹을 깜빡거렸다.

"왜 날 안 좋아하지? 응? 내 입으로 말하기 민망하지만, 나 매력 있지 않나?"

웃으면서 말했으나 취기 오른 영진의 눈에도 김윤제가 마음 상한 게 보였다.

그녀는 이를 앙다물었다. 빈속에 퍼부은 독주가 머리끝까지 치솟아 휘도는 것 같았다.

"……바보같이."

이제껏 누구한테든 이렇게 거절당한 일이 한 번이나 있었을까,

김윤제는.

"넌 니가 우리 아버지한테 무슨 취급을 당하는지 알고나 있는 거야? 그래도 내가 좋아? 그런데도 나하고 같이 살고 싶어?"

원망 같은 넋두리가 입에서 절로 흘러나왔다.

그녀는 아버지가 윤제를 장기판의 말처럼 쓰는 게 싫었다. 자존심 강한 남자가 자신의 비위를 맞추며 곁을 맴도는 게 미안하고 속상했다.

영진은 윤제가 싫어서 거절한 게 아니었다. 그녀에게 김윤제는 의미 있는 존재였다.

"괜찮아."

그러나 윤제는 언제나처럼 생긋 웃었다.

그는 영진의 등을 다정하게 쓸었다. 살짝 내려 깐 속눈썹 아래로 눈동자를 촉촉이 적시면서, 한편으로 아이를 다독이듯 정답게. 알코올에 저항하며 마지막까지 남아 있던 한 조각의 경계심마저 풀어버리며.

영진은 그의 어깨에 맥없이 머리를 기댔다.

몹시 피곤했다. 몸과 마음과 이성이 분해돼서 널브러진 느낌이었다. 그토록도 화가 났건만 기운이 쫙 빠지면서 삽시간에 축 늘어졌다.

"힘들지. 다 알아. 힘든 때 곤란한 질문해서 미안해."

언제나 그렇듯 그녀의 마음을 쉽사리 읽어내는 김윤제. 그가 위로하고 있었다. 꿀처럼 달콤한 음성으로.

영진은 눈을 들어 윤제의 아름다운 얼굴을 물끄러미 바라보았다.

인형처럼 말려 올라간 속눈썹, 물방울이 또르르 굴러 내릴 듯 매끈하면서도 사납지 않은 콧날, 늘 웃는 표정을 지어내고 있는 부드러운 입술…….

"진짜 잘생겼네."

그녀는 한숨 섞어 중얼거렸다.

갑자기 들이킨 알코올이 길 곳을 찾지 못한 걸까, 눈가가 짖어드는 걸 그녀는 느꼈다. 멍한 눈을 느리게 깜빡이던 영진은 천천히 손을 들어 윤제의 뺨을 쓰다듬었다.

"진짜…… 잘생겼어. 이렇게 미남인데, 그런데, 왜 나 같은 여잘……."

윤제는 아무 말도 하지 않았다. 영진의 손을 붙잡은 그는 언젠가 그랬던 것처럼 그녀의 손을 자기 입술에 가져다대었다. 처음에는 가볍게 손목 쪽을, 이어서 부드럽게 손바닥을, 그리고 느릿느릿 손가락을. 그동안 영진의 눈에서 한 번도 시선을 떼지 않았다.

영진은 넋을 잃은 채 그가 하는 대로 내버려 두고 있었다. 손가락이 스치면서 윤제의 폭신한 아랫입술이 튕기듯 열리는 것을 그녀는 온몸으로 느꼈다. 입술 안쪽 촉촉한 점막이 손에 닿는 낯설고도 기이한 감각에 몸이 파르르 떨렸다.

하아.

그녀의 손가락에 입술보다 더 뜨거운 무엇이 닿았다. 미끈거리고 말랑한 혀가 손가락을 핥는 느낌이 죽도록 생소했다. 아슬아슬하게 곤두선 신경이 비명을 질러댔다. 그런데 도저히 밀어낼 수가 없었다. 영진의 입술도 덩달아 벌어지고 있었다.

윤제는 서두르지 않았다. 머리카락에 손가락을 파묻고 코끝으로 뺨을 간질이며 그는 영진을 부드럽게 안았다. 다른 한 손은 깍지 끼어 손바닥 안쪽 민감한 곳을 은근하게 문지르면서.

어린애를 대하듯 상냥했지만 동시에 노골적으로 성적인 접촉이었다. 영진이 태어나 단 한 번도 경험해 보지 못한 무엇이었다.

"으음……."

그녀는 자기 목에서 흘러나온 야릇한 소리에 어깨를 굳혔다. 그 신음 소리에 한결 더 뜨거워지는 자신을 믿을 수가 없었다. 그리고 눈 깜짝할 사이 입술 사이로 윤제의 혀가 들어왔다. 마치, 허락한다는 신호가 떨어진 것처럼.

코와 입을 통해 흘러들어오는 김윤제의 냄새가 미치도록 야했다. 꿈틀거리며 그녀의 속을 휘젓고 다니는 혀는 도저히 거역할 수 없는 힘을 가지고 있었다. 가슴이 정신없이 뛰고 허리에 힘이 빠졌다. 자기도 모르는 사이에 탁자에 반쯤 누운 채로 영진은 윤제의 목에 팔을 감아 매달렸다.

'술, 술 때문이야.'

잠깐 그런 생각이 들었다. 술 마셨다고 이러면 안 되는데.

'뭐가 안 돼.'

금방 지워 버렸다. 이성이 자신을 붙잡으려고 하는 몸짓 따위.

"후우."

윤제의 숨소리가 거칠었다. 일단 얼굴을 뗀 그는 두 손으로 뺨으로 입술로 다시 그녀를 문질러댔다. 사랑스러워 참을 수 없다는 듯이, 당장 삼켜 버리고 싶지만 애써 참고 있다는 듯이. 기다란 손가락은 머리카락을 헤치며 다정했고 목덜미를 파고드는 콧

날은 간절하고도 격정적이었다.

그가 뭐라고 한마디만 했다면, 영진은 정신을 차렸을지도 모른다. 좋아한다든가, 구속과 죄책감을 불러일으킬 만한 어떠한 말이라도 속삭였다면. 그러나 김윤제는 그러지 않았다. 그래서 다 괜찮은 것 같았다. 모든 게 너무나 당연하고 자연스럽게 느껴졌다. 그의 입술이 쇄골 이래로 내려와도 그의 손가락이 블라우스의 단추를 풀기 시작해도, 하나도 나쁜 짓이 아닌 것 같았다.

영진의 손가락도 윤제의 머리카락에 파묻혔다. 하늘이 빙빙 돌고 있었다. 몸이 땅바닥으로 가라앉아 꺼지는 듯 무거웠다. 차차 술이 몸을 지배하기 시작했다. 윤제의 손이 닿는 느낌이 퍼석하게 비현실적으로 느껴지고 있었다.

"괜찮아. 나는 괜찮아."

윤제가 다시 속삭였다. 몸이 녹아내릴 만큼 섹시한 목소리였다. 낮고 부드럽고 어딘가 울림이 있는, 지독하게 관능적인 목소리였다.

……맞아. 윤제니까 괜찮아.

그녀는 최면에 걸린 것처럼 그의 말을 되풀이했다.

김윤제는 괜찮을 거다. 다 이해하고 용서해 줄 거다. 나약한 모습을 드러냈다고 벼랑으로 내던지지 않을 것이다. 강해져야 한다며 싸움터로 밀어내지도, 후계자는 여자 냄새를 피워선 안 된다고 꾸짖지도 않을 것이다. 좋아하지 않는다고 말해놓곤 이렇게 달라붙는 것조차도, 정숙하지 못하다고 비난하지 않을지 모른다.

"예쁘다."

입술이 맞닿은 상태에서 윤제가 소곤거렸다. 입술이 간지러웠다. 등줄기를 타고 그 간질간질한 느낌이 내리달았다.

누가 예쁘다고 말해준 게 언제였더라.

아주 어렸을 적 어머니가 그런 말을 한 일이 몇 번 있었다. 하지만 김영진은 그다지 예쁘거나 사랑스러운 아이가 아니었다. 그건 그저 어머니가 아이에게 해주는 인사말 같은 것에 불과했다. 이렇게 진심을 담아서, 너무 예뻐 견딜 수 없다는 듯이, 심장을 태울 것 같은 목소리로 말해준 사람은 이제껏 아무도 없었다.

그녀는 윤제의 가슴팍에 얼굴을 묻었다. 눈물이 날 것 같았다. 날카로운 관능과 따뜻한 물속에 몸을 담근 듯한 편안함 사이를 오가며, 영진은 윤제에게 모든 걸 맡겼다. 마음껏 흐트러졌다.

……예뻐.

김윤제는 그녀의 자그마한 머리통을 가만가만 껴안았다.

그는 지금 자신이 가진 매력을 작정하고 뿜어대는 중이었다.

'순결하지 않으면 안 된다고? 그렇다면 판을 뒤집어 버리는 수밖에. 내가 당신의 순결을 나누어 갖겠어. 당신이 더 이상 순결을 거론할 수 없게 만들어주겠어.'

껴안고 있는 팔에 지그시 힘이 들어갔다.

여자는 그의 품속에서 노긋하게 풀어져 가고 있었다. 내일 아침 후회할지는 모르겠지만 지금은 그를 거부할 의사가 없어보였다. 그러니 가는 것이다. 루비콘 강을 건너 '순결하지 않은 상태'를 향해, 둘이서 함께.

윤제는 술을 마시지 않았다. 좋아하는 여자를 품에 안고 있으니 달아오른 것이야 당연했지만 이성을 잃을 정도는 아니었다. 그는 계산하고 쟀다. 이제는 훤히 보이는 영진의 자아 속, 갈라지고 약해진 틈새를 집요하게 비집고 들었다. 그녀가 맥을 못 추는 자신의 얼굴을 들이밀면서, 아무도 감히 하지 못했을 예쁘다는 칭찬을 면전에 해주면서. 똑똑하다거나 능력 있다는 말은 귀가 헐도록 들었겠지만 '예쁘다', '사랑스럽다', '귀엽다' 같은 말은 금기어였을 게 분명하니까. 의외로 여린 김영진은 그런 다정한 말에 목말라 있을 테니까.

'갈 데까지 가보자고, 김윤제.'

자존심 같은 것 내팽개친 지 오래였다. 이렇게까지 망가졌는데 결국 여잘 놓친다면 그거야말로 용납할 수 없는 일이었다. 약탈혼이면 어떻고 혼빙간이면 어떠랴. 계략이든 술수든 마다할 형편이 아닌데 김영진의 마음보다 몸을 먼저 갖는다고 그게 무슨 흠이 되랴. 김윤제는 결코 자신을 비하하는 성격이 아니었다. 최선이 안 되면 차선, 최악을 피할 수만 있다면 차악. 그는 곧 손에 잡힐 고지를 향해 마지막 한 걸음을 떼는 중이었다.

다만.

밤하늘에 두둥실 그를 비웃던 얇은 달이 아직도 마음을 바꾸지 않은 것뿐.

그래서 김윤제의 생각대로 일이 풀리지 않는 것뿐.

어어…….

그는 팔 안에서 스르르 무너지는 영진을 추켜올리며 얼굴을 일그러뜨렸다.

"으응."

새하얗게 질린 김영진이 그에게로 축 늘어졌다. 완전히 정신을 놓아버린 그녀는 무거웠다.

"이게 뭐야."

윤제는 속눈썹을 파다닥거리며 입술을 깨물었다.

김영진은 생각보다 더 술이 약했던 것이다. 아니, 어쩌면 지나치게 강한 관능의 자극에 견디기 어려웠는지도 모른다. 어느 쪽이든 그녀는 더 이상 버텨내지 못했다.

"이봐, 이봐. 정신 차려."

뺨을 찰싹찰싹 때려봐도 영진은 정신을 차리지 못했다.

어이가 없었다. 윤제는 그녀를 부둥켜안은 채 망연히 자리에 주저앉았다.

"이러면 안 되는데……. 이 상태에서 끝나면 그건 아주 안 좋은데……."

뜨거워진 밤의 열기가 쉭 꺼져 버리면 남는 것은 찝찝함뿐인 법, 영진에게 또다시 뒷걸음질 칠 빌미를 만들어주는 건 절대 피해야 할 일이건만.

윤제는 잠깐 머리를 굴렸다.

여기서 물러서면 백 보 후퇴다. 하지만 그렇다고 잠든 여자를 억지로 안을 수는 없는 일, 그는 결국 사기를 치기로 결심했다.

"양해하라고. 내 탓이 아니야, 이건."

마음을 결정한 김윤제는 행동이 재빨랐다. 그는 일단 반쯤 풀어진 영진의 단추를 마저 끌러내고 옷을 벗겼다. 그러고는 잠시 물끄러미 그녀를 쳐다보다가…… 투덜거리면서 잠옷을 가져다가 입혔다. 아, 나는 정말 양심적인 사람이라니까. 이런 남자가 세상에 어디 있어. 구시렁구시렁 입속말을 중얼거리며.

잠든 여자를 안아다 자기 방 침대에 뉘이고 그는 웃옷을 벗었다. 꽉 짜인 근육이 하얀 불빛 아래 모습을 드러냈다. '이건 어디까지나 김영진의 손해지' 다시 볼멘소리를 하고는 시트를 휘감고 김윤제는 그녀 옆에 누웠다.

잠이 잘 오지는 않았다, 당연히.

본래의 목적이 사라지고 나자 적막 속에 후끈한 공기가 새삼 끈적거렸다. 순결 어쩌구에 쐐기를 박겠노라 시작한 일이었지만 결과적으로는 좋아하는 여자를 옆에 놓고 '그냥 자는' 고문을 스스로 선택한 꼴이라 한숨이 나왔다.

고개를 돌려보니 영진은 입을 살짝 벌린 채로 새근새근 자고 있었다. 동그란 콧방울이 잠결에 씰룩거리는 게 너무 귀여웠다.

'살짝만…….'

손가락으로 코끝을 가볍게 건드렸더니 통 하고 튕겨져 나왔다. 손끝이 찌릿찌릿했다.

입술을 지그시 눌렀더니 아직 달짝지근한 채로 남아 있는 알코올 향이 새어나왔다. 자기도 모르는 새 침이 꼴깍 넘어가는 바람에 윤제는 화들짝 손을 뗐다.

뒤늦게 취기가 도는 것 같았다. 아까는 테크닉을 발휘하느라 감각에 집중하지 못했던 터라, 아쉬움에 입맛이 다셔졌다.

방에 새어든 달빛이 희미했다. 그믐달에 물든 사위가 은은하면서도 아련한 게 몽환적이었다. 남자가 좋아하는 여자를 바라보기에 더없이 적합한, 하지만 바라보기만 하고 끝내기에는 무척이나 아까운 밤이었다.

"내가 어쩌다가 이런 거한테 빠져가지고는……."

구시렁거리며 속눈썹을 사르르 쓸었더니 부챗살처럼 가볍게 떨어지는 촉감이 좋았다. 내친 김에 손바닥을 펼쳐 뺨에 대었더니 얼굴이 한 손에 쏙 들어왔다. 따끈한 뺨이 말랑말랑하고 탐스러웠다. 한입에 앙 하고 삼켜 버리고 싶을 만큼.

윤제는 망설였다. 아까도 키스했는데, 또 해도 되지 않을까. 여기저기 혀도 대고 슬쩍 좀 만져도 괜찮은 거 아닐까. 뽀얀 목도 더듬어보고 마른 등도 한번 쓸어보고, 가슴팍에 더운 숨 훅 불어넣어도 뭐 상관없지 않을까. 김영진은 자는데. 그리고 어차피 내일 아침에 그런 거 저런 거 다 했다고 거짓말할 건데.

"젠장."

하지만 그렇게 건드려 놓고 나면 잠들기 더 어려울 게 분명했다. 그런 짓을 하기에 김윤제의 자존심이 너무 고고하기도 했고. 몸에 밴 기사도랄까, 딱히 마음에 들지 않는 무언가가 그를 막았다. '사람이 너무 가정교육이 좋아도 손해'라고 생각하면서도 결국 몸을 돌리게 만드는 무엇인가.

'양 만 한 마리, 양 만 두 마리…….'

천장의 잔무늬를 바라보며 하염없이 양을 세던 그는 결국 만 육천아흔두 마리를 세었을 때에야 까무룩 잠에 빠져들었다.

영진도 윤제도 몸부림이 없어 잠자리는 조용하고 평화로웠다. 다음 날의 폭풍우를 예상한 윤제만이 입가에 가벼운 미소를 띠었을 뿐이다.

밤이 흘렀다.

목이 말라 뒤척이던 영진이 부스스 일어나 앉은 것은 창밖이 제법 밝아진 다음이었다. 그녀는 잔기침을 몇 번하고 버릇대로 옆으로 돌아누웠다.

깜짝.

눈앞에 커다랗고 헐벗은 무엇이 보여 그녀는 눈을 깜빡거렸다. 아직도 잠이 덜 깼나, 정신을 집중하면서.

허걱.

영진은 화들짝 놀라 손으로 입을 가리며 몸을 뒤로 물렸다.

김윤제다.

코앞에 고른 숨을 내쉬며 누워 있는 사람은 다름 아닌 김윤제였다. 며칠 전 그녀가 매몰차게 찬, 바람둥이는 아닐지 모르지만 절대로 영진이 감당할 수 없는 남자 김윤제. 꿈에도 생각지 못한 사랑 고백을 절절하게 쏟아낸 초절정미남 김윤제.

'김윤제가 왜, 아니, 그러니까 우리가?'

갑자기 엄청난 이미지가 머릿속으로 뒤엉키며 흘러들어 오기 시작했다. 어젯밤 우리 두 사람은 무엇을 했던가. 뇌가 녹아 흐물거릴 정도의 키스를 하고, 윤제가 내 옷을 벗기고, 윤제니까 괜찮다는 생각을……, 그리고 블랙아웃.

영진은 자기도 모르게 시트를 확 잡아당겼다가 윤제가 잠결에 목 울리는 소리를 내는 바람에 깜짝 놀라 동작을 멈췄다.

조심스럽게 시선을 밑으로 내려 보았다.

옷은 입고 있었다. 그러나 그녀가 입고 있던 옷이 아니었다. 얇은 침실 가운이었다.

윤제 쪽으로 시선을 어렵사리 돌렸다. 그는 벗고 있었다. 아래는 차마 확인할 수 없었지만 최소한 가슴 위쪽은 그랬다.

'사고를 친 걸까.'

정신없이 심장이 뛰었다. 머리가 핑핑 돌았다. 사고를 친 걸까. 윤제하고 잤나. 아니, 자긴 잤지, 확실히. 그러니까 끝까지 갔냐고. 화가 났다가 당황스러웠다가 절망스러웠다가 가슴이 두근거렸다가 제정신이 아니었다.

'아프다던데.'

하지만 그건 어디까지나 들은 얘기일 뿐으로, 알 수 없는 것이다.

'혹시…… 피라도?'

슬쩍 이불을 들춰보니 다른 흔적은 없었다. 그러나 그 역시 사람마다 다르지 하다 않던가.

머리를 쥐어뜯고 싶은 심정이었다.

윤제는 아침빛에 달콤한 미소를 머금은 채 자고 있었다. 여전히 아름다웠고 무척 곤해 보였다. 어쩐지 답이 보이는 것 같은 기분이었다.

'이걸 어쩐담.'

피로가 몰려왔다. 숙취로 속이 쓰린데 머리도 윙윙 흔들렸다. 그 와중에 난감한 문제를 맞닥뜨린 그녀는 일단 자리를 피하기로 하고 조용히 발끝을 침대 밖으로 내밀었다.

"어디 가?"

윤제가 그녀의 손목을 덥석 붙잡은 것은 그때였다.

제자리에 얼어붙은 채 영진은 차마 돌아가지 않는 목을 삐거덕 돌렸다.

흰 베갯잇에 갈색 머리칼을 풍성하게 흩뜨린 윤제가 그녀를 쳐다보고 있었다. 그린 것처럼 선명한 눈매에 화사한 웃음을 띠우고, 만족스럽기 그지없는 표정으로.

"가지 마, 더 자자."

어리광을 피우며 그가 그녀의 허리를 껴안았다. 얇은 가운 위로 더운 체온이 느껴져 영진은 기겁을 했다.

잠이 덜 깬 듯 머리를 부비적거리는 윤제는 입가에 동그랗게 보조개를 올리고 있었다. 햇살 속에 더없이 행복해 보였다. 도무지 아무것도 기억나지 않지만, 아마도 두 사람은 화끈한 밤을 보낸 모양이었다.

"윤제야, 우리가……."

확인하려던 그녀는 입을 다물었다. 무슨 의미가 있을까, 이제 와서.

윤제가 얼굴을 들어 그녀와 눈을 맞추었다. 날개처럼 부드럽게 퍼진 속눈썹 아래로 뿌듯한 빛이 가득했다.

'인제 당신이랑 나랑 같은 처지야. 순결 운운해 놓곤 없었던 일로 하자고는 안 할 거지? 이제부터 나랑 놀자, 응?'

말 한마디 하지 않았지만 그는 눈으로 그렇게 속삭이고 있었다.

"윤제야."

그녀는 그의 팔을 힘주어 걷어내며 떨어지지 않는 입술로 그를 불렀다.

목소리가 탁했다.

"나는 이제 순결한 남자를 찾겠다고는 못하게 돼버렸구나."

어렵사리 뱉어낸 말에 그가 속눈썹을 파닥거리며 무언의 동의를 보냈다. 그럼그럼.

영진은 한숨을 짧게 내쉬었다.

"그래서 난 결심했어."

기대에 가득한 표정으로 그는 영진을 올려다보았다. 순진한 강아지 같은 눈망울을 하고.

그러나 김영진은 그의 기대에 부응해 주지 않았다. 그녀는 대신 윤제가 절대 예상할 수 없었던 답을 내어놓았다.

"이제부턴…… '한 번 잔' 남자를 찾아야겠다."

잠깐 자기 귀를 의심하며 얼음처럼 굳어 있던 김윤제가 입을 벌렸다.

그의 턱이 툭 떨어졌다.

'세상만사 모든 일이 뜻대로야 되겠소만.'

그런 노래가 있었다, 영진이 세상 태어나기도 전 가요 중에. 그녀를 돌보던 윤 씨 아줌마가 가끔 빨래를 개며 흥얼거리곤 하였던.

"세상만사 모든 일이 뜻대로야 안 되겠지. 하지만 어쩜 이렇게 하나도 뜻대로 되는 게 없단 말이냐."

그녀는 고개를 뒤로 젖혔다.

한성의 빵집에 들락거리던 꿈같은 행복은 거짓이 드러나며 끝나 버렸고, 본래의 목적도 그에 따라 실패로 돌아갔다. 내 맘을 알아쥐 기껍고 고마웠던 김윤제는 수컷으로 돌변하는 바람에 내쳐야만 했다. 그뿐인가. 순결한 남자를 찾겠노라 호언장담해 왔건만 이젠 더 이상 그런 말을 할 수 없는 형편이 돼버렸다.

그렇다고 정말 '한 번 잔 남자'를 찾아 나설 생각 따윈 아니었다, 물론.

그건 어디까지나 그냥 해본 말, 이니 얼떨결에 뛰어나온 말로, 그때 김윤제의 기막혀 하던 얼굴을 생각하면 지금도 귀가 화끈거릴 정도인 것을.

후우.

한숨이 흘러나왔다.

윤제는 엄청나게 노여워했다. 당연히. 얼굴이 새빨갛게 달아올랐다가 차차 창백해지더니 드러난 가슴팍까지 새하얗게 핏기를 잃을 지경에 이르러선 쿵쾅거리며 방을 나가 버렸다.

바지는…… 입고 있었다.

그리고 사흘이 지나도록 집에 돌아오지 않았다. 전화 한 번 하지 않았다. 영진은 몇 번이나 전화기를 들었다 놨다 하며 망설였지만 결국 전화를 걸지는 않았다.

걸 수 없었다.

'뭐라고 하게.'

나가라고 하려던 건 그녀였지 않나. 거절한 것도 김영진 자신이었고.

그뿐인가. 함께 밤을 보냈으면서도 어이없는 궤변으로 김윤제를 모욕하고 매몰차게 내치지 않았던가.

그렇게 예쁜 미소를 짓고 있었는데.

그다지도 행복한 얼굴을 하고 있었는데.

그때는 너무 당혹스러워 깨닫지 못했지만, 잠자리에서 본 무방비 상태의 김윤제는 이루 말할 수 없이 아름다웠다. 천진한 강아지 같기도 하고 고양이같이 나른하기도 한, 조각처럼 매끈한 몸에 천사의 얼굴이 그야말로 눈부신 사람이었다. 김영진같이 허접한 여자한테 그런 취급을 받을 남자가 절대 아니었다.

어쩌자고 그 따위 망발을 했단 말일까.

"그냥 받아들이지 그랬어. 나 같음 미친 척하고 그랬겠다."

한영주가 떨떠름한 얼굴로 커피 잔을 들면서 중얼거렸다.

영진의 고백을 들은 그녀는 경악하고 분노했다가 지금은 현실적인 조언을 해주는 중이었다. 그 자식이 그런 식으로 언니를 꺾으려고 한 게 마음에 안 들긴 하지만—영주는 윤제가 작정하고 영진을 유혹한 거라 확신했다— 사실 김윤제가 나쁜 옵션은 아니다, 그 정도 성의를 보이는 건 개한테 드문 일이다, 돈 보고 접근하는 게 아닌 건 일단 확실하다, 등등.

"언니도 속으론 알고 있었겠지만 이한성 씨의 비밀이 밝혀지지 않았더라도 그 남자들하고 잘될 순 없었어. 아버지는 둘째 치고 그 사람들이 언니랑 세한그룹을 감당해 낼 수 있겠어? 재벌하고 결혼하는 건 인생을 다 포기해야 하는 일이야. 어지간한 뚝심 없이는 할 수 없다고."

찻집의 유리를 타고 비가 흐르고 있었다. 영진의 기분도 그렇게 축축 처지며 맥없이 미끄러져 내렸다.

몰랐을까. 아니다, 알고 있었다. '일반인'을, 그것도 정체를 속이고 만나서 그녀 자신의 미래에 끌어넣을 수는 없다는 것을. 그저 도망치고 싶었던 거고 그렇게 만난 그들이 너무나 편안하고 좋았던 것이다. 다 잊어버린 채 꿈처럼 행복했던 것뿐이다. 그래서 허주혁이 나타났을 때 대뜸 내치지 못했던 거고. 결국 그런 사람과 맺어질 수밖에 없다는 걸, 내심으론 알고 있었기에.

하지만.

"그래도 윤제는 안 돼."

그녀가 낮게 속삭이자 영주는 한숨을 내쉬었다.

"그래. 어떤 기분인지 알아. 윤제는 안 돼. 예쁘다고 겁 없이 불꽃을 잡으면 홀라당 타버리는 거지."

세상에는 아무리 탐나도 절대 손대면 안 되는 게 있는 것이다. 귀여워도 새끼 사자를 뜰에 풀어 키우면 안 되는 것처럼, 고와도 백합을 머리맡에 두고 자면 안 되는 것처럼. 인간은 부나방이 아니니까.

"근데 김윤제 어쩌면 바람둥이 아닐지도 몰라. 그날 걔가 화낸 뒤에 곰곰이 생각해 보니깐 여자들 쪽에서 줄줄 붙은 게 맞긴 하더라고. 김윤제는 주로 쌀쌀한 거로 악명을 날렸지."

영주는 좀 곤란한 기분이었다. 윤제가 그녀 본인에게 해를 끼친 일은 한 번도 없었는데, 공연히 욕하고 다녀 두 사람 사이를 튼 것 같아 미안했다. 가까이서 지켜보니 괜찮은 사람 같은 생각마저 들어 더더욱 그랬다.

그러나 영진은 고개를 저었다.

"바람둥이 아니라도 마찬가지야. 난 김윤제를 감당할 자신이 없어. 남자들이 나랑 세한그룹을 부담스러워하는 것처럼, 윤제처럼 빛나는 사람 난 무서워. 지금은 뭐 이런 게 있나 호기심에 나를 보는지 몰라도 그런 거 오래갈 리가 없잖아."

대화는 더 이상 이어지지 못했다.

대 세한그룹의 차기 총수면 뭐 하고 5개 국어를 하는 재원이면 무슨 소용일까. 스스로를 여자로서 심하게 결격이라 믿는 김영진은 절대 김윤제를 받아들일 수 없다. 무서워서. 김영진도 살아야 하니까. 상처 받고 싶지 않으니까.

그래서 영진은 윤제에게 전화할 수 없는 것이다.

"참, 박해민 씨 말이야. 내가 어디서 본 거 같다고 그랬잖아?"

영주가 문득 생각난 듯 눈을 반짝였다.

그랬었다. 요트 몰고 왔던 날 해민을 본 그녀는 저 사람 어디서 봤더라 한참 기억을 더듬었다.

"자선사업 관계로 봤던 거였어, 그 사람. 세한을 등에 업지는 못했지만 우리 엄마도 이래저래 손댄 일이 많아서 거기 따라갔다가 본 거지. 무성한 뒷얘기를 들은 건 나중이었는데, 한 번 보면 잊을 수 없는 미모다 보니 구설도 오래가더라고."

"뒷얘기?"

영진이 눈썹을 올리자 영주는 고개를 끄덕였다.

"여자친구 아버지를 공개적으로 비난하고 직장 때려치운 거였다대. 그 사람 사회복지학과 나왔잖아. 거기 학과장이었다나 봐. 박해민 씰 무진장 예뻐했다던데 어디서 틀어진 건지, 독선에 안하무인인 교수님 밑에서 일 못 하겠다고 선언했대. '좋은 일' 하시는 분들한테 통째로 환멸 느낄까 무서워서 떠나겠다고. 당연히 여친이랑도 깨졌지."

와우.

영진은 혀를 내둘렀다. 너무나 해민다웠지만 반면에 굉장히 그답지 않기도 했다. 그렇게까지 자기감정을 내보였다는 건, 아마 애정도 실망도 깊었다는 의미일 것이다.

"언니도 아는지 모르겠지만 '좋은 일' 하는 사람들이 참 여러 종류거든. 난 그 학과장이란 사람 어떤 유형인지 알 거 같아. '내가 얼마나 훌륭한 사람인데 감히 나를 비판해?' 그러는 사람들 있지. 아집으로 똘똘 뭉친 사람들."

영진도 알고 있었다, 그런 사람들. 그리고 해민은 그런 사람을 존경할 수 없었던 모양이다. '인생을 사는 데는 여러 가지 방법이 있다'고 말하는 그이기에, 편협한 사람들만은 용납할 수 없었던 모양이다. 소중한 인간관계를 포기할망정. 절대 쉽지 않은 결단이었을 텐데도.

'해민 씨를 보고 싶다.'

영진은 불현듯 생각했다.

해민은 그녀가 정체를 숨긴 일을 용서해 주지 않을지도 모른다. 칼같이 딱 부러지는 사람이니까.

그래도 만나서 윤제의 일을 털어놓고 위로받고 싶다는 생각이 들었다. 나는 이렇게 살 수밖에 없노라고, 허울은 번지르르하지만 사실 구중중하고 음울한 사람이라고, 그래도 계속 친구로 지내주면 안 되냐고 묻고 싶었다.

어쩌면 이해해 줄지도 모른다. 그는 의외로 따뜻한 사람이니까. 실컷 혼내고 나면 받아들여줄지도 모른다.

반면 차현도는……

그녀에게 받은 실망감으로 고개를 돌려 버릴지도 모르지만. 믿었던 만큼 더.

해결해야 할 일이 첩첩이었다.

영진은 한숨을 내쉬었다.

김윤제는 한성의 빵집 주변을 배회하고 있었다.

홧김에 떨치고 나온 지 3일. 영진은 전화 한 번 하지 않고, 그렇다고 그냥 돌아갈 순 없고, 그는 속이 타 환장할 지경이었다.

"진짜 너무한다, 김영진."

자존심이 상하고 화가 났다. 어이없기도 했다. 이참에 아예 나가라는 소린가, 그렇겐 내가 못 하지, 콧김을 내뿜으며 씩씩거렸지만 그렇다고 아무 일 없었던 것처럼 슬쩍 들어갈 형편은 아닌 것이다.

"우연히 마주쳐 보자고. 어떤 표정을 짓는지 어디 한번 보자고."

겉으로는 한없이 시크한 표정을 지으며 그는 빵집 맞은편 벤치에 앉아 선글라스를 꼈다.

꽤 오래 앉아 있었지만 영진은 나타나지 않았다.

대신 그다지 보고 싶지 않은 꿀과 바닐라 어쩌구의 주인 이한성이 그를 알아보고 가게에서 나왔다.

어.

떫은 표정으로 올려다보았건만 그는 아랑곳하지 않고 윤제의 옆에 걸터앉았다.

하는 수 없이 윤제는 요식적인 사과를 중얼거렸다. 속인 건 미안하게 됐습니다, 하고.

한성은 가볍게 고개를 저었다.

"당황스럽긴 했습니다. 어떤 기분으로 곁을 맴도셨을까 낯 뜨 거기도 하고 미안한 기분도 들었구요. 하지만 어차피 저는 영진 씨한테 어울리는 사람이 아니죠."

혼자서 이한성에게 적개심을 불태워 왔던 윤제는 공연히 머쓱 해 선글라스를 올렸다 내렸다 했나.

한성은 평소처럼 너그러운 얼굴을 하고 있었다.

"영진 씨하고 교제하려면 장애물이 한두 가지가 아니지요. 우 리 같은 사람한테는 말할 것도 없고, 김윤제 씨도 마냥 순탄하지 만은 않을 거라고 생각되네요."

오래 생각했던 말인 듯 한성은 부드럽게 이야기를 풀어냈다.

"하지만 가장 큰 난제는 영진 씨 본인일 테죠. 성장 과정이 남 달랐던 탓에 껍질이 두껍잖습니까. 저는 천천히 두드리고 있었으 니 별문제 아니었지만, 마음이 자라 버린 윤제 씨한텐 힘든 일일 거 같아요. 안 그렇습니까?"

윤제는 침을 꿀꺽 삼켰다. 그렇죠, 조그맣게 꿍얼거리며.

"바닐라는 말이죠, 달콤한 향기를 품고 있지만 만만찮은 콩입 니다. 조그만 주제에 말이에요. 꽃 위에 얇은 막이 덮여 있어서 인공수정으로만 재배가 되지 자연 상태에서는 교배가 불가능하 거든요."

한성은 문득 음식 이야기를 꺼냈다. 수업시간에 곧잘 그러했 듯이.

"영진 씨한테서 받는 느낌이 딱 그래요, 저는. 바닐라처럼 견 고한 막에 둘러싸여 있죠. 그럼 바닐라가 처음부터 인공수정만 가능한 식물이었냐 하면 그런 건 아니고, 당연히 그럴 리 없었겠고, 아스텍에 서식하는 특별한 벌 하나만이 그 막을 파고들어 꽃을 수정시킬 수 있다고 하더라구요. 그러니까 원래는 딱 한 종류의 벌에만 자기를 허락하는 까다로운 공주님이었던 거죠, 바닐라가."

평소 이한성의 요리 얘기를 그다지 감명 깊게 듣지 않았던 김윤제였지만 오늘의 이야기는 무척 인상적이었다. 자그맣고 단단한 콩, 단 하나의 존재만을 받아들이는 수줍은 꽃, 마침내 피어나는 더없이 달콤한 향기. 그야말로 김윤제가 꿈꾸는 김영진과 자신의 러브스토리 아닌가.

"영진 씨의 마음속엔 아무나 파고들 수 없을 겁니다. 나나 현도나 해민이는 그저 친구에 불과하고, 정략적 상대가 있을지도 모르지만 조건이 좋다고 마음을 차지할 수 있는 건 아니겠죠. 바닐라의 막을 뚫을 수 있는 유일한 꿀벌 멜리포니나이는 아주 공격적이지만 아이러니하게도 독침이 없다고 합니다. 강함과 유함을 동시에 지니고 있는 특별한 존재인 거죠. 나는 김윤제 씨를 잘 모릅니다만, 윤제 씨가 그런 사람이면 좋겠네요. 영진 씨를 열고 들어가 꽃을 피워주는 게 김윤제 씨였으면 싶네요."

윤제는 눈을 동그랗게 뜨고 이한성을 쳐다보았다.

두 사람은 이미 연적은 아니었다. 이한성은 절대, 결코, 김영진을 손에 넣을 수 없는 사람이니까. 그렇다고 이렇게 대놓고 자신의 편을 들어줄 줄은 몰랐다. 남자란 기본적으로 다소 빙퉁그러진 심성을 가지고 있으므로.

"영진 씨가 행복해지길 바라는 겁니다, 전."

그의 마음을 읽은 것처럼 한성이 온유하게 웃었다.

"어떻게 해야 할지 모르겠어요."

윤제가 불퉁스럽게 말을 받았다.

도무지 알 수가 없다. 유혹에 성공했는데도 여전히 손에 잡히지 않는 여자라니, 무슨 패를 내놓아야 마음을 열어주는 걸까.

"전 김영진을 도와 세한그룹을 이끌어갈 수도 있고 여자로 사랑해줄 수도 있어요. 그 여자 주변에 이런 남자는 나 하나뿐이란 말입니다. 그런데 그 여잔 그걸 모른단 말이죠."

"그러게요. 참 어려운 문제네요."

이한성이 여전히 따스한 얼굴로 맞장구를 쳤다.

'무슨 대답이 저래. 무책임하시리.'

속으로 투덜거렸지만 윤제는 기분이 나쁘지 않았다.

자신만의 착각이 아니었던 것이다. 김영진에게는 김윤제가 어울리는 거다. 그러니 여기서 찌그러질 수는 없는 게다.

"그런데…… 실은 꼭 아셔야 할 문제가 하나 있는데요."

한성이 굳이 나온 것은 사실 윤제에게 할 이야기가 있어서였다. 바닐라 얘기 말고. 윤제를 영진의 짝으로 인정한 이상 그녀에게 닥칠 수도 있는 위험에 대해 언질을 주지 않을 수 없었으므로.

"영진 씨한테는 말했는데 별로 신경을 안 써서요. 저희 아버지가 말입니다, 실은 지난번에 영진 씨를 보고는……."

김윤제는 터덜터덜 걸었다. 어쩔 수 없이 집으로 향하는 발걸음이 무거웠다. 제길, 밸도 없지. 끊임없이 구시렁거리며 그는 초록빛 공원길을 지났다.

'아버지가 해코지를 할지도 모른다.'

한성의 고백을 들어버린 이상 영진을 집에 혼자 둘 수는 없는 일이었다. 보디가드가 있다 해도 그들은 집 안까지 지키는 게 아니니까. 자존심 상하고 입장이 더러워도 꾸역꾸역 기어 들어가야만 하는 것이다.

……핑계 김에.

어디선가 김영진의 목소리가 들려온 것은 집에 거의 다다랐을 때였다.

"여자친구 행세를 또 하라구요?"

윤제는 선뜻 모습을 드러내지 못하고 뒤쪽에서 천천히 다가갔다. 누구하고 얘기하고 있는데 여자친구 운운이지?

"이번엔 좀 본격적으로 연기를 해야 할 거예요. 잘만 해주면 영진 씨가 나 속인 거 그걸로 퉁 쳐줄게요."

상대는 차현도인 것 같았다. 하나로 묶은 머리가 어둠 속에 찰랑이는 걸 보면.

하.

김윤제는 혀를 찼다.

그는 항상 차현도가 마음에 걸렸었다. 가녀린 박해민이 의외로 외유내강인 반면 차현도는 묘하게 아슬아슬한 느낌이 있었다. 영주 말마따나 사랑이 연민에서 시작된다면 그 꼬투리가 되기에 딱 알맞을 정도로.

심지어 이젠 순결하지 않은 것도 문제가 덜 될 터였다. 김윤제 자신이 전략을 잘못 쓰는 바람에.

……제길.

"그럼 용서해 주는 거예요?"

영진의 목소리가 평소답지 않게 기죽어 조심스러운 것도 그는 마음에 들지 않았다.

차현도는 절대 안 돼. 너도 알고 나도 알아. 하지만 기분 거지 같네. 뭘 그렇게 죽을죄를 지었다고 실설 기어. 차현도가 뭐라고.

"뭐……, 이해가 안 되는 건 아니니까요. 세한그룹 김영진 씨라고 했으면 절대 가까워질 수 없었을 테니. 그래도 역시 윤제 씨를 동생인 척한 건 별로예요. 한성이한테 예의도 아니고."

그래서 용서해 준다고, 안 해준다고?

"하지만 난 여전히 영진 씨가 좋네요. 억울하게도. 그러니 봐드려야지 어떡하겠어요."

헹.

생각 같아서는 끼어들어 깽판을 치고 싶었지만 윤제는 웅크리고 앉아 기다렸다. 차현도가 보는 앞에서 영진에게 쫓겨나면 회생이 불가능할 것 같았기에.

다행히 대화는 그다지 길지 않았다. 왜 여자친구 노릇을 해주어야 하는지는 모르겠으나 조만간 누군가와 삼자대면을 할 모양이었다. 바람둥이답게 여자 떼는 방법도 지저분하군, 윤제는 코웃음을 쳤다.

"이제 나와라, 윤제야."

영진의 말에 윤제는 놀라 벌떡 일어섰다.

현도는 어느새 사라지고 그녀 혼자 벤치에 앉아 있었다.

"그동안 어디서 지냈어? 걱정했잖아."

마치 친누나처럼 어른스러운 염려의 말. 그러나 눈을 마주치지 못하는 김영진. 윤제는 자신 못지않게 그녀도 긴장하고 있음을 느꼈다.

그 바람에 대뜸 속마음이 튀어나왔다.

"얼떨결에 아무 말이나 한 거지?"

다짜고짜 본론으로 들어가자 영진의 어깨가 굳었다.

"한 번 잔 남자를 찾겠다니 말도 안 되는 소리 한 거, 그거 절대 진심 아니지?"

이가 갈렸다. 이렇게 재회를 열 생각이 아니었다. 풋내기처럼 초조하게 본심을 말해라 졸라댈 계획이 아니었다.

하지만 지난 사흘간 그에게 제일 중요했던 건 결국 이 문제였던 거다. 진짜 완전히 잘려나간 건지, 아직 희망이 있는 건지. 정말로 죽었다 깨어나도 나는 절대 안 되는 거냐고 묻고 싶었던 것이다.

"윤제야. 그날 밤은 미안했어. 내가 술이 취해서……. 하지만 우리 사이에 무슨 일이 있었든 너랑 나는 그런 사이가 될 수 없어."

말이 완곡할 뿐 결국 거절이었다.

곤란해하는 영진을 보며 윤제는 잠깐 머리를 굴렸다. 여기서 읍소를 해? 담담하게 알았다고 하고 다음 기회를 노려? 그게 아니면…….

"당신 나 어떻게 책임질 거야? 나야말로 그날 밤이 첫 경험이었는데! 순결한 남자 찾는다고 노래를 불러놓고, 그래서 명단 뽑아 이사까지 오면서 접근해 놓곤, 막상 순결한 나는 농락하고 버리냐?"

아니면 멜리포니나이 벌처럼 강공을 펼쳐?

"당신 박해민이랑 잤으면 안 이럴 거지! 그거 빌미 삼아 어떻게든 엮을 거였지! 왜 나한테만 이래? 왜 내 순결은 하찮은 건데? 왜 나한테는 진심도 없는 것처럼 구냐고!"

사람이 거짓말에 진정을 가득 부으면 스스로 그 거짓말을 믿게 된다. 지금 김윤제가 그런 상태였다. 억울하고 서러워 눈물이 찔끔 났다. 재벌에게 몸 뺏기고 버림받은 가련한 처녀에 빙의되어 파르르 떨고 있는 그를, 김영진이 넋을 잃은 듯 쳐다보았다.

넋을…… 잃고 있었다. 좀 지나치게 창백한 얼굴로.

"해민 씨."

그녀가 기어들어가는 소리로 중얼거렸다.

음?

영진의 시선을 따라 윤제도 뒤를 돌아보았다.

그의 등 뒤로, 새하얀 얼굴을 달빛에 빛내며 박해민이 서 있었다. 언제부터 들었는지 알 수 없지만 중요한 말은 다 들은 게 분명한, 차갑게 얼어붙은 얼굴을 하고.

어이쿠.

"우연이 아니었나요, 우리가 만난 게?"

높낮이 전혀 없이 흘러나온 해민의 목소리에 영진은 주먹을 꼭 쥐었다. 식은땀이 흘렀다. 무어라 대답해야 할지, 어떻게 둘러대야 좋을지 아무 생각도 나질 않았다.

"한성이 때문에 온 것도 아니고, 우리가 순결서약한 사람들이라 찾아온 거였어요? 처녀 간택 나온 것처럼, 가증스럽게 순진한 척하면서?"

듣다 못한 윤제가 윤제가 한 발 앞으로 나섰다.

"저기, 그게 아니라……."

그러나 해민은 그의 말을 자르며 손에 들고 있던 책 꾸러미를 내밀었다.

"화해의 의미로 책을 몇 권 골라봤는데 이젠 부질없는 일이 돼 버렸네요. 한성이하고 현도한테는 직접 이야기하고 사과하세요. 우리를 대한 태도에 조금이라도 진실이 섞여 있었다면 그 정도 예의는 지켜주셨으면 좋겠네요."

얼떨결에 책을 받아들며 윤제는 흠칫 몸을 떨었다. 불같은 사람, 완고한 사람 적잖이 보며 살아온 그였지만 해민의 포스는 저승사자를 방불케 했다. 선뜩한 냉기가 여름밤을 얼릴 듯해 소름이 돋았다.

말 한 마디 못 하고 해민을 보낸 영진이 스르르 무너져 땅바닥에 주저앉았다. 남의 이별 선물을 거머쥔 채 미간을 찌푸리고 있던 윤제는 당황해 그녀 곁으로 달려갔다.

"이봐, 정신 차려."

그러곤 소스라치게 놀랐다. 박해민이 나타났을 때보다도 훨씬 더.

영진이 눈물을 방울방울 흘리며 울고 있었기 때문이다.

"어쩌지, 윤제야?"

아무도 본 일 없는 보석 같은 눈물을 뿌리며 영진은 그의 옷자락을 움켜쥐었다.

"내가 다 망쳐 버렸어. 전부 다 내 탓이야. 어쩜 좋아? 너한테도, 해민 씨랑 다들……. 전부 내 잘못이야. 어떡하면 좋아?"

올려다보는 젖은 눈망울이 사랑스러워 윤제는 숨을 훅 들이켰다. 반한 게 죄라더니, 다른 남자 때문에 우는 거까지 이렇게 예뻐 보일 수가 있나.

"미안해. 너한테도 너무 미안해. 나는 이런 인간관계가 처음이라서, 너무 소중한데 너무 서툴러서, 이렇게 깨지고 싶진 않았는데, 아아⋯⋯."

술을 마셨을 때보다 더 무방비하게 마음을 열어버린 김영진이 그의 어깨에 매달려 흐느꼈다.

"괜찮아, 괜찮아. 쉬이."

윤제가 달랬지만 영진은 머리를 마구 흔들었다.

괜찮지 않았다. 세한그룹 김영진인 거야 어찌저찌 넘어갈 수 있겠으나 순결한 남자를 찾아 벼르고 찾아온 건 용서받을 수 있는 일이 아니었다. 그렇게 마음을 열어주었는데, 그다지도 예뻐해 주었는데, 실은 저울질하고 먹잇감으로 보고 있었다는 사실을 세상 누가 용납할 수 있을까.

"며칠 이따가 다시 가서 사과해. 화가 가라앉고 나면 이해해 줄 거야. 아버지 때문에 남자를 못 믿게 돼서 그런 생각 한 거라고 해. 사실이잖아, 그게."

그녀가 충분히 울기를 기다렸다가 윤제가 속삭였다. 머리통을 부드럽게 쓰다듬으면서.

이렇게 운 건 아마도 처음이었던 듯 그녀는 눈물과 함께 기운을 다 쏟아내고 그에게 매달려 늘어졌다.

"⋯⋯바보."

영진의 투정에 윤제는 웃었다.

'바보, 맞지. 무슨 뜻으로 하는 말인지 다 알아. 이 상황이 돼서까지 당신을 위로하는 내가 속없이 착하기만 한 거 같지? 하지만 김영진, 날 과소평가하면 안 돼.'

그녀가 윤제 자신에게도 미안하다고 한 말은 진심일 것이다. 거절한 게 미안한 거든 완전히 놓지 못한 게 미안한 거든, 영진은 그에게 마음의 빚을 지고 있는 게 분명했다.

그러니 아직은 가능성이 있다.

이런 와중에도 머리를 굴리고 있는 스스로가 우스웠지만 김윤제는 그게 별로 나쁘다고 생각하진 않았다. 중요한 건 기회를 어떻게 활용하느냐 하는 것뿐.

"들어가자. 들어가서 푹 자, 응? 내가 옆에 있어줄게."

다독이며 영진을 일으킨 그는 함께 집으로 향했다.

'이렇게 얼렁뚱땅 동거생활이 재개된 건 다행, 그녀 옆에 유일한 위안으로 남은 건 찬스. 나는 절대 순진하지 않은 김윤제, 그러나 김영진에게 순결을 바친 가련한 미남.'

눈에 보이지 않는 아홉 개의 꼬리를 꺼내 영진의 옆구리에 휘감으며 그는 살풋 웃었다.

멜리포니나이?

우리 한번 해보자고.

반드시 바닐라 향기 진동할 날이 올 거야. 꼭.

달이 구름 속으로 모습을 감추었다.

"다 잘 되고 있습니다."

허주혁의 보고에 김용식 회장은 만족스럽게 웃었다.

기업 경영으로 평생을 보낸 그는 물론 알고 있다, 세상일에는 의외의 변수가 있고 미래를 낙관하는 건 어리석다는 사실을.

그러나 체스 판 전체를 이해하고 보면 대략의 수는 그려지기 마련이다.

플레이어가 체스 판을 장악하는 능력이 뛰어날수록 훌륭한 결과가 나온다. 그게 말들로서도 영광된 일 아니겠는가. 퀸을 지키기 위해서라면 비숍 따위 당연히 희생해야 하고 때로는 속임수를 쓸 일도 있는 법. 퀸이나 비숍이 그의 꼼수를 안다 해도 그게 대수이겠는가. 일개 말의 자유의지 따위가 무슨 소용이란 말인가.

"왕관을 거머쥐어라, 영진아."

창문 아래 비죽비죽 펼쳐진 빌딩들을 내려다보며 그는 중얼거렸다.

"세상을 네 발 아래 두어라, 내 딸아."

그는 딸의 인정이나 애정 따위 바라고 있지 않았다. 그가 원하는 건 오로지 김영진의 성장, 그리고 몇 개의 조각들을 메워 넣어 그녀를 완벽한 후계자로 완성시키는 것뿐.

김용식이라는 인간에게 가장 소중한 것은 자식인가? 아니면 세한그룹인가? 3만 근로자의 안위와 복지인가? 사회에 기여하고 이름을 길이 남기는 것인가?

그렇지 않았다.

그에게 가장 중요한 것은 본인의 의지대로 사는 일이었다. 원하는 바를 손에 넣는 것, 만사를 통제하여 지배하는 것. 그리고 그 과정에서 오는 희열.

아무에게도 본심을 이야기하지는 않는다. 대부분의 인간은 쓸데없이 순수한 척하며 그런 사고방식에 거부감을 갖기 마련이므로.

김용식 회장은 허주혁을 생각하며 다시 웃음을 올렸다.

때로는 주인의 의지와 똑같은 자유의지를 지닌 말도 있는 법이다.

8. 푸아그라, 여자들, 플로렌틴

들어갈 상황이 아닌 것 같았다. 영진은 유리문을 반쯤 연 채로 멈췄다. 이른 시간이라 아무도 없을 줄 알았더니 의외의 방문객이 있는 모양이었다.

"해민 오빠, 이러지 마. 우리가 같이 지낸 시간이 얼만데."

들려오는 여자 목소리가 새소리처럼 낭랑하고도 가냘팠다.

"헤어져 있는 시간도 못지않게 길었어. 새삼스럽게 왜 이러는지 난 이해를 못 하겠다."

해민의 음성은 차가웠다.

"그동안 나 안 보고 싶었어? 난 오빠 생각밖에 안 했어."

대화가 본격적으로 심각해질 모양이었다. 영진은 문을 살짝 닫으며 발을 뺐다. 그러나 실패했다.

"영진 씨."

해민이 그녀를 보고 부른 것이다.

이런.

하는 수 없이 눈을 든 영진은 어색하게 고개를 끄덕였다.

"나중에 다시 올게요, 해민 씨."

며칠을 벼르다가 사과하러 찾아온 서점이었다. 해민의 기분이 최고일 때라도 모진 말을 들을 텐데 이런 시추에이션은 곤란했다. 한눈에 봐도 여자는 해민의 옛 연인, 건드리고 싶지 않았다.

"가지 마요. 이쪽은 용건 다 끝났어요."

그러나 그건 영진의 희망사항일 뿐, 해민은 배려 따위 보여주지 않았다.

목소리에 냉기가 뚝뚝 흐르는 건 저 여자 때문일까 나 때문일까, 영진은 주눅 들어 목을 약간 움츠린 채로 서점에 들어섰다.

가까이서 본 여자는 수수하다 할 만큼 단정한 인상이었다. 이목구비가 반듯했으나 화장기가 하나도 없어 약간 피곤해 보였다. 어쩐지 '시민운동 하는 여자란 이런 외모'라는 편견에 딱 부합하는 얼굴이라 영진은 조금 우스웠다.

"이제 가라, 너. 남의 영업집에 와서 이러는 거 아냐."

차갑게 잘라냈는데도 여자는 꼼짝하지 않았다. 아니, 그녀는 이제 시선을 영진에 고정하고 있었다. 눈동자가 점점 커지는 게 보여서 영진은 당황했다.

"세상에……, 저기요, 그쪽 혹시?"

곤란한데.

퍼뜩 감이 왔다. 여자가 영진을 알아본 거다. 어떤 자리에서 마주친 건진 모르겠지만 매체를 통해서가 아니라 실물을 본 모양이었다. 이렇게 확신에 가까운 태도를 보이는 걸 보면.

"혹시? 그게 뭔데. 너 왜 손님한테 시비 걸어?"

아니, 시비라니. 여자가 당황해서 설명하려 했지만 해민은 단호했다.

"이 사람이 누구든 너 알 바 아니고, 다신 오지 마. 우린 오래전에 남 된 사람들이야."

"그치만 어떻게 세한 분이 오빠랑……?"

그 다음엔 아마 이런 말이 이어질 예정이었을 거다.

'왜 자선행사도 세한 사무실도 아닌 오빠 서점에서 만나는 거야?'

그리고 이런 생각을 하겠지. 세한 여자가 오빠 눈치를 보는 거 같은데?

하지만 영진은 여자의 다음 말을 들을 수 없었다. 해민이 먼저 입을 열었기 때문이다.

"보다시피 나 좋은 기회 잡은 거니까 방해하지 말아줘. 혹시라도 착각할까 봐 말해두는데, 난 니가 그 남자한테 갈 때처럼 '좋은 일을 더 많이 하려고 돈 많은 남자를 붙드는' 거 아니고 그냥 나 혼자 잘 먹고 잘 살아보겠다는 거야. 그러니 가주면 고맙겠다."

잔인하기 짝이 없는 해민의 말에 여자의 얼굴이 하얗게 질렸다. 금방이라도 눈물을 떨어뜨릴 것 같은 눈으로 그녀는 해민과 영진을 번갈아보았다.

……난감하네.

오해받는 기분이 떨떠름했지만 해민에게 빚이 있는 영진은 아무 말 하지 못했다.

그리고 여자가 가만히 돌아서서 나갔다.

후유.

영진은 자기도 모르게 참았던 숨을 내쉬었다. 잠시간이었지만 해민이 뿜어낸 아우라는 대단했다. 여자도 만만치 않은 사람 같았는데 그에게 꼼짝 못하지 않았던가. 애당초 지은 죄가 있는 것 같긴 했지만.

해민이 말없이 그녀를 쳐다보았다. 상황을 설명해 줄 생각은 없는 것 같았다. 그는 영진이 찾아온 이유를 듣기 위해 기다리고 있었다.

"이걸 읽어주세요, 해민 씨."

영진은 가방에서 폴더를 꺼내 해민에게 내밀었다. 그녀가 집을 나오며 가지고 온 기획서, 그녀는 모르지만 윤제가 방에서 몰래 훔쳐 읽었던 바로 그 문서였다. 왜 순결한 남자를 찾게 됐는가 하는 설명과 그녀 자신의 다짐, 그리고 남자들의 이력 및 사진이 포함돼 있는 적나라한 증거물이었다.

"적당히 포장하고 동정심에 호소해 볼까도 생각했어요. 하지만 솔직히 털어놓아야 하는 거겠죠. 읽으면 불쾌하실 거예요. 그래도 용서해 주실 순 없을까요. 시작은 이렇게 했어도 이후의 관계는 거짓이었던 게 아니니까요. 그것만은 해민 씨도 아실 거라 믿어요."

그녀는 감정을 빼고 말했다. 윤제의 말처럼 아버지와 트라우마를 들먹여 변명하고 싶진 않았다. 마지막에 마지막만은 진실해야 한다고 생각했다.

해민은 문서를 빠르게 훑어보더니 하얀 이마에 잘게 주름을 잡았다.

"생각보다 더 지독하네요. 현도나 한성이도 이걸 봤나요?"

영진은 고개를 저었다.

"아직요. 해민 씨한테 먼저 용서를 구하고 싶었어요."

"그게 제일 파장이 적을 거라 생각했군요. 한꺼번에 붙여놓으면 화르르 타오를 테니 하나씩 진화해야겠다고 전략을 짠 거죠?"

정이라곤 한 톨도 섞이지 않은 목소리로 해민이 말했다.

영진은 입을 다물었다. 어떻게 하면 일이 덜 커질 수 있을까 고민하고 내린 결론은 맞았다. 일단 해민에게 빌고, 다음엔 좀 너그러운 한성한테 이야기하고, 듣자마자 두 사람한테 전화할 게 분명한 현도에겐 맨 마지막에 말하는 게 좋겠다고. 용서받기 위해 나름 고심한 순서였지만 막상 남의 입으로 들으니 뻔뻔한 계산속같이 여겨져서 무안했다.

"그러니까, 현도를 쫓아다니던 흥신소 직원은 영진 씨가 붙인 거였군요."

눈을 든 해민이 확인했다.

영진은 자기도 모르게 고개를 끄덕였다.

하.

입가에 떠오른 비웃음을 거두지 않고 해민은 문을 향해 손을 들었다.

"생각해 볼 테니 일단 가세요."

더 이상 한마디도 붙이지 못한 채 영진은 그렇게 쫓겨났다.

평소와 너무나 다른 해민의 태도에 뼛속까지 시린 느낌이었다.

그리고 마음이 아팠다. 그 정도로 해민을 실망시켰다는 방증(傍證)이기도 하였기에.

그녀는 서점 계단에 주저앉고 싶은 걸 참고 억지로 발걸음을 옮겼다.

후회해도 아무 소용없는 걸 알면서도, 후회가 되었다.

견딜 수 없을 만큼.

❖   ❖   ❖

누가 보아도 이상한 자리였다. 김 회장 부부와 외동딸 영진, 그에게 청혼한 바 있는 허주혁, 거기까지는 무리가 없었으나 김윤제가 덩달아 초대된 것은 매우 뜬금없었으므로.

아버지가 외교관인 김윤제는 어떤 자리에 데려다놔도 매끄럽게 처신할 수 있었다. 그러나 허주혁은 불편할 수밖에 없을 자리였다. 최고급 프렌치레스토랑이라니, 그것도 대한민국 최상층을 점령하고 있는 사람들 사이에서, 더구나 경쟁자까지 동석한 채로.

'생각보다 잘하고 있잖아, 저치.'

그런데 의외로 주혁은 윤제조차도 최고점을 주지 않을 수 없을 만큼 자연스럽게 행동하고 있었다.

"이 송로버섯이라는 건 약간 비린 맛이 나는군요."

이런 자리에서 절대 피해야 할 악수(惡手)는 아는 척하다가 결정적인 순간에 책잡히는 거고, 그 다음은 바짝 굳어 어수룩하게 구는 것이다. 물론 '이런 비싼 걸 먹다니 낭비' 운운하며 초대한 사람을 모욕하는 게 최악 중에 최악이겠지만 주혁이 그 정도일 리는 없을 터였다. 도리어 상당히 잘하고 있었다, 허주혁은. 적당한 호기심을 보여가면서 솔직하고도 당당하게, 그야말로 남자답게.

"나는 송로는 입에 맞더군. 푸아그라는 그다지 좋아하지 않네만."

너그럽게 웃는 것으로 보아 김 회장의 눈에도 예비 사위 허주혁의 태도가 괜찮아 보이는 모양이었다. 부러 이런 불편한 곳에 불러본 보람이 있는 듯싶었다. 테스트임에 분명한 자리는 주혁의 선방으로 일단 부드러웠다.

'저 여자가 문제지, 지금. 넋이 어디 딴 데 가 있어.'

윤제는 영진을 힐끗 쳐다보며 속으로 혀를 찼다.

영진은 아까부터 음식만 뚫어져라 쳐다보며 대화에 일절 끼지 않았다. 웰컴 디시가 나올 때도, 얼굴만 한 와인 잔을 돌릴 때도 그녀는 마음을 콩밭에 두고 온 듯 공허해 보였다.

그녀가 무슨 생각을 하는지 윤제는 알 것 같았다.

'프랑스에선 송로버섯을 찾기 위해서 돼지를 끌고 다녔다는 둥, 푸아그라는 이집트인이 처음 고안해 냈다는 둥, 그 우유곽 트리오가 했을 법한 말을 생각하는 중이겠지. 차현도라면 포트와인을 내놨을 텐데, 그런 생각도 같이.'

실지로 영진은 그런 생각을 하고 있었다.

'지금 이 자리에 세 사람이 있다면 얼마나 풍성하고 즐거울까. 거짓으로 웃는 건 더 이상 못 하겠어.'

다만 윤제가 상상하는 것보다 훨씬 어둠침침한 색채를 띠고 있었을 뿐.

'아아, 하지만 나야말로 거짓덩어리였던 거지. 나는 대체 무슨 짓을 저지른 건가. 도저히 돌이킬 수 없는 걸까, 이젠.'

자책이 칼날처럼 가슴을 저몄다.

그녀의 '순결한 남자를 찾아서' 계획서를 펼쳐본 한성은 몹시 절망적인 얼굴을 했다. 당연한 일이었다. 그래도 그는 대뜸 영진을 비난하는 대신 시간을 달라고 하였다. 견고한 어깨를 그녀로부터 돌리면서 무겁게.

차현도 역시 예상에서 크게 벗어나지 않은 모습을 보였다. 깊이 상처 받은 표정으로 눈을 감은 그는, 한참만에야 갈라진 음성으로 힘겹게 속삭였다.

"배신당하는 데 익숙하다고 생각했는데 아니었나 보네요. 많이 아프군요. 당신까지 이럴 줄은 정말 몰랐거든요."

그리고 나중에 얘기하자며 자리를 떠버렸다.

벌써 일주일 전 얘기였다. 세 남자 중 누구도 그 사이 영진에게 연락하지 않았다. 그녀는 자신이 저지른 기만의 대가를 매 순간 손끝까지 저리도록 느끼며 기다리고 있었다. 그나마 적절한 위로와 얼마간의 나무람으로 붙들어주는 김윤제가 아니었다면 견뎌내지 못했을 것이다. 괜찮아, 괜찮아. 단 한 번도 가져보지 못한 누군가의 무조건적인 지지란 적잖이 위안이 되는 것이었다.

그녀의 괴로움을 활용하여 곁을 차지하는 데 성공한 것과는 별개로, 윤제는 전장이나 다름없는 이 자리에서 김영진이 널브러진 모습을 보이는 게 마음에 들지 않았다.

'계속 우유곽 트리오를 생각하고 있을 때가 아니잖아, 김영진, 지금이?'

그래서 그는 자신이 다소간 졸렬하게 보일 위험을 무릅쓰고 분위기를 반전시켜 보기로 결심했다.

"호리디우스가 그랬다죠, 간은 징열의 자리고 득히 관능석인 사랑과 분노의 근원이라구요. 우리나라에서 간은 무모함의 상징인데 서양식 해석이 더 낭만적인 것 같군요."

일행이 모두 그를 쳐다보았다.

윤제는 허주혁에게 시선을 꽂았다.

"사랑과 분노와 무모함이라, 전 어쩐지 막장드라마가 떠오르는데 말입니다. 허주혁 선배는 어떠신지요? 사귀는 사람이 있으면서도 영진 누나한테 청혼하다니, 허주혁 선배는 간의 기능이 남다르신 모양입니다?"

허주혁이 살짝 얼굴을 굳혔다.

윤제가 덧붙였다.

"게다가 사귀는 여자분이 영진 누나 동기동창이라고 하던데요. 사실입니까?"

가장 놀란 건 영진의 어머니 문 여사였다. 영진이 딱딱한 얼굴을 했고 허주혁은 미미하게 난처한 기색을 보였다. 김 회장의 눈가에 얼핏 웃음이 지나간 듯했으나 잘못 본 것일 수도 있다고 윤제는 생각했다.

"뒷조사를 한 모양이네. 뭐, 아주 틀리지는 않았군. 내 나이서른셋인데 여자 사권 일이 한 번도 없다면 거짓말이겠지. 하지만 헤어진 지 좀 되었어. 영진이 때문인 건 절대 아니고."

윤제는 코웃음을 치며 그를 응시했다.

뻔뻔하기도 하지, 염소수염 재상. 하늘이 알고 땅이 알아, 당신이 김영진 때문에 그 여자 찬 거. 이거이거, 신숙주나 이완용보다 더 나쁜 놈 아냐?

그가 브라질에 알아본 바 허주혁은 의외로 사생활이 깨끗했다. 여자를 엮어주려 해도 한국에 애인이 있다며 거절하곤 했다는 것이다. 그리고 그 여자와 헤어졌다는 말 같은 건, 당연히 전혀 없었다.

"영진이 니 친구였던 건 맞아. 민지, 너도 기억하겠지."

주혁은 전혀 거리낄 게 없다는 표정이었다.

감정을 드러낸 건 영진 쪽이었다.

"민지? 다른 사람도 아니고 민지예요?"

예전보다 훨씬 표현이 풍부해진 얼굴에 당혹과 경멸의 빛이 떠올랐다.

"선배 옛날에 민지한테 재벌 딸도 아닌 주제에 껄떡거리지 말라고 그러지 않았어요? 그 바람에 민지하고 내 사이도 깨져 버렸는데?"

윤제가 혀를 찼다.

저런 거였군…… 일반인 친구한테 뒤통수 맞은 스토리가.

"솔직히 너무 옛날 일이라 정확하게 뭐라고 말했는지는 기억 안 나지만."

주혁은 생각을 가다듬는지 잠깐 천장을 쳐다보았다.

"모질게 말한 건 사실이었어. 그땐 여유가 없었으니까. 헌신하겠다는 식의 고백에 넌더리가 났달까. 자격지심도 심한 때였고."

그래놓고 그 여자랑 사귀었다고? 그것도 십 수 년이 지난 후에?

윤제는 눈살을 찌푸렸다. 허주혁에게보다 민지라는 여자한테 질려서.

"다시 민난 긴 우연이었고 사귀게 된 건 어쩌나 보니야. 민시는 옛날 일을 들먹인 일이 없어서 잊고 살았지. 니 친구를 그런 식으로 거절했었으니 너하고도 가까워질 순 없었지만, 그 일로 두 사람 사이까지 소원해졌을 줄은 몰랐어."

결국 네놈이 너무 잘나서 민지라는 여자가 아무것도 상관하지 않을 만큼 매달렸다는 거잖아. 들을수록 재수 없는 이야기네. 윤제는 입을 비쭉였다.

"왜 헤어졌는데요?"

영진이 도발적으로 물었다.

그녀의 유일한 우정, 소중한 친구, 민지가 마지막으로 한 말을 영진은 생생히 기억하고 있었다.

"열등감 없이 널 쳐다보기가 너무 힘들어. 너를 좋아하는지 미워하는지조차 모르겠어. 내가 갖지 못한 걸 다 갖고서도 안 행복해 보이는 니가 참 화 나. 그런데 니가 행복하지 않아서 그나마 다행이다 싶으니, 난 니 친구가 아닌 게 확실하지?"

허주혁을 지나치게 좋아했던 걸까, 아니면 그녀를 정말 미워했던 걸까. 그렇게 거절당하고도 끝내 허주혁과 사귀고야 만 건 대체. 무슨 마음에서였을까. 사랑이었을까, 오기였을까, 집착이었을까.

영진은 한때 벗이었던 여자의 마음을 도저히 이해할 수 없었다.

"왜 헤어졌는지 묻는 건 나한테 아직 기회가 있기 때문이라고 생각해도 될까?"

저 능구렁이 자식.

윤제는 투덜거렸다. 속으로.

"그렇다고 해두죠. 선배가 어떤 사람인지 알지 못하면 이쪽도 태도를 정할 수 없으니까요."

영진의 대답을 들은 주혁은 곱씹듯 천천히 설명했다.

"너무 많이 사랑받는 건 부담스러운 일이더군. 처음엔 감사한 일이었지만 차차 짐이 돼갔어. 그쪽도 마찬가지였지. 사귀는 것만으로도 기쁜 날은 짧았던 모양이야. 힘들어하기 시작하더라고."

영진은 가만히 눈을 돌렸다. 어머니 문 여사는 이 대화가 불편한 모양이었다. 정상적인 사고를 가진 사람이라면 누구나 그럴 것이다. 그러나 아버지 김 회장은 즐거운 기색이었다. 그는 정상인의 범주에서 벗어난 사람이므로. 윤제는 이마를 조금 찌푸리고 있었다. 당초 이 화제를 꺼낸 사람이지만 마음에 썩 들지는 않는다는 듯이.

얼굴에 아무것도 드러내지 않았지만 영진은 주혁의 말이 무슨 뜻인지 이해할 수 있을 것 같았다. 지나친 사랑은 주는 사람에게도 받는 사람에게도 노동이 된다. 그리고 어떤 이들에겐 그 무게가 남들보다 더 버거운 것이다. 김영진처럼, 허주혁처럼, 마음을 주고받는 행위에 익숙하지 않은 사람들에겐 더더욱.

그녀가 뜨겁고 지독한 사랑에 목매고 싶지 않은 건 그래서였다. 온화하고 올곧은 사람을 만나 감정소모 없는 인생을 살고 싶었다. 그러나 그런 욕심은 영진 자신을 진실하지 못하게 만들었고, 감정은 스스로 생명력을 얻어 원치 않던 곳으로 그녀를 떠밀어냈다. 애써 외면해 온 마음이란 놈은 그렇게 그녀를 지배했다. 무섭지만 사실이었다. 아니, 사실이지만 무서운 일이었다.

"모처럼 허심탄회한 대화를 나누니 좋구나. 젊은 사람들하고 이야기하면 언제나 기운이 솟는 것 같단 말이야. 그렇지요, 여보?"

김 회장이 짐짓 다정하게 문 여사를 바라보았다. 오늘은 여기서 파장, 그런 의미였다. 모두가 알아들었다.

"그러네요. 영진이가 어서 짝을 정해서 진짜 가족이 됐으면 좋겠어요."

문 여사가 노골적으로 안도한 표정을 지어 보였다. 아직도 순진하구나, 저분은. 윤제는 가볍게 혀를 찼다.

이 밀림 같은 왕실에 이한성이나 차현도나 박해민이 편입되는 모습은 상상만 해도 끔찍한 일이었다. 영진의 미래를 위해서 뿐 아니라 그들 자신의 인생을 위해서도, 그건 안 되는 일인 거다. 김영진도 우유 트리오 본인들도 다 알고 있을 것이다.

그러므로 관건은 허주혁 하나였다.

다만 허주혁과 김 회장 사이의 역학관계가 어딘지 예상과 어긋난 것이 윤제는 계속 마음에 걸렸다. 내가 한 정도의 뒷조사는 김 회장도 했을 텐데 왜 문제 삼지 않는 건가, 그는 찜찜했다.

회동의 목적이 정말로 허주혁의 그릇을 보고자 함이었는지도, 점점 의심스러워지기 시작했다.

"참, 영진아. 얼마 후에 몽골에 한번 다녀오너라."

지나가는 말처럼 김 회장은 덧붙였다. 자리는 그렇게 파했다.

집으로 돌아오는 내내 두 사람은 침묵했다. 충분히 피곤한 식사였다. 그러나 기사가 운전한 차에서 내리며 그들은 발견하고 말았다. 긴 저녁이 아직도 끝나지 않았다는 것을.

낯선 그림자가 두 사람을 기다리고 있었다. 아니, 김영진을 기다리고 있었다. 가로등 불빛 아래 단정하고도 단호한 실루엣이었다.

"그날 뒤를 밟았어요. 죄송합니다."

의외의 인물에 영진이 아주 잠깐 난색을 드러냈다가 곧 거뒀다.

"이야기를 좀 했으면 좋겠는데요."

"하세요."

여자는 윤제가 비켜주길 바라는 눈치였지만 영진은 모른 척했다. 윤제 역시 마찬가지였다. 수상한 여자한테 호의를 베풀 마음 따위 없었다.

하아.

숨을 몰아쉰 여자는 마음을 다잡은 듯 영진에게 다그쳐대기 시작했다.

"해민 오빠하고 별 사이 아니시죠? 세한 후계자랑 박해민이라니 말도 안 되는 얘기예요. 그렇죠?"

여자의 말에 윤제는 미간을 찌푸렸다. 이게 또 무슨 별똥별인
척 우박 떨어지는 소리람.

"전, 제가 오빠를 떠났던 건 맞는데요, 그건 어디까지나 실수
였을 뿐이에요. 우리 두 사람은 그렇게 끊어질 사이가 아니에요.
그러니까 오빠도 아직 절 미워하는 거구요. 전 오빠를 잊을 수
도, 다른 사람하고 행복하라고 빌어줄 수도 없어요. 하물며 세
한이라니, 그건 행복해지는 것도 아니잖아요. 그냥 잠깐 가지고
노는 거, 우리 오빠한테 하지 말아주세요. 네?"

일방적이면서도 묘하게 사실에 가까운 여자의 말에 영진은 입
을 열지 못했다. 두 사람 사이에 무슨 일이 있든 영진과는 관계없
었지만, 그리고 영진과 해민의 사이도 여자와는 아무 상관없는
일이지만, 어쩐지 부정하기 어려운 게 궁지에 몰린 기분이었다.

"저는요, 몇 년이라도 기다릴 거예요. 오빠가 용서해 줄 때까
지 빌 거구요. 그쪽은 어차피 오빠랑 절대로 안 되는 거잖아요.
그러니 저한테 속죄할 기회를 주세요. 부탁이에요."

여자의 목소리에는 사람의 감정과 이성에 한꺼번에 호소하는
힘이 있었다. 그러나 영진은 대답할 수 없었다. 그와 해민은 그런
사이가 아니었으니까, 기회를 주고 말고 할 주제도 아니었으니
까. 그렇다고 여기서 아니라고 부정해 버릴 수도 없는 일이었다.
그건 해민이 원하는 바가 아닐 터이니.

그런데.

"무슨 소리예요? 댁은 현도 여친이잖아? 해민이하고 삼각관계
인 거였어?"

난데없이 앙칼진 목소리가 끼어들었다.

일행이 일제히 고개를 돌렸다.

맙소사.

눈앞에 나타난 여자는 본 지 좀 됐어도 기억에서 흐려질 수 없는 화려한 사람이었다. 늘씬한 키에 뚜렷한 이목구비, 성깔 있어 보이는 입매, 그리고 사치스런 옷차림. 차현도의 옛 여자.

"오호, 너 오랜만이네. 해민이 버리고 돈 많은 남자한테 갔다고 들었는데 웬일이야? 어린 게 천사인 척 뒷구멍으로 호박씨 까더니만."

그녀는 해민의 엑스를 향해 신랄하게 웃었다. 해민의 옛 연인이 안색을 창백하게 굳혔다.

"남의 말 할 처지는 아닐 텐데요."

부들거리는 목소리로 되받아쳤으나 화려한 여자는 여유만만하게 웃었다.

"뭐, 그야 그렇지. 하지만 난 최소한 착한 척은 안 하거든. 너처럼 염치없는 소릴 하지도 않고 말이야. 해민일 돌려달라니 언감생심, 쯧. 뻔뻔하기도 하지."

그리고 여자는 영진을 쳐다보았다.

"그나저나 충격이네. 이쪽 여자분, 안 그렇게 생겨선 양다리 걸친 거였어? 난 현도 잘 부탁한다고 말하러 온 건데 이거 좀 곤란한걸. 우리 현도는 상처가 깊단 말이야."

여전히 일방적인 말이고 사실과도 거리가 멀었지만 영진은 또 한 번 궁지에 몰린 기분이 들었다. 그녀들의 생각과는 다른 형태일망정 그들에게 상처를 덧입힌 건 사실이었기에.

윤제는 팔짱을 낀 채 사태를 관망하고 있었다. 바른생활 사나이들이라면서 뭐 저 따위 여자들을 사귄 건가, 코웃음이 쳐졌다. 대놓고 악녀를 자처하는 여자도 웃겼지만 뒤늦게 나타나 권리를 주장하는 여자도 어이없긴 마찬가지였다.

'사랑? 사랑이면 다 용서되나? 어림 반 푼 어치도 없는 소리.'

자신의 술수 같은 건 당연히 떠올리지 않은 채 윤제는 여자들의 뻔뻔함을 비웃었다.

"저는 두 분과 이야기 나누고 싶지 않습니다."

그때 건조한 음성으로 영진이 분위기를 반전했다.

몹시 사무적이었다. 그리고 견고했다. 아주 오랫동안 연습해서 갖게 된 어조, 발음, 그리고 표정. 세한의 김영진은 그렇게 무례한 여인들을 응대했다.

"두 분은 저의 지인들과 현재 아무 관계도 아니시죠. 그런 분들을 도와드려야 할 이유가 제겐 없습니다. 관계를 회복하고 싶든 행복을 빌어드리고 싶든, 직접 하세요. 제게 무슨 이야기를 하고 싶다면 그 이후에 오십시오."

해민의 옛 여친이 당황한 얼굴을 했다. 현도의 옛 여자는 한쪽 눈썹을 올렸다. 윤제가 보이지 않게 휘파람을 불었다. 쏘쿨…….

영진이라고 궁금하지 않을 리 없었다. 여자들을 통해 속사정을 들어보고 싶었다. 당신들이 무슨 짓을 했는지 아느냐고 비난하고 싶은 기분도 들었다.

그러나 그녀는 자신의 위치를 망각하지 않았다. 끼어들 자리가 아니었다, 지금은.

그리고 영진이 막 윤제를 향해 가자는 손짓을 하려는 순간이었다, 그녀와 윤제 사이에 바람처럼 여자 하나가 나타난 것은.

짝.

날카로운 파열음이 공기를 찢었다.

비틀.

무방비상태로 있던 김윤제가 한쪽 발을 뒤로 물렸다.

"How dare you!"

영진은 눈을 커다랗게 뜨고 가장 의외이며 가장 무례한 세 번째 여자를 쳐다보았다. 놀랍게도 그녀는 금발에 푸른 눈, 장신의 아름다운 이국 여자였다.

『네가 날 내버리고 다른 여자랑 살아? 어떻게 이럴 수가 있어!』

여자가 분노로 머리칼을 날리며 다시 윤제에게 달려드는 것을 영진은 비현실적인 기분으로 멍하니 바라보았다.

한꺼번에 관광버스 타고들 왔나, 이 사람들…….

영진과 윤제의 눈이 마주쳤다.

'아냐.'

그의 입술이 그렇게 말하고 있었다.

뭐가 아냐? 관광버스 타고 온 거 아니라고? 아니, 그런 뜻은 아니겠지……. 멍청한 생각이 떠올랐다가 사라진 건 아주 짧은 한순간이었다.

여름밤은 길었고 운동 나온 사람들이 여기저기 많았다. 몹시 거지같은 상황이었다. 졸지에 구경거리가 돼버린 윤제가 인상을 찡그리며 순간 몸을 피했다.

여자가 온몸으로 흙바닥에 넘어졌다.

콰당.

윤제는 이를 갈았다.

……빌어먹을.

일어난 여자가 다시 달려들었다. 김윤제가 그녀의 팔목을 잡았다. 손매가 거침없고 단호해서 바람 소리가 날 것 같았다.

『그만해. 경찰 부르기 전에.』

여자가 움찔했다.

『한국도 스토킹은 범죄야. 한국 감옥이 미국 감옥보다 좋을 거같아? 험한 꼴 당하기 싫으면 꺼져.』

여자가 눈을 치떴다. 흙투성이에 일그러진 얼굴을 하고 있었음에도 아름다운 여자였다. 서양 여자 특유의 맑고 화사한 느낌이 밤빛에도 선명했다.

한 발짝 건너 그늘에 선 김윤제가 더욱 어두워 보인 건 그래서일 것이다. 마치 빛을 모두 흡수해 버린 양, 극단적으로.

『YJ…….』

윤제를 부르는 여자의 목소리가 가늘게 떨렸다.

'무서워하는구나, 윤제를.'

영진은 직감적으로 알았다. 여자는 윤제를 무서워하고 있었다. 그리고 영진도 윤제가 무서웠다. 숨이 턱 막힐 만큼.

술 취했던 다음 날 화내던 모습? 어림도 없었다. 그런 건 장난이나 다름없는 거였다. 지금 이 순간 김윤제는 진심이었다. 진짜로 분노하고 있었다. 얼음같이 차가운 얼굴에서 새카만 아우라가폭포수처럼 쏟아져 나왔다. 가로등빛이 윤제만 피해서 돌아간다느껴질 만큼.

팍.

윤제가 버리듯 떨친 여자의 팔이 힘없이 덜렁거렸다.

얼음장 같은 침묵이 깨어진 것은 여자가 마침내 한 발짝 물러섰을 때였다. 푸른 눈에 눈물을 가득 담고 입술을 질끈 깨물었다가 울음을 혁혁 들이마신 여자는, 바들바들 가냘프게 그리고 힘겹게 속삭였다.

『오늘은 그냥 가지만 꼭 다시 올 거야. 너 나한테 이러면 안돼, 나쁜 남자.』

흐흑.

두 손으로 얼굴을 가린 채 몸을 돌려 달아나는 여자의 모습은 그야말로 비련의 여주인공 같았다. 아름답다는 의미와 연극적이라는 뜻 둘 다를 담아서. 쉽게 잊을 수 없을 장면이라는 점에서도.

뭐야, 저게…….

영진은 눈을 가늘게 뜨고 그녀의 뒷모습을 쳐다보았다.

그리고 기분이 상할 대로 상한 윤제가 눈을 부라렸다. 이국의 여자보다 먼저 찾아와 심기를 거슬렸던, 지금은 넋을 놓고 있는 여자들에게.

"두 분도 이제 가시죠. 이런 식으로 찾아온 거 차현도나 박해민은 압니까?"

찔끔.

"아, 음……."

아까는 나름대로 용기백배했던 여자들이건만 그녀들의 눈에도 윤제가 만만찮아 보인 모양이었다.

쭈뼛쭈뼛하던 여자들이 어수선하게 자리를 떴다. 죄송하게

됐, 이 일은 비밀로……, 편안한 밤 되시……. 꿍얼거리는 소리가
어둠에 흩어지며 사라져 갔다.

영진은 작게 한숨을 내쉬었다. 지금이라고 여자들의 속사정이
궁금하지 않은 건 아니었으나, 이젠 거기 정신을 쓸 여력이 없었
다.

'방금 온 백인 여자는 누굴까, 윤제하고 무슨 일이 있었던 걸
까.'

대략의 그림은 쉽게 그려졌다. 그러나 어디까지 진실이고 어디
서부터 오해인지 알 수 없는 게 초조했다. 내가 이럴 일이 아니잖
아 생각하면서도 목이 타고 눈이 따끔거렸다.

'윤제랑 무슨 관계였지? 윤제는 저 여자한테 무슨 짓을 한 거
지? 정말 저 여자를 버린 거야? 그런 사람이었어, 김윤제? 왜?
세한이 탐이 나서? 아니면 넌 원래 그런 사람이니까? 아냐, 아
냐, 그럴 리가…….'

"들어가자."

끝없이 꼬리를 무는 망상을 깨뜨린 건 윤제의 불퉁한 목소리
였다. 그는 돌아보지도 않고 앞서서 성큼성큼 들어가 버렸다. 평
소답지 않게.

후우.

현관등이 켜진 실내로 들어서며 윤제는 넥타이를 걸어 당겨 느
슨하게 풀었다. 천사 같고 소년 같던 얼굴에 짜증이 더덕더덕 붙
어 있었다.

영진은 가만히 거실 벽에 기대 그를 쳐다보았다.

잠깐 영진을 돌아본 그가 뭔가 말하려는 듯 두 손을 들어 올렸

다가 다시 내렸다. 붉은 입술이 머뭇거리며 달싹거리다가 결국 욕설을 내뱉었다. 그리고 크게 한 번 얼굴을 쓸어내린 그는 소파에 털썩 주저앉았다.

"스토커야."

윤제는 혼란스러워 보였다.

영진이야말로 혼란했다. 왜? 화가 나는 건 당연하다지만 왜 저렇게 갈팡질팡하고 절망적인 얼굴이지?

순간 그가 몸을 일으키더니 무릎 위에 깍지를 꼈다.

"오해하지 마. 내가 건드렸다가 버린 여자 같은 거 아냐. 스토커라고. 망상증 환자."

아.

"여긴 없지만 나중에 미국에서 짐 오면 보여줄 수 있어. 미국법원에 접근금지명령 신청한 거, 그때 법원에 냈던 서류, 저 여자 벌금형 받은 기록, 전부 다 보여줄 수 있어. 저거 완전히 미친X이란 말이야."

눈이 절실했다. 아직 가시지 않은 분노와 수치심 위에 감출 수 없는 불안감이 번뜩였다.

아아.

그녀는 비로소 이해했다.

그의 분노와 혼란의 본질적인 이유를. 김영진이 오해할까 봐, 물러설까 봐, 윤제가 견딜 수 없이 두려워하고 있다는 사실을.

'그렇구나.'

너는 내가 소중해서, 그래서 무서운 거구나, 김윤제.

내가 널 의심하는 걸 알고 걱정하고 있는 거구나……

"제길."

머리카락을 쓸어 올리며 그는 소파에 몸을 묻었다.

"기숙사 근처에 사는 여자였어. 학생인 척했는데 알고 보니 학생도 아니더라고. 매일 시간 맞춰서 만나러 오고 따라다니고 길바닥에서 울고 지긋지긋하게 쫓아다녔어. 덕분에 나만 나쁜놈 됐지. 미국인들은 그런 기 칼 같은데 한국 유학생들은 정에 약하잖아. 내가 빌미를 줬다고 생각들 하더라고."

억울해 미치겠다는 표정이었다, 김윤제는.

"아직도 못 믿는지 모르겠는데, 나 인간관계 깨끗하거든. 내가 아주 착한 사람은 아닐지 몰라도 저질스런 짓은 안 하고 다닌다고. 그런 건 자존심 상해서라도 안 한단 말이야. 그 정도는 알지 않아?"

영진은 속으로 고개를 끄덕였다. 그럴 거다. 김윤제는 자존심 도도한 남자, 허튼 짓을 하거나 자기 잘못을 외면하거나 상대에게 책임을 뒤집어씌우거나 그러지 않을 거다. 잠시나마 의심했던 건 그녀 자신의 문제였다. 뼛속까지 박혀 있는 불신과 자기비하의 소산.

가슴 한구석이 따뜻해지는 것을 영진은 인정하지 않을 수 없었다. '자존심 도도한' 김윤제가 그녀 앞에서 맨 얼굴을 보이며 호소하고 있음에. 그녀가 세상 무엇보다도 소중하다는 듯 매달리고 있는 것에.

'……하지만.'

하지만 그녀를 전율하게 한 두려움은 그것과 별개였다. 윤제가 여자에게 보인 차가움이 너무 선뜩해서, 마치 아버지를 보는 것 같아서, '언젠가 나를 내칠 때도 저렇게 무자비한 얼굴일 테지' 새삼스런 깨달음에 그녀는 오금이 저렸다.

아니.

그것만이 아니었다.

그녀는 무서웠던 거다. 조금씩 믿게 되던 김윤제가, 어쩌면 그녀에게 상처 주지 않을지도 모른다고 생각하기 시작한 김윤제가, 진짜 나쁜 사람이란 걸 혹 알아버리게 되는 건가 무릎이 떨리도록 두려웠던 거다. 윤제가 그녀의 신뢰를 잃지 않으려 안간힘 쓰는 만큼, 아니, 그 이상으로, 영진이야말로 윤제에 대한 믿음을 잃고 싶지 않았던 것이다.

'아아, 아니야. 그게 다가 아냐⋯⋯.'

영진은 고개를 저었다.

한숨을 삼켰다. 인정하지 않을 수 없었다. 그녀가 정말로 무서웠던 건, '윤제의 여자'를 본 순간 자신을 흔든 감정의 크기였다는 사실을.

손끝이 저릴 만큼 조마조마하지 않았던가. 윤제가 여자에게 미안하다고 할까 봐, 혹시 화해라도 하고 둘이 떠나 버릴까 봐. 밀어내고 있었지만 내심 붙잡고 싶던 눈부신 햇빛이 그대로 사라져 버리는 건 아닐까 하고.

'절망이네.'

그녀는 가만히 눈을 감았다.

이런 거구나.

이런 거였구나.

부정하려고 부단히 노력했건만, 결국 실패하고 만 거다. 자각은 벼락처럼 짧고도 선명했다. 자비심 따위 없었다. 인정사정 봐주지 않았다. 네 살이나 연하인 남자를, 설탕인형처럼 달콤해서 감각을 마비시키고 온갖 벌레가 꼬여드는 위험한 김윤제를, 그녀는 이미 걷잡을 수 없을 만큼 좋아하고 있었던 것이다.

영진은 침묵했다.

그리고 그런 그녀의 침묵을 윤제는 치참한 표정으로 바라보았다. 진심은 통하는 법이라고 하지만 가끔 통하지 않을 때도 있기에, 지금 이 순간 그의 간절한 마음이 그녀에게 전해졌는지 아닌지 김윤제는 도무지 알 수 없었다.

'아까까지만 해도 나쁜 놈은 허주혁이었는데, 왜 갑자기 천지가 뒤집힌 거냐고, 대체.'

미치도록 황당한 전개에 그는 머리를 쥐어뜯으며 절망했다.

침묵은 깨어지지 않았다.

[내가 이한성 씨한테 전화했어. 모른 척은 안 할 거야.]

수화기 너머에서 영주가 단정적으로 말했다.

영진은 이마를 쓸었다. 좋은 소식은 아니었다. 그러나 한성과의 화해에 물꼬가 되어줄 것 같기는 했다.

[우리 엄마가 아버지한테 말해야 하나 말아야 하나 무지하게 갈등 중이야. 그쪽이 다시 접촉해 올 때 확 덮치는 게 어떠냐고 내가 그랬는데, 아직 구체적으로 무슨 행동을 한 게 아니라서 애매하다 이거지…….]

꿀과 바닐라

영주의 어머니 한 여사에게 누군가가 접근해 왔다고 한다. 이메일도 문자도 아닌 실물로 나타난 그는 오십대의 허름한 남자였다. 다짜고짜 한다는 말이 '김영진을 처리해 줄 테니 돈을 주시오'였다고. 김영진만 없으면 당신 딸이 후계 아니냐고, 그림자로 살아온 인생이 분하지도 않냐고, 남자는 덤덤한 얼굴로 그렇게 말했다는 것이다.

놀란 한 여사는 일단 답변을 유보한 채 딸과 의논했다. 그리고 그보다 더 놀란 영주가 지금 영진에게 전화한 것이다.

막상 영진은 딱히 충격 받지 않았다. 그런 위험 어차피 새삼스럽지도 않았다. 한성이 지고 있을 마음의 짐이 안타까울 뿐.

"어머니께 접근한 남자가 한성 씨 아버지일 가능성은…… 높겠지?"

[물론이지!]

이런 위험에 익숙하지 않은 영주는 영진보다 더 흥분한 눈치였다.

[우리 엄마가 거절하면 다음엔 누구한테 접근할까? 기왕이면 누군가를 업고 싶을 거 아냐. 돈도 받을 수 있고 혹시 잡혀도 고용됐다고 하면 그만이니까.]

"그렇겠지……."

[하여튼 조심해. 내가 엄마한텐 아버지께 말씀드리라 그랬어. 그래야 보디가드들도 더 신경 쓸 거고.]

"그래. 마음 써줘 고맙다."

전화를 끊던 영진은 문득, 아버지가 이미 보디가드를 늘렸었다는 걸 기억해 냈다.

기분이 쫙 가라앉았다.

'아버지는 대체 무슨 수로 감을 잡은 걸까, 아버지는 나에 대해 얼마나 알고 있는 걸까⋯⋯.'

그리고 몇 시간 후 그녀에게 연락해 온 것은, 예상과 달리 차현도였다.

오랜만에 본 현도는 좀 피곤해 보였다.

"잘 지냈어요?"

마치 아무 일도 없었던 것처럼 여상하게 그는 인사를 건넸다.

윤제를 좋아하게 돼버린 눈에도 여전히 퇴폐적인 아름다움이 매력적인 남자였다. 그리고 이제는 그 안쪽 깊은 칼자국이 반투명하게 비쳐 보일 만큼 애정을 갖고 있기도 했다.

"내가 제일 먼저 연락했을 거 같아요. 그렇죠?"

그는 상처를 숨기고 으르렁대는 늑대처럼 웃었다.

녹음 푸르른 공원이었다. 세상은 여름이었고 사람들이 웃음을 햇빛처럼 뿌려대고 있었다. 어쩐지 그 어떤 잘못도 용서받을 수 있을 것 같은, 그런 날이었다.

"현도 씨, 나는⋯⋯."

사과의 말을 꺼내려는 영진을 그가 손을 들어 막았다.

"그 여자가 찾아왔더라구요. 안 만나려고 했는데, 당신 일이라고 해서 얼굴을 봤죠."

여자?

아, 그 여자.

영진은 입을 다물고 현도의 말을 들었다.

"나하고 관계부터 회복하고 오라고 영진 씨가 그랬다면서요? 당신답다고 생각했어. 하여튼 그런 이유로 나한테 왔는데, 결국은 자기가 나쁜 사람은 아니란 말을 하려는 거였더군요. 영진 씨한테 갔던 것도 그 말을 전해달라고 부탁할 생각이었던 거래."

현도는 잠깐 말을 멈추었다.

우스운 일이었다. 그 긴 세월을 돌아 만난 여자로부터 변명을 들은 것도, 그 여자가 하필 다른 형태로 그에게 상처 입힌 김영진을 통해 사과하려 했다는 것도, 그리고 이제 김영진에게 미안하다 말하려고 그가 이 자리에 나온 것도.

"날 사귄 건 호기심이었다고 해요. 지겨워져서 헤어진 것도 맞고. 그런데 내가 차인 후에 궁상맞게 구는 게 어쩐지 자꾸 거슬렸대."

두 사람은 물과 기름처럼 달랐다. 길게 사귈 수가 없었다. 하지만 여자는 헤어진 후에도 이상하게 현도가 눈에 밟혔다. 훨씬 맘에 드는 남자들과 연애하면서도 그랬다. 그러다가 임신을 했는데 남자가 도망치는 바람에 독이 잔뜩 올라, 충동적으로 현도를 찾아가 가슴에 죽창을 꽂은 것이었다. 죄다 그의 잘못인 것 같은 기분이 들어서. 여자는 그렇게 말했다.

"자기가 헤어지자고 한 주제에, 내가 원망스러웠다네요."

영진이 눈살을 찌푸렸다.

현도는 그런 영진이 예뻐 웃었다. 막상 여자는 아무렇지도 않은 표정으로 '네가 사실 만만하잖아' 웃으면서 덧붙였었기에. '어쩌면 아직 나한테 마음이 있는지 확인하고 싶었는지도. 많이 유치했지. 인정해.' 하고.

"그러곤 잊어버렸대요. 그 사건 이후론 설령 그쪽에서 미련을 갖는다 해도 내가 용서할 리 없으니까. 그러다가 놀던 여자답게 좋은 자리 챙겨서 결혼했다고, 남편은 어수룩하지만 착하고 돈이 많아서 자기는 만족한다고 그랬어."

여자가 현도의 가게에 들른 건 정말 우연이었다. 그의 소식 같은 건 들은 일도 궁금해한 일도 없었으므로. 그런데 현도는 변해 있었다. 맑은 물이었는데 기름이 돼 있었다. 그것도 쩌든 내가 나는 탁한 기름이.

"마음에 들지 않았어. 화가 났어. 더러워도 깨끗한 척하며 사는 게 정상적인 인간이지, 증류수 주제에 하수구에서 썩어가고 있어선 안 되는 거잖아?"

그러나 여자는 어떻게 해야 할지 알 수 없었다. 그녀는 남을 오염시킬 줄만 알았지 증류수를 걸러내는 방법 같은 것 몰랐기에. 결국 여자가 택한 건 본인을 다시 더럽혀서 현도가 스스로를 돌아보게 만드는 무리수였다. 실패는 아니었다. 현도가 자기혐오에 진저리를 치게 되었으니.

"날 사랑했던 건 아니래요. 착각하지 말라고 했어. 그냥, 못된 짓 많이 했지만 진짜로 남의 인생을 망치는 죄는 짓고 싶지 않았다네. 당신이 내 애인 아니라는 건 만나는 순간 바로 알았대. 그래도 그 연극에 동참해 준 걸 보면 나한테 애정이 있겠거니 싶어서, 당신을 통해서 조금 변명해 볼까 만나러 간 거였다더군요."

"나도 나이가 들었나 보지."

여자는 그렇게 말하며 쓰게 웃었다.

"네가 어떻게 생각하든 무슨 상관이라고, 굳이 말을 흘리고 싶어진 걸 보면 말이야. 그래도 쪽팔려서 이렇게 면전에 하고 싶진 않았는데 김영진이라는 사람이 의외로 세게 나와서 져버렸어."

여자는 그렇게 자기 하고 싶은 말만 하고 가버렸다. 다시는 만나지 말자, 가볍게 손을 흔들면서.

그 대화 이후 현도는 오랫동안 혼란했다. 지난 일들이 점점이 머리에 떠오르고 풀린 의문과 풀어버릴 수 없는 응어리로 가슴이 지끈거렸다.

여자는 그를 사랑하지 않았다. 좋은 사람도 아니었고, 생각 없이 저지른 일들은 하나같이 그를 상처 입혔을 뿐이다. 이제 와 변명을 들었다고 '아, 그랬어? 나름 날 아낀 거였구나. 고마워' 이렇게 가뿐히 털어버릴 수는 없는 일이었다.

허탈했다. 그리고 자책이 뒤따랐다.

나는 그동안 무얼 하며 살았던 것일까.

"깨달은 거죠. 더 이상은 남의 핑계를 댈 수 없게 됐다는걸. 결국은 다 내 책임이었어요. 한성이나 해민이었으면 같은 일을 겪었어도 나처럼 살진 않았을 테니. 아쉽지만 이제 자기연민을 끝내야 할 시간인가 봐요."

현도는 지친 표정으로 영진을 응시했다.

"미안해요, 영진 씨."

잠자코 듣던 영진이 뜬금없는 사과에 눈을 크게 떴다.

"난 영진 씨를 비난할 자격이 없었어요. 내가 화를 낸 건 이전의 상처가 다시 아팠기 때문이었죠. 영진 씨는 공연히 화풀이를 당한 거에 불과해요."

손에 든 커피가 미지근했다. 현도는 잠깐 컵을 만지작거리다가 검은 머리를 이마 위로 쓸어 올렸다.

"우리가 만난 첫날 당연히 알았을 거잖아요. 날 순결한 남자 리스트에 올려놓은 건 착오였다는걸. 그런데도 나한테 잘해줬죠. 이야기를 들어주고 위로도 해줬어. 당신이 날 대한 건 프로젝트하고 완전히 무관했어요. 그러니 해민이나 한성이는 몰라도 난 당신을 원망해선 안 되는 거죠."

바람이 불고 나뭇잎이 보슬보슬 흩날렸다.

영진은 눈을 내리깔았다. 눈물이 날 것 같았다.

"현도 씨, 난……."

그녀는 다시 입을 열었다가 그냥 다물었다.

"아아."

현도가 탄식 같은 숨을 내뱉으며 고개를 저었다.

"어쩌면, 절망해서 화가 난 거였는지도 몰라. 난 절대 당신한테 선택될 수 없는 거였구나 하는 말도 안 되는 절망 말예요. 웃기죠. 어차피 우리 누구도 세한그룹 김영진하고 잘될 수 없는 사람들인데."

그는 시선을 내리고 발끝으로 바닥을 툭 찼다.

"나는 영진 씨를 어떤 형태로 좋아한 걸까? 모르겠어요. 하지만 어쩐지 억울했어. 속상하다고 떼를 써보고 싶었던 거 같아요.

가당찮은 일이죠. 당신 잘못이 아니에요. 피해자인 척해서 미안합니다."

연두색 나뭇잎이 빙그르르 컵 속으로 떨어졌다. 현도는 컵을 쓰레기통에 버렸다. 그의 머리카락이 바람에 날리는 것을 영진은 고요히 바라보았다.

무엇이라 말해야 할까 생각했다.

용서해 줘서 고맙다고? 난 괜찮으니 미안해 할 것 없다고?

아니면 나도 현도 씨를 좋아한다고 해야 할까.

그 어떤 것도 미묘하게 부적절한 것 같았다. 가슴속에 따뜻한 물결이 일렁이고 있는데 그걸 표현할 자신이 없었다. 말로 의미를 제한하는 순간 진심이 반 토막으로 깎여 나갈 것만 같았다.

'윤제라면 이럴 때 어떻게 하려나.'

사람의 마음을 잘 아는 김윤제라면……

영진은 천천히 일어섰다. 그리고 나무에 기대선 현도에게 다가가 조심스럽게 두 팔을 뻗어 그를 감쌌다.

아주 어색한 포옹이었다.

"어."

현도가 뻣뻣한 소리를 냈다.

그러나 완벽했다. 가슴속 따뜻한 물결이 맞닿은 체온을 타고 현도에게 전해지고 있었다. 그의 애정이 흘러들어 오는 것도 느껴졌다. 그녀는 놀라고 깊이 감동했다. 무언으로도 이렇게 마음을 전할 수 있다는 사실에.

'당신이 행복해졌으면 좋겠어.'

영진은 소리 내지 않고 현도에게 속삭였다.

아무것도 이룬 것 없다고 생각했다. 상처만 주었다고 자책했다. 그러나 그녀의 외유는 헛되기만 한 게 아니었던 거다. 기대하지 못했던 친구를 얻었고, 누군가의 친구가 되어주는 데 성공했다. 사람을 위로하는 법도 배웠고 흐트러진 겉모습 뒤로 좋은 사람이 숨어 있을 수도 있다는 걸 알았다.

이 정도면 감사하다 할 만하지 않을까.

망설이다가 그녀의 머리에 손을 얹은 현도가, 미안함이 조금 배어나는 따뜻한 목소리로 말했다.

"한성이랑 해민이한테는 시간을 좀 더 주세요."

그들에게도 각자의 개인사가 있다. 사람의 마음속 여유 역시 제각각이다. 그 누구도 남에게 화해를 강요할 수 없고, 화해가 꼭 해피엔딩인 것도 아니다. 드디어 지리한 방황을 끝맺은 차현도는 그렇게 믿었다.

영진이 조그맣게 고개를 끄덕였고, 현도가 한쪽 팔을 그녀에게 내밀며 눈을 찡긋했다.

"맛있는 거 먹으러 안 갈래요? 한성이네 경쟁 빵집에 매상 좀 올려줄까요?"

"저런, 좋은 생각인데요."

"괘씸한데 팡팡 사 먹어 주자구요."

"나중에 다 말할 거예요?"

"당연하죠. 약 올릴 거 아니면 무슨 소용이 있어."

두 사람은 그렇게 웃으면서 팔짱을 끼고 걸었다. 오누이처럼 다정하게, 마음을 가득 채워줄 달콤하고 맛난 것을 먹으러.

영진은 현도가 진심으로 고맙고 기꺼웠다.

장마가 시작되기 직전, 모든 걸 용서받을 것 같은 아름다운 여름날이었다.

당연한 일이지만, 모두가 현도와 같은 생각을 하는 건 아니었다. '남에게 화해를 강요'하러 이한성을 찾아온 김윤제 같은 사람은 특히.

"너그러운 척 김영진을 위하는 척하더니 어지간히 독하십니다."

매장 쇼케이스에 삐딱하게 기대 윤제는 노골적으로 비아냥거렸다. 스토커의 출현으로 비위도 상했겠다, 작정하고 닦아세우러 온 터였다. 그는 망설이지도 말을 고르지도 않았다.

"하긴, 선량해 보이는 사람일수록 쪼잔하고 뒤끝 작렬인 법이지. 상대편 입장 같은 건 생각도 안 해보고 말이야."

혼잣말인 체 막말을 해대자 조경아가 금방이라도 달려들 기세로 노려보았다. '이보세……!' 그러나 윤제의 차가운 비웃음에 입을 다물고 말았다.

"사장님하고 사귀는 거 아니면 끼어들지 마시죠? 조경아 씨하곤 아무 상관없는 일이니까."

묵묵부답으로 일관하던 한성이 결국 한숨을 내쉬었다. 서글서글한 겉모습이 다는 아닐 거라고 생각했었지만, 대놓고 이빨을 드러내는 김윤제는 당황스러울 정도로 사나웠다.

"그러는 김윤제 씨는 왜 나서는 겁니까. 저하고 영진 씨 사이의 일인데요."

한성의 말에 윤제가 코웃음을 쳤다.

"저번에 나한테 김영진을 부탁한 건 다 잊어버렸습니까? 나야 그 여자랑 각별한 사이죠. 종업원하고 비교가 되나요."

이젠 누나 소리도 안 하는구나, 뻔뻔하기도 하지. 저쪽에서 조경아가 큰소리로 중얼거렸다.

그녀의 마음은 고마웠으나 김윤제의 말이 틀리진 않았기에 한성은 그녀를 내보내기로 했다. 투덜대는 조경아를 주방으로 보내고 사잇문을 닫자 아직 오픈 전인 빵집에 정적이 감돌았다.

고소한 빵 냄새, 따끈한 공기, 안정감 있는 실내장식, 윤제는 자신이 이곳을 얼마간 그리워했다는 걸 문득 깨달았다. 조금은 놀라운 발견이었다. 그리 긴 시간이 지난 것도 아니었는데.

하지만 그건 그거고.

"이렇게 질질 끌 겁니까? 괜찮다고 넘어가 주든지 그게 안 될 거 같으면 아예 절교를 해요. 희망고문도 정도가 있지 벌써 며칠째냐 말입니다. 더 매달리길 기다리는 건가요?"

그는 팔짱을 끼곤 턱을 치켜든 채 한성을 노려보았다.

윤제가 생각하기엔 이한성이 좀 너무했다. 물론 남자로 자존심이 상하긴 했겠지만, 평소 이해심 많은 체 해놓고선 이렇게까지 할 일은 아니었다.

좋게 보면 깜찍하다고 넘어가 줄 수도 있는 일 아닌가? 자기 쪽도 꿀리는 거 있는 주제에. 김영진의 행복만을 생각한다던 그 입술에 아직 침도 안 말랐을 텐데.

한성이 고개를 조금 젖혔다.

"절교할 생각이에요."

헉.

전혀 예상치 못한 대답에 윤제가 눈을 치켜떴다.

"화 안 났습니다. 사실 별일도 아니지요. 하지만 좋은 기회긴 합니다. 영진 씨를 안전한 집으로 돌려보낼 찬스 말입니다."

깊이 생각해 내린 결론이었다.

아버지가 김영진을 노리고 있다. 심지어 행동에 들어갔다. 아버지는 돈도 힘도 없지만 김영진의 적이 누구인지 알고 있으며 인생에 다른 목표도 잃을 것도 없는 사람이다.

영진에겐 이런 위협 우스운 수준일지 모른다. 그러나 한성의 입장은 그런 게 아니었다. 절대, 하늘이 무너져도, 자신의 아버지가 또다시 영진에게 해를 끼쳐서는 안 되는 것이다.

"데려가세요, 김윤제 씨. 저택으로 돌아가서 방탄 차 타고 다니게 해요. 공연히 길거리에 쏘다니게 내버려 두지 마세요. 특히 여기는, 절대 데려오면 안 됩니다."

담담하게 말하는 한성이 너무 아파 보여 윤제는 할 말을 잃었다. 아버지가 끝까지 발목 잡아 자기 손으로 첫사랑을 내쳐야만 하는 남자에게 어쭙잖게도 감정이입이 돼버렸다. 줄줄이 준비해 놓은 비난이 쑥 들어가고 공연히 기침이 났다.

"뭐, 그럴 것까지야……."

어물거리자 한성은 조금 웃었다.

"어차피 떠날 사람이죠. 제자리로 돌아가고 나면 우리하고 몇 번이나 더 보겠습니까. 친구라고 우겨도 말뿐이지, 결국 남이 될 거잖아요. 굳이 위험을 감수하면서 질질 끈다고 달라질 건 없습니다."

딱히 김영진에게 도움 될 것도 없고.

한성은 마음이 약해진 듯 찌푸리고 있는 김윤제를 쳐다보았다. 괜찮은 남자라고 생각했다. 바람기에 장난기 펄펄 풍기는 얼굴을 하고는 의외로 순정남인 모양으로, 영진을 아끼는 마음이 손에 잡힐 듯 보였다. 굳이 한성을 찾아와 시비를 걸고 있는 건 어디까지나 그녀를 위해서일 테니까.

그러니 안심해도 괜찮을 것이다.

다시 못 보면 어떤가. 이제까지도 그렇게 살았는데.

"하지만 화해하지 못하고 헤어지면 상처가 남잖아요. 난 김영진이 더 이상은 사람한테 상처 안 받았으면 좋겠단 말이죠. 이한성 씨는 그 여자 껍질이 더 두꺼워지길 바라는 겁니까?"

잠깐 고민하던 윤제는 곧 마음을 고쳐먹고 정색했다.

지금 이한성에게 연민 따위 하고 있을 때가 아니었다. 소설 나부랭이에 흔히 나오지 않던가, 상대를 위한답시고 거짓말하는 꼴 같잖은 행동. 자기만족을 위해 그런 짓을 하겠다는 이한성에게 윤제는 강렬하고도 타당한 적개심을 느꼈다.

"날더러 바닐라 막이 어쩌고 하더니, 그 여잘 아예 정신적인 불구로 만들어 버릴 생각이에요?"

정곡을 찌르는 힐난에 한성은 얼굴을 굳혔다.

"사람이 몸만 산다고 사는 게 아니에요. 마음이 죽으면 아무것도 아니란 말입니다. 김영진이 순결한 남자 운운한 건 신뢰할 수 있는 사람을 원했기 때문이라구요. 그런데 당신마저 그 여잘 기만해서야 되겠습니까?"

단호하게 말하고 자리에서 일어선 윤제는 한성의 얼굴에 대고 선언했다.

"내가 그동안 애지중지 사람으로 만들어놨는데 다시 인형으로 돌려놓지 말고 알아서 제대로 하세요."

그리고 분기탱천하여 그대로 나가 버렸다.

윤제의 뒷모습을 보며 한성은 쓸쓸하게 그러나 한편으론 홀가분한 기분으로 웃었다.

아아.

아마도 김영진의 멜리포나나이는 저 남자가 맞는 모양이지.

사람 좋은 척 우유부단할 뿐 열정도 자신감도 모자라는 이한성은 환경적인 문제 이전에 그녀에게 어울리지 않았다. 그 빛나는 사람, 그러나 가여운 여자, 강해야만 하는 김영진에겐 더 굳센 사람이 필요했다.

설령 그게 무모한 만용에 불과하다 할지라도.

혹은 근거 없는 자만심이라 하여도.

"그렇지만 당신한테도 향신료는 좀 필요한 것 같아. 풋내가 아직 나긴 하거든."

그는 자리에서 일어서며 중얼거렸다.

한성이라고 모르는 건 아니었다. 김윤제의 말이 당연히 정답이었다. 한성은 영진을 기망해선 안 되었다. 그러고 싶은 것 역시 아니었다.

그러나 어쩔 수 없지 않은가.

긴 시간 동안 이한성은 소녀 김영진이 안전하게 살고 있는 걸 감사하며 살았다. 자기 아버지 같은 사람한테 다시 시달리지 않고 잘 살아 정말 다행이라고 생각해 왔다. 그러니 그 안전을 담보로 그녀를 붙들어둘 생각 같은 건 결코 할 수 없는 것이다.

다시 못 보는 것 정도는 얼마든지 감수할 수 있다.

설령 그를 나쁜 기억으로 묻어둔대도 괜찮다.

한성은 조리대 앞으로 돌아가 오븐에 불을 켰다. 조경아가 불안한 시선으로 쳐다보았지만 아는 척하지 않았다.

플로렌틴 쿠키를 얇게 구워야겠다고 그는 생각했다. 오렌지와 아몬드가 바삭하게 씹히는 쫀쫀하고 달콤한 레이스 쿠키를. 조그맣지만 비싸고, 맛과 향이 풍부하고, 그러나 조심해서 다루지 않으면 부서져 버리는 공주님같이 예쁜 과자를.

빵집을 열 시간이 되어 있었다.

주방의 쪽창 너머로, 가슴 시리도록 하늘이 파랬다.

"영진아, 넌 나중에 뭐가 되고 싶어?"

"뭐가 되다니?"

"넌 외국어 잘하니까 외교관 같은 거 하면 좋겠다."

"너는? 넌 뭐 할 건데?"

"울 엄마가 생각하는 거랑은 좀 다른데……, 사대 가서 선생님이 됐으면 싶어."

영진은 입을 다물었다. 무표정을 유지했지만 몹시 당황한 상태였다. 뭐가 되다니. 그런 생각을 해본 일이 있었던가. 친구는 정말 나한테 장래희망이 있다고 믿고 저런 걸 묻는 걸까.

고등학교 1학년, 처음 짝이 된 친구는 귀엽게 생긴 여자애였다. 빽적지근한 집안 출신은 아니었다. 재벌까진 아니더라도 내로라하는 집 자제들이 다수인 학교에서 영진에게 스스럼없이 다가온 '평범한 중산층 딸'은 그 애가 처음이었다. 송민지, 암팡지고 애교스러운 데가 있는 아이였다.

"미팅 안 할래? 끝내주는 킹카가 나온대."

"동아리 들었어? 난 토론 동아리 들 건데."

"신가네 떡볶이 진짜 안 가봤다고? 오늘 당장 가자!"

영진은 묻고 싶었다. 너 혹시 세한그룹 모르냐고. 나 그 집 딸인 거 정말 모르냐고.

그럴 리가.

그럼에도.

영진의 주변에는 어려서부터 비교당하며 자란 경쟁사 자제들이 득시글거렸지만 그 애들조차도 세한의 김영진은 부담스러워했다. 민지만이 예외였다. 언제나 울타리를 치고 바깥을 바라보던 영진에게 민지는 아무렇지도 않게 다가섰다. 울타리 같은 것 전혀 보이지 않는 것처럼.

좋아했다. 소중했다. 결국 누구의 것도 되지 않은 남자 선배 따위가 갈라놓을 관계가 아니었다.

아니, 어쩌면 그 정도의 관계에 불과했는지도 모른다.

어쩌면, 민지는 영진이 점점 싫어졌는데 참고 있었던 걸지도 모른다. 그래서 기회가 오자 등을 돌린 건지도.

'어차피 아무도 나를 진짜로 좋아하진 않으니까.'

9. 울타리, 자아비판, 바클라바

영진은 눈을 떴다.

안전벨트를 매라는 방송이 나오고 있었다.

"좀 잤어?"

이제는 익숙하기 그지없는 목소리가 달콤하게 귓가에 울렸다. 그러나 영진은 담요를 다시 덮어주는 윤제의 손을 자기도 모르게 탁 쳐냈다.

어.

살짝 당황한 윤제를 쳐다보며 영진은 눈을 동그랗게 떴다. 돌발행동에 상처 입은 쪽은 도리어 그녀였다.

"어, 미안. 잠이 덜 깨서."

그녀는 두 손으로 얼굴을 비볐다.

몽골행 비행기 안에서 선잠이 들었었다. 뜬금없이 세한물산

몽골 신사옥 준공기념식에 참석하라는 아버지의 명령에, 그것도 테이프커팅 때 김윤제를 옆에 세우라는 말에 이면의 의미를 생각하다가 잠든 참이었다.

저의가 의심스런 명령이었다. 딱히 그룹을 대표해서 나서는 자리는 아니었지만 윤제가 입방아에 오를 것이 뻔한 일 아닌가.

그림에도 즐거운 기분이 들었던 건 김윤제가 화사하게 웃으며 따라나섰기 때문이다. 나중에 뒤통수를 맞더라도 지금은 누리자는 기분이 들어버린 탓이었다.

그녀의 설렘에 찬물을 끼얹어 버린 것은 오래전 친구와의 행복했던 한때를 보여준 짧은 꿈이었다. 일말의 과장도 없이 사실만을 보여준 꿈, 마치 '정신 차려, 주제를 알아, 또 버림받으려고?' 이렇게 말해주려고 찾아온 것만 같은 꿈.

'미안. 사실은 무서워서 그랬어.'

영진은 등받이를 세워주는 윤제를 쳐다보며 입술을 깨물었다.

자기도 모르게 윤제의 손을 밀쳐낸 건 무서워서였다. 마음 주었다가 상처받는 일을 되풀이할까 겁나서. 김윤제에게 버림받으면 그때는 정말 회복할 수 없을 것 같아서.

세상에 무서운 거라곤 하나도 없어 보이는, 옛 친구보다 몇 배는 더 무서운 김윤제가 그녀를 향해 웃고 있었다.

몽골은 초원의 나라지만 흔히 생각하는 것처럼 진녹색의 아름다운 풍경으로 이루어져 있지는 않았다. 흙과 풀이 뒤섞인 대지에 하늘이 맞닿아 있는 게 건조하고 척박한 느낌이었다. 수도인 울란바토르가 70년대 한국 같아서인지 이국적이면서도 묘하게 익숙하기도 했다.

"사람들이 똑같이 생겨서 그렇지."

윤제가 신혼여행 온 양 다정하게 웃으며 속삭였다.

"근데 그거 알아? 저 사람들 우리보다 훨씬 허리 짧다? 얼굴만 똑같이 생겼지 신체구조는 완전 다르거든."

두 사람은 말을 타고 초원을 둘러보는 중이었다. 지사에 들르지 않고 나선 초원행이라 일행 없이 단출했다.

"저 사람들은 채소를 안 먹어 그런 거구나."

그러고 보니 말을 빌려준 현지인-젊은 남자-의 다리 길이가 장난이 아니었다. 얼굴은 한국인과 전혀 구별할 수 없을 만큼 똑같은데도. 몽골에서 온 직원들은 샐러드 같은 걸 내놓으면 '우리가 염소냐' 불평한다고 들었다. 익힌 양배추 정도만 먹을 뿐 생 채소는 절대 안 먹는다고. 그러니 소장의 길이가 짧고 그만큼 골반이 위로 올라붙은 것이다.

"식생활이 인간을 규정짓는다는 말이지. 당신이 뭘 먹는지 알려주면 당신이 누군지 알아맞히겠다, 그 얘기처럼."

윤제의 말에 영진은 고개를 저었다.

"해민 씨가 그러는데 그 말은 원래 그런 뜻이 아니었대. 17세기엔 귀족들은 큰 짐승을, 평민들은 작은 짐승을 먹는 게 관습이었다네. 음식이 권력을 대변했다는 거야. 지금 생각하는 것처럼 육식이니 채식이니 건강식이니 그런 분류로 한 얘기가 아니라더라."

쳇.

윤제는 입술을 부루퉁하게 내밀었다.

그 자식은 언제 또 잘난 척했었대.

"어쨌든 세상에 공짜는 없어. 저 몸매를 선물 받은 대신에 평균수명이 짧다잖아."

거들먹거리며 윤제가 웃었다.

"나처럼 건강하게 식사하는데도 다리가 긴 사람이 제일 훌륭하지."

허리께를 툭툭 치며 자랑하는 그의 모습에 영진은 웃음을 터뜨리고 말았다.

"참 평화롭다."

뭉게구름이 퐁퐁 떠 있는 하늘을 보면서 영진은 크게 숨을 들이마셨다. 출장이라는 명목으로 생각지도 못한 여행을 선물 받은 기분이었다.

평원에 띄엄띄엄 게르가 보였다. 몽골인은 아직도 유목민이었다. 도시에 살더라도 여름 두 달은 초원에 게르를 치고 지낼 정도로. 걷기 시작할 때부터 말을 탄다는 그들은 편리한 생활보다 드넓은 초원을 훨씬 더 사랑했다. 욕심이 없기에 한국인의 기준으로 보면 지나치게 느긋했지만 그만큼 무궁한 가능성을 품고 있었다.

"결혼하면 맨날 이런 데 데리고 다녀줄게."

윤제가 툭 던지듯 영진에게 말했다. 점심은 좀 이따 먹자, 거의 그런 톤으로, 별말 아니라는 듯이.

"나 떠돌이 인생이라 아는 데도 가본 데도 많아. 호주 사막 안 가봤지? 거칠고 붉은 흙이 지평선까지 펼쳐져 있는데 얼마나 아름다운지 몰라. 베르사유 궁에서 자전거는 타봤어? 그림 같은 정원에서 자전거를 타면 세상에 부러울 게 없다고. 아무도 모르게 둘이서 배낭 메고 돌아다니자. 내가 다 보여줄게."

영진은 꿀 먹은 벙어리처럼 입을 다물었다.

이건 반칙이다, 김윤제가 나에 대해 너무 많이 아는 거다, 고개를 붕붕 젓고 싶었지만 그녀는 꼼짝도 하지 못했다. 어림없는 소리라는 걸 알면서도 가슴이 덜컥거릴 정도로 설렜다.

눈이 아플 만큼 선명한 햇빛 속에서 싱그럽게 웃는 김윤제를 영진은 넋 놓고 바라보았다.

두바이?

가보았다.

뉴욕? 북경? 개성? 다 가보았다.

그러나 그건 여행도 관광도 아니었고 어디서도 자전거를 타보진 못했다. 무엇보다도, 김윤제와 함께가 아니었다.

몽골이 이다지도 아름다운 나라였던가. 아마 그렇지 않았을 거다, 아버지와 함께 온 거라면.

말 타는 게 이렇게 즐거운 일이었던가. 천만에. 영진은 승마를 별로 좋아하지 않았다.

김윤제가 있는 세상은 정상이 아니었다. 버거울 정도로 반짝거렸다. 너무 오래 쳐다보면 멀어버릴까 무서운데도 황홀해서 눈을 뗄 수가 없었다.

"다이아반지 내놓고 청혼하는 건 성격에 안 맞아서. 하지만 정식으로 진심으로 말하는 거야. 우리 같이 이 너른 세상을 누비고 다니자. 한 번밖에 없는 인생 후회하지 말고 누리면서 살아보자. 내가 노력할게. 좋은 남편이 될게, 김영진. 난 뭐든지 맘먹으면 잘해. 지금 당장 날 안 사랑해도 괜찮아. 결국은 당신이 날 사랑하게 만들 자신이 있으니깐."

두려움도 망설임도 없는 젊은 남자. 저런 말 아무도 책임질 수 없다는 걸 알면서도 영진은 어린 남자의 호언장담을 믿고 싶었다.

그러나 감히 어떻게.

"지금은 니가 젊어서 그래. 너도 나이 들면 지금처럼 자신만만할 수 없을 거야. 그때 부담스러워지면 어쩔래."

영진이 힘겹게 뱉은 말에 윤제는 '그게 뭘' 하는 표정으로 어깨를 으쓱했다.

"당신이 겁내는 거 알아. 그치만 난 무섭지 않아. 내가 어리다고? 그래서 뭐. 난 앞으로도 늘 당신보다 어릴 거고 그러니까 언제나 조금 더 용감할 거야. 부담스러워? 당신이 재벌 2세라서? 그게 어쨌다고. 내가 더 잘났잖아. 더 잘생겼고, 공부도 더 잘했고, 키도 손도 내가 더 커. 그리고 내가 더 강해. 비가 오면 우산이 돼줄 수 있는 건 나야."

그는 한쪽 눈을 찡그리며 문득 생각난 듯 확인했다.

"허주혁하고 결혼할 생각인 건 아니지? 조건을 떠나서, 친구랑 사귀었던 남자라니 찝찝하잖아."

영진이 쓰게 웃었다. 그러자 윤제의 얼굴에 미심쩍은 기색이 떴다.

"어……, 설마 차현도가 마음에 걸리는 거야? 그러고 보니 당신 며칠 전에도 차현도랑 둘이 만났지."

어이없이 튄 생각에 영진이 눈을 동그랗게 뜨자 그걸 제 맘대로 해석한 윤제는 미간을 확 구겼다.

"젠장, 차현도 그 자식 엄청 불쌍한 척하더니만. 차현도가 뭐가 불쌍해. 이한성이 오히려 더 불쌍하지 않아? 박해민은 외모라도 착해 보이지, 어디서 그런 상녀석를, 아니, 그게 문제가 아니라……, 난 왜 안 불쌍한데!"

이야기가 삼천포를 지나 안드로메다로 날아가기 시작해 영진은 패닉했다. 저기, 윤제야…….

"걔네들만 불쌍해? 나도 나름 상처 있어! 잘생겼다고 바람둥이로 매도당하면서 살았고, 스토커한테 걸려서 고생도 했다고! 난 남자답고 근사하기 때문에 너한테 줄줄이 늘어놓고 징징거리지 않을 뿐이야! 살면서 처음으로 갖고 싶은 여자가 생겼는데 잘났다는 이유만으로 거절당하는 건, 그건 안 불쌍한 거야?"

다음 순간 돌아서서 머리를 쥐어뜯으며 윤제는 자학했다. 잠깐 초원 끝까지 달려 나갔던 이성이 돌아오는 바람에 혀를 잘라버리고 싶어졌다.

'이게 무슨 추태야.'

쿨한 척 시크한 척했지만 실은 조마조마하게 꺼낸 청혼이었다. 그러다보니 긴장에 발목 잡혀 흉한 꼴을 보이고 만 것이다.

제길.

잇새로 말을 짓씹으며 윤제는 신경질적으로 머리칼을 쓸어 올렸다.

"아니, 난 당신이 차현도한테 너무 휘둘리는 거 같아서……."

분명히 '어리니까 용감하다'까지는 멋있는 드립이었는데 순식간에 삐끗하면서 발을 헛디뎌 버렸다. 스스로가 황당해 웃음이 날 지경이었다.

'거기서 차현도가 왜 나오냐고.'

멋진 남자 노릇하기가 왜 이렇게 어렵단 말인가. 숨 쉬는 것처럼 자연스럽던 일이 왜 이 여자 앞에만 서면 안 된단 말인가.

머리를 흔들며 정신을 가다듬은 윤제는 다시 그럴 듯한 표정을 지으려고 노력했다. 그러나 잘 되지 않았다. 입술이 일그러지고 뺨의 보조개가 잘게 경련을 일으켰다.

결국 그는 가슴에 넘실거리는 마음을 한달음에 쏟아낼 수밖에 없었다.

"후회하지 않게 해줄게. 후회할 틈도 없을 만큼 사랑해 줄게. 당신이 내 첫사랑이고 끝사랑이야. 그냥 완판녀 해라, 나한테. 김영진."

자포자기하듯 내뱉은 진심은 거칠었고 들뜬 숨마저 섞여 이루 말할 수 없이 진실하게 들렸다.

영진은 아득하니 윤제를 바라보았다.

까마득하게 황량한 평원의 끝에 아침 해가 걸려 있었다. 세상에 단 두 사람만 있는 것처럼 광활하고도 고즈넉한 초원이었다. 그 한가운데에 아름다운 김윤제가, 바람처럼 자유롭게 태어난 남자가 여유를 잃고 초조하게 대답을 기다리는 모습은 현실이 아니라 꿈같았다.

윤제가 말을 영진의 말 쪽으로 가까이 붙였다. 몸을 기울인 그는 두 손을 들어 그녀의 양 뺨을 감쌌다. 영진은 푸르스름하게 빛을 받고 있는 그의 눈동자를 들여다보았다. 불안하게 흔들리는 그 눈동자에 거짓 같은 건 한 오라기도 들어 있지 않았다.

조금씩 조금씩 윤제의 얼굴이 그녀에게로 다가왔다. 풀 향기를 날리는 바람 사이로 윤제의 냄새가 점점 진해졌다. 이제 늦었어. 이젠 돌이킬 수 없어. 고삐를 거머쥐고 있던 영진의 손에서 스르르 힘이 빠져나갔다. 마침내 해가 완전히 가려지고 그녀의 시야는 김윤제로 가득 찼다.

"사랑해."

조그맣게 속삭인 그의 입술이 영진의 입술을 머금었다.

그녀는 눈을 감지 않았다. 아니, 감지 못했다. 그렇지만 아무것도 보이지 않았다. 눈앞이 새하얗게 변했다. 오로지 윤제의 감촉과 향기만이 온 초원을 채웠다. 맹수의 이빨에 걸려든 토끼처럼 영진은 그 압도적인 감각에 복종했다.

사랑해.

미칠 것 같았다.

"수고하셨습니다."

인사가 오갔다. 테이프커팅은 사진만 잘 나오면 될 뿐, 열심히 일하는 사람들을 귀찮게 하고 싶지 않아 영진은 재빨리 자리를 떴다. 한국에서 온 기자들이 들러붙는 것도 불편한 일이었다. 김윤제는 무난한 슈트 차림이었지만 얼굴이 몹시 튀었고, 얌전히 커팅 자리에 동석한 것뿐이었지만 어쨌든 김영진이 공식석상에 남자를 동반한 건 처음이었으니 기자들의 눈이 번뜩이는 건 당연했다.

"김영진 씨, 옆의 남자분은 누구십니까?"

"두 분 어떤 사이신지 말씀 좀 해주세요!"

영진은 무표정하게 지나갈 생각이었다. 그러나 윤제의 궁리는 달랐다. 매스컴이란 이용하기에 따라 아군이 될 수도 있는 것이므로.

"실례하겠습니다."

들바람마저 꽃비로 바꿀 듯 화려하게 김윤제가 웃었다. 한쪽엔 영진의 어깨를 안고, 예의바른 각도로 고개를 숙이면서.

찰칵, 찰칵.

셔터가 쉼 없이 터졌다. 윤제는 영진을 보호하는 척 끌어당기며 밀착도를 높였다. 누가 보아도 '특별한 사이'인 것처럼 느껴지게. 그녀가 꿈틀거리며 팔을 떼어내려 했지만 그는 그럴수록 손에 힘을 주었다.

"사람들 보는 데서 키스당하고 싶지 않으면 가만있어."

달콤하게 속삭이는 협박의 말에 그녀는 흠칫 몸을 굳혔다.

드디어 클라이맥스.

윤제는 주저하지 않았다. 두 사람의 관계는 막 전환점을 찍었고 이제 고지는 바로 저기였다. 밀어붙여! 몰아붙여! 머릿속 사냥꾼의 본능이 그에게 외쳐대고 있었다. 창피한 꼴을 연출한 게 바로 몇 시간 전이었지만 원래 전세라는 건 손바닥 뒤집듯 바뀌는 법, 물렁하게 굴 때가 아니었다.

품 안에서 작은 여자가 살짝 경련하는 게 느껴졌다. 초식동물의 본능 또한 말해주고 있을 것이다. 너의 자유의지 따위 아무짝에도 쓸모없다고. 이제 곧 잡혀 먹히는 게 운명이라고.

윤제는 혀를 내어 입술을 핥았다.

'오늘에야말로 역사를 이루리라.'

호텔방에 장미꽃을 배달시켜 두었고, 와인도 준비해 놓으라고
했다. 여자는 분명 그에게 마음이 있었다. 최소한 키스를 거부하
지 않을 정도는. 한 번 잔 남자를 찾는다는 둥 신소리를 했으니
'내가 바로 그 한 번 잔 남자'라고 들이대 줄 생각이었다. 만에 하
나 또 밀어내면 백 번이라도 치대면 그만이다. 여자는 분명히 김
윤제에게 반쯤 넘어와 있었다.

"몽골한인회장과 식사가 잡혀 있습니다."

수행을 위해 따라온 비서 겸 보디가드가 그들을 차에 태웠다.

몽골한인회에서는 세한에 기대하는 바가 컸다. 최근 한류의
역풍으로 반한감정이 싹트기 시작한 몽골에 세한이 긍정적인 역
할을 해줄 것으로 기대한다고 했다. 몽골한인회는 작지만 선교
사와 봉사단체의 비중이 커서 지역사회와 밀착돼 있다고 영진은
들은 바 있었다.

"몽골엔 한국 차들 그대로 다닌다더니, 진짜네."

그들 일행이 탄 차는 신형고급세단이었지만 울란바토르 시내
에 돌아다니는 차들은 참으로 고풍스런, 거의 골동품에 가까운
차들이었다. '이사전문 xxx-2424', '경원운수', '205번' 등 한
국에서 쓰던 상태 그대로의 버스며 트럭들이 도로를 오가는 게
진풍경이었다.

'도색도 새로 안 했는데 수리는 해가면서 타는 건가. 마유주
엄청 좋아한다던데 음주운전은 안 하나. 그러고 보니 음주승마
도 위험할 텐데.'

영진은 차창 밖을 보면서 천진한 호기심에 빠져들었다.

어어.

그때였다. 중앙선 건너편에서 오던 트럭이 빙글 돌기 시작한 것은.

기사가 황급히 핸들을 꺾었으나 옆 차선에도 차가 있었다. 쿵. 충격이 왔다. 오른쪽 앞과 왼쪽 뒤에 동시에. 오른쪽 앞은 이쪽에서 들이받은 거라 충격이 크지 않았으나 왼쪽 뒤는 트럭이었고 저쪽이 덮친 것이었으며 문짝이었다. 그리고 거기엔 일행 중 가장 중요한 인물인 김영진이 앉아 있었다.

콰직.

문이 짜부라지는 소리가 났다. 뒷자리라 벨트 없이 앉아 있던 영진이 윤제 쪽으로 휘청 쓰러졌다가 반동으로 튕겨 나가며 찌그러진 문짝에 부딪쳤다. 그다지 세게 부딪치지는 않았다. 피가 난 것도 아니고 소리가 컸던 것도 아니었다.

그런데.

그녀의 몸이 늘어졌다.

"영진아, 김영진!"

왔다 갔다 흔들렸을 뿐 아무런 데미지도 입지 않은 윤제가 소스라치게 놀라 영진의 얼굴을 들여다보았다.

그녀는 정신을 잃고 있었다.

"기절했어! 혹시 경추를 다쳤을지도 모르니까 아무도 건드리지 마요!"

달려들던 기사와 수행비서가 그의 비명에 동작을 멈췄다. 비서가 재빨리 핸드폰을 꺼내들었고 기사는 밖으로 나가 트럭 쪽으로 다가갔다. 윤제는 초조하게 영진을 쳐다보며 안색을 살폈다.

"보기엔, 보기엔 말짱한데."

핏기가 가신 쪽은 김윤제였다. 영진은 그냥 자는 것처럼 평화로워 보였다. 그래서 더 무서웠다. 윤제는 덜덜 떨리는 손으로 그녀의 날숨을 확인하고 사방을 둘러보았다. 교통체증은 없었지만 그래도 앰뷸런스가 금방 올 것 같지는 않았다. 이 나라의 의료 시스템은 믿을 수 있는 걸까, 이건 정말 사곤가, 혹시 테러인가, 아니면 영진의 목숨을 노린 습격인가, 이제 겨우 마음을 얻었다고 생각했는데 우린 결국 안 되는 운명인가, 오만 가지 생각이 머릿속을 휘돌아 윤제는 정신을 차릴 수가 없었다.

"영진아, 영진아. 정신 차려."

무서워서 다른 덴 건드리지 못한 채 손만 부여잡고 그는 숨이 넘어가도록 그녀를 불렀다.

언제나 그렇게 생각했지만 오늘따라 여자는 정말 작았다. 목만 한 번 움켜쥐면 죽일 수 있을 것처럼 연약했다. 그러니까 그렇게 속수무책으로 흔들린 거다. 힘센 김윤제가 붙잡아주었어야 했는데, 지켜준다고 행복하게 해준다고 약속해 놓곤 아무것도 하지 못했다. 윤제는 미칠 듯이 자책했다.

"사랑해. 사랑해. 그러니까 제발 정신 차려."

그는 쉼 없이 속삭였다.

"살아만 나면 이한성이랑 다들 만나게 해줄게. 내가 꼭 화해시켜 줄게. 난 남녀 사이에 우정 같은 거 안 믿지만, 그 사람들하고 친구 먹어도 이해할게. 아니, 아니, 허주혁이랑도 친구 해도 돼. 그러니까 깨어나. 응?"

뭔가 말해야 할 것 같았다. 그래야만 여자가 사라지지 않고 옆에 있어줄 것 같았다. 이성으론 그냥 뇌진탕일 거라고 별거 아닐 거라고 믿으면서도 불안해서 숨이 쉬어지질 않았다.

'이 여자가 잘못되면 어떡하지.'

세상에 태어나 처음으로 윤제는 하늘이 무섭다고 생각했다.

이렇게 사람을 좋아해 본 건 처음이었다. 이렇게 휘둘리고 망가지면서 사람에게 빠져든 건 단언컨대 처음이었다. 그러니 잘못돼선 절대 안 된다. 잘못되면 견딜 수 없을 것이다. 세한그룹 따위 개나 주라지, 그는 이를 갈았다. 그 따위 멍에를 메고 있으니 사람이 비실비실 골병드는 것 아닌가.

"아냐. 괜찮을 거야. 금방 눈 뜨고 아, 머리 아퍼, 종알거리면서 귀엽게 울상을 지을 거야."

윤제는 머리를 힘껏 흔들었다. 너무 제정신이 아니라 평소 김영진이 그런 식으로 절대 말하지 않는다는 것조차 생각지 못했다.

삐뽀삐뽀 앰뷸런스가 도착했다. 그새 영사관과도 연락이 닿았는지 응급 의료진은 신속하고도 정중하게 김영진을 들것에 실었다. 그녀의 몸이 덜컹일 때마다 윤제는 가슴이 철렁 내려앉아 몸을 떨었다.

영진이 구급차에 완전히 오르고 윤제도 그 옆에 탔다. 차 안의 불빛이 창백해서 그런가 그녀의 안색도 나빠 보였다. 그는 목이 타들어가는 기분으로 눈살을 찌푸렸다.

반짝.

여자가 눈을 뜬 건 그때였다.

"아."

윤제가 말을 걸 틈은 없었다. 응급 구조사가 몸을 일으키지 못하게 그녀의 어깨를 지그시 누르며 물었다.

"정신이 드십니까?"

놀랍게도 구조사는 한국말이 유창했다.

영진의 눈이 천천히 차 안을 돌더니 약간 생기를 띠었다.

"네. 여기는 어디죠?"

"토할 것 같지는 않은가요?"

"어……, 좀 어지럽긴 한데 괜찮아요."

참지 못한 윤제가 결국 끼어들었다.

"괜찮아? 어디 아픈 덴 없어?"

영진의 시선이 그에게 못 박혔다. 조금씩 커진 눈동자에 의아함이 깃들더니 차차 정체불명의 여러 가지 색채로 바뀌어갔다.

"아, 혹시……."

자기 눈을 믿을 수 없다는 듯 그를 아래위로 훑어본 영진이 조그맣게 다시 물었다.

"설마…… 김윤제?"

윤제는 얼음처럼 굳어 그녀를 응시했다. 옆에서 구조기사가 의문을 담아 그를 돌아보고 있었다.

불길한 예감이 발목을 스멀스멀 기어 올라오고 있었다.

무언가가 이상했다.

무언가가 정상이 아니었다. 확실히.

하.

윤제는 고개를 젖혀 벽에 머리꼭지를 대었다.

누가 그랬더라? 그렇게 말한 사람이 있었는데. 초년운 무지하게 좋은 대신 중반부터 비비 꼬였다고.

헛웃음을 짓고 마른세수를 하고, 어떻게 해보아도 허탈함이 가시지 않았다. 여자가 무사하니 그것만으로 감사하다 해야겠지만 마음이란 그런 게 아니었다. 기억상실증이라니, 이 무슨 막장 드라마란 말인가.

한영주가 병실에서 나왔다. 그녀두 어지간히 놀란 얼굴이었다. 혹시 언니가 해코지라도 당한 건가 몽골까지 파르르 달려왔던 영주는, 단순사고였지만 언니가 기억을 잃었다는 말에 아연실색했다.

"진짠가 봐."

그녀는 입술을 깨물곤 윤제 옆에 앉았다.

"하긴 진짜겠지, 언니가 뭐하러 쇼를 하겠어."

우물우물 덧붙이는 게 그녀도 믿어지지 않는 모양이었다.

윤제는 다시 한 번 마른세수를 하며 한탄을 늘어놓았다.

"야, 한영주. 그 기억상실증이란 거 말이다, 이 시점에서 내가 걸려야 하는 거 아니냐? 그럼 니네 언니가 자길 까맣게 잊어버린 나를 보면서 상처 받고 자기 사랑을 깨닫고, 이게 정석 아니냐 말이지. 어떻게 지가 기억을 잃어?"

이 와중에 농담이 나오는 게 웃겼지만 사실은 농담만도 아니었다. 윤제는 진심으로 그렇게 생각했다. 다쳐도 자신이 다치고 기억을 잃어도 김윤제가 잃어야 이야기가 완결을 향해 갈 수 있는 것 아니겠냐고.

"그건 그래. 꽃보다 남자에서도 츠카사가 기억을 잃었지. 기억을 잃은 상태에서도 츠쿠시를 좋아하게 됐지."

진지하게 대꾸하는 한영주도 그다지 정상은 아니었지만.

"아무래도 넌 언니 짝이 아닌가 보다. 하늘이 안 도와주네."

그녀가 중얼거렸다.

"됐어. 몸 건강하면 그만이지. 너네 언니도 구준표처럼 기억 없이도 날 사랑하게 될 거야."

손사래 치는 윤제를 영주가 안됐다는 듯 쳐다보았다.

"하긴, 기억이 없는 쪽이 차라리 가능성이 있을지도."

윤제는 인상을 썼다.

저건 한영주가 몰라서 하는 소리다. 고지가 바로 저긴데, 마지막 딱 한 발짝만 남기고 있었는데, 그만 백 발자국 후퇴해야 하는 것을.

공든 탑이 무너진다는 건 그야말로 이럴 때 쓰는 말이 아니겠는가.

영진은 구급차 안에서 눈을 뜨자마자 윤제를 알아보았다.

그러나 그녀가 기억하는 건 중학생 시절의 윤제였다. 언제 이렇게 키가 컸니, 얼굴이 어른이네, 몇 번이나 감탄하며 뚫어져라 쳐다보는 통에 윤제는 아니라 부정하지도 못했다. 그녀는 정말로 놀라워하고 있었다.

그리고 이후 그들은 영진이 열여덟 살로 돌아갔다는 기가 막힌 현실을 대면해야만 했다.

"외상 자체는 경미합니다. 물론 사고가 트리거가 되긴 했겠지만 그보다는 환자 자신의 무의식의 발현이 아닐까 생각됩니다. 왜 냐하면……."

몽골의 큰 병원은 의료진이 모두 한인이었다. 이것저것 검사를 해보더니 그들은 난감한 표정으로 김윤제들에게 설명했다. 환자는 사람이나 사건에 대한 기억만 잃은 게 아니라 열여덟 살 이후 습득한 지식 전체를 잊었노라고. 즉 미적분은 잘 기억하고 있지만 회사 경영에 관련된 건 다 잊었다고.

"가족 분들이 더 잘 느끼시겠습니다만, 기억이 머문 시점으로 환자의 인격도 퇴행했습니다. 서른한 살로 대하시면 안 됩니다. 어디까지나 고2예요."

그리고 의사는 기억상실을 다룬 모든 영화나 소설 나부랭이에서처럼 선언했다. 기억은 돌아올 수도, 안 돌아올 수도 있다고. 언제 돌아올지는 물론 모른다고.

쌍.

호텔방에서 시들어가고 있을 장미를 떠올리며 윤제는 머리칼을 거칠게 쓸어 올렸다.

"도망친 걸까?"

영주가 중얼거렸다.

윤제는 대답하지 않았다. 그럴 거라는 생각이 당연히 들었고, 그건 그를 더없이 비참하게 만들었으므로.

바로 어제 초원에서 키스해 놓고 이렇게 도망치나.

내가 지켜준다고 했는데도 그놈의 왕관이 그렇게 무서웠나.

남자로서 자존심이 몹시 상했다. 깊은 절망에 발목이 빠져드

는 기분이었다. 착각에 빠져 혼자 북 치고 장구 쳤던 건가 자괴감
마저 들었다.

그러나 다음 순간 그는 힘껏 고개를 저었다. 이럴 때가 아니
지.

영주를 뒤에 남겨둔 채 윤제는 병실로 들어갔다.

얌전히 누워 천장을 바라보고 있던 영진이 고개를 갸웃 돌렸
다. 눈이 맑고 표정이 밝았다. 사고로 기억을 잃은 사람답지 않
게.

"컨디션은 괜찮아?"

그가 묻자 그녀는 작게 고개를 끄덕였다. 성큼 자라 버린 윤제
가 순간 낯선 듯했지만, 반갑다는 느낌이 확실한 얼굴로.

윤제는 마음을 굳혔다.

"김영진아."

느닷없는 반말에 그녀가 눈을 동그랗게 떴다.

"당신이 기억 못 하는 것들을 내가 하나씩 말해줄게. 제일 중
요한 거부터. 당신이랑 나랑 사귀는 사이였어. 심지어 같이 살고
있어."

헉.

소리가 나진 않았지만 딱 그런 느낌이었다. 영진의 입이 벌어졌
다.

"당신은 세상 구경한다고 집 나왔고, 난 미국에서 돌아오자마
자 당신하고 같이 살았고, 그리고 우린 사랑에 빠졌지. 어제 아
침에 내가 청혼하고 당신은 진한 키스로 오케이했고 말이야."

사실과 미묘하게 다르지만 꼭 거짓말만은 아닌 이야기를 늘어

놓으며 윤제는 입술 끝에 살짝 침을 발랐다.

"내가……, 내가 너하고?"

영진이 넋이 나간 얼굴로 물었다.

뭐야. 그렇게까지 가당찮다는 표정을 할 건 없잖아.

실룩거리려는 입가를 잡아당기면서 윤제는 한껏 화사하게 웃었다.

"응. 회장님은 당신을 정략결혼 시키려고 했지만 당신이 거절했지. 얼마 전엔 미국에서 나 쫓아다니던 스토커가 찾아왔는데 당신이 길바닥에서 드잡이하면서 싸웠다? 얼마나 열렬하게 날 사랑하는지 몰라."

영진은 거의 숨도 못 쉬는 눈치였다.

"내……, 내가?"

윤제는 그녀의 머리카락에 손가락을 넣어 부드럽게 쓸었다. 사르르 녹을 듯이 달콤한 눈웃음을 흘리면서.

"사랑에 빠지면 몰랐던 자아가 나오는 거야. 나도 당신이 그렇게 격정적이고 독점욕 강한 사람인 줄 몰랐다고."

내 말은, 내가 말이지.

윤제는 그녀의 뺨에 가볍게 입을 맞추며 다짐했다.

'위기를 기회로.'

백 발자국 뒤로 가지 않으면 그만이다. 모자란 한 발짝을 덧그리면 그만이다. 나중에 기억이 되살아난다 해도 만리장성 쌓아버리고 이런 거 저런 거 다 한 후엔 어쩔 수 없지 않겠는가. 부지런히 꼬드겨서 약혼까지 해버리면 루비콘 강은 건너는 거다.

이럴 땐 이 여자가 꽉 막힌 가치관을 갖고 있는 게 정말 다행이

꿀과 바닐라

지, 생각하며 그는 조금 더 밀어붙였다.

"열여덟 살이 돼버렸으니 당분간은 수줍어하겠네. 부끄러워하면서도 새로운 세상에 눈 떴다고 좋아하더니. 귀여웠는데."

말에 섞인 미묘한 뉘앙스를 영진이 알아차리는 데는 시간이 조금 걸렸다.

뭐?

윤제는 긴 속눈썹 아래로 오만한 정복자의 눈빛을 설핏 드러내며 그녀의 의문에 쐐기를 박았다.

"말 그대로야. 우린 이제 서로를 온전히 아는 사이라고."

목덜미 옆쪽을 손등으로 스치자 여자는 불에 덴 것처럼 소스라쳐 뒤로 몸을 물렸다.

"뭐, 뭐라고? 그게, 아니, 그럴 리가……."

더듬거리는 영진을 향해 윤제는 화려한 독거미처럼 속삭였다. 같이 산다고 했잖아?

"지금의 당신한텐 좀 충격적인 얘기겠지만……, 당신은 벌써 서른한 살이니까 당연한 얘기 아니겠어? 아, 걱정하지 마. 기억 못 하는 거 아니까 몰아붙이진 않을 거야. 그래도 우리 사랑을 부정당하면 굉장히 슬플 거 같아. 그렇겠지?"

김영진은 열여덟 살인 게 분명했다. 커다란 눈망울이 정신없이 흔들리고 어깨가 빳빳하게 경직된 게 조금만 더 하면 울 것 같았다. 사랑스러웠다. 귀여웠다. 이참에 오빠라고 부르라고 할까, 윤제가 진지하게 고민할 정도로.

그는 다시 소곤거렸다. 아마도 그녀가 가장 듣고 싶을 유혹의 말을.

"우리 다 잊어버린 김에 신나게 놀아보자. 어차피 당분간은 회사로 돌아갈 수 없잖아? 나한테 맡겨. 내가 인생이 얼마나 즐거운 건지 가르쳐 줄게."

여자는 팔다리가 묶인 채로 이십대를 보냈을 것이다. 기억을 잃은 게 고의는 아니었겠지만 무의식의 발로라고 한다면, 그렇게 해서라도 자유로워지고 싶었다는 얘기다.

'그러니 내가 도와준다고.'

방금까지 징징댔던 스스로를 가볍게 비웃으며 김윤제는 사고를 재정립했다.

'역시 나는 운이 좋아.'

그야말로 백지 상태로 여자가 그의 손에 떨어진 것이다. '내가 좀 더 일찍 너를 만났더라면…….' 운운 수많은 연인들이 바라마지 않는 일이 기적처럼 가능해진 것 아닌가.

'세한그룹 따위 잊어버리고 훨훨 날아다닐 수 있게 해줄게. 그게 얼마 동안이 되었든. 순결이고 나발이고 신경 안 써도 되게, 아예 새로운 가치관이 머릿속에 들어갈 수 있도록.'

그는 쪽쪽 그녀에게 베이비키스를 퍼부었다. 여자한테선 아기 냄새가 났다. 이대로 그녀가 열여덟 살로 남는 것도 괜찮겠다고 윤제는 생각했다. 세한그룹이야 어떻게 되든 알 바 아니고, 김영진을 완전히 손에 넣을 수만 있다면 다른 건 하나도 상관없었다.

'우유곽 트리오도 기억하지 못할 테니 금상첨화지. 그리고 허주혁이야, 뭐…….'

윤제는 순간 멈칫 굳었다.

……허주혁은.

'가만있어 봐, 고2면 혹시 허주혁을 짝사랑하고 있던 바로 그 땐가?'

그는 몸을 일으키고 영진을 내려다보았다. 폭탄선언에 멘붕한 그녀는 어린애 입맞춤도 버거운지 새빨개진 채 허우적대고 있었다. 아직 허주혁을 생각할 겨를은 없는 듯 보였다.

'괜찮아. 내가 도장 찍었으니깐.'

윤제는 햇살 같은 미소를 지으며 그녀의 뺨을 어루만졌다. 머릿속에 뭉게뭉게 피어오르는 시커먼 생각에 흡족해하면서.

'여차하면 친구랑 연애한다고 까발려 주지, 뭐. 지금의 김영진이라면 순진하게 단념해 줄 테니깐. 아아, 난 진짜 머리가 좋아.'

사기도 협잡도 전혀 거리끼지 않는 김윤제의 품에서, 영진이 여우 입에 물린 토끼처럼 무방비하게 꼬물거리고 있었다.

윤제는 짝짝 입맛을 다셨다.

이런 걸 운명이라고 하는 거다.

소위 우유곽 트리오는 모처럼 마주앉아 술잔을 기울이고 있었다. 꽤 오랫동안 침묵이 흘렀으나 아무도 그걸 깰 의지를 갖고 있지 않았다.

연락을 받은 것은 한성이었다. 연락해 준 쪽은 영주였다. 당연한 수순으로 자신의 아버지를 의심했으나 정황이 그렇지는 않아 보였다.

"그러게 사과할 때 받아주지 그랬냐. 모질고 독한 것들."

셋 중 유일하게 영진과 화해한 현도가 타박을 놓았다.

해민은 술을 들이켰다. 붉은 눈가에 자잘하게 주름이 잡혔다.

김영진이 열여덟 살로 돌아갔고 세 사람을 기억하지 못한다는 소식은 다른 모든 감정을 일시에 소거할 만큼 충격적이었다.

한성이 우울하게 대꾸했다.

"화가 난 게 아니었어, 나는. 안전한 자기 자리로 돌아가길 바라고 등 돌린 거였지. 세상 어디에도 안전한 자리는 없는 건데…… 그걸 몰랐던 거지."

후회가 가슴을 찢었다. 영원히 기억을 못 찾지야 않겠지만, 시간이 지난 후엔 어떤 인간관계도 색이 바래기 마련이다. 결국 그녀는 애틋함도 절실함도 없이 찝찝하게만 기억하게 될 것이다. 이 한성이라는 사람이 김영진에게 등 돌렸던 별것 아닌 사건을.

해민이 또 다시 술잔을 들었다. 주량을 훨씬 넘친 것 같아 보여 현도가 눈살을 찌푸렸다.

"야, 해민아, 너……."

"제길."

거친 말이 해민의 입에서 흘러나왔다. 단숨에 들이켠 빈 잔을 그는 탁자에 쾅 내려놓았다.

"제길, 제길!"

머리통을 부여잡고 소리치는 해민이 너무 낯설어 친구들은 눈을 커다랗게 떴다.

현도의 와인 바가 아니었다. 시끌벅적한 소줏집이었다. 다행히 다른 손님들도 모두 거나하게 취해서 해민에게 신경 쓰는 사람은 없었다.

"후."

허리를 펴고 날숨을 길게 터뜨린 해민이 눈을 아래로 내리뜬 채 중얼거렸다.

"나는 교만한 사람이야."

한성은 의자에 몸을 기대며 그를 응시했다.

"소위 좋은 일 한다는 사람들의 독선을 증오한다고 말해왔지만 그건 사실 나 자신이 교만한 사람이기 때문이야. 사람들이 거슬려서 참을 수가 없었던 거지."

현도가 몸을 숙이고 탁자에 턱을 괴었다. 더 해봐, 보디랭귀지로 그는 친구에게 말했다.

"니들도 알다시피 난 최 교수님하고 틀어져서 선아랑 헤어진 게 아냐. 하지만 니들이 생각하는 것처럼 선아가 날 버려서 최 교수님하고 틀어진 것도 아니었어. 사실 난 최 교수님하고 갈라서고 싶어서 선아를 내친 거야."

한성은 눈썹을 들어올렸다. 표면적으로는 이상이 안 맞네 운운했으나 가까운 사람들은 모두 선아가 해민을 버리고 준 재벌급 남자와 사귄 게 사달의 원인이라고 믿고 있었다. 그게 좀 더 보통 사람의 상식에 맞기도 했고.

"선아는 아무 약속도 해주지 않는 나한테 지쳐 있었어. 다른 사람한테 간 건 비난할 일이 아니야. 굳이 후원자한테 몸 바치는 것처럼 포장한 건 역겨웠지만, 그건 나름대로 걔가 자기를 학대하는 방법이었다는 걸 난 알아."

이번엔 현도가 인상을 썼다. 박해민이 양파 같은 사람이라고 늘 생각해 오긴 했지만 지금의 그는 도무지 이해의 범위를 넘어서 있었다. 생뚱맞게 옛날 연애 이야기를 꺼내는 건 왜일까.

"난 최 교수님이 정말 싫었어. 남의 비판 못 받아들이는 것도 싫었고, 아랫사람들한텐 거만하게 굴면서 밖에선 겸손한 척하는 것도 싫었어. 그래도 선아 때문에 뒤집어엎지 못했는데, 선아가 흔들리더라. 그 틈을 타서 깨부숴 버린 거야."

인민재판에 회부된 사람처럼 해민은 결연했다. 다시 한 잔을 휙 들이켠 그는 양손을 탁자에 짚고 단숨에 말을 이었다.

"근데 말이다, 사실은 그것도 다 핑계였던 거야. 같이 일하는 사람들한테 질린 것보다 백만 배는 더 많이, 난 내가 도와야 하는 사람들이 싫어지고 있었어. 힘들겠구나, 도와줘야겠다, 그런 생각이 드는 사람들은 극소수고, 대부분은 고생을 자초하는 것처럼만 보이는 거야. 계속해서 자충수를 두는 사람들, 기껏 후원해 주면 홀라당 말아먹고 당연하게 더 내놓으라고 오는 사람들, 고마워하기는커녕 불평불만만 늘어놓는 사람들, 그런 사람들한테 애정을 갖기가 너무 어려웠어. 자꾸만 혐오감이 커져 갔어."

해민은 정면을 응시했다. 새빨개졌던 얼굴은 창백해진 지 오래였다. 평소답지 않은 행동을 하는 건 분명 술기운일 텐데, 그는 발음 하나 흘리지 않고 또박또박 결론을 맺었다.

"당초에 난 그 일에 적합한 사람이 아니었던 건데, 차마 그걸 인정할 수 없어서 최 교수님이니 선아니 얼렁뚱땅 책임을 떠넘겼던 거지. 그러곤 그 사람들을 감싸주는 척 '제가 사회사업 할 깜냥이 아니죠' 운운하면서 이중으로 위선을 떤 거야. 남들이 날 대쪽 같은 사람이라고 믿게 내버려두고 말이다. 그리고 그건 영진 씨 일에도 똑같은 패턴으로 나타났어. 영진 씨가 우릴 속였기 때문에 관계가 깨지는 거로 해두고 싶었어. 절대 친구가 될 수 없는 다른 세상에 속한 사람이라고 인정하기 싫어서, 버려지기 전에 버리고 싶었어. 거짓을 용납하지 못하는 정의로운 남자인 체했어. 나는 한 치 한 푼도 더 나아지지 않았던 거야. 난 진짜 개새끼야."

한성과 현도는 얼떨떨한 얼굴로 해민을 쳐다보았다.

저건 누구지.

그들의 친구는 아름답고 섬세하며 날카로운 사람이었다. 언제나 그만의 방식으로 오만하고, 상처가 있어도 혼자 핥으며 나을 때까지 아무에게도 보여주지 않는 고고한 존재였다. 박해민과 자책이라니, 이 무슨 어울리지 않는 조합이란 말인가.

잠시 침묵이 흘렀다.

"야……. 근데 그렇게 얘기하니까 선아보다 영진 씨를 더 아끼는 것처럼 들려."

그리고 현도가 우물우물 말을 던졌다.

그렇지 않은가. 연인은 망설임 없이 내던졌으면서 김영진에게서 등 돌린 건 후회하고 있다니.

에너지를 다 소진한 듯, 해민이 꼿꼿하게 세웠던 허리에서 힘을 풀며 이마를 문질렀다.

"지난 일은 지난 일일 뿐이니까. 영진 씨 일은 현재잖아."

그는 후회했다. 어차피 남이라고 생각했는데, 막상 그녀의 머릿속에서 영원히 지워질지도 모른다고 생각하니 가슴에 가시가 박힌 듯 아팠다.

순진하지만 멍청하지 않고 서툴러도 마음이 따뜻한 여자, 연약하지만 도망치지 않으려고 몸부림친 사람한테 나는 대체 무슨 짓을 한 건가.

나는 어디까지 비열해질 작정이었던 걸까.

"하지만 영진 씨한텐 지금 아무것도 해줄 수 없지. 선아한텐 오히려 가능한 일이고. 선아를 만나라, 해민아. 만나서 이야기를 들어줘."

한성이 해민의 잔에 술을 채워주며 말했다.

해민은 고개를 지었다.

"소용없는 일이야. 우린 너무 많이 벌어졌어. 변했으면 변한 대로 안 변했으면 안 변한 대로, 선아하고 나는 이제 안 되는 사람들인 거지. 공연히 여지를 주고 싶지 않아, 난."

그러나 한성은 자기 잔에 술을 따르며 친구의 말을 정정했다.

"다시 잘해보라는 게 아냐. 선아의 마음속에도 매듭이 필요할 거라서 그래. 변명이란 건 말이다, 해민아, 듣는 사람을 위한 게 아니야. 마음을 잘라낸 사람한텐 상대의 변명 따위 필요 없다고. 하지만 잘못을 저지른 사람은 변명이라도 충분히 해야 최선을 다했다고 자신을 용서할 수 있는 거거든. 그냥 걔가 하는 말을 들어주고, 알았다고 해. 그럼 선아 쪽에서 매듭을 지을 수 있을 거야."

취기가 몰려온다.

해민은 어깨를 누그러뜨리며 한성의 말을 곱씹었다.

칼같이 딱 부러진 인생을 살았다. 용서해 주지도 않았고 용서받길 바라본 일도 없었다. 널브러져 살아가는 현도를 너그럽게 지켜볼 수 있었던 건 그가 자신의 인생에 흠집 낸 게 없기 때문, 인생을 살아가는 덴 여러 가지 방법이 있네 어쩌구 현자인 척한 건 그야말로 개소리였다.

"영진 씨한테서도 변명을 들을 날이 올까."

한숨처럼 혼잣말처럼 그는 탄식했다.

그 말에는 아무도 대답할 수 없었다.

현도가 씁쓸하게 웃으며 중얼거렸다.

"왜 나를 기억하지 못하냐고 원망할 수도 없는 얄팍한 관계네, 우리랑 그 여자는."

세 사람은 말없이 자기 잔을 들었다.

몇 달에 불과한 짧은 인연, 애정도 우정도 되지 못한 어정쩡한 인간관계. 과자도 케이크도 아닌 그야말로 브라우니 같은 만남.

한성은 단숨에 술을 들이켰다. 처음으로, 자기가 비겁했다고 그는 생각하기 시작했다. 어쩌면 세 사람 중 제일 비겁한 건 그 자신인지도 모른다고 생각했다.

끝끝내 무모할 수 없는 인간은, 결국 아무것도 손에 쥐지 못하는 법이니까.

윤제는 주혁을 쫓아낼 수 없었다. 허주혁에게도 김영진을 병문안할 권리가 차고 넘쳤으므로. 영진에게는 약혼자라는 둥 뻥을 쳐두었으나 다른 이들은 아무도 그렇게 생각하지 않았고 그게 사실도 아니었기 때문에.

"어서 건강해져라."

허주혁이 목소리를 좍 깔고 남자다운 체 명령했다. 물론 명령이 절대 아니었겠지만 윤제의 귀에는 그렇게 들렸다. 윤제는 팔짱을 끼고 벽에 기대 서 그들의 눈꼴신 상봉을 관람하는 중이었다.

'꼴에 첫사랑이다 이거지.'

김영진은 뺨을 살짝 붉힌 채 주혁을 올려다보고 있었다. 외상이 없어 샤워는 했지만 머리 손질을 못한 게 마음에 걸리는 듯 삐친 옆머리를 시종 손으로 누르는 게 정말로 여고생처럼 보였다.

'저러고 있으니까 허주혁은 더 늙다리로 보이는군.'

염소수염이 어린애한테 침 흘리는 꼬라지라니.

흥.

김영진이 선택한 '열여덟 살'은 그녀가 가장 맘 편했던 시절인 모양이었다. 처음 사귄 민간인 친구와 여느 여학생처럼 생활했던 때. 풋내 나는 첫사랑을 품을 만큼 말랑말랑했던 나이. 아직은 아버지를 혐오하기 전, 어깨에 걸머진 세한그룹이 얼마나 무거운지 실감하기 이전.

그래서 그녀는 소중한 친구 민지가 왜 병문안을 안 오는지 궁금한 모양이었다. 몽골에서야 그렇다 치더라도 이제 한국에 왔으니 찾아올 법하지 않을까, 혹시 아버지가 막나, 민지는 한국에 살고 있긴 한가, 몇 번이나 윤제에게 묻는 것으로 보아.

"연락되는 거 다 아니까, 송민지한테 저 여자 상태 알려나 주십시오. 공연히 허튼소리 할 거면 안 오는 게 낫습니다만."

병실에 들어오기 직전 윤제는 주혁에게 그렇게 말했다. 혹시 이번 일을 핑계로 둘이 화해하면 좋을 텐데 기대를 살짝 품으면서. 주혁이 영진 때문에 그 여자를 찬 게 사실이라면 더 악화되는 게 아닐까 한편으론 염려하면서도.

'반한 게 죄라고. 쳇.'

그는 꿍얼거렸다. 사실 송민지가 와서 깽판을 쳐주면 윤제에게는 이익이련만, 그럼에도 행여 영진이 다시 상처 받을까 안절부절 신경 쓰이는 자신이 한심스럽고 기가 찼다.

'우유곽 트리오도 이참에 반성하고 있어야 하는데.'

아직 연락 없는 우유곽 트리오 역시 그는 맹렬히 비난했다. 생각보다 더 좀생이들이잖아, 매도하면서. '감히 저 여자 눈에서 피눈물을 뽑은 주제에' 으르렁거리며.

그렇게 윤제가 잠깐 방심한 틈에.

"영진아."

부드럽게 웃으며 주혁이 영진의 손을 잡았다.

헉.

"이봐요, 허주혁 씨. 여고생을 성희롱하면 안 되죠?"

조코비치를 능가하는 속도로 윤제는 그의 손을 스매싱해 쳐냈다.

영진의 얼굴에 어이없다는 빛이 스쳤다. 틈만 나면 쪽쪽 입술이며 얼굴에 입맞춰댄 게 누구시더라? 영진의 표정을 뻔히 읽으면서도 윤제는 모르는 척 시치미를 뗐다.

"급격한 자극은 도리어 해로울 수 있다고 합니다. 인사 다 했으면 이만 돌아가시죠. 검사 끝나고 퇴원한 후엔 예전처럼 저하고 살 거니까 행여 집적댈 생각 같은 건 하지도 마시구요."

무례하기 그지없는 태도였건만 허주혁은 네 맘 이해한다는 듯 빙긋 웃었다. 하려던 말을 접고 윤제의 어깨까지 툭툭 치며 돌아서는 모습이 지독히도 어른스러워 윤제는 잠깐 자괴감을 느꼈다.

'나도 저렇게 쿨한 남자였는데. 어쩌다가 이 꼴이 된 걸까.'

그러나 지금은 전쟁 중.

어디까지나 비상사태, 전시상황.

"김영진의 첫사랑이라고 유세 떨 생각 마십시오. 미리 경고해 둡니다."

영진이 듣지 못하게 윽박지르자 주혁은 하하 큰 소리로 웃었 다.

"첫사랑이랑은 맺어질 수 없다고 법으로 정해져 있는 거 모르 십니까? 드라마에 나온 말이라고 우습게들 생각하는데 그거 드 라마에 첨 나온 말도 아니거든요. 보편적 진리라구요."

암시를 걸듯 뻔뻔한 말에 주혁이 이채를 띤 눈으로 그를 쳐다 보았다.

"그러는 김윤제 군이야말로 영진이가 첫사랑 아닌가? 나는 그 렇게 들었는데."

"듣다니 누구한테 뭘요?"

윤제가 미심쩍은 표정으로 묻자 주혁은 바로 너털웃음을 지었 다.

"아니, 아니야. 그냥 그럴 거 같아서 말이지. 의외로 순정적인 사람인 거 같아서."

저게 무슨 자다가 봉창 두들기는 소리람.

윤제는 도도하게 턱을 치켜들며 문을 열었다. 기억 없는 시간 이 길어질수록 같이 사는 그가 무조건 유리했다. 꿀릴 것도 자존 심 상할 것도 없었다.

'첫사랑? 흥, 결과가 모든 걸 말하는 거지.'

그런데 병실 밖에는 여자가 하나 서 있었다. 김영진만큼 작고, 약간 고양이처럼 생긴 여자가.

'병실을 잘못 찾아온 사람인가?'

잠깐 생각했으나 다음 순간 윤제는 그녀가 누구인지 알아챘다.

서른하나, 영진과 동갑, 그러나 조금 세상의 먼지가 묻은 것처럼 보이는 여자는 주혁을 한번 쳐다보았다가 병상 위의 영진에게로 눈길을 돌렸다.

영진의 얼굴이 화사하게 기쁨으로 물들었다.

"민지야!"

여자는 계속 울었다. 흐느끼다가 눈물을 훔쳤다가 엉엉 소리내 울었다가 가관이었다.

"다행이군요. 막장드라마를 연출한 건 아니어서."

윤제가 중얼거리자 옆에 서 있던 주혁이 픽 웃었다.

"말했잖아, 영진이 때문에 헤어진 게 아니라니까."

송민지는 지난 일을 언급하지 않았다. 그동안 왕래하고 지낸 양 순수하게 영진의 건강을 걱정하는 것처럼 굴었다. 영진은 하룻밤 새 나이를 먹어버린 친구가 신기한지 내내 그 얼굴을 쓰다듬었고, 여자는 오랜만에 만난 옛 친구가 북받쳐 몇 번이나 입술을 달싹였지만 위험한 주제는 끝까지 언급하지 않았다.

민지에게는 옛날 일이고 영진에게는 최근 일이라서 기억이 부분적으로는 조금씩 어긋났다. 어쨌든 도란도란 추억을 나누는 두 사람은 무척 좋아하는 사이처럼 보였다. 허주혁 나부랭이 때문에 깨진 우정이라는 게 믿어지지 않을 정도였다.

"기억상실증이 좋은 면도 있군요. 우정도 되찾고, 사랑을 받아들이는 데도 방어벽이 낮아지고."

윤제의 말에 빙긋이 웃던 주혁은 전화기를 들여다보더니 복도로 나갔다. 얼핏 건너다본 액정에 뜬 발신자가 '회장님'이었던 것 같아 윤제는 귀를 쫑긋 세웠다. 사세히 들리지는 않았으나 업무 관련 내용은 아닌 듯했다. '영진'이라는 이름도 들린 것 같았고.

회장과 허주혁 사이에 무언가 비밀 이야기가 오간다는 건……기분 별로였다.

"새로 태어난 아드님의 생모도 접촉했다는군."

병실로 돌아온 주혁이 무심한 얼굴로 윤제에게 말했다. 윤제가 알아들으리라는 데 일말의 의심도 없는 듯.

그리고 윤제는 알아들었다. 이한성의 아버지가 의뢰인을 찾아 여전히 떠돌고 있는 것이다. 다행히 김 회장의 새로운 여자는 어리석지 않았던 모양이고.

"그쪽에서 바로 회장님께 알려온 모양이야. 앞으로 20년은 자기 아들의 바람벽이 돼줄 사람인데 굳이 제거할 이유가 없겠지. 그래도 흔들릴 수도 있었을 텐데 안심이야."

……김 회장은 저런 것도 허주혁하고 의논하나.

'저 따위 청춘의 덫 같은 인간을 믿다니.'

자신은 한영주를 졸라 겨우 들은 속사정을 염소수염이 낱낱이 알고 있는 바람에 윤제는 기분이 좀 더 나빠졌다.

"영진이가 많이 다치진 않았으니 다행이고. 뭐, 그럴 리야 없었겠지만. 기억상실증 같은 건 계산 밖이었단 말이지."

허주혁의 쓸쓸한 표정에 코웃음을 치던 윤제는, 문득 무어라 해석하기 어려운 미묘한 위화감을 느꼈다.

'뭘까. 방금 어딘가 살짝 핀트가 안 맞는 느낌이 있었는데?'

고개를 갸웃했으나 위화감의 정체는 가물가물 모호해서 잡히지 않았다. 주혁을 쳐다보며 윤제는 찜찜한 기분에 입가를 실룩거렸다.

허주혁은 언제 그랬냐는 듯 아무렇지도 않은 표정이었다.

김영진 님, 검사가 있으니 준비하고 계세요, 간호사의 오더와 함께 극적인 상봉의 시간은 끝났다. 송민지가 또 오겠다며 전화번호를 찍었고 주혁이 그녀를 에스코트해 병실을 나섰다. 두 사람 사이는 조금도 껄끄러워 보이지 않았다. 저거저거, 여자는 아직 안 헤어졌다고 생각하고 있는 거 아냐? 윤제는 혀를 찼다.

어찌됐든 모두가 해피해 보였다. 친구를 되찾은 송민지는 물론, 윤제에게 영진을 맡기고 가는 주혁마저도. 민간인 친구와 여전한 우정을 나누고 있는 열여덟의 김영진은 말할 것도 없고.

그리고 윤제도 해피했다. 곧 퇴원이다. 그러면 아무한테도 보여주지 않고 꽁꽁 싸안은 채 작업 들어가면 된다. 흐뭇한 미소를 아낌없이 흩뿌리며 그는 전혀 마음에 들지 않는 남녀를 문간까지 배웅했다.

"너랑 나랑 사귀는 사이냐고 물어봐서 내가 그렇다고 했어."

문이 닫히자 갑자기 영진이 그에게 말을 걸었다. 돌아보니 그녀는 귓불을 살짝 물들이고 고개를 숙인 모습이었다.

"첨엔 진짜 놀랐는데……, 생각해 보니깐 '아아, 결국은' 싶더라고."

그녀의 어조에 섞인 무언가가 그의 촉을 건드렸다.

결국은?

윤제가 설명을 원하는 눈으로 쳐다보자 영진은 조금 머뭇거리다가 후후 웃었다.

"너 여덟 살쯤 나 좋다고 막 쫓아다녔잖아."

헉.

"……내가?"

뜨악한 윤제의 얼굴을 보지 못한 영진은 순진한 미소를 지으며 이야기를 이었다.

"넌 기억 안 나나 보다. 하긴 오래전 일이니깐. 나도 최근 기억이 지워지면서 생각나는 건지도 몰라."

윤제는 마른 입술을 축였다. 의외의 이야기에 표정 관리가 어려웠다.

"진짜 귀여웠지만, 말도 안 되는 소리였지. 열두 살 여자애한테 여덟 살 남자애라니 말이야. 그때 내가 너한테 모기 같아서 싫다고 하는 바람에 너 많이 울었다고."

뭐시라?

모기?

"얼굴은 작고 팔다리는 길어서…… 모기 같다고 생각했었어. 어쩌면 그냥 키 크고 이쁜 니가 미워서 그랬는지도 모르지. 어른이 돼서 보니까 별로 큰 차이도 아닌데 그땐 건방지다고 생각했던 거 같기도 하고."

하긴 열여덟의 나한테 열넷의 너라고 생각해도 어림없긴 하지. 영진은 웃으면서 덧붙였다. 그녀가 보고 있는 것은 어디까지나

스물일곱의 김윤제였으므로.

영진이 고개를 드는 바람에 윤제는 재빨리 웃음을 띠웠다. 등줄기에서 오한 같은 것이 주룩 흘렀지만 아무렇지도 않은 척 그녀의 손을 쓰다듬었다.

'모기 같다고 해서 상처 받고 기억 안쪽으로 묻어버린 걸까.'

잠깐 진심으로 궁금하게 생각하던 윤제는 곧 다른 생각에 휩싸였다. 모기건 뭐건 그게 중요한 게 아니라…….

내 취향이 처음부터 저런 거였다고.

취향은 불변이란 말이지.

그는 영진의 손에 얼굴을 파묻고 허탈하게 웃었다.

그동안 마음속 어딘가에 '너 같은 땅꼬마를 내가 어쩌다가 눈이 삐어서……' 식의 교만이 있었던 게 사실이다. 그런데 천만의 말씀이었던 거다. 여덟 살 코흘리개 시절부터 그 땅꼬마에 취향 직격해서 쫓아다닌 게 진실, 화려한 미인들한테 시큰둥했던 건 무뚝뚝한 장난감 병정 같은 여자가 타입이었기 때문. 오호, 갓 댐(God damn).

키득키득 웃음이 났다. 당혹스럽고 자존심이 상했지만 꼭 기분이 나쁜 것은 아니었다. 김영진을 손에 넣어야 하는 타당성이 이전보다도 백만 배쯤 커졌을 뿐.

"그랬구나. 내가 그동안 아무한테도 마음이 안 끌렸던 게 다 당신 때문이었나 보다. 당신은 그 사이에 첫사랑이 있었는지도 모르지만 내 인생엔 정말 김영진밖에 아무도 없는 거거든."

손등에 입 맞추며 진지하게 속삭였더니 영진의 눈가에 죄책감이 스쳐 지났다. 죄책감을 느낀다는 건 허주혁에게 감정 찌꺼기가 남아 있다는 뜻이겠지만 윤제는 무시하기로 했다. 더, 더 미안해해라. 애절한 눈빛으로 그는 여자에게 주문을 걸었다.

"당신이 내 첫사랑이고 두 번째 사랑이기도 한 거네. 물론 마지막 사랑일 거고."

……첫사랑은 이루어질 수 없다는 말 같은 건 당연히 절대 진실일 리 없고.

아무래도 오빠라고 부르라고 해야겠다, 그는 속으로 씩 웃으며 생각했다. 잘생긴 남자의 순정 고백은 미스트랄 지대공 미사일만큼이나 강력했고, 포커페이스가 완전해지기 전의 김영진은 발그레하니 너무 귀여워서 아작아작 씹어 먹고 싶을 정도였다.

그리고 마지막 한 방.

"예뻐."

영진의 눈동자가 마구 흔들렸다. '니, 니가 훨씬 더……' 말까지 더듬는 그녀를 확 끌어당겨 윤제는 키스했다. 뽀뽀 아닌 정말 키스를 했다. 당황한 영진이 몸을 뒤틀었지만 그는 그녀를 놓아주지 않았다.

'춘향이는 열여섯, 줄리엣은 열넷.'

그리고 법적으로 김영진은 서른하나.

자꾸만 웃음이 나왔다.

'어렸을 적에 모기였으면 뭐 어때, 이렇게 홀라당 잡아먹을 수 있다면야 얼마든지 불쌍한 척해주지.'

집요하게 여자의 입술 속을 핥아먹으며 윤제는 그의 목줄을 움켜쥔 운명에 기쁜 마음으로 순종하겠노라 맹세했다.

신은 아무래도 김윤제의 편인 게 확실해 보였으므로.

영진은 집을 둘러보았다. 적당하게 생활감이 있는 집은 윤제의 취향대로 꾸며진 것 같았다. 영진 본인의 방만 완전히 삭막한 것으로 미루어 보건대.

"당신이 요리를 잘하더라고. 아, 그것도 이제 잊어버렸으려나?"

사근사근 웃으며 윤제는 영진을 소파에 앉혔다.

마주보이는 주방에는 간단한 조리 도구와 커피, 와인, 커플 찻잔 같은 게 가지런히 놓여 있었다. 커플 찻잔이라니……! 소녀 영진은 쑥스러워 시선을 돌렸다.

기억에 전혀 없는 집인데도 낯설다기보다 편안한 느낌이 들었다. 윤제와 함께 살고 있다는 사실 자체도 당연하게 받아들여지는 게 신기했다. 몸에 익숙해 그런 걸까, 아니면 감정은 기억과 별개의 것이기 때문일까.

"내가 어떻게 너하고 같이 사는 거야? 아버지가 그걸 냅뒀어?"

십여 년의 세월을 훌쩍 건너뛴 아버지는 많이 늙어 있었다. 그러나 여전히 무섭고 우아했다. 영진이 기억을 잃어 분명 화가 났을 텐데, 아버지는 아무렇지 않은 듯 몇 번 찾아왔다가 가버렸다. 마치 그녀에 대한 권리와 책임을 김윤제에게 완전히 넘겨준 사람처럼.

윤제는 대답하지 않고 키스했다. 그 사이 틈만 나면 입맞춤을 당했지만, 병실이 아닌 두 사람만의 공간에서 하는 키스는 굉장히 다른 의미라 영진은 바짝 긴장하지 않을 수 없었다. 그리고 누군가 불쑥 들어올 위험성이 없는 공간에서의 키스는 당연히 훨씬 더 농밀하고 에로틱한 것이었다. 경험치라곤 하나도 없는 김영진이 느끼기에도 분명 그랬다. 열여덟 살의 뇌마저 녹아 없어질 것 같았으니.

하아.

천천히 입술을 뗀 윤제가 그녀의 뺨을 어루만지며 탄식했다.

눈빛에 갈증이 가득했다.

"미치겠다, 진짜. 이걸 제대로 만지지도 못하고 쳐다만 보고 있어야 한다니."

서른한 살의 나는 의외로 성적 매력이 넘치는 여자인 걸까? 영진은 병실에서 혼자 거울을 보며 몇 번이나 생각했었다. 화려한 공작새 같은 김윤제가 저렇게 몸 달아 할 만큼?

……그럴 리가.

그러나 기댄 가슴팍 아래 윤제의 심장 소리는 진짜였다. 두근두근, 빠른 호흡으로 울려대며 영진을 설레게 하는 그의 박동은 절대로 꾸며낸 게 아니었다.

그녀는 눈을 감으며 미소 지었다. 아주 좋은 꿈을 꾸는 것 같았다. 감히 한 번도 품어보지 못했던 완벽하게 행복한 꿈을.

모두가 애지중지 그녀를 아껴주고 있었다. 아무도 이래라저래라 간섭하지 않았다. 자신이 누군지마저 잊었다면 불안하고 괴롭겠지만 그런 것도 아니었다. 자유롭고 편안하고 따뜻했다.

그리고 그 행복감의 중심에는 김윤제가 있었다.

"믿을 수가 없어. 결국 그 멀대같이 큰 어린애랑 사귀게 됐단 말이지."

소곤소곤 가슴팍에 속삭였더니 '멀대라니' 윤제가 부루퉁하게 중얼거리며 벌을 주듯 그녀를 꽉 껴안았다.

스물일곱. 윤제는 생각보다도 더 근사하게 자라주었다. 껍데기부터 알맹이까지 소녀라면 누구나 동경할 만큼 멋진 청년이었다. 심지어 지고지순 헌신적인 첫사랑이라니. 인생이 이렇게 동화보다 더 달콤해도 되는 것일까. 김영진은 단 한 번도 신데렐라를 바라본 일 없는 삭막한 소녀였건만.

민지가 그녀에게 장래 희망이 무엇이냐고 물었었다. 그때는 대답할 수 없었다. 하지만, 어쩌면 이제부터는 소망을 가져 보아도 괜찮을지 모른다. 강제로 쥐고 있어야 했던 것들이 손가락 사이로 다 빠져나가 버렸으니까.

"아버지는 초조하시겠지. 내가 후계자 수업으로 배운 것도 전부 잊어버렸다고 하니깐. 하지만 난 아무것도 신경 쓰이지 않아. 난 맘이 편해."

자꾸만 웃음이 나왔다.

"어차피 놀아야 하는 거니까, 난 놀 거야. 뭐 하고 놀까. 베르사유 궁에 가서 자전거를 타면 재밌다고 누가 얘기해 줬는데, 그건 누구였더라? 윤제 너였니?"

품에 안겨 종알거리는 영진의 등을 토닥이면서 윤제는 그녀가 보지 못하게 얼굴을 조금 굳혔다.

……베르사유 궁 이야기가 기억이 나?

음.

아직은 안 되는데.

모든 게 계획대로 돼가고 있었지만 기본적인 설정-그녀가 언제 기억을 되찾는가 등-은 김윤제가 조정할 수 없는 것이었다. 영진이 벌써 베르사유 궁을 기억하는 건 윤제의 입장에서 좋지 않은 조짐이었다. 너무 일렀다.

여자를 품에 안은 채, 그는 김영진이 영원히 기억을 되찾지 못했으면 좋겠다고 진심으로 생각했다.

"아버지는 신고할 생각이 없는 모양이야."

영주가 손톱을 잘근잘근 깨물었다.

"아무한테도 말하지 말라셔. 왜 그러는지 모르겠어."

한성의 아버지는 그사이 적잖은 사람들에게 접근했다. 영주나 남동생의 어머니는 물론, 세한의 전문경영인들에게까지 손을 뻗었다는 것이다.

그러나 김용식 회장은 그에게 어떤 제재도 가하지 않은 채 내버려두고 있었다.

"근데 그 아저씨 바보 아냐? 자기가 무슨 재주가 있다고 언닐 해쳐?"

짜증스레 내뱉은 영주의 말에 윤제도 백번 동감했다. 직업도 가진 것도 없는 오십대 남자가 무슨 수로 보디가드 첩첩 달고 다니는 김영진을? 알고 보니 무림고수였다든가 그런 반전이 있을 리도 없겠고. 과연 그 사람과 손잡을 어리석은 인물이 있기는 할까?

그러나 실현 가능성과 상관없이, 누군가가 내 여자의 안전을 위협한다는 건 아주 더러운 기분이었다. 기억도 잃고 했으니 그만 손 떼주면 좋으련만, 그 사실을 아는지 모르는지 그것조차도 이쪽에서는 확인할 수 없는 일이었다.

"이한성 씨한테도 연락 없는가 보더라."

윤제는 부루퉁하게 중얼거렸다.

얼른 연락해서 당신하고 김영진하고 아무 사이도 아니라고 해명하란 말이에요! 이 모든 사달의 중심에 이한성이 있다고 믿기에 윤제는 그를 향해 분노를 퍼부었다. 그러나 한성 역시 속수무책인 형편이었다. 자취를 감춘 채 물밑으로만 움직이는 아버지는 아들과 전혀 접촉하지 않은 모양이었다.

"큰어머니한테도 말씀 안 하신 모양이더라고. 아버지 속은 정말 알 수가 없어."

영주의 말에 윤제는 문득 그동안 궁금해했던 게 생각났다.

"그런데 김영진이 입원해 있는 동안 왜 문 여사는 한 번도 안 오신 걸까. 넌 알아?"

"아, 그건 말이지……."

윤제의 물음에 영주는 좀 난처한 얼굴을 했다.

"나라고 뭐 속사정을 잘 알기야 하겠어, 우리 엄마도 아닌데. 하여튼 내가 들은 바로는, 큰어머니가 화병으로 앓아누우셨다더라고. 언니가 기억을 잃은 게 충격이었던 거지. 그렇지 않겠어? 큰어머니의 유일한 자식이 세한 후계자가 돼주지 않으면 진짜 곤란한 거잖아."

윤제는 눈살을 찌푸렸다.

"아사리판이로구만."

방에는 요즘 부쩍 잠이 많아진 영진이 도롱도롱 자고 있었다. '저 귀여운 여자를 왜들 괴롭히지 못해 난리인 거람.' 윤제는 입이 썼다.

기억을 잃은 김영진은 그야말로 눈에 넣어도 아프지 않을 만큼 사랑스러웠다. 뻗대지도 내치지도 않고—지금도 표정이야 적었지만 그 정도는 이쪽에서 충분히 읽을 수 있으니까— 솔직하고 순순하게 마음을 드러내는 그녀는 정말 예뻤다. 무엇보다도 강하고 현명할 것만을 강요받아 온 여자가 모든 걸 내려놓고 그에게 기대오는 몸짓은 가슴이 찌릿찌릿할 만큼 감동적이었다.

저렇게 순한 사람을 쥐어짜서 말라비틀어지게 해놓고서 아직도 부족하단 말이지.

나 같으면 둥게둥게 손바닥에 올려놓고 키웠겠구만.

"어렸을 적에 김영진을 볼 때마다 나는, 자기 손으로 울타리를 만들고 그 안에서 밖을 쳐다보는 것 같다고 생각했어."

영주는 그런 인상을 받아본 일이 없을까 생각하며 윤제는 말을 꺼냈다.

"그런데 지금 생각해 보니, 어쩌면 너네 언니는 누군가 문을 열어주길 기다렸던 건지도 모르겠어. 차마 문 열어달라고 누구한테 말 한마디 못한 채로 말이야."

제일 먼저 송민지가 문을 열었다. 아니, 사실은 김윤제 어린이가 최초였지만 문을 채 열지도 못하고 혹독하게 거절당했다. 그러곤 송민지가 빗장을 풀었고, 영진을 다치게 했다. 필연적으로 울타리는 더 높고 견고해질 수밖에 없었다.

시간이 지난 후 영진은 트라우마를 극복하여 스스로 문을 열고 나왔다, 기특하게도. 어정쩡하게 한 발만 나오고 다른 발은 들어가 있었지만, 그래도 식은땀을 흘리며 노력했다. 그 상태에서 세 남자와 김윤제를 만난 것이었다.

예상치도 않은 사고 탓에 이제 세팅은 송민지가 문을 열었던 상태로 돌아갔다. 그러나 이번엔 김윤제로 인해 모든 것이 이전과 달랐다. 김영진을 쏙 뽑아 들고 나올 수 있을 만큼 힘세고 용감한 김윤제, 그녀를 폭 감쌀 수 있는 커다랗고 잘난 김윤제가, 문 앞에서 기다리고 있었으니까.

"그 컴컴한 울타리 속으로 도로 처박히게 내버려 두지 않아. 누가 건드리는 꼴도 안 봐. 이한성 아버지는 물론이고 김영진 아버지나 어머니도 못 건드려. 김영진 본인이 자길 다치게 하는 것도 절대 안 돼. 내가 못 하게 할 거야."

영주는 웃었다.

솔직히 조금 부러웠다.

"그래. 결국은 니가 언니의 답인가 보다."

짚신도 짝이 있다더니 언니한테는 황금구두가 있었던 거구나, 영주는 인정하지 않을 수 없었다. 너무 찬란해서 감히 손댈 엄두도 못 냈던, 보석이 잔뜩 박힌 황금구두가 언니 몫의 신데렐라 꽃신이었던 것이다.

그런데 의외로 튼튼한 신발이었다.

심지어 발도 편하고.

"그래도 한성 씨랑 등등은 만나게 해줘. 언니 기억 찾는 데 도움이 될 거야. 그거 막는 건 너 좀 많이 나쁘다."

그녀의 말에 윤제는 입을 비쭉 내밀었다.

"기억 안 찾으면 뭐 어때. 그 인간들 쪼잔하고 별로야. 됐다고 봐."

영주는 고개를 붕붕 저었다.

"니 말대로 언니가 문을 열고 나와서 처음 사귄 사람들이야. 언니를 보호해 주는 건 좋은데 발목을 잡진 마. 니가 언니 대신 문을 닫아버리면 안 되지."

윤제는 입을 다물었다. 말은 그렇게 했지만 그도 알고 있었다. 결국엔 세 사람과 김영진을 만나게 해줘야 한다는 걸. 어떤 결론에 도달하든 그건 네 사람 사이의 일일 수밖에 없는 것이고.

가겠다고 일어서는 영주를 배웅하며 윤제는 인사치레로 물었다.

"근데 한영주, 너야말로 얼굴이 별로 안 좋다? 요새 잠 잘 못 자나 봐?"

영주가 희미하게 웃어 보이면서 얼굴을 쓸었다.

"티 많이 나냐? 나 요즘 좀 그래. 민호 씨랑……. 아냐, 됐어. 별일 아냐."

아하.

지질한 약혼자 허민호가 뭔가 꿀꿀하게 구는 모양이군.

영주에게는 안됐지만 윤제는 절로 코웃음이 쳐졌다.

'김영진이 기억을 잃었다니 허주혁하고 잘 안 될까 똥줄이 타는 거겠지. 싫어하는 놈이지만 허주혁은 그래도 제법 남자다운 구석이 있다고. 근데 한 번도 못 본 그 허민호라는 인간은……. 쯧쯧.'

윤제는 영주를 내보내고 문을 닫았다. 허민호처럼 저렴한 남자하고 비공식적일망정 동서로 지내는 건 그다지 달갑지 않은데, 그저 가벼운 기분으로 생각했다.

그때까지 그는, 한영주에게 무슨 일이 생기리라고는 꿈에도 생각지 못하고 있었다.

"정말 우리를 기억하지 못하는군요."

현도의 서글픈 얼굴을 보며 윤제는 속으로 비웃었다. 당연한 거 아냐? 바본가.

"영진 씨 덕분에 나는 문란한 생활을 접고 건실한 청년으로 거듭났는데 말이죠."

팔짱을 끼고 앉아 있던 그는 현도의 말에 눈썹을 슬쩍 올렸다. 듣고 보니 차현도에게서 색기가 빠진 듯도 해보였다. 최소한 한눈에 밤의 제왕으로 보이지는 않았다.

"아, 네……."

그러나 전후 비교가 불가능한 영진은 현도의 말이 당황스러운 모양이었다.

곁에 섰던 한성이 영진의 표정을 살피며 상자를 건넸다.

"기억이 없어도 입맛은 비슷하지 않을까 하고…… 과자를 구워 왔어요. 바클라바(baklava)를 만들어봤는데 너무 달지 않은가 모르겠네요."

이어 생글생글 현도의 설명이 덧붙여졌다.

"바클라바가 터키 과자인 건 알죠? '나니아 연대기'에서 에드먼드가 여왕한테 받아먹는 '터키쉬 딜라이트(Turkish delight)'랑 사촌이라고 할 수 있어요. 개인적으로 젤리 류는 별로라서 난 바클라바가 더 맛있더라고."

상자 안에는 앙증맞은 과자들이 잔뜩 들어 있었다. 한성이 한 개를 집어 영진의 손바닥에 올려놓으며 부드럽게 미소 지었다.

"원래 바클라바는 혀가 아릴 정도로 단데, 우리나라에서는 그렇게 만들면 안 팔려서 단맛을 많이 줄였어요. 크기는 작아도 버터에 꿀에 견과류까지 잔뜩 들어서 먹고 나면 기분 좋아진다는 사람들이 많아요. 영진 씨한테도 도움이 됐으면 좋겠네요."

뜬금없는 과자 이야기에 영진이 의아한 표정을 지었다.

한성은 친절하게 그녀에게 설명했다.

"기억을 잃기 전에 영진 씨가 저한테 제과를 배웠어요. 전 늘 이런 식으로 과자에 얽힌 얘길 해드렸었구요. 요샌 여름이라 베이킹 클래스는 안 하지만, 따로 시간 내서 여름 디저트를 가르쳐 줄게요. 단 걸 먹으면 누구나 행복해지는 법이니까요."

절교한다는 둥 하더니 친한 척하긴.

흥.

윤제는 코웃음을 쳤다.

적극적으로 거리를 좁히는 현도나 정중하게 접근하는 한성과 달리 박해민은 아무 말 없이 가만히 서 있기만 했다. 영진이 그를 힐끔힐끔 쳐다보자 현도가 옆구리를 쿡 찔렀다. 핏기 없이 새하얀 얼굴에 자책의 빛이 언뜻 드러난 걸 윤제는 놓치지 않았다.

"나는 영진 씨 덕분에 나 자신을 돌아볼 수 있었어요."

그러나 막상 입을 열자 그는 평소처럼 단호했다.

"헤어진 여자친구에게, 필요 이상으로 가혹하게 굴었던 사람한테, 드디어 사과할 결심이 섰거든요. 영진 씨가 그러라고 한 건 아니지만 영진 씨 덕인 건 사실입니다. 좋은 일 하셨으니 금방 건

강해질 거예요. 서점에서 기다리고 있을 테니 어서 돌아와요."

영진이 눈을 동그랗게 떴다.

티 없이 맑은 눈을 한 김영진을 보며 해민은 가슴이 쓰렸다.

자신들의 옛 모습을 닮았다는 둥 했었지만 막상 무표정이 완전하게 자리 잡기 전의 어린 김영진은 생각보다도 더 무공해였다. 이렇던 소녀가 순결한 남자를 찾아 집을 나오기까지 얼마나 마음이 부대꼈을까 싶었다.

아무것도 이해하려 하지 않았다. 껍질만 보고 알맹이에선 눈을 돌려 버렸다. 치졸하고 편협한 남자였다. 그러므로 해민은 그녀에게 사과하거나 변명하지 않을 것이다. 한성의 말대로 변명은 하는 사람을 위한 것이기에. 옛 연인의 변명은 들어야 했고 그 자신은 변명 따위 하지 말아야만 하는 거다.

윤제는 말없이 그들을 관찰했다. 그 사이 세 남자 사이에 어떤 다이나믹이 있었는지는 알 수 없으나 분위기가 나쁘지 않은 건 확실해 보였다. 다행이라고 생각했다. 그의 입장에서는 영진이 너무 빨리 기억을 찾지 않는 편이 좋았지만, 우유곽 트리오와 친한 게 썩 달가울 리도 없었지만, 역시 그녀가 행복해지는 쪽이 훨씬 좋았으므로.

"순결 리스트?"

세 남자가 오기 전 윤제의 설명에 영진은 경악을 금치 못하였다.

"서른한 살짜리 나는 그렇게까지 비뚤어진 사람이었던 거?"

"글쎄, 뭐, 비뚤어졌다기보단⋯⋯. 자리가 자리니만큼 남자를 경계하지 않을 수 없었겠지."

"근데 저 사람들하고 잘 안 되고 너랑 좋아하는 사이가 됐다고?"

"당연한 일 아닐까? 이따 보면 알겠지만 그치들보다야 내가 훨씬⋯⋯. 아니, 그건 아니고, 그 사람들도 서른 해 살면서 이리저리 치이고 닳았던 거지. 막상 만나보고는 실망하고 가까운 곳에서 진정한 사랑을 발견하게 된 거야."

눈 하나 깜짝하지 않고 왜곡된 스토리를 풀었더니 영진은 순순히 믿었다. 도리어 제과점이나 서점 주인을 신랑감으로 염두에 두었던 비현실적인 자신이 훨씬 믿기지 않는 모양이었다.

"그 사람들이 날 좋아한 건 아니지?"

"좋아는 했지, 친구로. 남녀 사이가 된 건 아니야."

그건 거짓말이 아니었는데⋯⋯.

윤제는 화기애애한 병문안을 바라보며 살짝 미간을 찌푸렸다. 여전히 담백하기만 한 사이인 건 맞는데 무언가가 미묘하게 달라져 있었다. 수묵화였던 게 채색화로 바뀐 느낌이라 할까. 비록 색이 옅고 느낌이 흐려서 수묵담채화 정도에 불과했지만.

영진은 문병 온 세 남자를 대하며 따뜻한 기분에 잠겼다. 남들은 기억을 잃으면 초조하고 신경질적이 된다던데, 그게 당연할 것도 같은데, 난 어쩜 이렇게 다 좋기만 할까. 그녀는 말간 얼굴로 생각했다. '내 자아는 도대체 어디로 갔어!' 또는 '기억을 찾으면 지금의 나는 없어지는 거 아냐!' 그렇게 울부짖는 걸 어느 책에선가 보았던 것도 같건만.

그녀는 미래의 자신에 대한 윤제의 설명을 백 퍼센트 믿었고 그것으로 만족했다. 서른한 살의 김영진은 조금 꼬인 것 같았지만 성공적인 연애를 하고 있었으니 그것만으로도 칭찬해 줄 만했다. 그런데 생판 남을 셋이나 사귀어 좋은 관계를 유지하고 있다니 더더욱 대견한 일 아니겠는가.

그렇게 모두가 행복한 편안한 오후였다.

한영주가 가출했다는 소식이 평화를 깨며 태풍처럼 몰아닥친 건, 이한성들이 돌아간 이후의 나른한 저녁나절이었다.

"너한테 잘된 일이구나."

스물여덟, 젊은 남자 박해민은 창백한 얼굴로 중얼거렸다.

"그게 다야?"

우습게도 이별을 내뱉은 여자의 얼굴이 그보다 더 절망적이었다.

몇 년이나 사귄 여자친구의 결별 선언에 남자는 진심으로 생각했다.

그녀에게 잘된 일이라고.

가진 것 없고 미래도 불확실한 자신보다 비록 소문은 좀 나쁘지만 많은 걸 가진 남자에게 가는 쪽이 나을 거라고.

그리고 그 자신에게도 다행이라고. 발목 잡힐 필요 없이 소신대로 행동할 수 있게 되었으니.

여자의 흔들리는 시선은 말하고 있었다. 붙잡아줘. 그냥 해본 소리야. 다른 사람을 사랑할 리가 없잖아…….

하지만 해민은 모른 척했다.

미련이나 집착이나 오기 같은 것은 박해민에게 어울리지 않는 감정이다.

여자를 사랑하는가?

모르겠다고 그는 생각했다. 한때 사랑했던 건 분명하였으나 이젠 영혼에 상처를 감수하면서까지 지키고 싶은 마음이 들지 않았다.

"응, 그게 다야. 행복하게 살길 바래."

그래서 그는 망설이지 않고 명쾌한 결론을 내려주었다. 박해민 본인에게, 그리고 혼란해하고 있는 여자에게.

　사랑도 성격대로 하는 것이다. 어떤 이는 끊어내지 못해 질질 끌려 다니고 어떤 이는 고통을 짧게 하려고 단칼에 잘라내고.

　해민은 망연히 선 여자를 뒤로하고 돌아섰다.

　강해서가 아니다.

　어쩌면 약해서인지도 모른다. 자신을 바닥까지 끌어내리며 최선을 다할 용기가 없어서인지도.

l0. 티라미수, 브라질식 치즈볼, 마침내 바닐라

"티라미수는 '나를 끌어올리다'라는 뜻의 이태리어예요. 기분을 업시킨다는 의미겠죠."

한성은 상냥했다. 마치 병약한 막냇동생을 돌보듯 다정히 영진에게 개인 교습을 하는 중이었다.

"마스카포네 치즈는 지방 함량이 높아서 상당히 고열량이거든요. 거기다 카페인에 술에 설탕, 코코아까지 듬뿍 들어갔으니 포만감과 고양감이 드는 건 당연하지요."

윤제는 수업에 참가하지 않은 채 멀찌감치 두 사람을 지켜만보고 있었다. 당초에 김영진에게 집적이기 위해 참여했을 뿐 베이킹에 관심이 있었던 건 아니므로. 다만 오늘의 그는 이한성에게 볼일이 있었다. 수업이 끝난 후 어떻게든 영진을 따돌리고 둘이서만 대화를 나누어야 했다. 별로 달가운 용건은 아니었다. 달갑기는커녕 꿀꿀하기 짝이 없는 이야기였다.

폭신폭신 시원한 티라미수가 완성되었다. 엄마한테 갖다드린다며 해맑은 표정으로 영진이 보디가드들을 매달고 사라졌다. '집에서 만나' 손 흔들며 그녀를 보낸 후 윤제는 한성과 마주앉았다.

"아버님 최근 동향 들으셨습니까?"

단도직입적으로 묻자 한성은 고개를 저었다.

그럴 거라고 생각했다. 그래도 혹시나 했다. 윤제 자신이 말하지 않아도 되었으면 바랐다.

윤제는 목소리를 가다듬었다.

"해결사로 나선 아버님의 그물에 걸린 사람이 있었습니다. 한영주의 약혼자인 허민호죠."

의외의 인물에 한성은 상당히 놀란 기색이었다.

허민호와 허주혁이 사촌간이라는 건 한성도 알고 있었을 것이다. 그가 영진의 결혼에 어떤 바람을 품고 있는가 하는 것도. 하지만 허민호는 영진을 해칠 이유가 없는 인물, 놀라는 게 당연했다.

윤제는 설명을 이었다.

"다만 허민호는 김영진을 해코지하려는 게 아니었습니다. 제가 타깃이었죠. 꼭 죽이거나 상해를 입히려던 것도 아닌 모양입니다. 좀 겁을 줘서, 김영진한테서 떨어져 나가길 바랐던 것 같습니다."

허민호는 허주혁이 김영진과 결혼하기를 그렇게까지 원한 것이었다. 정체 불분명한 청부업자와 손을 잡고 음모를 꾀할 정도로. 그러나 그 모든 것은 곧 백일하에 드러났고 영주는 약혼자의 추악함에 절망하여 집을 나갔다. 그녀를 찾는 건 그다지 어렵지 않았다. 그러나 그녀의 마음을 달래는 건 어느 누구도 하지 못했다.

그렇다면 '그 모든 것'은 어떻게 드러나게 되었는가.

"아버님이 김용식 회장님에게 고용되었던 것도 당연히 모르시겠죠."

한성은 평소 진중한 캐릭터였다. 그러나 그조차도 경악할 수밖에 없는 말이었다.

"뭐라구요?"

그는 목소리를 삼키며 반문했다.

윤제는 앞머리를 쓸어 올렸다. 남의 일이지만 뒷맛 영 찝찝한 일이었다. 아니, 그가 영진과 결혼하겠다고 마음먹은 이상 꼭 남의 일만도 아니었다. 세상에서 가장 교활한 사람을 장인으로 모시게 되었으니.

"처음 한영주의 모친께 접근한 건 아버님 본인의 의사였나 봅니다. 아시죠? 한영주는 어머니가 따로 있는 거. 그때 곧바로 김 회장께서 아버님을 포섭한 거죠. 포섭은 그다지 어렵지 않았던 모양이고, 회장께서는 아버님을 이용해 김영진 주변의 인물들 모두를 시험하기로 한 겁니다."

한성의 경악이 한층 짙어졌다. 윤제는 자기가 처음 그 이야기를 들었을 때 얼마나 황당했던지 기억했다. 김 회장의 세상은 적과 아군의 구분이 없는 냉혹한 전장이었던 것이다.

"민호 씨가 나한테 어떻게 이래! 아버지는 나한테 또 왜! 다들 미워 죽겠어! 왜 내가 행복해지는 꼴들을 못 보는 거야……."

영주는 몸부림치며 오열했다.

남들은 허민호가 결혼 전에 본색을 드러내 다행이라고 말했지만 그녀는 그렇게 말하는 사람들을 원망했다. 재벌의 사생아인자신의 처지를 증오했고, 사랑으로 다가왔다가 욕심으로 파멸한약혼자를 저주했다. 그녀는 너무 깊이 상처 입어, 영진을 미워하지 않는 것조차도 힘겨워 보였다.

"그게 진짭니까?"

한성이 다시 물었다. 의심하는 게 아니었다. 너무 기가 막혔을뿐.

"돈……, 돈을 받았던 건가요?"

그의 물음에 김윤제는 대답하지 않았다.

그것으로 충분한 대답이었다.

침묵이 길게 흘렀다. 김윤제는 이한성을 위해 그 침묵의 불편함을 감내했다.

마침내 한성이 입을 열었다.

"하. 하. 그래도 해피엔딩이네요. 얼마나 다행이에요?"

억지로 웃는 목소리가 형편없이 떨렸다.

"영진 씬 이제 안전하잖아요. 우리 아버지는 노후를 편안하게지낼 만큼 돈을 벌었구요."

짓씹듯 뱉은 한성은 결국 격한 감정을 이기지 못하고 고개를뒤로 젖혔다.

씨발.

잇새로 욕이 비어져 나왔다.

아버지의 존재가 늘 떳떳치 못했다. 그래도 이렇게까지 수치스러웠던 적이 있었던가.

복수를 부르짖던 아버지가 김 회장에게 붙었다. 그나마 선의였다면 다행이라 생각했을 것을, 그는 소신에 따라 김 회장을 도운 게 아니라 자신을 돈에 판 것에 불과했다. 한성의 아버지란 사람은 양심 따위 애당초 없었고 근성이나 자존심마저 주저 없이 버리는 사람이었던 것이다. 구질구질하고 추잡하게.

'살아오는 내내 아버지 때문에 얼마나 마음고생을 했을까. 당신 인생도 겉보기만큼 평탄하진 않은 거였어⋯⋯.'

단정하고도 강인해 보였던 한성의 첫인상을 기억하며 윤제는 시선을 돌렸다.

나쁜 소식을 전하는 메신저 따위 하고 싶지 않았다. 그러나 영주가 폐인 비슷하게 널브러져 있는 이상 이건 김윤제가 할 수밖에 없는 역할이었다.

이한성에게도 매듭은 필요할 테니까.

"인생이란⋯⋯ 이다지도 비루한 거로군요. 알고 보니 우리 아버지가 정의의 편이더라, 이런 산뜻한 해피엔딩은 현실에 없는 거네요."

두 손을 얼굴에 파묻은 한성을 더 이상 쳐다볼 수 없어 윤제는 자리에서 일어섰다. 지금 그에게는 혼자만의 시간이 필요할 터이므로.

'내가 저 입장이라면 아버지가 진짜 난자인 것보다 훨씬 거지 같겠지.'

조용히 문을 닫고 그는 빵집을 나섰다. 그래도 아직 김영진은 아무것도 모른다는 사실이 한동안이나마 이한성에게 위안이 되어주기를 바라면서.

부모를 골라 태어날 수는 없는 거라지만 이한성도 김영진도 아버지의 멍에에 매여 인생이 고달픈 것이다. 전혀 다른 형태로.

그리고 곧, 김영진의 경우가 다시 한 번 현실로 증명되었다.

"나 주혁 씨랑 결혼해."

허걱.

믿기지 않는 말에 윤제는 허주혁 곁의 여자를 쳐다보았다.

여자는 눈을 반짝이고 있었다. 그리고 그녀가 소식을 전한 상대, 김영진의 눈은 감격으로 환하게 물들었다.

"와, 대단하다! 너 진짜로 주혁 선배랑 사귀고 있었던 거구나!"

본능적으로 그녀의 눈동자를 살폈지만 낙담이나 질투는 그 속에 들어 있지 않았다. 첫사랑은 그저 첫사랑, 영진은 진심으로 자기가 김윤제의 연인이라고 믿고 있는 게 분명했다. 윤제는 일단 안심했다.

……아니, 지금 그게 문제가 아니잖아.

결혼? 입안에서 발음해 봐도 어이없는 단어였다. 허주혁이? 김영진을 포기하고? 김용식 회장을 농락한 채로? 그것도 여자를 데려와 인사시켜 가면서 떳떳하게?

찌를 듯 강렬한 시선으로 윤제는 주혁을 쳐다보았다. 이게 무슨 개수작입니까?

그의 표정을 읽은 주혁이 입꼬리를 슬쩍 들어 올리면서 웃더니 턱짓으로 문 쪽을 가리켰다.

"응. 우리 사귄 지 3년쯤 돼. 그동안은 주혁 씨가 주재원으로 가 있는 바람에 기다렸는데, 인제 돌아왔으니까."

"우와. 그야말로 하이스쿨 스위트하트(highschool sweetheart)네!"

행복과 부러움 속에 헤엄치는 두 여자를 남겨두고 남자들은 복도로 나왔다.

발코니로 나간 주혁이 담배에 불을 붙였다. 금연한 지 오래됐는데 브라질에 가는 바람에 도로 피우게 돼버렸네, 마치 부끄럽다는 듯이 중얼거리며, 하나도 부끄럽지 않은 얼굴을 하고.

새빨간 불빛이 작게 점멸했다.

"나는 일종의 레드 헤링(red herring)²⁾이었어."

그는 입술을 오므리고 연기를 내뿜었다. 하얀 기체가 장마철의 축축한 대기에 섞여 천천히 흐려졌다.

"자네를 자극하는 게 주목적이었지만 영진이의 주변을 정리하는 용도로도 쓰였지."

윤제가 눈을 치떴다.

"민호가 그런 식으로 바닥을 드러낸 건 유감이야. 현명하게 처신해 주었더라면 좋은 대접을 받았을 텐데."

가깝지 않았지만 친척은 친척이라며 주혁은 진심으로 아까운 표정을 했다.

윤제는 눈을 다시 가늘게 뜨고 자기가 이해한 게 맞는지 확인

---

2) 주의를 다른 곳으로 돌리거나 혼란을 유도해 상대방을 속이는 것.

했다.

"그러니까······ 처음부터 끝까지 다 연기였다는 말입니까?"

주혁이 선선히 고개를 끄덕였다.

"그 연극의 감독은 김 회장님이고?"

다시 한 번 담배를 빨아들인 주혁이 대답했다.

"물론이지."

하.

윤제는 이마를 거칠게 문질렀다.

"이거 참, 며칠 사이에 여러 번 놀래키시네, 김 회장님. 아니, 두 분의 합작이셨죠. 대단하십니다, 허주혁 씨."

김윤제의 머리가 빠른 속도로 한 바퀴 돈 후 정리를 끝냈다.

구도는 의외로 심플했다.

허주혁, 김영진의 첫사랑, 한영주의 약혼자의 사촌 형, 김 회장이 눈여겨본 인재, 모든 조건을 갖춘 최고의 말. 김용식 회장은 그를 적극적으로 사용했던 것이다.

영진과 윤제의 사이를 방해하는 척하며 윤제의 진심을 테스트하고 경쟁심을 부추겼다. 상황을 급박하게 만들어 윤제를 몰아붙였고 영진을 흔들었다. 거기엔 어부지리까지 따랐는데, 바로 허민호의 됨됨이를 까발려 낸 일이었다. 난공불락의 왕궁을 갉아먹었을지도 모를 벌레가 안전하게 제거되었다.

"하지만."

윤제는 이해할 수 없었다.

"그렇게까지 세한그룹을 사랑하십니까? 기꺼이 악역을 담당할 정도로?"

주혁이 윤제를 쳐다보더니 픽 웃었다.

"별것도 아니었는데, 뭐. 결국은 밝혀질 일이었고."

"정말로 아주 조금의 욕심도 없었다는 말인가요? 처음에는 순수하게 시작했더라도 하다보면 김 회장의 사위가 되고 싶어졌을 수 있을 것 같은데요."

윤제가 믿고 있던 바 허주혁은 성공을 향해 진속력으로 달려가는 사람이었다. 쉬운 길이 있다면 당연히 유혹이 느껴지지 않았을까?

"김윤제 군."

주혁은 몸을 돌려 난간에 등을 기댔다.

"나처럼 미친 듯이 달리고 있는 남자도 가끔은 쉬어. 아니, 일상이 치열한 만큼 쉴 곳의 필요성이 절대적이지. 안 그러면 죽거나 고장 난다고."

나른하게 느껴지는 몸짓이 어른스러웠다.

"내가 영진이하고 결혼했다 생각해 봐. 나한테 휴식이 있을 수 있을까? 나하고 김영진이 과연 서로에게 위로와 의지가 되는 관계일까? 천만에. 우린 아마 집 안에서까지 이이지는 긴장을 못 이겨서 자멸할 거야."

그는 하늘을 보며 연기를 내뱉었다.

윤제는 이해했다. 왕궁에서 나고 자란 김영진조차도 자기 부모에게 숨 막혀 하지 않았던가. 남이면서 그 사회에 편입된 허주혁이 받을 스트레스는 그보다 몇 배는 더 심할 것이다. 야망과 무관한 김윤제 같은 사람이야 그러거나 말거나 하겠지만 주혁은 그런 유형의 남자가 아닐 터이므로.

"그리고 나는 자긍심이 강한 사람이라서 말이지……. 뭐, 자만이라고 불러도 좋겠지만."

주혁이 윤제를 쳐다보았다. 입가는 여전히 나른했지만 마주쳐 오는 그의 시선은 오만하리만치 진지했다.

"어디까지일지 모르지만 난 내 힘으로 올라갈 생각이야, 김윤제 군. 반드시 내 힘으로 해. 김 회장께서 날 쓰시다가 언젠가 버린다면 거기까지가 내 값어치의 한계니 원망하지 말아야겠지. 여자를 이용하지 않고도 최고가 되는 것, 그게 내가 인생을 사는 방식이라네."

윤제는 자기도 모르는 사이에 이를 악물었다.

주혁의 톤에 섞인 무엇인가가 그는 매우 마음에 들지 않았다. 그건 마치 '앞으로 무임승차의 대가를 치를 사람은 너'라고 말하는 것 같았다.

"……듣기에는 그럴듯합니다만."

하지만 그것은 김영진을 선택한 이상 어쩔 수 없는 부록 아닌가. 마음에 들지 않아도 각오하고 감수할 수밖에 없는 일 아니던가.

윤제는 오래 불쾌해하지 않기로 하고 재빠르게 본래의 화제-허주혁을 비난하기-로 돌아왔다.

"그래도 김영진을 속였다는 게 정당화되지는 않습니다. 그러다가 저 여자가 정말 당신을 좋아하면 어쩌려고 그랬던 겁니까. 유능한 인재는 남의 마음을 가지고 놀아도 되는 겁니까?"

이런, 이런……. 웃으며 주혁은 고개를 저었다.

"영진이 마음이 자네한테 충분히 기운 걸 확인한 후에 내가 투입된 거야. 회장님의 정보력을 우습게보지 말라고."

"그럼 저 여자분은요? 저분 마음은요?"

……내가 왜 이렇게 여자들에 빙의돼서 난리람.

윤제는 눈살을 찌푸리며 생각했다.

그러나 아무리 생각해도 허주혁의 행동은 속속들이 괘씸하고 불쾌했다. 그렇잖아도 마음에 들지 않던 염소수염이 잘난 체히는 바람에 더 꼴 보기 싫었다. 그래봤자 사기꾼이고 더 큰 사기꾼의 꼬붕일 뿐인데 온갖 멋있는 척은 다 하는 꼴이 아주, 아주 거슬렸다.

"민지는 사과하고 싶어 했어, 영진이한테. 가능하면 우정을 회복하고도 싶어 했지."

"그래서 다 알면서 숨어 있었다구요?"

그래. 주혁이 고개를 끄덕였다.

"영진이가 기억을 잃어준 덕분에 화해가 돼서 천만다행이야. 민지는 후회하고 괴로워했어. 이번 일로 조금이라도 영진이의 미래에 도움이 되었으면 좋겠다고 했지."

참 별도 없는 여자구나, 진짜.

왜 김영진 옆에 있는 사람들은 하나같이 저 따위인 걸까. 부모에 친구에 여동생의 약혼자라는 치까지 전부. 능구렁이거나 위선자거나 지질하거나. 재수 없게.

'……혹시 나도 그런가?'

아주 잠깐, 김윤제는 의문했다.

그러나 곧 덮었다. 말도 안 돼.

입을 비쭉거리는 그를 보며 허주혁이 씩 웃었다.

꿀과 바닐라

"나는 계승에 의한 재벌 세습을 지지하지 않아. 만약 자네나 김영진이 무능한 2세에 불과하다면 자네들을 성토할 거라고. 그러니 방심하지 말고 최선을 다해주게, 김윤제 군."

잘난 척이 도를 지나치면 우스운 법이다. 윤제는 비로소 코웃음을 칠 수 있었다. 올바른 척 의연한 척, 다 아는 척하고 있지만 결국 허주혁은 김 회장의 협잡을 거들었을 뿐 손에 쥔 것 하나 없는 허깨비 아닌가.

'저 자식은 악당에다 사기꾼인 염소수염 재상에 불과하니 공주를 손에 넣은 빛나는 기사인 내가 너그럽게 봐줘야지.'

사고를 전환하니 바로 마음이 편해졌다. 그는 표정을 풀며 허주혁처럼 등을 벽에 기댔다. 아니, 기대려고 했다.

영진이 발코니 문 안으로 들어선 것은 그때였다.

"……설명이 필요한데."

두 남자가 그녀를 쳐다보았다.

영진의 눈빛이 평소와 달랐다. 목소리가 차가웠다. 열여덟이 돼버린 이후에는 한 번도 보지 못한 모습이었다.

윤제는 등골이 오싹했다. 자신은 아무것도 잘못한 게 없음에도.

"지금까지 내가 들은 게 대체 무슨 소리지, 민지야?"

곁에 선 영진의 친구가 난처한 표정으로 자기 애인을 쳐다보았다. 허주혁은 새 담배에 불을 붙이고 있었다. 보기 드물게 난감한 얼굴이었다.

"연극이라니 뭐가? 속인 건 또 뭐고? 왜 민지 너하고 내가 화해해야 하는 거지?"

윤제는 본인도 피해자임을 분명히 하기 위해 짐짓 안타까운 표정을 지어보였다.

"그러게 말이야, 나도 참 기가 차서……."

영진은 혼자 걷고 있었다. 물론 보디가드들이 뒤를 따랐지만 윤제니 민지는 동행을 거절당했다.

"고등학교 때 우린 사실 절교 상태였어. 이후에 쭉 사과하고 싶었지만……."
"회장님이 지시하신 대로 너한테 접근했었다. 김윤제 군의 마음을 확인하느라……."

설명은 친절하지 않았고 전체 배경에 대한 이해 없이는 알아듣기 쉽지 않았다.

그러나 한 가지만은 확실했다. 서른하나의 김영진은 아버지를 믿지 않는다는 사실. 그리고 아버지가 그럴 만한 이유를 제공하고 있었다는 것.

언제나 불편한 아버지였지만 그래도 사랑하고 있다고 믿었는데, 두 사람 사이는 이미 돌이킬 수 없을 만큼 벌어져 있었던 거다. 아버지는 그녀의 남자조차도 조종하는 무서운 사람이었다. 심지어 또 다른 남자를 이용해서.

머리가 지끈거렸다. 조금밖에 걷지 않았는데 땀이 흘렀다. 날씨가 꿉꿉하고 기분은 엉망으로 가라앉아만 갔다.

"불쌍한 윤제."

영진은 허탈하게 중얼거렸다.

그녀가 도망치듯 뛰쳐나온 건 충격도 충격이지만 윤제를 볼 면목이 없어서였다. 그는 그녀가 마음 상한 걸 염려하고 있었으나, 사실 누구보다도 언짢아 해야 할 사람은 김윤제가 아닌가.

더불어 그녀는, 그러고 싶지 않았음에도, 의심하지 않을 수가 없었다. 그렇다면 과연 윤제의 사랑은 그의 마음에서 우러나온 것이었을까 하고.

혹시 상황에 분위기에 휩쓸려 착각한 것은 아니었을까? 아버지가 개입해서 휘두르지 않았어도 영진을 사랑하게 되었을까?

이런 의혹을 품는 건 그 자체만으로 윤제에게 얼마나 미안한 일인가.

"후우."

발걸음을 멈춘 그녀는 유리를 통해 베이커리 안을 들여다보았다.

손님이 많았다. 이한성을 만나 위로받고 싶다는 막연한 생각에서 뗀 발걸음은 어쩌면 그저 민폐일지도 모른다. 얼마나 친한 사이였는지 그녀의 속사정을 어느 정도 알고 있는지도 기억나지 않건만 자기도 모르게 빵집을 향한 건 왜였을까.

"서점에 가보는 게 나으려나."

박해민 씨는 좀 차가웠는데. 그런데 이상하게 신뢰가 간단 말이지. 중얼거리며 영진은 발길을 돌렸다. 어쩌면 지금 필요한 건 위로보다 냉철한 시선일지도 모른다고 생각하며. 해민은 그런 걸 제공해 줄 사람인 것만 같아서.

뒷목이 당기면서 무거워 빨리 걷지 못했지만 해민의 서점은 코앞이었다.

그런데 그는 서점에 있지 않았다. 지하로 들어가는 계단참, 해민은 예의 차가운 얼굴 가득 곤혹을 담고 어떤 여자와 마주하고 있었다.

영진은 반사적으로 몸을 숨겼다.

"나 널 원망하지두 미워하지두 않아. 그치만 너랑 다시 사귀고 싶은 건 아니야. 우린 오래전에 끝난 사이잖아. 이제 아무 감정도 없다니까."

해민은 참으로 난감했다. 최선을 다해 거절하고 있는데 여자가 끄떡도 하지 않는 바람에.

"오빠도 나도 이제 변했잖아요. 성장했잖아요. 그러니 다시 같은 잘못을 반복하진 않을 거예요. 한 번만 기회를 줘요, 응?"

그는 한숨을 쉬었다. 지난 인연과의 재회는 불편하기 그지없었고 헛된 기대로 목매는 여자를 다시 잘라내는 건 생각보다도 힘겨운 일이었다.

그래도 해민은 인내했다.

"이건 너의 문제가 아니야. 나의 문제지. 우리가 다시 만나도 니가 싫어했던 내 모습은 아마 그대로 있을 거야. 어쩌면 네가 좋아했던 부분만 닳아서 없어졌을지도 모르지. 나는 누구도 진심으로 사랑할 수 없는 사람이야, 선아야. 난 나 자신만 너무 많이 사랑하거든."

진심이었다. 박해민처럼 이기적인 사람이 어디서 감히 사랑을 논한단 말인가. 그에게 중요한 건 오직 자아, 빌어먹을 에고뿐이지 않은가.

"거짓말하지 마요. 오빠 그 여잔 다 용서해 줬잖아. 왜? 왜 그 여자는 사기를 쳐도 용서해 주고 심지어 오빠가 가서 사과하면서 난 매몰차게 내치는 거야?"

"말도 안 되는 소리 하지 마. 그렇다고 그 사람하고 내가 사귀는 건 아니잖아."

"오빠 날 용서하는 데는 몇 년이나 걸려놓고선, 그 여잔 자기가 세한 사람인 거 속이면서 접근했는데도 금방 괜찮다고 하고. 심지어 오빨 계속 잰 거라며. 근데도 자기가 가서 사과하고, 도대체 그 여잔 뭐가 그렇게 대단해서 계속, 계속 봐주는데?"

원래는 이런 성격이 아니었다. 조금 더 수동적이었는데, 그래서 답답하다고 생각할 때도 있었는데, 이 지나친 적극성은 그 사이 어디서 발굴해 낸 걸까. 짜증을 가까스로 숨기며 해민은 웃음 지으려 노력했다. 그만큼 자신에 대한 마음이 깊은 거겠거니 생각하려 애썼다.

그래서 그는 보지 못했다. 김영진이 사색이 되어 발길을 돌리는 것을.

"세한 사람인 거 속이면서 접근했는데도……."
"심지어 오빨 계속 잰 거라며……."

인파에 스며들며 영진은 토기를 느꼈다.

서른하나의 김영진이 살던 세상은 더러웠고 김영진 본인도 주변 못지않게 더러웠던 모양이다. 속고 속이는 행위로 점철된 삶이었는가 보다.

'아아, 그래. 순결 리스트 운운한 내가 저 사람들한테 솔직했을 리가 없겠지.'

뒤늦은 깨달음에 그녀는 헛웃음을 지었다.

"처녀 간택 나온 것처럼……."

"당신까지 이럴 줄은 정말 몰랐……."

맥락이 떠오르지 않는 대화가 머릿속을 맴돌았다. 두통이 참을 수 없을 만큼 심해지고 있었다.

"아가씨, 조심해!"

누군가와 부딪쳐 타박을 받았다. 횡단보도 앞에 가까스로 멈췄지만 신호등 불빛이 빨간색인지 초록색인지 흐릿해서 잘 보이지 않았다. 아아, 내가 지금 정상이 아니구나. 영진은 무심하게 중얼거렸다. 별로 중요하게 느껴지지는 않았다.

머리가 녹아내리는 것 같았다.

"윤제야."

그녀는 헐떡이며 세상 단 하나 의지할 수 있는 연인의 이름을 불렀다.

"윤제야, 나 머리 아파."

같이 나올걸.

윤제가 보고 싶었다. 지저분한 세상에 끌어들여 미안하다고 하고 싶었다. 사랑한다고 고맙다고 고백하고 싶었다. 그 햇살 같은 웃음과 귀여운 보조개를 보고 싶었다.

윤제 넌 왜 나 같은 사람을 사랑하는 거야?

난 이렇게나 비겁한 사람인데.

멀겋게 옅어진 정신으로 그녀는 생각했다.

거짓에 파묻혀 살던 사람이니 현실을 마주할 용기가 부족했을 거다. 그래서 기억상실입네 내세우고 도망친 거다. 그러니 기억을 되찾고 싶은 생각조차 들지 않았던 거다.

킥.

그녀는 자조했다.

'근데 왜 이렇게 어둡지.'

시야가 캄캄했다. 저녁이니 당연했다. 그래도 불빛 하나 보이지 않는 건 이상했다. 어째서지? 왜 이렇게 깜깜해? 잠깐 의문하던 그녀는 발을 내딛다가 앞으로 고꾸라졌다. 계단이었다. 몸이 허물어지는 느낌이 기괴하고 이상했다. 통증이 있지는 않았다. 머리가, 머리만 미칠 듯이 아팠다. 익숙한 보디가드의 목소리가 동굴 속에서처럼 울리며 빙글빙글 돌았다.

"아가씨, 아가씨! 내 목소리가 들립니까?"

아파.

많이 아프다.

"윤제야……."

남의 것인 듯 맥없는 목소리가 희미하게 연인을 부르고 있었다.

저건 누구지. 누가 윤제를 부르는 걸까.

난 아파 죽겠는데, 누가 윤제를 불러대는 거야.

"자전거를……."

아아, 나로구나.

내 목소리였어.

"사막을, 윤제랑……."

별 헛소리를 다 하는구나 생각한 게 마지막이었다. '꿈인가?' 하고도 잠깐 생각했다. 조금 웃었던 것 같기도 했다.

의식이 끊어졌다.

"히드로 공항이요?"

김윤제는 초조하게 되물었다.

영진이 사라졌다.

길에서 의식을 잃고 쓰러져 병원으로 옮겨진 그녀는 오래지 않아 깨어났다. 그러나 의사와만 문답을 나눴고 누구에게도 반응하지 않았다. 입을 꼭 다물고 표정을 지웠다. 윤제가 말을 붙여보려 했으나 눈도 마주칠 수 없었다. 그래서 모두 알았다. 그녀가 기억을 되찾았다는 사실을.

그리고 퇴원하던 날 영진은 윤제가 잠깐 복도에서 통화하는 사이에 귀신같이 증발해 버렸다.

"런던 지사의 직원들이 공항에 나갔지만 못 찾았어. 영진이가 외모를 조금이라도 바꿨으면 알아볼 수 없을 테니 당연하겠지. 거긴 실물을 본 일 없는 사람들뿐이니까."

허주혁이 곤란한 표정을 했다.

영진은 치밀했다. 곧바로 택시로 공항에 가 표를 끊고 현금을 인출한 후 자취를 감춘 것이다. 그녀가 마지막으로 사용한 신용

카드는 히드로 공항 행 편도 티켓 구입이었다는 게 현재 유일한 정보였다.

"제길."

윤제가 마른세수를 하는 동안 허주혁은 다시 여기저기 전화를 걸었다.

"옆에 꼭 붙어 있었어야 하는 건데."

김윤제는 자책했다.

영진이 쓰러진 곳은 해민의 서점 바로 근처였다. 보디가드의 말로는 박해민과 어떤 여자가 나누는 대화를 꽤 오래 들은 후 돌아섰다고 했다. 허주혁의 실체가 밝혀진 것에 바로 맞물려 뭔가 불편한 진실을 알아버린 게 분명했다. 그게 도화선이 되어 기억을 찾은 게 틀림없었다.

보디가드에 따르면 그녀는 의식이 사라질 때까지 윤제의 이름을 불렀다는 것이다. 그런데 정신을 차린 후에는 그를 쳐다보지도 않았다. 이제까지 두 사람의 관계 속에서 가장 선명한 거부였다. 어디가 잘못됐을까, 뭐가 문제인 걸까, 윤제는 안절부절못하며 지금까지 있었던 일을 순서대로 맞추느라 머리를 굴렸다.

"현금을 넉넉히 찾았으니까 일단 안전은 걱정하지 않아도 될 거야. 알아보고 접근하는 사람들도 없을 거고. 백방으로 찾아는 보겠지만 결국 본인이 마음을 가라앉히고 돌아오길 기다려야 하겠지."

주혁의 말에 윤제는 불쾌감으로 코웃음을 쳤다.

'살아생전 허주혁 따위의 위로를 받다니.'

한영주와 통화를 했지만 그녀에게도 쓸 만한 정보는 없었다.

어린 시절을 함께하지 않은 두 사람이기에 서로에게 의미 있는 장소 같은 건 공유하고 있지 못했다.

[언니 꼭 찾아줘.]

기운 없는 목소리로 그녀는 부탁했다.

[허주혁 선배 이야기 들었어. 정말 끔찍하다. 난 이제 다신 아버지 얼굴을 못 볼 거 같아.]

분노하기보다는 허탈하게, 영주는 읊조렸다.

김용식 회장도 딸의 가출을 심각하게 받아들였다. 영주는 국내 가출이라 금방 찾았지만 영진은 그럴 수 없었다. 작정하고 준비해 나간 거라 더더욱 그랬다. 소문을 낼 수도 대대적으로 인력을 투입할 수도 없는 일이었다. 만에 하나 외국의 테러 단체에라도 정보가 흘러들어 가는 날이면 애꿎은 희생양이 될 수도 있었다.

윤제는 영진의 무게가 얼마 만큼인지 새삼 절감했다. 그녀와 결혼할 경우 자신에게 주어질 부담의 크기 역시.

"유럽으로 간 건 그나마 다행이긴 한데……."

그녀는 국적기를 타지 않았다. 에어프랑스의 이코노미를 타고 떠났다고 했다.

"잠깐만요. 에어프랑스면 목적지가 히드로라도 파리를 경유하지 않아요?"

윤제가 주혁에게 물었다. 주혁은 잠깐 확인하더니 그렇다고 답해주었다.

"그럼 샤를드골에서 내렸을 수도 있겠네. 비행기를 갈아타지 않으면 그만이잖아요."

두 사람의 눈이 마주쳤다.

파리.

거기엔 지사도 없고 관광객이 넘쳐나 몸을 숨기기에 런던보다도 더 적합하다. 파리를 끊고 런던행을 다시 끊으면 추적이 쉽지만 런던을 목적지로 하고 파리에 내려 버리면 쫓는 사람들은 허를 찔리게 된다.

"파리."

윤제는 가만히 중얼거렸다.

파리.

섬광처럼 떠오르는 이미지가 있었다.

"내가 가야겠어, 당장."

주혁이 자세히 물으려 했지만 윤제는 손을 휘저으며 바로 몸을 돌렸다.

'알 거 같아. 어디 갔는지 알 것 같아. 찾을 수 있어.'

정신없이 되뇌며 그는 집으로 달렸다. 여자는 그를 거부한 게 아니다. 그러고 싶었겠지만 그럴 수 없을 것이다. 아니, 거부했어도 상관없다. 가서 붙잡으면 된다.

김윤제는 전속력으로 달렸다.

눈에서 불꽃이 튀었다.

그러나.

윤제의 예상과 달리 영진은 런던에 도착했다. 그리고 혼자 런던 시내를 관광했다. 처음 온 것은 물론 아니었지만 홀로 걸으며 보는 시가지는 출장 따위와 전혀 다른 느낌이었다.

영국의 가라앉은 하늘 아래에서 그녀는 마음껏 자학을 즐겼나. 린딘은 땅굴 피고 들어가기에 참으로 적합한 기후를 가지고 있구나 생각하며.

"다들 나를 속였지."

모두 다, 그녀를 속였다.

단 하나 믿을 수 있는 사람이라 여겼던 김윤제조차도.

"당신이 얼마나 열렬하게 날 사랑하는지……."

가슴이 미어지는 중에도 웃음이 나왔다. 정말 김윤제다운 거짓말이 아닌가.

"사랑에 빠지면 자기도 모르던 자기 모습을 발견하는……."

영진은 씁쓸하게 웃었다.

그건 틀린 말이 아닌 것 같았다. 장애물이 사라진 상태에서 그녀는 정말로 행복하게 윤제를 사랑했으니까. 그의 말에 가슴이 두근거리고, 미소를 보면 심장이 녹아내리는 것 같고……, 이렇게 아름다운 사람이 내 남자라는 게 기뻐서 어쩔 줄을 몰랐다.

"넌 나한테 그러면 안 되는 거였잖아. 내가 아버지를 못 믿어서 비뚤어진 걸 누구보다도 잘 알면서.”

넋두리를 늘어놓다가 그녀는 혼자 고개를 저었다.

원망할 일이 아니었다. 그럴 자격이 없었다.

그녀야말로 세 남자를 속이지 않았던가. 신뢰할 수 있는 남자를 찾아 길을 떠난 주제에 정작 자신은 거짓으로 그들의 정직한 애정을 더럽혔다. 최저에 최악이었다. 이기적이고 몰염치했다.

그뿐인가. 김윤제에게 마음이 끌린 지 오래됐음에도 안 그런 척 그를 바람둥이라 매도하며 밀어내고 있었다. 영진의 관심사는 오로지 자기 자신을 보호하는 것뿐, 상대의 마음 따위 안중에도 두지 않았던 것이다.

커피 잔을 매만지던 그녀는 문득 시선을 느꼈다. 돌아보니 옆 테이블에 혼자 앉은 여자가 영진을 보며 웃고 있었다. 혼잣말을 중얼거리는 그녀가 우스운 모양이었다.

여자는 영진과 비슷한 또래로 보였다. 색 바랜 금발에 청회색 눈을 가진 덩치가 큰 백인이었다. 독일계겠네 싶었다. 투박한 인상인데도 온순하게 느껴져 영진도 설핏 마주 웃어 보였다.

『안녕, 난 독일에서 왔어.』

여자가 영어로 말을 걸었다. 영진은 친절한 표정을 지으려 노력하며 대답했다.

『난 한국에서 왔어.』

그리고 두 여자는 서로 이름을 물었다. YJ라고 이니셜을 가르쳐 주다가 영진은 문득 윤제가 같은 이름을 썼던 것을 떠올렸다.

『YJ, 네가 나한테 어떻게!』

눈앞의 여자보다 훨씬 화사한 금발을 휘날리며 윤제에게 달려들던 미인이 떠올라 순간 가슴이 저릿해 왔다.

윤제는 잘 있을까.

나를 많이 걱정할까.

마음은 한국에 두고 몸만 도망쳐 나온 것 같았다. 그녀는 가볍게 도리질을 치며 눈앞의 새 친구에게 집중하려고 노력했다.

『내 이름은 커스틴(Kirsten)이야.』

생각지도 않았던 인연이 그렇게 시작되었다.

런던에서 이틀, 그사이 영진은 한국 사람을 간혹 마주치곤 했다. 버스를 같이 타기도 했고 심지어 통성명을 한 경우도 있었다. 그러나 거기까지였다. 뭐 하시는 분이냐는 말에 세한그룹을 다닌다고 했더니 상대가 자기도 그렇다고 한 것이었다. 거기서부터는 말을 얼버무릴 수밖에 없었다. 진실이 바탕에 깔리지 않은 인간관계는 설령 스쳐 가는 인연일지라도 거짓이 될 수밖에 없는 것이었다.

그러나 이국에서 온 친구는 달랐다. 그녀와 함께 있으며 영진은 의외로운 자유를 느꼈다. 굳이 자신을 숨길 이유도 드러낼 필요도 없는 상대와 무언가를 공유하는 건 색다른 경험이었다.

『남자친구하고 8년 사귀었는데 떠났어. 그래서 여행 온 거야.』

커스틴은 덩치와 달리 내성적인, 그래서 상처가 깊은 사람이었다.

『이젠 내가 지겹대. 난 시간이 지날수록 더 정이 들었는데. 남녀가 다른 걸까, 아니면 그냥 내가 지루한 사람인 걸까. 잘 모르겠어.』

커스틴이 말했다. 두 사람 사이에 육체관계가 없었더라면, 아니, 최소한 동거하면서 부부나 마찬가지로 지낸 것이 아니었다면 조금은 덜 아팠을지도 모른다고.

그리고 그녀는 고백했다. 실은 결혼하고 싶었다고. 남자가 프러포즈 해주기를 기다리고 있었다고. 하지만 그는 끝내 '결혼할 만큼' 그녀를 사랑하지 못했던 것이다. 아이까지 낳으면서도 십 수 년을 결혼하지 않고 버티던 조니 뎁이 대뜸 다른 여자와 결혼한 건 바네사 파라디를 그만큼 사랑하지 않았다는 의미인 것처럼.

세상 어디서나 사람들의 고민은 똑같은 거구나, 영진은 생각했다.

몸과 마음과 시간을 온전히 묶어둔 상대로부터 내쳐진 건 서양인이건 동양인이건 감당하기 힘든 고통인 거다. 울며불며 패악이라도 부릴 수 있으면 나으련만, 이성적이고 합리적이어야만 하는 사회에서 자란 커스틴은 그럴 권리도 가지고 있지 않았다. 마음을 추스르기 위해 여행 왔다는 그녀는 영진에게 속마음을 털어놓으며 쓸쓸하게 웃었다.

『최소한 너의 연인은 결혼하자고 매달리고 있잖아.』

연인이 아니라고 하려던 영진은 말을 삼켰다. 과연 우리는 연인이 아닌 걸까? 생각해 보면 자신 없는 얘기였다. 두 사람은 어쩌면 꽤 오래전부터 연인이었던 걸지도 모른다. 영진 본인만 아닌 척하고 있었을 뿐.

『청혼이란 건 남자가 자기 자유하고 상대에 대한 권리를 맞바꾸는 행위야. 사랑하는 여자를 소유하고 싶은 본능이 자유롭고 싶은 본능을 압도하는 거지. 가문을 계승한다든가 정착한다든가 그런 외부적인 요인이 한국에서 얼마나 중요한 건지 나는 모르지만, 개인으로 볼 때 남자의 청혼이란 건 마음속 우선순위를 뒤바꾸는 일인 거야. 굉장히 의미 있는 일이라고.』

그녀의 말에 영진은 조그맣게 웃었다. '바람처럼 자유로운 김윤제가 자유를 포기할 만큼 나를 사랑하는 것'이란 명제는 참으로 감미롭고 매혹적이었다.

『그게 언제까지 가는 걸까? 마음은 변하잖아. 나는 너처럼 강하지 못해. 사랑을 잃고 나면 버텨낼 수 없을 거야.』

그녀의 힘없는 부정에 친구는 어깨를 으쓱했다.

『물론 사랑은 식어. 하지만 그 강렬한 사랑의 잔열로 평생 살아가는 거 아닐까. 우리가 깨진 건 그 사람이 날 충분히 사랑하지 않아서인 거야. 반면 너의 연인은 속여서라도 갖고 싶을 만큼 널 사랑하고 있잖아?』

보슬비 속 샛노란 런던의 가로등은 분위기 있고 온후했다. 멍하니 불빛을 바라보며 영진은 윤제를 떠올렸다. 보고 싶었다. 이 은은한 풍경 속에 그와 함께 녹아들고 싶었다. 그러면 모든 게 백배는 더 아름다울 것 같았다.

『설령 배신당하고 상처 받는대도 어쩔 수 없는 거고. 너야말로 그 사람을 사랑하고 있으니까. 사랑은 스위치가 아니야. 켰다 껐다 네 맘대로 할 수 없어. 껐다고 믿었지만 실은 안 꺼져 있는 경우도 많지.』

커스틴은 웃으며 말했다. 마치 그녀의 마음을 읽은 것처럼. 약간의 안쓰러움과 아주 많은 부러움을 담은 목소리로.

『그래. 그 사람을 사랑해.』

영진은 속삭였다.

처음으로 입 밖에 낸 낯설고도 무서운 말에 가슴이 덜컥거렸다. 곁에 커스틴이 없었더라면, 안개와 비의 도시가 아니었다면 감히 토해낼 수 없었을 무겁고도 진한 말이었다.

생면부지의 누군가와 마음을 터놓은 타국의 밤은 아름답고 안온했다. 영진은 마음 한 귀퉁이가 녹아내리며 그곳으로 딱딱하고 아팠던 무언가가 흘러나가는 것 같은 기분을 느꼈다. 관광객으로 붐비는 런던에서 누가 보아도 영국인이 아닌 두 여자는 기대하지 못했던 평화를 누렸다.

그리고 아침은 파리에서 열렸다. 커스틴의 권유로 유로스타를 타고 도버해협을 건너 대륙으로 오니 청명한 아침이었다. 모든 것이 거짓말처럼 달랐다. 길은 지저분하고 사람들은 불친절하고, 그런데도 묘하게 생동감이 넘치는 도시였다. 무엇보다도 음식이 다 맛이 있었다.

둘 다 초행길이 아니라 루브르나 오르세는 생략했다. 센 강이 보이는 노천카페에서 신선한 바게트 샌드위치를 먹고 가정식 디저트인 클라푸티(clafoutis)를 맛보며 여자들은 유럽의 맑은 여름을 즐겼다. 영국과 달리 프랑스는 확실히 여름이었다.

『친한 사람 중에 빵 굽는 사람이 있는데.』

파리의 빵은 담백하고 맛있었다. 한성의 빵은 프랑스식이 아니었지만 빵의 나라에 오니 그가 생각날 수밖에 없었다. 프랑스는 또한 와인의 나라이기도 했다. 현도와 해민 역시 생각났다. 그리고 이어서 영주가 떠올랐다. 불현듯 영주마저 내팽개친 채 왔다는 자각으로 영진은 가슴이 따끔거렸다. 영주야말로 믿었던 사람을 잃고 아플 텐데 언니랍시고 위로는커녕 자기 아픔 하나 견디지 못해 도망쳐 버린 게 새삼 미안했다.

『그 사람한테 클라푸티 굽는 법 배워다가 동생한테 선물해야겠다.』

그녀의 말에 친구가 너그럽게 웃었다.

떨어져 있어 보니 하나같이 귀한 인연이었다. 고마운 사람들이었다. 그리고 나름대로 자신에게 소중한 것을 지키려 최선을 다한 것이었다. 그녀가 한성들을 속인 건 그들과의 관계를 지키고 싶어서였고 윤제는 그녀를 손에 넣기 위해 거짓말을 했다. 아버지와 허주혁이 모두를 기만한 건 세한이 무엇보다도 중요하기 때문일 거다.

거짓은 미화될 수 없지만 때로 이해받을 수 있는 것 아닐까.

혹은 용서라도.

『스스로한테 너무 혹독하게 굴지 마.』

커스틴은 그렇게 말하고 작별했다. 저녁에 독일로 돌아간다고 하였다. 동갑인데도 영진보다 훨씬 연상인 듯 보이는 친구는 그녀 자신 견디기 힘든 상처를 입었음에도 영진의 사랑을 응원해 주고 있었다. 세상에는 좋은 사람들이 너무나 많았다. 다만 이해관계가 얽히면 어쩔 수 없는 것뿐. 누구나 자기 자신이 가장 소중한 법이니까.

교환할 수 있는 SNS 정보를 다 교환했지만 두 사람의 인연은 아마 여기까지일 것이다. 서운하고도 개운했다. 아무리 파리가 아름다워도 돌아가면 추억으로 접혀 들어가듯 여행길의 친구란 그런 거니까.

하지만 행복했다. 마음의 가장 눅눅한 곳을 햇볕에 보송보송 말린 기분이었다.

그래서 그녀는 오후 해를 받으며 자전거를 타기로 했다. 윤제가 초원의 바람 속에서 언급한 베르사유 궁에서, 혼자.

혼자……?

"왜 이제 와."

윤제의 목소리는 환청 같았다.

"기다렸잖아, 왜 인제 와."

부루퉁한 말과 달리 얼굴은 기쁨으로 가득 차 있었다.

"윤제야……."

길을 막고 자전거를 붙잡은 그는 환상이 아니었다.

베르사유 정원의 자전거 대여소 옆 오렌지에이드 스탠드에 김윤제가 있었다. 평소보다 조금 더 그을린 얼굴로, 햇빛에 땀을 반짝거리면서. 초록 잔디와 연푸른 하늘을 배경으로 새하얗게 웃음 지으며.

눈이 부셔서 영진은 손등으로 얼굴을 비볐다.

그리고 그녀는 순간 깨달았다. 윤제는 그녀가 여길 찾아오리라 확신하고 기다린 것이었다.

목이 메고 가슴이 먹먹해 왔다.

"어떻게 정말, 여기에 네가……."

딱 16분 음표만큼 엇박자로 윤제 또한 깨달았다. 영진은 어쩌다보니 이곳을 기억해 낸 거였지 그의 추측처럼 처음부터 여기를

목표로 한 건 아니었다는 사실을. 그의 말에 '그렇게까지' 의미를
둔 건 아니었다는 것을.

맥이 탁 풀렸다.

"시발."

어쩔 수 없이 욕설이 튀어나왔다.

그러나 그는 김윤제, 곧 고개를 흔들며 실망을 털어냈다.

무슨 상관인가.

"도망가도 내 손바닥 안이다, 뭐."

그녀의 팔을 꽉 쥔 채로 윤제는 입술을 핥았다. 새삼 목이 탔
다. 꼼짝도 안 하고 이틀을 기다렸다. 오렌지에이드를 몇 잔이나
마셨지만 갈증은 가시지 않았다. 그리고 이제 눈앞에 영롱하게
빛나는 감로수가 그를 미치게 했다.

그렇지만 윤제에겐, 무엇보다 먼저 영진에게 해줄 말이 있었다.

"괜찮아."

뭐가?

"다 괜찮아. 도망가도 돼. 내가 찾으러 갈 거니까. 비겁해도 괜
찮아. 남들이 욕하면 내가 싸워줄게. 무서우면 울어. 화나면 때
려. 당신 하고 싶은 대로 해. 난 다 괜찮아."

이틀을 꼬박 생각하고 또 생각한 말이었다.

"당신도 행복해지고 싶은 거잖아, 그치? 그러니깐 행복해져.
아무도 방해하지 못하게 해줄 테니까."

진심만으로 채워진 그의 말에, 영진의 눈이 뿌옇게 젖어들었
다.

"윤제야, 난, 내가……."

몇 번 입술을 달싹거린 그녀는 어리광을 부리듯이 고개를 저었다. 하고 싶지 않지만 나는 이런 말을 해야 하는 사람이라는 듯 중얼거렸다.

"나는 세한을 짊어지고 갈 사람이야. 메르헨을 꿈꿀 처지가 아냐."

윤제는 그녀보다 훨씬 크게 고개를 다시 저었다. 이제부터 여자가 원하는 말을 해줘야 하니까. 아니, 이제 말하려는 게 김윤제가 믿는 인생의 진리니까.

"남자든 여자든 거지든 재벌이든 누구나 동화를 꿈꿀 자격이 있어. 우울한 내 현실을 빛나게 해줄 요정을 기다리는 게 뭐가 나빠. 꼭 자주적이고 독립적인 인간이 돼야 할 건 또 뭐 있어. 그따위 강박관념 개나 주라지. 사람이란 약한 거야. 당신만 그런 거 아냐. 억지로 강해지려고 안 해도 돼."

내리깐 영진의 눈썹 끝에 물방울이 댕글댕글 달렸다.

윤제는 손가락을 들어 속눈썹을 차르르 훑었다.

"너무 오랫동안 세뇌당하면서 살아온 거야. 무리하도록 강요당해 온 거야. 당신 자신의 페이스를 찾아. 다른 걸 거기 맞추라고 해. 세상의 중심은 당신이야. 세한그룹이 아니야."

그녀의 두 손을 꼭 모아 쥔 윤제는 그 주먹에 키스했다. 여자는 뜨거운 오후 햇볕에 녹아내릴 듯 말랑했다. 혀로 핥으면 단꿀이 뚝뚝 묻어날 것 같았다.

왜 날 속었어, 당신을 너무 사랑해서, 그런 대화는 오가지 않았다. 오갈 필요도 없었다. 화려하고도 처절한 역사를 지닌 남의 나라 궁에서, 두 사람은 행복을 이야기했다. 이런저런 형태로 도망을 치면서도 끝내 짐을 벗어던지지 못하는 여자에게 남자는 자기가 응원하고 있으니 맘대로 살라고 말했다. 내 자유를 다 뿌려줄 테니 넌 그걸 밟고 반드시 행복해지라고 신신당부했다.

여자의 눈에서 눈물이 후두둑 떨어졌다. 동백꽃 같지는 않았지만 진주보단 예쁘다고 윤제는 생각했다.

"사실은 와주길 바랐어."

영진의 목소리가 바르르 떨렸다.

"와줄 거라 믿었어."

그녀는 울음을 끝내 삼키지 못했다.

흐으, 흐으. 어린애처럼 우는 영진을 안고 윤제는 포근포근 등을 쓰다듬었다.

어쩌면 김윤제는 끝내 그녀를 자유롭게 해줄 수 없을지도 모른다. 기억을 되찾은 김영진은 아마도 세한그룹을 짊어지고 사는 길을 택할 테니까. 그러나 그의 몫으로 주어진 자유를 버리고 왕관을 함께 들어줄 순 있을 거다. 최소한 그녀 혼자 목이 꺾이도록 내버려 두지는 않을 것이다.

"괜찮아. 응."

목이 메어서 쑥스러웠다.

"사랑이란 참…… 절절도 하구나."

새파랗게 펼쳐진 왕궁의 하늘을 쳐다보며 그는 나지막이 속삭였다.

기요틴에 목이 잘린 사람들만 운명을 살아낸 건 아닐 거다. 실은 공주도 기사도 왕도 아닌 김윤제와 김영진이지만, 남들에겐 흔하다 못해 시시한 연애감정 나부랭이겠지만, 당사자에게 사랑이란 이다지도 절실한 것이었다.

인생을 다 바꿔 버릴 정도로.

다른 건 하나도 중요하지 않다고 믿어버릴 정도로.

남의 일에 관심 없는 프랑스 사람들이야 둘이 길에서 키스를 하든 더한 짓을 하든 신경 쓰지 않겠으나 베르사유 궁은 관광객이 많았다. 훌쩍거리다가 이성을 되찾은 영진이 목덜미를 붉히며 자전거를 빌려오라고 윤제를 밀어냈다.

그리하여 두 사람은 함께 자전거를 탔다.

드디어.

그리고 윤제의 말은 진실이었다. 베르사유 궁에서 햇살 가득한 여름날 자전거를 타는 것은 가슴 설레도록 눈부신 경험이었다. 트리아농 궁을 지나 끝도 없이 펼쳐진 연녹색 정원이 꿈처럼 아름다웠다. 꽃향기가 녹아든 달콤한 대기도 보송보송 솜털구름도 그림같이 깨끗하고 보드라웠다.

'하지만 사실은 베르사유 궁이 아니어도 상관없는 거겠지.'

영진은 앞서 달리는 윤제의 시원한 뒷모습을 보며 깨달았다. 사랑하는 사람과 마음을 확인하고 함께한 오후는 그 어디였더라도 죽는 날까지 잊을 수 없는 찬란한 순간이었을 거란 사실을. 설령 지저분한 뒷골목이었더라도, 소음 가득한 지하철이었다 할지라도.

이후의 몽마르트 언덕도 에펠탑의 야경도 마찬가지였다. 활기 넘치는 파리는 매혹적인 공간이었지만 손 꼭 잡은 두 사람에게 그건 사진을 장식하는 액자에 불과할 뿐 본질이 아니었다. 사진 속에 김영진과 김윤제가 웃고 있는 이상 배경 같은 건 아무것도 아닌 것이다.

그리고 밤이 되었다.

"결국 순결은 중요한 건가요, 아닌가요?"

질문을 던진 쪽은 차현도였다. 그 말에 웃은 건 박해민이었다. 한영주는 어깨를 으쓱했다.

자매가 안 닮은 듯 묘하게 비슷하단 말이야, 생각하며 한성은 영주를 바라보았다.

언니가 가출한 후 패닉에 빠져 한성의 가게에 드나들던 영주였다. 방금도 득달같이 찾아와 영진의 무사 소식을 전해주었고.

가슴을 쓸어내리며 안도한 그들은 함께 차를 마시며 그간 지친 마음을 달래는 중이었다.

약혼자의 배신으로, 아니, 정확히 얘기하자면 아버지에게 기만당한 탓에 부서지고 망가졌던 한영주는 언니로 인해 도리어 정신을 차린 듯했다. 후유증이야 오래 남겠지만 비교적 빠른 속도로 자신을 수습하는 것 같았다. 어쩌면 그래서 두 여자가 비슷한 느낌인 건가 보다고 한성은 생각했다. 여리면서도 강하고, 안 그런 듯 의외로 솔직한 사람들이어서. 뚱한 영진과 달리 다소 가벼운 분위기의 영주였지만 한성은 그녀가 불편하지 않았다. 해민도 현도도 같은 기분인 듯 보였다.

"순결 이전에 됨됨이가 우선이죠."

허튼 꿈으로 장래와 사랑을 망친 지질한 남자의 옛 약혼녀는 단호하게 대답했다.

"그렇죠?"

현도가 만족스런 표정을 지었다.

"그렇다고 너처럼 방탕한 남자한테 면죄부가 주어지진 않지."

박해민이 가차 없이 면박을 주었다.

"순결 면에서도 됨됨이 면에서도 최악인 건 우리 아버지죠."

영주의 짜증스런 중얼거림이 다시 이어졌다.

세 남자는 일단 입을 다물었다. 조심스러운 화제였다. 특히 아버지로 인해 상처 받은 딸에게 생판 남인 남자들이 왈가왈부하기에는.

김용식 회장은 그들의 예상을 매번 뛰어넘는 인물이었다. 그사이 허민호의 일은 물론 영진의 교통사고도 아버지가 낸 거라는 의혹이 불거져 나왔던 것이다. 모두가 경악하며 반신반의했으나 영주는 아버지라면 그러고도 남을 거라 믿었다. 기억상실증이야 의도한 게 아니었겠지만 '위기의 순간'을 거쳐 영진과 윤제가 확고하게 맺어지길 바랐으리라는 해석이었다. 그리고 그보다 더 중요한 목적은 후계자의 공석에 보이는 태도로 주변 사람들을 정리하고자 함이었다는. 야심을 숨겨온 회사 내 인물들은 물론 심지어 영진의 생모조차도 그런 시험에서 자유롭지 못했다.

무서운 사람이지, 정말……. 영주는 몇 번이나 중얼거렸다.

"전요, 이번에 처음으로 우리 엄마하고 심각하게 얘길 나눴어요. 사실 그동안도 늘 이해할 수 없었거든요. 왜 엄마는 재벌의 첩이 됐어? 사랑이야? 저런 끔찍한 남자가 뭐가 좋았어? 이렇게 물어봤죠."

한영주의 엄마는 미인이고 공부도 많이 한 사람이었다. 재벌이 탐낼 만한 여자이긴 했으나 재벌의 첩으로 들어가기에는 아까운 사람이었다. 그렇다고 아버지와 죽고 못 사는 닭살 부부였냐 하면 그렇지도 않았다. 그럴 아버지도 아니었고.

"외할아버지가 아주 무능력한 분이셨대요. 엄마는 소녀 가장 비슷하게 가족들 부양해 가며 혼자 공부한 거구요. 당연한 얘기지만 착하기만 하고 무능한 남자를 증오하게 된 거죠. 그저 그런 남자의 본처보다 제왕이 네 번째 첩이 낫다고 생각하면서 자랐대요. 그게 무슨 말인지는 알 거 같아요. 정글에 가면 꽃미남 아이돌 다 필요 없고 김병만한테 붙어야 하는 거잖아요? 일단 살아남는 게 중요하니까."

그 와중에 유머를 섞을 줄 아는 영주가 귀여워 남자들이 웃었다.

"지금은 후회하시는 것 같았어요. 나 땜에 그러시겠지. 사랑도 낭만도 없이 보낸 당신의 젊음을 안타까워하는 것도 같구요. 하지만 난 엄마를 동정하지 않아요. 엄말 사랑하긴 하지만, 남의 눈에 눈물 낸 대가는 꼭 돌아오는 거거든요."

자조적으로 덧붙인 그녀는 커피를 홀짝였다.

잠깐 침묵이 흐른 후 차현도가 중얼거렸다.

"어쨌든 영진 씨가 더 이상 순결에 집착하진 않아야 김윤제 씨랑 잘될 텐데요. 함부로 말하긴 어렵지만 김윤제 씨 딱히 그런 느낌은 아니었거든. 우리 옛날에 서약하고 그래봐서 어떤 분위긴지 잘 안단 말이죠."

이번엔 해민이 말을 받았다.

"우리 부모 세대엔 도저히 이해할 수 없는 가치관을 가진 사람들이 있지요. 남자가 아내 아닌 여자를 사랑하는 건 절대 안 되지만 술집 여자하고 2차 나가는 건 괜찮다든가 이런 식으로요. 내가 애당초 순결 서약에 참여한 건 그런 사고방식이 싫어서였어요. 성의 이중 잣대니 굳이 그런 말 안 갖다 붙여도, 너무 위선적이잖아요? 근데 김윤제 씨는 최소한 그런 식으로 살아오진 않았을 거 같아요. 사랑을 했든 사랑이라 착각한 가벼운 관계를 가졌든, 그 순간에는 성실했을 것 같아. 뭐, 어쩌면 생각 외로 순진한 청년일지도 모르는 일이구요."

한성이 이야기를 끊었다.

"그만하자. 자리에 없는 사람 놓고 이런 이야기 별로네. 과거가 어찌 됐든 지금 영진 씨를 진심으로 사랑하면 충분하지 않을까."

영주는 생각했다. 이 사람들 참 좋은 사람들이라고. 김윤제를 얻고 이런 친구들도 만났으니 언니의 가출은 나름 성공적이었다고.

부러웠다. 진심으로.

"해피엔딩이란 건 이야기를 어디서 끊느냐에 따라 달라진다고 합니다."

마치 그녀의 마음을 읽은 듯, 이번에는 영주를 바라보며 한성이 말했다.

"영진 씨는 지금 그야말로 해피엔딩에 도달해 있겠지요. 영주 씨나 우리는 그렇지 못하구요. 하지만 시간이 좀 지난 후에 이야기를 끊으면 그 시점은 우리의 해피엔딩일지도 모르죠. 인생이란 의외로 공평한 법이니까요."

어리석다 할 만큼 순진하게 세상으로 뛰쳐나와 영진은 생각지도 못한 것을 얻었다. 호기심으로 그녀 곁에 어정거린 김윤제는 결국 일생의 사랑을 만났다. 세상에는 계산으로 되지 않는 일이 너무나 많다. 김용식 회장은 모든 게 본인 뜻대로 됐다고 믿을지 모르나 앞으로 펼쳐질 다이나믹이 그렇게 만만치는 않을 것이다. 영주는 행복의 목전에서 거꾸러졌지만 어쩌면 그건 속된 말로 '퐁차를 피한' 깃일 수도 있다. 우울해할 필요노 낙방할 이유도 없지 않을까.

영주는 한성을 향해 미소 지으며 그가 구워준 브라질식 치즈볼 뼈웅 지 케이주(pao de Queijo)를 입에 넣었다. 겉은 딱딱하고 속은 놀라울 만큼 부드러운 빵, 조금은 강한 치즈 향에 살짝 망설여지지만 먹어보면 정말 맛이 있고 자꾸만 손이 가는 그런 빵이었다.

인생은 초콜릿 상자와 같다고 포레스트 검프에서 말했지만, 어쩌면 삶이란 먹어보기 전엔 알 수 없는 낯선 음식 같은 것인지도 모른다.

한국에서는 젊은이들이 인생에 대해 생각하고 있었다.

프랑스는 밤이었다.

"배가 나왔네. 너무 많이 먹었다."

영진이 곤란한 듯 웃었다.

'배는 무슨, 가슴도 안 나왔는데.'

놀리고 싶은 충동을 순간 느꼈지만 윤제는 참았다. 들뜬 모양이었다. 허접한 우스갯소리가 자꾸 떠오르는 걸 보면.

영진은 배낭 하나밖에 짐이 없었다. 윤제도 단출하긴 마찬가지였다. 식사를 마친 두 사람은 당연하게 윤제의 호텔로 향했다. 와인도 장미꽃도 준비해 두지 않았으나 윤제는 신경 쓰지 않기로 했다. 영진이 연신 밥을 많이 먹었다며 구시렁거렸지만 그런 건 조금도 중요하지 않았다.

그러나 여자의 마음은 그런 게 아니었다.

"혹시 치실 갖고 왔어?"

그녀가 어색한 표정으로 물었고 호텔에서 산 세면도구를 건네 주며 윤제도 어정쩡하게 웃었다.

그녀의 걱정이 손에 잡히는 것 같았다. 김영진은 밤을 준비하 느라 긴장하고 있는 것이다. 물리적인 밤이 아니라 '그' 밤을, 마 침내 펼쳐질 '두 사람이 함께 보내는' 밤을.

긴장은 다시 말해 각오를 의미했다. 또한 김영진의 비장한 각 오는 그녀가 이 결정에 인생을 걸었음을 뜻했다. 남들은 하룻밤 따위 아무것도 아니라고 말하지만 두 사람에게는 이 밤이 서로에 게 일생을 묶는 기념비적인 순간이 될 것이므로.

'어니언수프 먹지 말걸.'

손바닥으로 구취를 확인하며 영진은 눈살을 찌푸렸다.

'그러고 보니 제모 안 한 지도 한참 됐잖아.'

'호텔 샴푸에서 싸구려 향이 나면 어쩌지.'

서른이 넘은 김영진은 맨얼굴에 자신도 없었다. 몇 달을 같이 살아놓고 뒤늦게 무슨 걱정인가 싶었지만 한집에 사는 것과 침대 를 같이 쓰는 건 전혀 다른 얘기였다. 뺨에 잡티며 혈색 없는 입 술까지 마음에 걸리는 게 한두 개가 아니었다.

그러나 콩깍지가 씐 남자의 눈엔 자체 필터가 있는 법이 아니던가.

"예쁘다."

씻고 나온 영진을 보며 윤제가 한 말이었다.

영진은 픽 웃었다. 누가 보아도 평범한 얼굴, 딱히 공들여 세팅할 것도 없는 헤어스타일, 청결하지만 그뿐인 목욕 가운, 대리석 조각처럼 생긴 김윤제가 예쁘다고 칭찬할 무엇은 하나도 존재하지 않았다.

그러나.

"예쁘다. 예뻐서 미칠 거 같아."

침대 끝에 앉아 그녀의 허리에 팔을 감으며 윤제가 다시 속삭였다.

영진은 더 이상 웃지 못했다.

윤제의 눈동자로부터 열기가 퍼져나 그녀의 시야를 채우고 있었다. 아주 낯선 열기는 아니었다. 몇 번인가 영진을 향했던 뜨거운 시선이었다. 그러나 그 어느 때보다도 강렬하고 진득했다. 뱃속에서부터 후끈 달아오르게 만들 만큼 뜨거웠다. 동시에 등줄기를 타고는 차가운 소름 같은 것이 흘렀다.

똑같은 목욕가운을 입었지만 김윤제는 황제의 로브를 입은 것처럼 근사했다. 가운 사이로 내려다보이는 가슴이 널따랗고 미끈하면서도 굉장히 단단해 보였다.

처녀 속살을 훔쳐 본 남정네처럼 영진의 뺨이 붉어졌다.

그녀는 머뭇머뭇 손을 들어 윤제의 머리카락을 건드렸다. 움찔, 살아 있는 양 감겨드는 머리카락의 촉감에 그녀가 손을 물렸고 윤제는 어깨를 떨었다.

다시 손가락을 넣어 천천히 빗질하듯 쓰다듬자 윤제가 눈을 감았다.

나른하게 페팅을 즐기는 그는 주인의 손길에 몸을 내맡긴 맹수처럼 육감적이었다. 뽀얀 뺨의 보조개는 어린애같이 순진해 보였지만 그 목울대는 정염을 삼키며 으르렁거리고 있었다. 그리스신화 속 방탕한 남신인 듯 퇴폐적인 동시에 한편으론 천사처럼 신비로웠다.

영진은 손등으로 그의 윤곽을 가만가만 스쳤다.

비단처럼 매끄러웠다.

그녀의 손가락이 입술 주위를 맴돌자 허리에 감은 윤제의 팔에 힘이 들어갔다.

윤제가 눈을 떴다.

영진은 거역할 수 없었다. 그의 눈동자 속에서 바들바들 떠는 여자를 동정하며 그녀는 허리를 굽혔다. 입술이 겹쳐졌다.

위치가 바뀐 것은 순식간이었다.

"흐……."

포개진 입술 사이로 낮은 신음이 흘러나왔다. 영진을 침대에 눕히고 상체를 구부린 윤제는 그녀의 목덜미를 양손으로 움켜쥐었다. 입맞춤은 거칠고 성급했으며 집요했다. 평소와 완전히 다른 남자의 모습, 이성 따위 남아 있지 않은 것 같은 사나운 모습에 영진은 공포와 기대와 흥분으로 숨도 쉬지 못하고 헐떡였다.

혀가 섞이고 입술이 부대꼈다. 젖은 머리가 하나로 엉켜들고 더운 숨이 부딪치며 열을 냈다. 손가락이 마디마디 얽혔다. 코끝이 스치고 가슴이 맞닿았다. 가운이 벌어지며 닿은 맨살은 델 듯이 뜨겁고 끈적거렸다. 두 사람의 심장이 미친 듯이 뛰고 있었다.

"윤제야……."

본능적으로 당겨 안은 어깨가 돌덩이 같았다. 흠칫 손을 떼었던 그녀는 손가락 끝만 다시 어깨 끝에 대었다. 머뭇거리며 매만진 작은 손길에 윤제가 흑 숨을 삼키며 허리를 휘었다. 영진은 머리 꼭대기까지 치솟는 정신적 쾌감에 이를 악물었다. 세상 무엇에도 초연한 김윤제가 그녀의 작은 손짓에 휘청거리는 모습은 상상을 초월한 자극이었다.

"사랑해, 김영진. 영진아, 사랑해. 알아? 응?"

윤제는 그녀를 부르며 정신을 차리려고 애썼다. 여자를 무섭게 하고 싶지 않았다. 부드럽고 상냥하게 안아줄 생각이었다. 행복한 순간으로 기억하게 해주고 싶었다.

그런데 마치 불이 붙어버린 것처럼 끓어올라 제어가 되지 않았다.

"괜찮아."

영진이 속삭였다.

그림처럼 아름다운 몸에 살아 있는 건강한 근육이 그녀를 바라며 거칠게 오르내렸다. 그는 온몸으로 말하고 있었다. 당신을 사랑해, 하고. 그러니 괜찮았다. 무섭지만 견딜 수 있었다. 아프겠지만 참을 수 있을 거다.

아니.

윤제 못지않게 영진도 원하고 있었다. 왕보다 강하고 초원보다 자유로운 이 남자와 하나가 되기를. 수많은 난관을 물리친 용감한 기사에게 기꺼이 자신을 내던지기를.

수줍게 목을 감으며 그녀는 다시 소곤거렸다.

"나도 사랑해."

윤제는 이를 갈았다. 영진의 고백은 지나치게 달았다. 뇌가 녹아버리고 몸이 흐물흐물해질 것 같아 치가 떨렸다.

두 사람의 몸이 다시 겹쳐졌다.

사랑해.

사랑해.

……괜찮아.

의미 모를, 그러나 깊은 마음을 담은 말이 두 사람 사이에 두서없이 오갔다. 격정적인 손길이 상대를 쓰다듬고 애달픈 입맞춤이 서로를 깊이 탐했다. 격렬한 또는 고요하고 조심스런 몸짓이 마음의 빈 곳을 하나하나 채우며 꽃을 피웠다.

'사랑하고 있어.'

사랑을 나눈다는 건 이런 것이었다. 몸을 열어 마음을 받아들이는 행위란 이다지도 뜨겁고 황홀한 것이었다.

나 자신을 버리고 그의 것이 되는 온전한 신뢰의 순간을 달리 어디서 경험할 수 있을까.

나를 원하는, 나를 사랑하는 남자에게 모든 걸 내맡기는 충만함을 세상 무엇에 비견할 수 있을까.

마음 깊은 곳에 늘 거부감을 가지고 있었다. 남자가 여자를 취하는 이기적인 행위라고만 생각해 왔다. 사랑이란 둘만의 교감이라고, 수없이 들었지만 진심으로 믿어본 일 없었다. 아아, 그랬구나. 나는 정말 아무것도 모르는 반편이 어린애였던 거구나. 아슬아슬하게 곤두선 감각 끝에서 영진은 비로소 인생의 진리를 깨달은 것만 같았다.

'사랑하고 있어.'

영진은 손을 뻗어 윤제의 등을 부둥켜안았다.

윤제여야만 했다. 김윤제가 아니면 안 되는 일이었다. 마음을 꽁꽁 싸맨 작은 바닐라 여신은 일생 단 한 명을 향해서만 자신을 열어주는 까다로운 공주님이니까. 그렇게 맺은 열매만이 순도 백 퍼센트의 행복한 향을 피워낼 수 있는 거니까.

긴 시간 영진을 둘러싸고 있던 견고한 막이 녹아내려 마침내 그녀의 영혼이 타인과 겹쳐지는 의식이었다. 아프면서도 감미로운 게 당연했다. 지금 이 순간 죽었으면 좋겠다고 생각할 정도로 벅차면서도 가슴 저민 것 역시 당연한 일이었다.

완성은 파괴를 통해서만 이루어질 수 있는 거였구나.

사랑이란, 이다지도 완벽한 것이었구나.

흐려진 눈에 윤제의 얼굴이 보였다. 여전히 아름다운 얼굴이 땀에 젖어 흐느끼고 있었다. 격정에 휩쓸려 일그러진 얼굴에 수많은 표정이 지나가고 있었다.

사랑스러워 안아주지 않을 수가 없었다.

빨려들어 매달리지 않을 수가 없었다.

"아아, 꽃이……."

윤제가 헐떡이며 속삭였다.

꽃이 피고 있었다. 세상 어디에도 없는 아름다운 꽃이 피어나는 걸 김윤제는 온몸으로 느꼈다. 사랑하는 여자가 꽃이 되고 있었다. 그의 품 안에서. 윤제는 숨을 멈춘 채 그 기적의 순간에 몰입했다.

그리고 오랜 시간 떠돌던 자신의 날개가 마침내 접히는 것을 느꼈다.

'아.'

날카로운 절정을 치달아 새하얗게 명멸하는 빛 속에서 윤제는 날갯짓을 멈추는 새처럼 그녀의 가슴에 서서히 내려앉았다.

천천히.

모든 게 느리고 부드러웠다. 온화하고 충만했다. 피처럼 붉은 꽃잎 끝을 바르르 떨며 영진은 그녀에게 깃든 새를 꼭 껴안았다.

"향기가 나."

윤제가 속삭였다.

영진은 가만히 미소했다.

특별할 것 없는 타국의 낯선 방으로부터 따스하고 달착지근한 향기가 살금살금 번져 나가고 있었다. 연인의 따뜻한 몸을 휘감고 슬픈 역사를 지닌 화려한 궁을 지나 거친 초원으로 붉은 사막으로, 나아가 소중한 사람들이 있는 먼 곳까지.

그리고 아득한 유년을 거쳐 감히 꿈꾸어보지 못했던 상냥한 내일과 모레가 기다리는 곳까지.

달콤하고 말랑하고 편안한, 진하고도 수줍은 향기에 온 세상이 잠겨들고 있었다.

그렇게 바닐라 향이 온 천지를 가득 채웠다.

11. 맺는 글

커피의 온기가 반가운 계절이 성큼 다가왔다.

'꿀과 바닐라를 탄 핫 초콜릿' 벽면에 다시 베이킹 클래스 안내
장이 붙었다. 남자 알바생이 밀가루 포대를 나르고 한성은 윤제
앞에 잔과 접시를 놓았다. 분주하면서도 평화로운 빵집의 가을
아침이었다.

"이건 뭡니까?"

커피와 초콜릿을 같이 먹는 건 흔한 조합이었지만 조그만 접시
위 초콜릿에는 약간 독특한 색이 덧칠해져 있었다. 불그스름한
빛이 점점이 박힌 것이 윤기가 고왔다.

"카이엔 페퍼(Cayenne pepper)를 넣어서 만든 초콜릿입니다.
의외로 어울리는 맛이니 드셔보세요."

윤제는 의심스러운 표정을 감추지 않고 초콜릿 조각 하나를 입

에 넣었다.

"오."

뜻밖의 기막힌 맛에 탄성이 절로 나왔다.

"포테이토칩이나 너트에 초콜릿을 입힌 건 많이 드셔봤을 겁니다. 단짠단짠, 단맛과 짠맛을 섞은 건 많이들 좋아하니까요. 그에 비해서 매운맛을 첨가한 초콜릿은 흔치 않은데, 나름의 풍미가 있지요. 자극적인 첫맛에 이어지는 부드러운 맛이 은근히 매력 있더군요, 저는."

그러네.

윤제는 한 조각을 더 집어먹으며 고개를 끄덕였다. 하긴, 미국 사람들은 와사비 맛 아이스크림도 먹지, 중얼거리면서.

"두 분은 이제 완성을 이루셨으니까."

한성이 온화하게 웃으며 말했다.

"자극과 파격도 누리면서 사시라는 의미랄까요."

지난번에 영진과 윤제가 함께 방문했을 때 한성은 글자 그대로 '꿀과 바닐라를 탄 핫 초콜릿'을 만들어 내놓았었다. 다크초콜릿을 녹여 숙성꿀과 바닐라빈을 넣은, 익숙한 듯하면서도 약간 색다른 향이 나는 음료였다. 굉장히 맛이 좋았다. 그야말로 인류의 역사를 바꿀 만한 맛이지 싶었다.

그리고 이제 혼자 찾아온 윤제에게 한성은 파격 운운하며 특이한 수제품을 내놓은 것이었다.

"여전히 잘난 척하시네요."

윤제가 콧방귀를 뀌었다.

"새삼스럽지도 않지요."

한성이 여유로운 미소로 그에게 응수했다.

같은 재료라도 첨가물을 약간만 넣으면 전혀 새로운 맛을 낼수 있다. 그는 윤제와 영진의 미래가 그러하기를 바랐다. 지루하지 않고 늘 신선하길, 좋은 원료로 낼 수 있는 최고의 맛을 언제나 향유하며 살길.

그게 그가 줄 수 있는 최신의 축복이었기에.

"김영진이 빨리 왔으면 좋겠네요. 이한성 씨하고 둘이 앉아 있는 거 전 별로라서요."

윤제가 솔직하게 구시렁거렸다. 한성은 기가 막혔으나 그냥 웃고 말았다. 저런 점이 김윤제란 사람의 매력이지 싶었으므로.

영진과 윤제는 잘 어울렸다. 한성은 진심으로 그렇게 생각했다. 영진은 윤제의 곁에서 반짝반짝 빛나 보였다. 그리고 영진과함께 있는 윤제는 제법 듬직했다. 서로에게 빛과 무게감을 부여하며 두 사람은 색깔을 맞춰가는 중이었다. 보기 좋았다. 조금은가슴이 따끔거리기도 했지만, 한성은 마음 깊은 곳으로부터 다행이라고 생각하고 있었다.

영진의 가출로부터 두 달여가 지났다. 영진과 윤제는 여전히같이 살고 있었다. 당초 아버지로부터 받은 6개월의 시한이 다찼으나 집으로 들어오라는 말도 없었고 들어갈 필요도 없었기에.날을 받지 않았을 뿐 영진과 윤제의 결혼은 기정사실화되어 있었으므로.

하지만 두 사람의 생활이 이전처럼 여유로운 것은 아니었다.영진은 12월 인사발령 때 세한에 본격 데뷔할 예정이라 준비에바빴고, 윤제는 백수 생활을 정리하여 외국계 컨설팅 회사에 취직했다. 김용식 회장의 강력한 종용이 있었으나 윤제는 영진이 제대로 자리 잡기 전까지 세한에 발을 담그지 않을 생각이었다.

모든 일이 순리대로 진행되고 있었다.

"아버님은 건강하십니까?"

문득 윤제가 물었다.

한성은 덤덤하니 대꾸했다. 모른다고.

아버지는 자취를 감추었다. 돈이 넉넉할 테니 새삼 큰 사고를 치지는 않으리라 그는 믿고 싶었다. 아마도 아버지의 거취를 알고 있는 사람은 김용식 회장 하나일 것이다. 그것으로 충분하다고 생각했다.

"정략결혼 상대자였다는 야심가는 의외로 진보라면서요?"

이번엔 한성이 물었고 윤제는 하, 웃었다.

"그러게요. 2세 경영인을 능가하는 전문경영자가 되겠다며 칼을 갈고 있나 봅니다. 김영진이 내내 부딪쳐야 할 라이벌이 되게 생겼더라구요. 저더러도 세한 들어가지 말고 외부자문으로 남으라고, 삼두마차 형태로 그룹을 끌어나가자는 둥 하는데…… 글쎄요."

평생 후계의 부담감에 짓눌려 살아온 김영진은 의외로 전문가 경영에 회의적이었다. 주인의식이 결여된 경영에는 당연한 한계가 있다며, 능력은 중용하겠으나 그녀 자신이 발을 뽑는 일은 없을 거라고 천명했다. 만날 때마다 그 문제로 주혁과 설전을 벌이는 통에 눈곱만큼 남아 있던 첫사랑의 흔적조차 자취를 감춘 지 오래였다.

"허주혁하고 그 여자는 11월에 결혼한다네요. 웃기지도 않죠.

사기꾼들 같으니라고."

윤제가 투덜거리며 덧붙였다.

커피가 식어가고 초콜릿도 다 먹고 윤제의 지루한 표정이 좀 더 짙어질 즈음, 문이 열리고 영진이 나타났다. 공기가 차가운지 그녀가 들어오며 찬기가 훅 느껴졌다. 한성이 재빨리 퍼콜레이터를 켜며 그녀에게 인사를 선넸다.

"오랜만이에요, 영진 씨."

"아, 한성 씨. 그러게요. 잘 지내셨죠?"

윤제가 입을 반 발이나 내밀며 투덜거렸다. 왜 이렇게 늦었어.

"그게 말이지……."

잠깐 망설인 영진은 조금 굳은 표정으로 말을 이었다.

"어머님이 만나자고 전화하셔서, 차 한잔 같이하고 왔거든."

윤제의 눈이 화등잔 만하게 커졌다.

"우리 엄마가? 웬일이래?"

영진은 미지근하게 웃었다.

김윤제는 자기 부모가 자유방임형이라며 걱정할 것 하나도 없다고 했지만, 막상 상견례에서 대면한 바 윤제 어머니는 둘째 아들의 결혼을 상당히 못마땅해 하고 있었다. 데릴사위라니, 우리 아들이 뭐가 아쉬워서, 그런 기색을 김용식 회장 앞에서도 숨김 없이 드러낼 정도였다. 내가 윤제 어머니라도 그러지 않았을까. 당연한 반응이라고 그녀는 생각했다.

그리고 오늘 오 여사는 마지막으로 한 번만 확인한다며 그녀를 불러내 질문한 것이다. 윤제를 사랑하는 거냐고, 그냥 조건이 좋아서 결혼하는 건 아니냐고.

"그래서? 뭐라고 대답했어?"

김영진은 그녀답게 솔직하고 무뚝뚝한 진심을 담아 대답할 수밖에 없었다.

"윤제가 세한그룹 노리고 저랑 결혼하는 게 아니듯이 저도 윤제를 사랑하기 때문에 결혼하는 겁니다, 그랬어."

하하하.

윤제가 유쾌하게 웃었다. 필요 이상으로 뻣뻣하게 대답한 것 아니었을까 염려하던 영진은 그의 웃음소리에 마음이 놓였다.

"우리 엄마가 결혼 전엔 좀 그러더라. 형수도 제수도 첨엔 걱정들 했었지. 지금은 다 잘 지내니까 신경 쓸 거 없어."

윤제는 방긋방긋 미소 지으며 그녀의 어깨를 안았다.

덤덤한 얼굴을 하고 있지만 속으로는 신경 쓰고 있을 여자가 그는 너무나 귀여웠다. 자신의 어머니에게 잘 보이고 싶어 하는 마음이 손에 잡히는 것 같아 새삼 사랑스러웠다.

"형수께서는 아나운서라면서요?"

차와 초콜릿을 담아온 한성이 다시 자리에 앉았다.

영진은 고개를 끄덕였다.

"네. 굉장한 미인이시더라구요. 그래서 그런지 아주버님이 간이며 쓸개며 다 빼줄 것 같이 잘하시던데……."

그녀가 윤제를 힐끗 쳐다보자 윤제는 코웃음을 쳤다.

"난 진짜 우리 형이 그럴 줄 몰랐어. 어릴 적부터 어른스러운 척 시크한 척 혼자 다 하더니 형수한테 홀라당 넘어가선 아주 그냥……. 얼음왕자로 군림하던 사람 입에서 전생의 인연 소리가 다 나오고, 난 그때 형 죽을 때 된 줄 알았다니까."

영진이 어깨를 으쓱했다.

"동생도 만만찮으시던데, 뭐."

한성은 두 사람의 대화를 웃으며 경청했다. 김윤제의 말에 따르면 동생은 그나마 원래 살가운 성격이라 그러려니 싶었다고 했다. 중국계 미국인과 결혼하는 바람에 상당히 놀라긴 했지만. 대부호의 딸인 비람에 다시 한 번 놀라기도 했었고. 그러다보니 재벌가와의 혼담 같은 것 김윤제의 부모에겐 그다지 충격적인 일도 아닌 모양이었다. 어떻게 보면 딴 세상 이야기인 것도 같고, 그럼에도 지지고 볶고 사는 게 다 비슷해 보이기도 해서, 한성은 그쪽 이야기를 듣는 게 즐거웠다.

"어차피 우리 부모님도 동생네도 외국에 살아서 얼굴 보기 어려워. 형은 마누라 독점하고 싶어서 우리 만날 생각도 안 할 거고. 나 그냥 데릴사위라고 생각하고 살아."

윤제가 시원시원하게 말했지만 영진은 미간을 찌푸렸다.

"데릴사위라니, 말도 안 돼. 니 마음은 고맙지만 공식적인 예의만 갖추고 거리 확실히 둬. 우리 아버지 인간적으로 엉켜들어서 좋을 거 없잖아."

아버지가 허민호를 잘라낸 일을 영진은 자신에 대한 애정으로 받아들이지 않았다. 그건 어디까지나 그룹 후계자를 보호하는 주변정리에 불과했다. 주혁을 끼어들게 해서 윤제와의 사이를 흔든 것은 더더욱 불쾌한 간섭일 뿐이었다. 세한그룹에 대한 애정으로 이해한다손 치더라도 인간적인 기대는 버리는 게 마땅했다.

영진에게 아버지는 여전히 넘어야 할 산, 극복해야 할 장애물이었고 윤제는 그 과정에 함께해 줄 동반자였다. 두 사람 사이의 친밀함 따위 결단코 바라지 않았다.

그러나 윤제는 믿을 수 없을 만큼 쿨했다.

"괜찮아, 무슨 짓을 하셔도. 내가 신경 안 쓰면 되지, 뭐."

다른 건 몰라도 김용식 회장의 손에 놀아난 일만은 분개할 법하건만, 그는 전혀 개의치 않았다. '결과적으로 당신하고 잘됐는데 왜? 내가 회장님을 이용했다고 생각하면 그만이지' 오히려 태연하게 반문하는 것이었다.

내막을 들은 한성은 두 사람이 참 잘 어울린다고 다시 한 번 생각했다. 쓸데없는 자존심 따위 내세우지 않고 실리만을 추구하는 김윤제는 단순한 만큼 파워풀했다. 자기비하에 곧잘 빠져들곤 하는 영진에게 더없는 짝이었다.

'저 사람 말이 옳아. 우리는 조건을 떠나 안 되는 사람들인 거였어.'

김윤제가 한성에게 그렇게 말했었다. 한성들이 영진의 짝으로 부적합한 이유는 직업 같은 외부적 요인이 아니라고. 자기라면 설령 길에서 호떡을 굽더라도 김영진을 붙잡았을 거라고.

김윤제라면 정말 그럴 수 있었을 것 같았다. 그에겐 한성이 갖지 못한 대담함과 자기 확신이 있었다. 세한의 딸이라고 지레 물러서 버린 소시민들과는 근본부터 다른 인간이었다.

그리하여 공주를 손에 넣은 그는 지금 왕도 왕국도 관심 없이 꿈같은 행복을 당당히도 누리고 있는 것이었다.

"난 당신만 있으면 다른 건 별 상관없다고."

차현도가 빵집에 들어온 것은 윤제가 해사하게 웃으며 영진의 뺨을 쓰다듬었을 때였다.

"염장질 제대로 하시는군요. 꼭 여기까지 와서 그래야 해?"

두 사람을 곁눈으로 흘기며 현도가 자리에 앉았다. 그는 최근 운동을 열심히 해서 몸이 더 날렵해져 있었다. 피부도 좋아지고 사람이 전체적으로 윤기가 흘렀다. '연애하냐'고 물었더니 '여자를 찾는 중'이라고 대답한 게 얼마 전이었다. 아직은 인연을 못 만든 모양이었다. 염장 운운하는 걸 보면.

"해민인 안 와?"

한성이 묻자 현도는 심술궂게 웃어보였다.

"좀 걸릴걸. 선아한테 걸려서 진땀 빼고 있더라."

"그 여자분 담백해 보이더니 의외로 집요하네요."

영진이 커피를 홀짝이며 고개를 설레설레 저었다. 해민의 옛 연인은 '아버지와 의절할 수도 있다'며 해민에게 매달리고 있다고 했다.

"부자 남친한테 어지간히 데었던 모양이에요. 본인이 바람피워서 헤어진 게 아니란 것까지 알았으니 떨어져 나갈 리가 없죠. 괜히 솔직히 말하라 그랬나, 해민이한테 좀 미안한 생각도 드네요. 지가 지고 가야 할 업이긴 하지만."

별로 미안하지 않은 얼굴로 한성이 말했다.

현도도 마찬가지였다.

"바람피워서 차인 거 아닌 쪽이 사실 더 무섭지 않나. 선아는 저렇게 차가운 남자 뭐가 좋다고 미련을 떠나 몰라. 그쪽 업계도 여전히 그 자식한테 러브콜을 보내는 모양인데, 난 이해가 안 돼. 나도 비싸게 굴걸, 인생 헛살았어."

영진은 킥 웃었다. 세 남자가 딱 어울리는 짓을 하고 있다는 생각이 문득 들었다. 남의 커플한테 차를 대접하는 이한성, 여자를 찾아야 한다며 몸을 만드는 차현도, 들러붙는 여자한테 질색하며 냉기 날리는 박해민. 귀엽고 사랑스러워 웃지 않을 수가 없었다.

"잘될 가능성은 하나도 없는 건가요?"

윤제가 묻자 한성은 가볍게 고개를 저었다.

"사람 마음이란 게 어디 만만한가요. 좋은 게 좋다는 식으로 움직여 주지는 않지요."

하긴 그렇지. 고개를 끄덕인 윤제는 한성을 쳐다보았다.

"이한성 씨가 조경아 씨를 내보낸 것도 같은 맥락이구요?"

"뭐……, 그런 셈이죠."

한성은 결국 조경아에게 선을 그었다. 꽤 늦었지만 이제라도 그간 비겁하게 굴어온 자신과 결별하기로 했다. 아끼는 후배에게 상처 입히고 싶지 않다는 빌미로 너무 오래 끌어온 일이었다.

"남은 사람들끼리 맺어진다면야 좋겠지만……."

한성의 농 섞인 말에 현도가 눈을 반짝였다.

"그런 의미에서 나 영진 씨 동생하고 잘되면 어떨까? 진정한 의미에서 남은 사람들 아냐, 영주 씨하고 나야말로."

세 사람이 동시에 현도를 쨰려보았다.

깨갱.

소리가 들린 것 같았다. 꼬리를 말고 웅크리는 커다란 늑대를 보며 영진은 쿡쿡 소리 내어 웃었다.

어쩌면 꼭 불가능한 일만은 아닐지도 모른다. 사람 일은 세상 일은 아무도 자신 있게 말할 수 없는 것이니.

딸랑.

마지막으로 문이 열렸다. 해민이 들어섰다. 지친 얼굴로 그는 대뜸 손부터 휘휘 저어댔다.

"선아 얘기 꺼내는 사람은 가만 안 둘 거야."

오랜만에 본 아름다운 친구는 인사도 하는 둥 마는 둥 차가운 물만 벌컥벌컥 들이켰다. 남들은 배부른 고민이라 욕해도 인간관계를 정리하는 건 역시 쉽지 않은 일인 모양이었다.

다만 그런 말에 굴할 친구들이 아닌지라 한성도 현도도 집요하게 해민을 놀려대었다. 니 운명이라는 둥, 이참에 성격 고쳐 보라는 둥, 너야말로 한영주 씨랑 잘해보는 게 어떻겠냐는 둥.

영주도 이 자리에 있었으면 좋았을걸, 영진은 생각했다. 그동안 세 남자의 가게에 편하게 드나들던 그녀였으나 지금은 여행 중이었다. 좀 더 큰 사람이 되어 돌아오겠거니, 영진은 소중한 동생의 가능성과 미래를 그렇게 믿었다.

"물어보고 싶은 게 있어요, 한성 씨."

대화가 잦아든 틈을 타 영진은 한성에게 그동안 궁금하던 걸 묻기로 했다.

"실은 세한도 제과 사업에 진출하자는 얘기가 있는데 말이죠."

일행의 시선이 그녀에게 모였다.

"유기농 원료를 써서 건강지향적인 제품으로 론칭하자는 쪽이 대세예요. 고가 전략으로 말이죠. 근데 생각해 보니깐 한성 씨는 딱히 저칼로리나 건강빵을 내세우지도 않고 맛도 상당히 진하잖아요. 요샌 '달지 않아요'가 트렌든데 한성 씨는 어째서 다른 길을 가는 거죠?"

꼭 제과 사업을 하지 않더라도 궁금해할 만한 일이었다. 효모종이니 유기농이니 최근의 트렌드는 분명히 그쪽인데, 최소한 유럽 빵이 대세인데, 어째서 한성은 미국식 제과를 하는 걸까.

한성은 언젠가 이런 질문을 받을 줄 알았다는 듯 부드럽게 웃었다.

"southern hospitality란 말이 있죠, 영진 씨."

윤제가 대신 고개를 끄덕였다. 있지요, 하고.

"'남부식 환대'라고 번역하면 좋을까요. 미국 남부 사람들이 친절하고 따뜻한 건 식생활이 풍요롭기 때문이라고 해요. 무얼 하든 넉넉하게, 버터를 듬뿍 써서, 그야말로 '진짜'만 만들어 먹으니까요. 그 사람들은 자기네 식습관에 프라이드를 가지고 있어요. 살이 좀 찌면 어떠냐, 우린 행복하다, 그런 거지요."

현도가 옆에서 '난 살찌면 안 돼, 여자 꼬셔야 한다고' 일부러 초를 치느라 중얼거렸다. 해민이 '정신머리나 똑바로 해' 타박하는 소리가 바로 이어졌다.

"우리나라 사람들은 벌써 충분히 건강 지향적이잖아요. 채소 많이 먹고 몸에 좋다는 건 꼭꼭 찾아먹고 말이에요. 빵은 어차피 주식도 아닌데 꼭 그것까지 강박을 가져야 할까요? 빵이든 과자든 이왕이면 풍미 가득한 것으로, 먹고 나면 긴장이 이완되고 마음이 풍요로워지는 걸 굽고 싶어요, 전. 가격에 크게 부담 느끼지 않고 누구나 사먹을 수 있으면 더 좋은 거구요."

한성다운 말이었다.

"물론 다른 데선 또 나름의 가치관에 맞춰 굽는 거겠죠. 영진 씨 회사에서 고가 전략으로 나간다면 그건 어디까지나 전략이니 내가 간섭할 일은 아니구요. 내 생각은 그렇다는 것뿐이에요."

온화하게 덧붙인 말조차도 그랬다.

한성의 마음을 영진은 알 것 같았다. 살기 위해 먹는 거냐, 먹기 위해 사는 거냐, 우스갯소리처럼 말들 하지만 최소한 한국인이 빵을 먹는 이유가 '살기 위해서'가 아닌 건 확실할 거다. 그럼 맛있는 것, 먹고 행복해지는 것을 먹으면 되지 않을까. 굽는 사람이 행복을 전하려 한다면 먹는 사람도 행복해질 수 있을 테고.

곁에서 윤제가 흥, 비웃는 소리가 들려 영진은 웃었다.

겉으론 무시하는 것 같지만 실은 윤제가 한성을 존중한다는 걸 그녀는 알고 있었다. 그뿐 아니었다. 현도와 해민까지 그녀의 친구로 인정해 주고 있었다.

남자에게 쉬운 일은 아니라고 민지가 말했었다. '널 정말 믿고 아끼지 않으면 남자의 본성에 반대되는 일을 참기는 어렵다'라고.

영진은 눈을 감았다. 불현듯 눈물이 나도록 행복한 기분이 들었다. 가슴이 아릿할 만큼 지금 이 순간이 소중하게 느껴졌다.

'고마워.'

누구한테랄 것 없이 그녀의 마음이 속삭였다.

해결되지 않은 일투성이였다. 갓난아기인 남동생이 그녀의 미래에 어떤 영향을 미칠지, 과연 그녀는 세한그룹을 잘 경영해 나갈 수 있을지, 아버지는 또 어떤 계략으로 딸에게 상처를 입힐지 아무도 모른다.

그뿐인가. 한성의 말대로 감정이란 뜻대로 움직여 주지 않는 것이라 아직 모두가 상처를 가지고 있었다. 나으려면 오랜 시간이 걸릴 거고 어쩌면 흉이 깊게 질지도 모른다. 때론 그 상처 때문에 다른 이를 찌르는 순간이 있을지도 모른다. 사람이란 연약한 만큼 가시를 세우는 법이니까.

그러나 하나만은 분명히 말할 수 있었다.

드러난 환부는 가려져 있을 때보다 덜 아파 보인다고. 배려는 커녕 떠들며 때론 소금도 뿌려대는 친구들 사이에서 다들 웃을 만큼 여유가 있지 않은가. 그러니 흉이 남아도 결국은 다 아물 거라고 믿을 수 있었다.

혼자는 아무도 완성될 수 없다. 구멍이 숭숭 뚫려 있는 우리네는 서로에게 손을 뻗어 그 구멍을 채워줘야만 한다. 껍질을 열고 손을 받아들여야만 빈 데를 채울 수 있다. 그걸 모르고 그동안 혼자 웅크리고 지냈다.

그걸 가르쳐 준 건 여기 있는 이 사람들이었다.

이것이야말로 마법이 아닐까.

마음에 침착된 독을 씻어내는 달콤한 위로, 이게 바로 한성이 과자를 통해 전하고자 했던 행복이 아닐까.

영진은 윤제의 어깨에 머리를 기댔다. 커다란 손이 뺨을 쓸었다. 현도가 과장되게 우는 시늉을 하고 해민은 끌끌 혀를 차고 한성은 늘 그렇듯이 편안하게 웃고 있었다.

초콜릿과 커피 향 가득한 따스한 오전, 달착지근하고 포근한 '꿀과 바닐라' 같은 한때였다.

아름다운 청춘의 한 순간이었다.

12. 덧붙이는 글 : 단 걸 싫어하는 남자

"뭐라고?"

영진은 눈을 동그랗게 떴다.

윤제가 배시시 웃으며 몸을 동그랗게 굴렸다.

햇살에 매끄러운 어깨가 반짝이고 휘감은 시트에서는 사각사각 소리가 나고 방 안에는 커피향이 가득하고 그야말로 오감이 다 깨어나는 상쾌한 아침, 영진이 내어놓은 달콤한 머핀에 윤제가 털어놓은 진실은 놀라운 것이었다.

"사실 나 단 거 안 좋아한다고."

헐, 이게 대체 무슨 소리람.

믿기 어려운 그의 말에 그간의 일들이 영진의 머릿속을 스쳐 지났다. 퍼지가 어쩌구 남부식 디저트가 어쩌구 아는 척했던 것들은 둘째 치더라도 베이킹 클래스에서 구워낸 쿠키며 브라우니들을 얼마나 맛있게 먹었던가, 김윤제가. 그런데 이제 와서 사실은 단 걸 안 좋아한다고?

영진의 배신감을 이해한다는 듯 윤제가 몸을 일으켜 그녀의 뺨을 쓰다듬었다.

"당신 옆에 있으려면 어쩔 수 없는 거였잖아."

좀 힘들었다고……. 중얼거리며 인상을 쓰는 윤제의 표정은 분명 진짜였다. 혀가 아리도록 단 걸 먹은 진저리나는 얼굴.

"그니깐 내가 첨부터 당신 좋아했던 게 맞는 거지. 그 고통을 참으면서 들러붙어 있었던 걸 보면 말야. 아아, 비굴해라."

불쌍한 척 귀여운 척 데굴거리는 김윤제를 보며 영진은 웃고 싶기도 하고 울고 싶기도 한 복잡한 기분이 들었다.

좋아하지 않는 음식을 계속 먹는 건 무척 힘든 일이다. 좋아하는 척하는 건 더 힘든 일이다. 어쩌면 본인 말대로 윤제는 처음부터 영진을 좋아했던 걸지도 모른다. 단지 호기심으로 시작한 게 아닐지도 모른다.

하지만 중요한 건 그게 아니었다.

"윤제야, 혹시 너 나한테 또 뭐 숨긴 거 있어? 우리 이참에 다 털어놓자."

그녀의 말에 윤제가 순간적으로 움직임을 멈췄다.

"나야말로 거짓말로 점철된 날들을 살았지, 그동안. 한성 씨들을 속였고 너를 좋아하면서도 안 그런 척 나 자신을 속였고. 결국은 그래서 모든 게 골치 아파졌잖아? 그리고 난 우리 아버지가 눈 하나 깜짝 안 하고 우릴 기만한 걸 용서할 수가 없더라고. 우리 이번 기회에 작은 거짓이라도 있으면 다 고백하고 앞으론 절대 서로 속이지 않기로 하자."

윤제가 슬며시 몸을 돌렸다.

"……그럼 지금 고백하는 건 다 용서해 주고?"

뭔가 속인 게 있구나. 영진은 직감적으로 알았다. 나름 영악하게 굴었지만 실은 엄마한테 다 털어놓고 싶어 하는 순진한 어린애의 표정, 윤제의 얼굴이 딱 그랬으므로.

"그럼그럼. 나부터 얘기하자면 나 여행 갔을 때 벌써 너 좋아하고 있었는데 아니라 그랬어. 그건 이해해 줘. 널 감당할 자신이 없어서 그랬으니까. 그거 말곤 너한테 거짓말한 건 없는 것 같다."

윤제가 눈동자를 불안하게 굴렸다. 이 얘길 꼭 해야 할까, 그냥 넘어가도 되지 않을까, 예쁜 머리통 속에서 데굴데굴 생각이 구르는 소리가 들리는 것 같았다.

"뭔가 숨긴 게 있어? 중요하지 않으면 말 안 해도 상관없고."

영진은 한 발 물러섰다. 윤제를 곤란하게 만들고 싶어 꺼낸 얘기는 아니었기에.

그런데 윤제는 그 소리에 더 약해진 듯 보였다.

"사실 말 안 해도 되는 상관없는 거긴 한데……, 근데 왠지 고백해야 내 사랑이 더 진실하고 완전한 게 되는 거 같단 말이지. 아, 나 이렇게 순진한 사람 아니었는데. 사랑이 사람을 변하게 하는구만."

이제 영진은 그의 비밀이 뭔지 진짜로 궁금해지기 시작했다. 굳이 말하지 않아도 대세에 지장이 없는데 말해야만 진실해지는 김윤제의 비밀이란 무얼까.

"실은 말이지, 당신이랑 나랑 안 잤다?"

꿀과 바닐라

혀를 살짝 내밀며 미안한 듯 뱉어낸 말에 영진은 고개를 갸웃했다.

"무슨 소리야, 그게?"

안 잤다니. 벌써 수없이 많은 밤을 같이 보냈건만. 아우, 생각만 해도 얼굴 화끈거리네…….

혼자 슬며시 얼굴을 붉힌 그녀는 다시 윤제를 쳐다보았다.

윤제가 눈을 불안하게 깜빡였다.

"음, 그게, 맨 처음 있잖아. 당신 술 마신, 왜 한 번 잔 남자 어쩌구 당신이 그래서 나 가출했던 날 말이야."

알아들었다. 만취해서 함께 침대에 들었던 날, 다음 날 얼떨결에 뱉은 소리로 윤제가 상처받고 집 나갔던 날 얘기였다.

그때 분명 그가 그랬었다. 왜 내 순결은 중요하지 않느냐고, 나야말로 처음이었는데 당신 어떻게 그럴 수가 있냐고.

그런데 뭐시라?

"그날 밤에 아무 일도 없었다고?"

기가 막혀 입을 떡 벌리고 있노라니 윤제가 슬슬 눈을 피했다.

"응, 내가 무슨 일 있었던 거처럼 보이게 좀 연출했었어. 당신이 마음에 부담 느끼라고. 그럭하면 넘어오지 않을까 하고. 저기, 내가 오죽하면 그랬겠냐고. 당신이 넘 꽉 막혀선 갑갑하게 구니까 어쩔 수 없이……. 아니, 그게 아니라 내 사랑이 너무 넘쳐서 어떻게든 당신을 붙잡으려고 그런 거지. 있지, 그래도 자는 당신을 덮치지 않은 거 높이 평가해 줘야 해. 응?"

웅얼웅얼 그러나 속사포처럼 쏟아낸 말은 영진을 경악하게 만들기 충분했다.

그리고 실망하게 하기에도.

"그랬어? 그럭하면 넘어올 거라고 생각했어?"

그녀의 음성에 섞인 비난을 알아챈 윤제가 읍소 분위기로 매달렸다. 속눈썹을 깜빡이며 눈망울에 그렁그렁 미안함을 담아서는 벗은 어깨를 슬쩍 들이밀기까지 하면서.

"미안채. 그치만 다 용서해 주는 거지, 응? 내가 어려서 그랬어. 자신이 없고 당신이 너무 갖고 싶어서. 이젠 전부 지난 일이잖아, 응?"

용서해 줘야 했다, 물론. 다 덮기로 하고 물어본 거였고, 굳이 말할 필요가 없는 사실을 털어놓은 것만으로도 윤제의 용기를 인정해 줘야 옳았다. 사실 대단한 비밀도 아니었다.

그런데 영진은 그러마고 대답할 수 없었다. 자라 보고 놀란 가슴 솥뚜껑 보고도 놀란다고, 아버지로부터 끊임없이 기만당해 온 그녀는 이런 일에 남보다 훨씬 예민했다. 끝이 좋으면 다 좋은 거라 웃으며 넘길 만큼 대범하지 못했다.

그로 인해 얼마나 마음고생을 했던가, 얼마나 죄책감을 느꼈었던가. 그런데 다 연출이었다고?

"어……, 좀 시간을 줘야겠다."

얼버무리고 돌아서니 뒤에 꽂히는 시선이 축축했다. 영진은 황급히 방을 벗어났다. 치졸하다고 생각했지만 쉽사리 괜찮다는 말이 나와주지 않았다.

후회가 가슴을 채웠다.

……왜 쓸데없이 그런 건 물어봐가지고는.

"여전히 지리멸렬한 거지."

언니의 넋두리에 영주는 눈살을 찌푸렸다.

"사실 별거도 아니잖아. 어차피 지난 일이고 그것 땜에 뭐가 잘못된 것도 아니고. 근데 영 기분이 그렇더라고. 순전히 내 문제야."

쯧쯧.

혀를 차며 동생은 팔짱을 꼈다.

"그 자식이 문제지, 뭐가 언니 잘못이야. 사기꾼 같으니라고. 물론 비밀을 털어놓자고 제안한 건 별로 현명하지 못했지만 그것도 굳이 고백한 김윤제가 더 나쁘다고 봐. 바보 아냐, 쳇."

영진과 마찬가지로 영주도 아버지의 치밀한 설정에 놀아난 터라 마음이 꼬여 있었다. 살면서 진실만을 말할 수야 없겠지만 머리 좋은 인간들의 교묘한 농간에 희롱 당하는 기분은 아주 거지 같은 것이었다.

"그래도 끝까지 숨길 수 있었는데 털어놓은 건 높이 평가해 줘야겠지."

영진의 말에 영주는 동의하지 않았다.

"저 맘 편하자고 고백해선 결국 언니를 괴롭힌 거잖아, 뭐가 착해."

그녀는 시니컬한 태도로 일관했다.

영진은 윤제에게 오래 화내고 싶지 않았다. 두 사람은 꿈처럼 행복한 나날을 보내고 있었고, 다른 사람도 아닌 자신과의 과거 일로 꽁해서 불편하게 지내고 싶지 않았다. 실은 별거 아니라는 말을 들으려고 온 것이었다. 언니가 유난스럽다 말해주길 바랐다. 그런데 영주가 생각보다 강성이라 영진은 난감했다. 물론 한성이나 현도에게 얘기한다면 원하는 말을 듣겠지만 그렇다고 남자들한테 할 말은 아니지 않은가.

"그건 그거고, 김윤제 단 거 안 좋아한다는 건 아주 의외네. 그렇게 감쪽같이 뻥끼를 쳤단 말이지."

감탄 반 비웃음 반인 영주의 목소리에는 부러움이 깔려 있다. 사랑하는 여자를 손에 넣기 위한 남자의 집요한 노력, 세상 어떤 여자가 부러워하지 않을까. 그게 비록 목숨을 걸거나 왕위를 버리는 요란뻑적지근한 희생은 아니라 할지라도.

"근데 단 거 싫어하는 사람은 밀어는 어떻게 속삭이나?"

그래서 그녀는 짐짓 궁금해하는 척하며 언니에게 짓궂게 물었다.

"두 사람 매일 하지? 그럼 하면서 뭐 입술이 달콤하다는 둥 그런 소리는 안 하겠네? 단 거 싫어한다며. 오, 그러면 짭짤하다고 하나? 구수하다고 하나? 나 갑자기 무진장 궁금한데."

놀려대는 동생의 말에 영진은 한층 더 당황했다.

어, 달콤하다고 했던 거 같은데. 그럼 안 좋다는 뜻이었나.

'설마, 그럴 리가.'

말도 안 되는 생각을 했다가 그녀는 퍼뜩 정신을 차렸다.

"고만해라. 심술이 심하다, 영주야."

언니가 눈을 가늘게 뜨자 영주는 흥흥 콧김을 내뿜었다. 언니의 행복을 바라기는 했지만 애정 파탄 난 자신 앞에서 꿀을 쏟아놓고 헤엄치는 언니의 모습은 샘나지 않을 수 없는 것이었다. 사랑 싸움 같은 걸 나한테 고민이랍시고 털어놓다니 너무하잖아,

영주는 언니가 얄미워 쫑알거렸다.

"하긴 매일만 하겠어, 젊은 남자 정력이 넘치겠지. 하루에 몇 번 하나 물었어야 했네. 아우, 약 올라."

껍질이 깨졌다고 하지만 여전히 순진한 여자 김영진은 얼굴을 붉혔다. 미혼에 나이도 어린 동생이 뻔뻔하게 읊조리는 소리에 표정 관리가 어려웠다.

"그나저나 언니 뭘 알기나 하고 시집 간 거냐? 야동은 고사하고 19금 영화나 봤겠어, 어디. 김윤제가 하는 대로 목석처럼 매달려만 있지? 테크닉 꽝이지? 지금이야 윤제 눈에 콩깍지가 씌었으니 다 예뻐 보이겠지만 계속 그러면 싫증난다고. 공부 좀 해."

그야말로 심술이었다, 영주의 말은. 그런데 영진에게는 가슴에 비수를 꽂듯 날카로운 지적이었다.

어, 그런가.

새색시 김영진은 당혹스러웠다. 처음부터 요부일 수야 물론 없겠지만 분명 자신이 다른 여자들보다 심하게 더디고 무딜 거란 생각이 확 들었다.

"어떡하지, 그럼?"

조심스런 물음에 영주는 코웃음을 쳤다.

"내가 알 게 뭐야, 기혼자가 미혼자한테 그런 질문 곤란하지."

그러곤 진심과 놀림을 섞어 덧붙였다.

"공연히 감당도 못할 하드코어 포르노 같은 건 보지 말고, 살짝 야한 만화나 좀 읽어보든가. 언니는 귀여우니까 메이드 복장 같은 거 어울리지 않을까?"

헉.

메이드……?

영진은 당황해 입을 다물었다.

그렇게 김영진은 번민의 늪에 빠져들었다. 천성에 반하는, 엄청난 용기를 필요로 하는 과제를 부여받은 바람에.

김윤제의 거짓말 같은 건 이후 그녀의 머릿속에서 완전히 사라지고 말았다.

여러 날이 흘렀다. 영진은 내내 고민했다.

영주가 구해줘서 본 소위 '망가'란 경악스럽기 그지없는 것이었다. 나름 엄선한 것인지 내용이 딱히 불건전하지는 않았다. 어쨌든 주인공들이 서로 사랑하는 사이였고 상식선에서 전개되는 스토리였다. 다만 여자주인공들이 과하게 귀여운 척할 뿐.

어디가 영진 자신과 닮은 데가 있단 말인가, 그 우는 얼굴에 가슴 빵빵한 소녀들이. 그리고 대체 무얼 따라 하란 말인가. 콧소리를 내며 달라붙으라고? 몸을 훤히 드러내고 비비꼬라고? 그러면 정말 김윤제가 좋아한단 말일까? 윤제는 그녀가 뻣뻣하고 애교 없어도 예뻐해 주는 게 아니었나?

영진은 도무지 결심이 서지 않았다. 만약 죽을 각오로 대담한 행동을 했는데 김윤제가 어이 없어 한다면? 아마 창피해서 재기가 불가능할 거다. 반대로 너무 좋아서 헤벌쭉한다면? 그것대로 배신감을 느껴 속이 상할 것이다.

심지어 영주는 친절하게 인터넷으로 메이드 복장을 주문해서 언니에게 배달시켜 주었다.

〈나중에 나한테 노하우 전수해 주라, 히히.〉

짓궂은 문자와 함께.

그녀는 언니를 놀려먹는 데 재미 붙인 게 확실했다. 알면서도 무시할 수 없는 게 답답하기도 하고 속상하기도 했지만 어쨌든 영진은 동생에게 휘둘리고 있었다.

"저런 옷을 입고 하녀 일을 하는 게 말이나 돼."

소위 '메이드 복장'이란 건 보기만 해도 심란한 것이었다. 고지식한 영진은 한숨을 내쉬며 혀를 찼다.

귀엽기는 했다. 레이스며 프릴이 화려했고 소매가 봉긋하니 예뻤다. 영진이 다섯 살이나 여섯 살 먹은 계집애였다면 좋아라 입을 만한 옷이었다.

"안 돼. 너무 나답지 않은 일이야. 그리고 신혼인데 벌써 저런 게 필요할 리 없잖아?"

애써 중얼거려 보았지만 남들에 비해 유난히 그쪽으로 무지하다 보니 자신 있게 결론 내릴 수가 없었다.

"아아, 어쩌지, 어쩌지. 공연한 짓인 게 확실한데 확 엎어버리지 못하는 건 왜지, 도대체."

탄식하며 그녀는 옷을 뭉쳐서 옷장 깊숙이 집어넣었다. 언젠가는 쓸 날이 올지도 모르지, 하지만 지금은 절대 아냐, 속으로 몇 번이나 다짐하면서.

머리를 쥐어뜯는 그녀의 고민을 윤제는 꿈에도 모르고 있었다. 그저 거짓말 문제가 얼렁뚱땅 넘어간 것에 안심하며 기뻐하는 눈치였다.

김윤제가 그걸 발견해 낸 것은 일주일 후였다.

오호.

순결한 남자를 찾겠노라 선언한 결의문을 보았을 때처럼 윤제는 눈을 빛냈다.

"이린 찜찍한 생각을."

웃음이 절로 비죽비죽 나왔다.

총명한 김윤제는 바로 사건의 전개를 파악했다. 김영진의 머리에서 나왔을 리는 없고 송민지가 조언했을 것 같진 않고 남자들일 리는 만무하니 한영주, 맹랑하고 발랑 까진 여동생의 작품임에 분명하다고.

으흐흐. 자꾸만 웃음이 났다. 맹탕 김영진이 얼마나 고민하고 있을지 생각만 해도 웃겨 죽을 지경이었다.

그는 기다렸다. 그 후로도 일주일 이상. 언제 영진이 수줍은 얼굴을 하고 어색하게 침실 문을 열려나 하고. 일주일이 지나 열흘이 되었을 때 비로소 깨달았다, 그녀가 안 하기로 결론 내렸다는 사실을.

"흠, 어떡할까나."

영진이 집을 비운 저녁, 다시 메이드 복을 꺼내 이리저리 훑어보며 윤제는 머리를 굴렸다.

입혀놓으면 인형같이 귀여울 건 확실했다. 솔직히 섹시할지는 의심스럽지만 장난감 병정처럼 뻣뻣하기만 한 여자가 그런 용기를 낸 것만으로도 얼마나 대견한가. 지금도 주체를 못할 만큼 사랑스러운데 굳이 코스튬플레이가 필요한 건 아니지만, 그래도 한 번쯤 보고 싶긴 했다. 성적인 느낌 없이 그냥 그 사랑스러움을 누려보고 싶었다.

물론…… 주인님 대접을 받고 싶은 망상도 살짝은 들었다.

"아냐. 불가능해. 바랄 걸 바라야지."

윤제는 웃으며 고개를 저었다.

"이런 건 강요할 순 없는 문제고, 어쩜 좋나……."

궁리하던 윤제는 곧 마음을 굳혔다.

어차피 두 사람은 갑을관계가 명확한 사이다. 윤제 자신이 아낌없이 퍼주기로 하지 않았던가. 죽을 때까지 자기가 더 사랑한다 맹세하지 않았던가. 김영진이라는, 스컹크인 척 다람쥐인 여자를 있는 그대로 받아들이겠다 하지 않았나.

그렇다면 노력해야 할 쪽은 영진이 아닌 것이다.

그래서 그는 신속하게 준비에 들어갔다. 시간이 많이 필요하지는 않았다.

"윤제야, 나 왔어."

퇴근한 영진은 문을 열고 들어서며 윤제를 불렀다. 분명히 집에 있다고 문자가 왔었는데 집 전체에 불이 꺼져 있었다. 문을 열었는데 현관등도 켜지지 않았다. 정전인가? 의아해하며 그녀는 눈이 어둠에 익숙해지길 기다렸다.

팍.

거실에 수백 개의 전등이 켜진 건 그때였다.

어.

처음에는 초인 줄 알았다. 마룻바닥에 둥그렇게 둘러져 있는 불빛이 초처럼 은은하고 따뜻한 빛깔이었으므로. 하지만 초가 한꺼번에 켜질 수는 없는 일, 놀라 고개를 들었더니 천장에 떠다니는 색색의 풍선이 눈에 들어왔다. 반짝이는 등을 품은 동그랗고 예쁜 풍선이 두둥실 작은 하늘을 메우고 있었다.

그리고 그 사이에 김윤제가 서 있었다. 연미복을 차려입고 한쪽 팔에 냅킨을 늘어뜨린 근사한 김윤제가.

어어.

……집사?

영진의 어리둥절한 표정을 보고 윤제는 자신의 예상이 맞았음을 곧 깨달았다. 옛날 영화에 나오는 나이 든 진짜 집사만을 떠올릴 수 있을 뿐, 소녀들의 로망이라는 '멋진 집사에게 시중 받는 상황' 따위 김영진의 머릿속에 들어 있지도 않다는 것을.

"어서 와요, 우리 아가씨."

그래서 그는 친절하게 설명했다.

"오늘은 제가 아가씨를 시중듭니다. 최고로 낭만적인 밤을 선사해 드릴게요."

그제야 영진은 거실 벽에 곱게 걸려 있는 그녀의 비밀, 메이드 원피스를 발견했다. 순간 얼굴이 확 달아올랐다. 둔한 그녀지만 이제는 이게 무슨 상황인지 모를 수 없었다.

김윤제는 그녀에게 메이드를 시키는 대신 자신이 집사가 되기로 한 것이다.

"저기, 아니, 그게 아니라……."

민망해서 어물쩍거리자 윤제는 성큼성큼 다가와 그녀를 식탁으로 에스코트했다.

"일단 식사를 하시죠."

죽을 것 같이 창피했다. 이런저런 궁리를 했던 게 다 들통 났고 심지어 행동으로 옮기지 못했던 것까지 들켰다. 윤제가 놀리는 것 같기도 하고 진지한 것 같기도 해 그녀는 어떻게 처신해야 할지 알 수 없었다.

"식사는 좋아하시는 것으로 준비했습니다."

식탁을 쳐다본 영진은 감탄했다. 그녀가 좋아하는 음식, 술, 디저트까지 모든 게 완벽히 준비되어 있었다. 윤제가 직접 요리한 건지는 알 수 없었지만 그런 건 중요하지 않았다. 은식기에 우아한 센터피스, 냅킨을 접은 방식이나 수저를 세팅한 모양까지 평소 영진이 선호하는 형태였다. 그녀를 얼마나 세심하게 관찰하고 좋아하는 것을 기억해 두었는지 확연히 드러나는 '접대'였다.

음악도 부드럽게 흘렀다. 부담스럽지 않고 낭만적인 클래식이 작지만 성능 좋은 스피커를 통해 흘러나왔다. 평생 고급 음식과 럭셔리한 분위기 속에서 살아온 그녀조차도 감탄할 수밖에 없는 멋진 디너였다. 정말로 그랬다.

"당신이 날 위해 노력하는 게 너무 고마워서."

식사가 끝날 때쯤, 반말로 돌아온 윤제가 그녀의 눈을 바라보며 웃었다.

"그치만 당신은 그냥 그대로 있어도 돼. 꼬리는 내가 치면 되니깐."

눈웃음에 보조개까지 사랑스럽기 그지없는 김윤제가 속삭였다.

"그렇다고 꼭 지금 그대로 있어야 하는 건 아니야. 변해도 돼.

난 어떤 모습의 당신이든 사랑할 거야."

알코올이 살짝 들어간 데다가 로맨틱한 무드에 젖은 영진은 작게 고개를 끄덕였다. 예전 같으면 바람둥이라 저런 말을 입에 침도 안 바르고 한다고 생각했을 거다. 하지만 이젠 영진도 알고 있었다. 김윤제는 허튼소리 하는 사람이 아니란 사실을. 사람의 마음이란 게 언젠가 변할 수도 있겠지만 최소한 지금 이 순간 윤제는 순도 백 퍼센트의 진심만을 말하고 있단 사실을.

"넌 내가 뭐가 좋아, 윤제야?"

늘 궁금했다. 빛나는 사람 김윤제가 왜 나를 사랑하는지.

윤제는 주저 없이 대답했다.

"똑똑해서. 특이해서. 재밌어서. 살면서 당신 같은 여잘 만난 일은 없었어."

"그래서 피곤한 게 아니고?"

조심스레 묻자 그가 웃었다.

"그건 자신감 없는 남자들이나 할 소리고. 남자는 쓸데없이 생각이 많으면 안 돼. 생각은 여자가 하게 내버려두고 남자는 그냥 감싸 안으면 되는 거거든."

윤제는 정말로 그렇게 살고 있었다. 영진이 융통성 없이 굴건 불필요한 자기비하에 빠지건, 혹은 쉬운 일도 어렵게 생각하며 이런저런 고민에 빠지건 짜증내지 않았다. 왜 딱딱하냐고 불평하지 않았고 왜 나약하냐고 질책하지 않았다. 여유로웠고 따뜻했고 너그러웠다.

하지만.

"오래 지내다 보면 너도 지칠 텐데, 끝까지 날 보듬어줄 수 있을까?"

술기운에 물어보았다. 자기 자신을 감당하는 것만으로도 고단한 게 인생 아닌가. 사랑으로 포용하는 건 과연 어디까지 가능하겠는가.

윤제는 잠깐 생각하는 것 같더니 문득 다른 사람의 이야기를 꺼냈다.

"나 아는 여자애가 있지, 오래전 일인데, 박사 논문 쓰는 남자랑 사귀었거든? 근데 그 남자가 논문 쓰느라 스트레스 심하게 받는다고 여자앨 방치해 놓더라고. 착한 애라 어떻게든 이해하려고 노력하던데, 내가 잘라 버리라고 했어. 세상엔 논문 따위보다 훨씬 힘든 일이 많아. 그런 거에 매몰돼서 여자한테 희생을 강요한다면 여잘 덜 사랑하거나 남자로서 모자란 거지. 그런 놈은 안돼."

그러곤 덧붙였다.

"나한테 힘든 일이 있으면 그땐 당신한테 기댈게. 그럼 도와줘. 당신은 약한 것 같지만 내공이 대단한 사람이니까 결정적인 순간에 날 일으켜 줄 수 있을 거야. 그때 귀찮다고 하지 말고 내가 저금해 놓은 사랑을 다 베풀어줘. 그러면 되지."

그렇게 말하는 김윤제는 태양처럼 웃고 있었다.

아아, 얼마나 아름다운 사람인가.

영진은 눈물이 날 것 같았다. 그토록도 바라던 심지가 굳은 사람, 불확실한 인생길에서 끝까지 손을 잡아줄 강한 영혼이 눈앞에 있었다.

여자가 남자에게 바라는 것은 이런 확신인 것이다. 이 남자가 날 아프게 하지 않을 거라는 믿음, 세상이 날 아프게 하도록 내 버려 두지 않을 거라는 믿음.

팔을 뻗어 그녀의 손을 그러쥔 윤제가 손등에 입을 맞췄다.

"사랑해. 당신을 얻은 건 내 인생 최고의 행운이야."

부끄러워 입술을 깨무는 그녀에게 그는 목소리를 낮춰 속삭였다.

"그리고 이건 비밀인데, 당신은 외모도 내 취향이야. 난 쪼끄 맣고 얼굴 동그랗고 뺨이 통통한 여자가 취향이더라고. 나도 최근에야 알았어."

영진의 얼굴이 새빨갛게 붉어졌다.

설마, 생각했지만 사람의 취향이란 의외로 제각각인 법이니 사실일지도 모른다는 생각이 들었다. 사실이었으면 좋겠다고 생각했다.

"취향은 안 변해. 그러니 안심해도 돼, 김영진아."

윤제가 그녀의 눈을 똑바로 쳐다보며 화사하게 웃었다.

그리고 영진은 마음이 놓이는 걸 느꼈다. 당신은 나의 무엇을 좋아하냐 물을까 봐 마음을 졸이고 있었기에. 아무리 생각해도 왜 김윤제를 사랑하는지 그녀는 알 수 없었기에. 잘생겨서? 시원 시원해서? 눈웃음을 쳐서? 잘해줘서? 강해서? 그런 건 다 지엽 적인 문제일 뿐 본질이 아닌 것 같았다. 사랑이란 그런 게 아닌 것 같았다.

그렇다고 똑 부러지게 답한 윤제의 마음이 사랑이 아니라고 생각진 않았다. 그저 다른 표현일 뿐, 그녀는 윤제의 사랑을 믿었다.

마음 깊은 곳으로부터, 진심으로 믿었다.

풍선이 동동 떠다니고 있었다. 무슨 수를 쓴 건지 가끔씩 색깔이 바뀌었다. 바닥에 둘러놓은 전등은 부드러운 자연광이고 떠다니는 풍선은 몽환적인 파스텔색이고, 한 잔 들어간 술에 음악에 귀가 썩을 것처럼 달콤한 고백에 눈이 멀 것 같이 잘생긴 남자까지, 제정신을 유지하지 못하는 건 당연하지 않을까, 희미해지는 이성을 날려 보내며 영진은 생각했다.

"이렇게 행복해도 되는 걸까."

그녀는 미소 지었다.

한 번도 불행하다고 생각하지는 않았다. 하지만 이렇게 무섭도록 행복한 날이 올 거라곤 꿈도 꾸지 못했다.

"나야말로 정말 행복해. 당신이 있어서."

윤제가 소곤거렸다.

심지어 누군가를 행복하게 해줄 수 있다니. 평생 뭔가 결핍돼 있다고 믿어왔던 내가.

그녀는 자리에서 일어났다. 윤제의 무릎에 앉아 목에 팔을 둘렀다. 부드러운 심장 박동이 겹쳐졌다.

가슴이 저렸다. 눈물이 날 것 같았다.

"너무 행복하면 무섭지? 하지만 우리한텐 목구멍의 가시 같은 당신 아버지가 있으니 그거로 다 액땜이야. 열심히 싸우면서 우리 몫의 복을 누리면 돼."

그녀의 마음을 들여다본 것처럼 윤제가 웃었다.

두 사람의 입술이 닿았다. 윤제의 입술에서 커스터드 맛이 느껴졌다. 한성이 만들어주었다는 크렘 브륄레(crème brûlée)의 달고도 온화한 맛이었다.

"당신 입술 정말 달콤하고 부드럽다."

윤제가 소곤거렸다.

"내가 단 걸 좋아하지 않는 건 아마, 내 인생에 스위트한 건 당신 하나로 넘치도록 충분하기 때문일 거야. 이가 썩어도 속을 버려도, 중독돼서 헤어나지 못해도 덩신이라면 좋아."

영진이 웃으며 그의 귀를 살짝 물었다.

"꿈을 현실로 만들어줘 고마워."

행복해지고 싶었다. 한성이 이야기하는 달콤한 꿈을 꾸고 싶었다. 그게 현실이 될 줄은 몰랐다. 누군가의 달콤한 꿈이 될 수 있을 줄 몰랐다. 순결에 집착하며 세상에 냉소적이었던 그녀에게 꿀이 뚝뚝 듣는 향기로운 날이 열릴 거라곤 생각도 하지 못했다.

'나 하나만을 바라보고 내 모든 것을 품어주는 순결한 영혼.'

감히 욕심내지 못했던 걸 손에 쥔 김영진의 눈에 눈물이 방울방울 맺혔다.

"주인님, 우시면 안 됩니다. 제가 마음이 아파요."

그녀의 눈물을 손등으로 닦아주며 능청스럽게 김윤제가 우는 시늉을 했다.

그녀를 번쩍 안아든 윤제가 침실로 걸어갔다.

반짝반짝 빛나는 불빛 사이로 김영진의 소녀 드레스가 꿈처럼 나부끼고 있었다.

작
가
후
기

"비현실적인 인물들이 만들어낸 무척이나 현실적인 이야기."

이 글을 읽은 어떤 분이 그렇게 평해주시더군요. 기뻤습니다. 그런 글을 쓰고 싶었거든요. 눈부신 사람들이 엮어가는 소소하거나 평범하거나 심지어 시시한 얘기를 그려보고 싶었습니다. 그러면 빛바랜 우리네 현실도 좀 더 반짝이는 것으로 느껴질 수 있지 않을까 하구요.

세상에 행복하기만 한 사람은 없고 누구에게나 그만의 짐이 있다는 걸 발견했을 때 우리는 위로를 받죠. 그래, 나만 힘든 건 아냐, 이렇게 요. 하지만 때로는 그 사실에 더 절망하기도 합니다. 아, 삶이란 이다지 도 무거운 거야만 하는 걸까, 행복이란 아예 없는 걸까 하고 말입니다.

그래서 우리는 꿈을 꿉니다. 남자건 여자건, 노인이든 어린애든, 어 딘가에서 수호천사가 날 돌보아주길, 혹은 호박으로 마차를 만들어주길 바랍니다. 나약한가요. 뭐 어떻습니까. 그런 꿈을 꾼다고 열심히 안 살 것도 아닌데요. 인생의 잔혹함을 매일매일 직시하면서 극사실주의로 살아야 할 건 또 뭐랍니까. 디저트의 황홀한 단맛에 하루의 시름을 잊는 것도 괜찮지 않겠습니까.

이 글을 통해 마음에 위로를 읽은 분이 있었으면 좋겠습니다. 건조한 일상 속에서 잠깐이나마 달콤함을 즐기셨다면 기쁘겠습니다. 말랑말랑 촉촉한, 혹은 바삭바삭 향긋한, 따뜻하고 폭신한 삶을 누리시길 바랍니다.

오래 끌어안고 있던 글이 세상에 나오게 되니 여러 가지 마음이 드네요. 응원하고 채근해 주었던 친구, 그리고 출간에 저 이상으로 의미를 부여해 준 동문 벗들에게 감사의 인사 전합니다.